COLLECTION FOLIO

Gustave Flaubert

Salammbô

*Préface
de Henri Thomas
Introduction et notes
de Pierre Moreau*

Gallimard

FLAUBERT
ET LES DÉMONS PUNIQUES

Aux yeux de certains lecteurs — moins nombreux aujourd'hui qu'hier — *Salammbô* constitue la grande erreur de Flaubert, alors que d'autres, hostiles à son œuvre en général, font exception pour ce roman parce que c'est, disent-ils, un livre un peu fou. Ces deux appréciations opposées jouent, en sens inverses, sur le même argument. L'embardée dans l'imaginaire — spontané ou artificiel, c'est une autre question — plaît aux uns dans la mesure où l'application au réel d'où résultent *Madame Bovary*, *L'Éducation sentimentale*, leur semble un appauvrissement (poussé à l'extrême dans *Bouvard et Pécuchet*), tandis que, pour les autres, l'excès de splendeur et de vacarme de *Salammbô* accuse l'épuisement de son auteur, et le ressentiment envers une réalité qui échappe à sa prise. Il est remarquable, d'autre part, que des esprits enclins à la morale considèrent *Salammbô* comme l'œuvre la plus *innocente* de Flaubert. Ailleurs, selon eux, il tire la vie, cruelle, insigni-

fiante, vers le néant. *Salammbô* l'exalte au contraire,
la veut magnifique, grotesque, atroce, par-delà
toute justification. Même, n'est-on pas en droit
d'y soupçonner quelque chose d'une énorme
farce terrifiante, résurgence et métamorphose du
Garçon de Rouen ? Pour d'autres encore, cette
façon de poème érotico-épique est horriblement
sérieux, obsédé de corps suppliciés, à déchiffrer
comme une inconsciente confession du malade que
fut Flaubert... Ces jugements, et leurs nombreuses
variantes, ont ceci de commun qu'ils s'arrêtent,
dans *Salammbô*, à ce qui semble répondre au reste
de l'œuvre, arcs-boutants, motifs complémentaires,
pierres d'attente en suspens, reflet d'un ensemble
supposé connu. Mais l'œuvre reste fermée sur sa
propre étrangeté, et peut-être convient-il, pour
en deviner le cœur, de chercher d'autres rapports.

C'est la seule œuvre de Flaubert qui soit située
dans un monde non seulement antérieur, mais tout
étranger au christianisme, et reflétant à peine la
civilisation hellénique qui lui est contemporaine
(semblable en cela, mais en cela seulement, à *Tête
d'Or* dans l'œuvre de Claudel). Cette *excentricité*
dans le temps et l'espace a été comprise de façons
très différentes — elle aussi ! — comme une faiblesse, ou comme une force. Faiblesse aux yeux du
cher Sainte-Beuve, ou du moins bizarrerie,
curieuse déviation de l'intérêt, que cette tentative
de résurrection esthétique d'un monde aussi

totalement disparu, sans héritage spirituel, que
celui de Carthage avant Hannibal. Il y a là, pour
Sainte-Beuve, quelque chose qui rappelle ce
« Kamtchatka littéraire » où, dans un article
écrit quelques années plus tôt, il situait la « Folie-
Baudelaire ». Encore la poésie de Baudelaire est-
elle ramification, affinement, ex-ténuation d'une
inspiration issue du fort courant romantique
auquel Sainte-Beuve même se rattache par *Les
Rayons jaunes*. C'est l'homme du Vieux Monde
encore, dans son ultime confusion, son besoin de
haute et noire solitude. Sainte-Beuve admet certes
qu'un auteur puisse trouver, au hasard d'un chemin
absolument personnel, des héros sans commune
mesure, apparemment, avec le bourgeois du
Second Empire. Mais cet homme est encore une
figure abâtardie de l'être profond, complexe
jusqu'à la folie que furent par exemple les Mes-
sieurs de Port-Royal, ou qu'incarne si bien, au
milieu du xixe siècle, le sénateur Sainte-Beuve.
Mais n'est-ce pas aberration de pousser la recherche
d'une variante à ce riche modèle jusqu'à ne plus
rien garder de ses traits constitutifs, et passer
outre à l'humain, abordant un domaine où la
parole le cède au cri ou au silence brut, tel celui
des esclaves à la meule : « Leurs yeux étaient
rouges, les fers de leurs pieds sonnaient, toutes
leurs poitrines haletaient d'accord. Ils avaient sur
la bouche, fixée par deux chaînettes de bronze,
une muselière, pour qu'il leur fût impossible de

manger la farine, et des gantelets sans doigts
enfermaient leurs mains pour les empêcher d'en
prendre » — ou les hurlements autour de Moloch :
« Les buveurs de jusquiame, marchant à quatre
pattes, tournaient autour du colosse et rugissaient comme des tigres, les Yidonim vaticinaient,
les Dévoués chantaient avec leurs lèvres fendues. »
A rapprocher ces évocations de telles images du
même ordre que l'on trouve dans *La Tentation
de saint Antoine*, on voit plus nettement encore
à quel point *Salammbô* s'éloigne de *notre* monde.
Les délires de saint Antoine sont ceux de notre
conscience, nourrie de rêves millénaires ; pas un
monstre qui ne nous soit en fin de compte analogue,
intérieur, étant issu de notre sommeil ; nous savons
toujours *où* nous sommes ; le néant annoncé est
encore le nôtre : incroyablement, il périt avec
nous. Avec les « personnages » les plus intelligibles,
les plus fortement caractérisés de *Salammbô*,
la question toujours se pose, ou plutôt flotte comme
une menace indéfinissable : *où* sommes-nous ?
En quel règne de la vie, grouillant d'êtres à forme
humaine, mais antérieurs à l'âme qui est nôtre,
antérieurs à l'amour — ce mal de l'Occident ! —
mais non à une dévoration auprès de laquelle les
prurits de l'*éros* bovaryque sont des chaleurs
angéliques. Seul Isidore Ducasse, quelques années
plus tard, ira se perdre sur les confins de la sur-
nature et de la surhumanité où la vierge de Tanit
épouse le python sacré : « lui posant sur la nuque

le milieu de son corps, il laissait pendre sa tête et
sa queue, comme un collier rompu dont les deux
bouts traînent jusqu'à terre. Salammbô l'enroula
autour de ses flancs, sous ses bras, entre ses genoux ;
puis le prenant à la mâchoire, elle approcha cette
petite gueule triangulaire jusqu'au bord de ses
dents, et, fermant à demi les yeux, elle se renversait
sous les rayons de la lune... » Puis il est d'autres
passages où Flaubert aborde — en pionnier trébuchant — à quelque chose de plus insolite encore,
et que Sainte-Beuve vraiment réprouve, le bon-
papa critique. La forme humaine, ce temple du
cœur, de l'esprit, de la grâce vivante, est alors
offensée, déchirée, affreusement livrée à Baal-
Moloch. Schahabarim offre au soleil « sur la cuiller »
le cœur encore palpitant arraché de la poitrine de
Mâtho. Flaubert écrit alors ces lignes dont on peut
être sûr que Rimbaud, quelques années plus tard,
s'est enchanté : « L'astre s'enfonçait dans la mer à
mesure que les battements diminuaient ; à la
dernière palpitation, il disparut... Carthage était
comme convulsée dans le spasme d'une joie titanique et d'un espoir sans bornes... »

C'est l'instant où meurt Salammbô « pour avoir
touché au manteau de Tanit », disent les dernières
lignes du livre, et elles sont trompeuses : Salammbô meurt parce qu'elle est la proie, l'instrument
ou le jouet, des forces « titaniques » qui éclatent
non seulement dans la joie sanglante de Carthage
sauvée des Mercenaires, mais dans son corps à

elle, exténué, réduit à l'animalité visionnaire. Elle
ne fut jamais une *personne* ; pétrie, imprégnée dès
l'enfance par les rites, elle retourne au gouffre dont
ils émanent comme les enfants de l'holocauste au
ventre-fournaise de Moloch. Que cette chute à
l'abîme solaire soit le mouvement même du livre,
on le voit à ces lignes de la lettre à Sainte-Beuve :
« Notez d'ailleurs que l'âme de cette histoire est
Moloch, le Feu, la Foudre. Ici le dieu lui-même, sous
l'une de ses formes, agit : il dompte Salammbô. »
Amour et haine, possession et destruction, sont une
seule et même ardeur, et Sainte-Beuve peut bien
signaler, patelinement, « une pointe d'imagination sadique » chez son cher Flaubert. Contre
quoi celui-ci proteste de curieuse manière ; il
ne se défend pas ; il trouve seulement que ce
fut bien assez de passer une fois en correctionnelle (pour *Madame Bovary*) et qu'il lui serait
fort désagréable de lire dans « quelque petit
journal diffamateur » : « M. G. Flaubert est un
disciple de Sade. Son ami, son parrain, un maître
en fait de critique, l'a dit lui-même assez clairement, etc. »

En vérité, on a l'impression que Flaubert, dans
la longue réponse à Sainte-Beuve, se défend assez
mollement, amenant pêle-mêle des arguments
difficilement conciliables. Les jugements contraires
sur *Salammbô* trouveraient presque tous des
amorces dans un passage comme celui-ci, où il
veut marquer ce qui le sépare du « système de

Chateaubriand » (dans *Les Martyrs*), « diamétralement opposé au sien » : (Chateaubriand)
« partait d'un point de vue tout idéal; il rêvait des
martyrs *typiques*. Moi, j'ai voulu fixer un mirage
en appliquant à l'Antiquité les procédés du
roman moderne, et j'ai tâché d'être simple. Riez
tant qu'il vous plaira! Oui, je dis *simple*, et non
pas sobre. »

On perçoit là — et en maint autre passage —
l'agacement à devoir se défendre, une certaine
lassitude, qui deviendront exaspération lorsqu'il lui faudra répondre à un pseudo-orientaliste
doublé d'un imbécile (« Non, M. Frœhner n'est
pas *léger*, il est tout le contraire. »). L'impatience
lui fait écrire : « Je me moque de l'archéologie!
Si la couleur n'est pas une, si les détails détonnent,
si les mœurs ne dérivent pas de la religion et les
faits des passions... s'il n'y a pas, en un mot,
harmonie, je suis dans le faux. Sinon, non. » Il
cesse d'argumenter pour affirmer une esthétique
universellement valable. Sans doute n'est-il pas
de meilleure défense dans l'absolu. Valable pour
toute œuvre, elle ne convient à aucune en particulier ; de cela Flaubert est parfaitement conscient ; le peu de place que tiennent ces lignes dans
la lettre à Sainte-Beuve le montre.

Reste *Salammbô*, en sa singularité, son poids
d'horreurs, sa *monstruosité ;* c'est le terme dont use
Flaubert, dans cette interrogation qui brise le
problème esthétique et ouvre la littérature aux

démons dont nul ne sait encore s'ils sont venus la
sauver ou la perdre : « Pourquoi ne voulez-vous pas
que deux vrais existent, deux excès contraires,
deux monstruosités différentes ? »

Henri Thomas.

Il n'est pas d'œuvre qui tienne par des racines plus anciennes, plus profondes, à la vie secrète de Flaubert. Il semble d'abord qu'une loi d'alternance règle la succession de ses œuvres : de la première Éducation sentimentale *à la première* Tentation de saint Antoine, *de celle-ci à* Madame Bovary, *de* Madame Bovary *à* Salammbô, *de* Salammbô *à* L'Éducation sentimentale *de 1869, puis à* Hérodias, *à la* Légende de saint Julien l'Hospitalier *et, pour finir, à ce qu'il a écrit de* Bouvard et Pécuchet, *les évasions dans l'histoire, l'exotisme et le rêve semblent créer des points de détente entre ces travaux forcés auxquels il se contraint et qui lui répugnent : peindre des bourgeois modernes et français. Le romancier n'a pas voulu que l'on séparât ces deux parts de sa carrière ; il déclare dans une lettre à Sainte-Beuve que* Salammbô *applique à l'Antiquité les procédés du roman moderne. Mais toute la genèse de son génie annonce une nostalgie qui devait, par intervalles, lui permettre d'échapper à des Homais, à des Arnoux, et à Bouvard comme à Pécuchet.*

Dès ses essais de jeunesse et d'adolescence : La Danse des morts, *l'*Essai sur Rome et les Césars, Smarh, *la* première Éducation sentimentale *que traversent des rêves d'orgies annonciateurs de ceux de Salammbô, jusqu'à la* première Tentation de saint Antoine *où retentissent par avance des accents de Salammbô :* « *Oh ! dit celle-ci, je voudrais me perdre dans la brume des nuits, dans le flot des fontaines, dans la sève des arbres...* » *; et saint Antoine :* « *Je veux entrer jusqu'au noyau du globe, je veux marcher dans le lit de l'océan, je veux courir à travers le ciel accroché à la queue des comètes.* » *Le serpent même de Salammbô,* « *avec ses noirs anneaux tigrés de plaques d'or* », *semble avoir été l'une des tentations de saint Antoine :* « *Sois adoré, grand serpent noir qui as des taches comme le soleil* »... *Mais cette* Tentation de saint Antoine, *ses amis Louis Bouilhet et Maxime Du Camp à qui Flaubert en fit la lecture en 1849 lui conseillèrent de la brûler.*

Au lendemain de cette désillusion, il partit, avec le sujet de Madame Bovary *dans la tête, en compagnie de Maxime Du Camp : Égypte, Palestine, Turquie, Grèce, Italie. Il se plongea dans un vaste flot de couleurs, de splendeurs et de puanteurs. A Jérusalem :* « *Tout y pourrit, les chiens morts dans les rues, les religions dans les églises.* » *En Italie où il cherchait* « *la Rome des Césars* » *il a trouvé celle de Sixte Quint :* « *J'ai eu, comme un bourgeois, une désillusion.* » *Du moins a-t-il pris contact avec une Antiquité vivante et sensuelle. Il apprend à connaître,*

sinon la femme d'Orient, du moins une femme
d'Orient, Kuchouk-Hanem. Et il se prend à rêver,
en marge de son roman moderne et normand, de
plusieurs sujets à la fois, dont un Anubis, probable
préfiguration de Salammbô : « l'histoire d'Anubis,
écrit-il le 14 novembre 1850 à Bouilhet, la femme
qui veut se faire aimer d'un Dieu » ; et il ajoute :
« Elle a des difficultés atroces. » Il y a là comme
une mysticité sensuelle où s'annonce celle de Salammbô. Peut-être vient-elle d'un récit de l'Antiquité
de Flavius Joseph : le temple d'Isis fut détruit par
ordre de Tibère, ses prêtres furent crucifiés pour
avoir prostitué à Anubis une Romaine.

A ce rêve d'Égypte se substitue un rêve de Carthage, sous l'influence de quelques relations et de
nombreuses lectures *. Pour que ces lectures pour-
suivies et reprises au cours de longues années abou-
tissent à une œuvre, il fallut une suite de circonstances. Avec Le Roman de la Momie que Gautier
allait publier en 1858, celui d'Anubis devenait impossible. Mais ce même Gautier, si l'on en croit les
Confessions d'Arsène Houssaye, aurait, au lendemain de Madame Bovary, inspiré à Flaubert le
sujet de son nouveau roman. Il se mit à la tâche le
1er septembre et, selon sa coutume, écrivit plan sur
plan, scénario sur scénario **.

Le roman s'appelait d'abord Carthage ou Les Mer-

---

* Sur ces lectures et ces relations, voir, pp. 501-505,
Arrière-plans de lectures et de relations.
** On trouvera ces scénarios dans l'édition Conard (1910).

cenaires ; _son héroïne Pyra ou Pyrra, ou Pyrrha,
plus tard Hanna, plus tard encore Sallammbô, Sal-
lambô. Ce n'est pas sur le festin des mercenaires
que s'ouvrait le récit, mais sur un exposé de la situation politique de Carthage. Tel chapitre, celui de la
bataille de Macar, allait demander trois mois de
travail, et, en certaines parties, être repris jusqu'à
neuf fois. De minutieuses mises en ordre se dessinaient avec leurs scènes successives. Pour l'épisode
qui se déroule « sous la tente », un réalisme cru poussait jusqu'à l'extrême réalisation du désir, audace
que le texte définitif a voilée, pour des raisons esthé-
tiques ou peut-être judiciaires._

Le 23 janvier 1858, Flaubert parle à Mlle Leroyer
de Chantepie d'un prochain voyage « au pays des
dattes », afin de _connaître à fond, dit-il, les paysages
que je prétends décrire._ Il va réaliser ce projet du
12 avril au 5 juin suivants : le 16 avril il s'embarque
à Marseille, le 18 il aborde l'Afrique par Stora Phi-
lippeville, profitant de l'escale pour une brève excursion à la Cirta punique, Constantine ; il s'arrête
également à l'échelle de Bône ; le 24 il est à Tunis ;
le 25 mai il repart vers l'Algérie *. Pense-t-il, tout
au long de cette randonnée, à Salammbô ? « _Je ne
pense nullement à mon roman_, écrit-il de Tunis à
Louis Bouilhet le 8 mai. _Je regarde le pays voilà tout,
et je m'amuse énormément._ » Peut-être même songe-

---

* _Sur ce voyage : Aimé Dupuy_, En marge de Salammbô.
Le voyage de Flaubert en Algérie-Tunisie, _Nizet, 1954._

t-il *déjà au roman moderne,* Harel Bey, *dont il rêvera
longtemps. Mais tout en s'amusant énormément,
il observe des scènes qui, tout en étant modernes,
sont de tous les temps : les « mangeurs de choses
immondes » de* Salammbô, *il les a vus sous les espèces
de « trois gaillards grêles et étranges », mangeurs
de haschich, chasseurs de porcs-épics.*

*A peine le paquebot l'*Oasis *l'a-t-il ramené qu'il se
remet au travail. Il s'informe encore. Il écrit à* M. de
Saint-Foix, *le 26 décembre : « Si vous pouviez m'envoyer quelque chose de spécial comme couleur sur
les mœurs des Psylles, vous seriez bien aimable.
J'aurais besoin de savoir comment ces bonshommes-
là s'y prennent pour prendre et éduquer les serpents. » Et il lui dit encore : « Je vis comme un ours
et je travaille comme un nègre... » Il vient enfin à
bout de son dessein en avril 1862, date où l'on entend la lecture de* Salammbô *chez les Goncourt ; et
le roman paraît en librairie, chez Michel Lévy, en
novembre 1862.*

Une phrase jetée par Flaubert dans ses Notes de
voyages *a paru placer tout ce qu'il a écrit sous la
même double lumière : « Il faut faire, à travers le
beau, vivant et vrai quand même. » Le vivant y est,
en effet, partout présent à des degrés de stylisation
et de cristallisation divers. Mais il en est où le vrai
pèse de tout son poids sur le beau, et d'autres où le
beau et le symbolique, sans s'émanciper, se dégagent.
C'est là le jeu divers des tonalités, des visions du
monde extérieur de la création, d'une certaine hu-*

manité, et, sous le voile de l'art pour l'art, dans le secret, dans cette part de la conscience que l'on appelle le subconscient, d'une recherche inavouée du divin.

Le ton ici, dans sa tension musclée, doit beaucoup à Montesquieu. Flaubert admirait son style, pareil à des biceps d'athlète. Il faisait passer par son célèbre « gueuloir » le triple coup de gong sur lequel s'ouvre un récit de Montesquieu : « Les vices d'Alexandre étaient extrêmes comme ses vertus. Il était terrible dans la colère. Elle le rendait cruel. » Cette suite de trois phrases, ce triple étage où le sujet change à chaque proposition, on en trouvera maints échos dans Salammbô *: « Cependant le jour tombait. Des aboiements retentirent ; ils s'en rapprochèrent. » — « Le tumulte redoublait ; des capitaines entraient. Il s'armait tout en parlant. » Effet analogue dans la juxtaposition de deux phrases : « Les Barbares s'accoutumaient à ses services ; il s'en faisait aimer. » C'est encore Montesquieu, celui des* Considérations sur les causes de la grandeur des Romains et de leur décadence *que l'on reconnaîtra, ici ou là, dans des considérations sur la grandeur des Carthaginois et leur décadence, des analyses politiques des rouages bien ou mal articulés d'un État, du caractère d'un peuple, de l'ingéniosité d'une entreprise, des ruses de guerre. Et, comme les historiens latins ont nourri la langue de Montesquieu et de Flaubert, on trouvera chez celui-ci comme chez celui-là l'*imperatoria brevitas *et des latinismes de*

syntaxe *comme la règle* Sicilia amissa : « *La capture
de Giscon, le vol du zaïmph, Utique secourue, puis
abandonnée.* »

*Mais une autre lumière, une autre tonalité se
croisent avec celles de Montesquieu sans les con-
tredire : Chateaubriand, si ardemment étudié, suivi
avec une docilité mêlée de scrupules. Avec lui le
poème en prose traverse cette prose historique.
Flaubert a tenté d'en atténuer l'impression et, par
exemple, suivant un conseil de Louis Bouilhet, en
supprimant nombre de ces* Et *initiaux qui donnent
au récit un air de traduction homérique et la grandiose monotonie de versets. Mais des* quadri *lyriques
ont subsisté, auxquels on ne peut s'empêcher de trouver une ressemblance avec ceux des* Martyrs :
*comme dans le chant où Salammbô raconte aux
mercenaires, en une langue qu'ils ne comprennent
pas mais dont ils subissent l'enchantement, les aventures de Melkarth ; comme dans le chant de Mâtho
qui répète, après de longs jours, celui de Salammbô ;
comme dans l'invocation de celle-ci à la lune : comme si elle se souvenait de ce petit poème en prose
de Lucile de Chateaubriand à la lune, reproduit
dans les* Mémoires d'Outre-Tombe : « *Que tu tournes
légèrement soutenue par l'éther impalpable.* » *Dans*
Les Martyrs, *le chant des Barbares :* « *Pharamond,
Pharamond, nous avons combattu avec l'épée* » *a
exalté tout un siècle ; il a éveillé la vocation historique d'Augustin Thierry ; et l'on ne peut échapper
à son souvenir lorsque chantent les Barbares de*

Salammbô : « *Avec ma lance et mon épée, je laboure et je moissonne...* » On serait déçu si l'on ne trouvait, dans cette *Afrique méditerranéenne*, quelque chose de ce style oriental qui avait induit le XVIIIᵉ siècle en tant de pastiches ; c'est en style oriental que le Numide *Narr'Havas* s'adresse à *Salammbô*, comparant ses désirs à des fleurs qui languissent après la pluie, et à la lune Salammbô, « *meilleure que le vent du matin...* » Un prestige d'imagination antique, d'Homère, de Virgile, donne sa grandeur à telle image où passent les scènes du stade ou du combat : « *Laisse aller la colère comme un char qui s'emporte disait Spendius.* »

A ces accents d'ode, d'idylle ou d'épopée s'allie le sens dramatique de la mise en scène. C'est une recherche de théâtre que la composition qui donne au début et au dénouement le même cadre — le même et cependant le cadre inverse —, d'un banquet ; que le coup de théâtre qui fait surgir au milieu de l'œuvre Hamilcar longtemps attendu, longtemps pressenti. Ou ces alternances de scènes qui s'entrecroisent et font contraste. Ou ces effets de gradation.

Flaubert n'a eu aucun maître pour d'autres effets verbaux qui sont dans sa nature même, et qui reviennent, obsédants, à travers ses romans modernes comme dans ses romans d'évasion. Par exemple le rythme ternaire qui fait sonner la suite des mots comme un alexandrin en forme de trimètre. Ou ces clausules qui donnent aux finales

*d'alinéas et de chapitres un aspect de brusques révé-
lations ou d'impérieuses sentences. Et encore cet
effet tantôt explosif, tantôt alangui, que produisent,
au terme d'une phrase, les adverbes rejetés hors de
leur place naturelle. Surtout les adverbes longs :*
délicieusement, perpétuellement, extraordinairement, alternativement, parallèlement. *Mais surtout cet usage grandiose, épique des imparfaits qui
donnent à toute une page un aspect de durée indéfinie
et la situent comme hors du temps, avec de soudains
glissements et des changements imprévus de mouvement quand l'imparfait cède la place au passé, et
vice versa.*

*Le poétique est aussi dans le vaporeux, l'indécis,
l'indéterminé. Il est une locution qui revient, d'endroits en endroits, comme pour atténuer les angles
de la réalité et amollir les reliefs :* quelque chose
de... : « quelque chose de rouge », « quelque chose
d'énorme », « quelque chose de bleuâtre », « quelque
chose de spécial n'appartenant qu'à elle ». *Signes
d'un impressionnisme qui refuse le descriptif ou n'y
atteint pas. Il se trouve avec insistance dans l'emploi des mots abstraits qui appartiennent à un type
d'expression que l'époque de Flaubert appelait le
style artiste : « Ils entrevoyaient... des balancements
de glaives » ; « un fourmillement s'agitait au milieu ». Un jeu verbal associe l'abstrait et le concret,
un caractère sensoriel : « le corps saturé de parfums,
l'âme pleine de prières » ; « à la lueur de sa colère
comme aux fulgurations d'un orage, il revoyait d'un*

seul coup tous ses désastres à la fois » ; « des mots
étranges quelquefois échappaient (au grand prêtre),
et qui passaient devant Salammbô comme des
éclairs ».

C'est que le sensible, la chose vue, les données du
monde extérieur s'imposent, à ce poète qui fut un
œil admirable. Comme tous les écrivains artistes il
éprouve, et jusqu'à la monotonie insistante, le
besoin de nommer la matière : les gamelles sont de
bois, les caisses de sycomore, les coffrets de cèdre
(comme dans La Jeune Tarentine*), les escabeaux*
d'ébène. Chez ce contemporain de Théophile Gau-
tier et de Théodore de Banville, cet ami de Louis
Bouilhet, la matière précieuse, la pierre précieuse,
les améthystes, les topazes ornent les mitres, cou-
vrent les plafonds. Au reste il n'est pas vrai que
des images obsédantes, des mots clefs nous fassent
entrer dans le subconscient des auteurs et se prêtent
à une critique psychanalytique : quand l'écrivain
a une profonde expérience de l'art, son vocabulaire,
ses métaphores, son matériel expressif sont calculés
en fonction des sujets, varient avec eux, s'y ajustent,
en dépendent. Pour répondre à la liquidité d'âmes
sans énergie et à l'inconsistance d'une époque
affaissée, L'Éducation sentimentale *choisit ses*
arrière-plans et ses symboles dans l'eau courante,
désespérément courante. Tout y coule ; tout se durcit
et se traduit en minéral dans Salammbô*. La nature*
même, les êtres vivants sont comme métallisés et
orfévrés. La grande lagune miroite comme un miroir

*d'argent ; ou encore on y voit briller de gigan-
tesques plats d'argent ; les grenadiers, les amandiers, les myrtes sont immobiles comme des feuilles
de bronze ; les cyprès s'alignent comme des murailles de bronze ; le golfe et la plaine sont du plomb
fondu. Terres de soleil et de sommeil, proches du
désert. Les tas de sable sont de grandes vagues arrêtées, la mer un dallage de lapis-lazuli. Il n'est pas
jusqu'au ciel, continuellement pur, qui ne s'étale
plus lisse et plus froid à l'œil qu'une coupole de
métal.*

*Ce monde extérieur est fait de lignes, parmi les-
quelles il en est une, symbolique entre toutes, qui
est privilégiée : la spirale. Il est fait de formes qui,
ici, sont surtout des entassements : entassements
de villes construites les unes sur les autres et qui
attestent la succession des âges, les patries oubliées.
Mais l'artiste qui est, irrépressiblement en Flaubert,
l'ami de Pradier, de ce Clésinger dont* La Femme
au serpent *semble vivre une scène célèbre de Salammbô, va par prédilection à ce qui est sculptural,
attitudes, immobilités hiératiques, et cette dignité
rigide qui fait songer, quand s'assemblent les Anciens de Carthage, aux colosses assyriens. Couleurs
aussi, couleurs sur couleurs dans le contraste et la
violence, ou dans le vaporeux et l'évanescent. Surtout dans ce bleuâtre dont les peintres et les poètes
de son temps semblent avoir découvert, après Chateaubriand, la présence dans les lointains, les atmos-
phères, les lumières et même les ténèbres.*

Les reflets et les lumières s'allient aux couleurs. Des flammes, qui tremblent sur les cuirasses, font jaillir des scintillements sur les plats incrustés de pierres précieuses ; des lueurs s'allongent sur le lac. Et ce sont encore des flammes autour d'une idole, faisant jouer du vert, du jaune, du bleu, du violet, une couleur de vin, une couleur de sang. Ou encore des lumières laiteuses, des brouillards d'argent sous la lune, de grandes moires lumineuses, une lumière âpre qui vibre et qui recule les profondeurs du ciel ; et même, plus mystérieuse, cette lumière, à la fois effrayante et pacifique, « comme elle doit être derrière le soleil ».

Plus rares, les sonorités et les images musicales. Une harpe, une lyre qui figurent le frémissement des nerfs ou une tension de l'esprit ; des chants qu'accompagnent en orchestrations discordantes des bruits effrayants. Une page, cependant, qu'emplit la musique : la voluptueuse et troublante scène du serpent, son enlacement autour de la nudité de Salammbô. Il l'enveloppe à mesure que les trois notes des cordes, la flûte, rythment un balancement cadencé ; la musique se tait, il retombe.

C'est surtout par l'odorat qu'un être nerveusement sensible comme Flaubert perçoit le monde. Ce sens n'avait jusqu'alors pénétré qu'assez rarement l'expression poétique. Avec Baudelaire il va prendre un pouvoir troublant et obsédant. Flaubert qui respirait « l'encens et l'urine » dans Les Métamorphoses *d'Apulée, connaît ce trouble et cette obsession. Der-*

rière Salammbô on sent « comme l'odeur d'un tem-
ple » ; dans leur sommeil, les femmes du temple de
Tanit exhalent une odeur d'épices et de cassolettes
éteintes. Il est des entêtements d'odeurs nauséa-
bondes, comme ceux que répandent les bords du
lac à travers les fumées des aromates. Il est des
odeurs divines : « l'esprit des dieux habite dans les
bonnes odeurs » ; et c'est par une promotion toute
naturelle que le Chef-des-odeurs-suaves (un titre qui
annonce, trente ans à l'avance, un livre de poèmes
de Robert de Montesquiou) est l'ordonnateur de la
maison d'Hamilcar. Il est encore, et souvent, des
senteurs mêlées, et comme une orchestration de par-
fums et de relents. Dans la brise lourde les exhalai-
sons marines se confondent avec les aromates ; dans
une salle de palais, l'odeur indéfinissable est faite
de ce qui se dégage des parfums, des cuirs, des
épices. Et le plus troublant des effluves qui fait
ouvrir avidement les narines de Mâtho est celui qu'il
respire sous la tente auprès de Salammbô ; il y a
là une fumée étourdissante de cassolette, et comme
du miel, du poivre, des roses, « et une autre odeur
encore ».

C'est que les sensations ne s'isolent pas ; elles se
fondent les unes dans les autres ; il y a entre elles
des correspondances, comme il y a des rapports
intimes et non pas seulement métaphoriques entre
les choses de la terre et de la mer, entre les champs
et le ciel. Il y avait trois ans que Ruth, dans La
Légende des Siècles, *avait vu une faucille d'or dans*

*le champ des étoiles quand Salammbô dit à la
lune : « Au milieu des étoiles tu ressembles à un
pasteur » ; et il y avait six ans que l'on avait lu
Pasteurs et Troupeaux dans Les Contemplations.
Une harmonie se crée ; et elle se crée aussi entre le
milieu humain et l'univers animal : les villes sont
des bêtes puissantes et méchantes qui s'épient les
unes les autres.*

*Ce milieu humain est d'un certain moment de
l'histoire. Ce roman tourne parfois au cours d'histoire ancienne. On nous dit que certaines machines
changèrent plusieurs fois de nom dans le cours des
siècles ; que certaines autres s'appelaient onagres
et d'où vient ce nom. La grande époque hellénique
et hellénistique est encore assez près pour que l'on
s'enorgueillisse de se comparer à Épaminondas ou
que l'on nourrisse l'ambition d'avoir le destin des
généraux d'Alexandre. Et, passant aux anticipations,
on nous dit ce que pensera de Carthage le vieux
Caton. Derrière le rideau de fer de la guerre des
mercenaires le lecteur sent une présence obscure,
menace, témoin, acteur muet aux intentions inconnues et au rôle ambigu : Rome est l'ennemie, mais
en même temps la complice. On lui emprunte ses
armes, sa stratégie ; on la gagne par des concessions
exorbitantes ; on tâche de se faire d'elle une alliée
suspecte. Pourtant, c'est le prestige de Carthage qui
emplit ces quinze chapitres, prestige périlleux ; l'envie, les rancunes, la haine entourent cette cité trop riche
et trop avare ; et déjà l'on prédit l'inévitable ruine.*

*Assurément quelques figures fortement individua-
lisées : le Libyen Mâtho ; le Numide retors Narr'-
Havas ; le Grec subtil et trompeur Spendius ; et,
sur Carthage, face à face, le contraste orageux des
deux antagonistes : Hannon et Hamilcar. A part,
dans l'ombre, la mystique Salammbô. D'où viennent-
ils, ou plutôt d'où viennent leurs noms ? Hamilcar
et Hannon appartiennent à l'histoire. L'imaginaire
Salammbô a pris un nom de déesse : Selden enseigne
que Salammbô est la Vénus des Babyloniens ;
d'autres que le vocable vient de Salambaal, prêtresse
de Baal. Mâtho a pris le nom du Mathos de Polybe,
mais non point son visage ni son rôle ; de même
pour Spendius qui, chez l'historien grec, est l'égal
de Mathos. Quant au Numide, il a pris, en le défor-
mant, le nom de Naranas ; mais il vient, à la vérité,
de la guerre de Jugurtha, c'est-à-dire de Salluste
chez qui il s'appelle Massinissa.*

*Mais ce qui court à travers le roman tout entier,
c'est une âme collective : des torrents d'hommes s'y
déversent ; des contagions de colère s'y commu-
niquent d'homme à homme, de nation à nation. On
voit, comme en un flux et un reflux, la gradation
des sentiments, leurs contradictions : ils grandissent,
retombent, se heurtent. Avec d'autant plus d'in-
cohérence que cette collectivité est bigarrée : les mercenaires viennent du Nord et du Midi ; de tous les
peuples. Leurs armes, leurs baraquements, tout les
distingue ; et même leurs usages funéraires que
Flaubert connaît par Ernest Feydeau.*

Il n'y en a pas moins des fonds communs de psy-
chologie : chez tous la perfidie, surtout chez les
Puniques ; et chez les Barbares (en 1862, Leconte
de Lisle publie ses Poésies barbares *qui deviendront*
les Poèmes barbares, *mais dont plus d'une a déjà*
paru en revue), la versatilité et l'obstination para-
doxalement unies. Et cette union non moins para-
doxale de recherche et d'ingénuité, qui est le double
caractère du primitif. Plus équivoques et dans une
ombre sur laquelle Flaubert n'a pas voulu projeter
une lumière brutale, les amours de soldat à soldat,
de fort à faible, de faible à fort. Chez tous encore, et
dans tout le livre, la cruauté, l'horreur. Et les
scènes d'épouvante se multiplient dans les deux
camps, qui font hésiter sur ce qui est le plus abomi-
nable du déchaînement des Barbares ou du raffine-
ment des civilisés.

Civilisés et Barbares vivent sous le poids d'une
fatalité plus forte que leurs volontés. Ces êtres sont
à la merci de forces qui agissent sur eux ou en eux,
plus qu'ils n'agissent eux-mêmes. On a remarqué
dans toute l'œuvre de Flaubert un fait de langue
qui pourrait s'appeler la syntaxe de la passivité :
l'action n'est pas attribuée à l'homme ; le sujet de
la phrase est un nom de passion ou de mouvement
irréfléchi sur lequel porte le verbe : « Une pitié
l'émut » — « Une fureur m'emporte » — « Des inquié-
tudes les prenaient » — « Une terreur les glaça » —
« Une angoisse l'accablait » — « Un délire funèbre
agitait Carthage » — « Une impatience la saisit »

— « *Une lassitude l'accablait* » — « *Un dégoût immense les accabla* » — « *Un étrange courage lui était venu* » — « *Une faiblesse étrange l'avait pris* » — « *Un redoublement de fureur la saisit* ». *Il y a un reste de romantisme dans ces entraînements irrésistibles, dans ces forces qui vont. Flaubert a créé un Mâtho romantique, pleurant d'amour ou peut-être de haine, et qui se sent* « *misérable, chétif, abandonné* ». *Ces héros farouches sont des émotifs. Des cœurs battent, bondissent ; des artères, des tempes bourdonnent ; on se perd dans les sentiments indéfinis. Les accablements sont pleins de délices ; les admirations envahies par les exécrations ; et l'on peut éprouver à la fois de la terreur, de la jalousie, une espèce d'amour, une singulière volupté. A certains moments les pensées sont comme des attouchements ; à d'autres l'on aspire à se dissoudre panthéistiquement dans le Grand Tout ; on vit au rythme de la nature ; et, comme Salammbô, on est dans le jour un autre être que dans la nuit. Il semble qu'une fascination appelle, pousse ou repousse des créatures habitées par un envoûtement.*

C'est l'envoûtement de l'imagination, du désir, du rêve, du souvenir. Les mercenaires n'ont pas quitté leurs patries si diverses et dont ils sont si loin. Dans les mémoires se déroulent des combats ou s'étendent des paysages. Comme nous sommes en un temps où les terres ignorées, ou à demi découvertes, au-delà du monde connu, se découvrent à l'imagination, elle est envahie par un exotisme fantastique, avec des fleuves couleur de lait, des forêts d'arbres bleus, des monstres à figure humaine. Des tourbillons d'images tournoient frénétiquement dans la tête de Mâtho comme dans celle de Salammbô.

Cette vie humaine, prise encore si étroitement dans la vie animale et même dans le monde végétal, est écrasée sous un sens contre lequel elle s'insurge parfois, mais vainement : le sens du sacré. Des théogonies, des cosmogonies ont le caractère redoutable des mystères initiatiques. Le grand prêtre les enseigne à Salammbô. Elle sait que le divin habite notre chair, et elle s'en pénètre sensuellement : « Quelque chose de suave, coulant de mon front jusqu'à mes pieds, passe dans ma chair... c'est une caresse qui m'enveloppe, et je me sens écrasée comme si un dieu s'étendait sur moi. » Volupté qui a pour rançon la cruauté des dieux exigeants et féroces, maîtres que l'on a peine à apaiser par des supplications et des présents.

Ce double caractère de volupté et de cruauté s'exprime dans le diptyque ou la rivalité de Moloch et de Tanit. Dans les temps de désastre et de terreurs le peuple abandonne celle-ci pour se tourner vers celui-là, Moloch-Homicide. Au signal de la pluie et du tonnerre obtenus au prix de sacrifices d'enfants, il reconnaît la voix de Moloch qui a vaincu Tanit. Elle semblait, pourtant, emplir l'âme de la contrée ; elle était reine. Sous son nom et sous d'autres noms, Rabbetna, Baalet, elle était la Vénus carthaginoise.

*Mais Moloch est plus fort, parce qu'il est le dieu
des malédictions, le dévorateur, le feu impitoyable.*

*Autour de ce couple qui se dispute les adorations,
tout un peuple de dieux : les Cabires, dieux planétaires ; les Dieux-Patæques, génies aux traits effrayants ; les Baals hermaphrodites ; Melkarth,
Eschmoûn ; Matisman, dieu des morts ; Gurzil,
dieu des batailles ; Aptouknos, dieu des Libyens :
car, dans le camp des adversaires, il est des dieux
qu'on ménage à Carthage, parce qu'il est toujours
téméraire de méconnaître les dieux des Carthaginois.
On jure à la fois par le génie de Carthage et par les
dieux barbares. Des objets mêmes comme le zaïmph
participent de la nature des dieux ; ils enveloppent
« le secret de l'âme universelle ». Les simulacres des
divinités ont les vertus, bienfaisantes ou malfaisantes,
des divinités elles-mêmes ; on les enchaîne pour les
retenir dans sa ville ; on les insulte quand ils ne
répondent pas aux vœux de la ville ; on réplique à
leur abandon par de la haine ; on dénonce leur
injustice ; on leur substitue un dieu intérieur qui
est dans la conscience de chacun : les Barbares, au
défilé de la Hache, « sentaient confusément qu'ils
étaient les desservants d'un dieu répandu dans les
cœurs d'opprimés, et comme les pontifes de la vengeance universelle ».*

*Il existe en effet, à côté des dieux personnels, de
plus vagues et immanentes divinités, des génies.
Les habiles, comme Spendius, sont soupçonnés
d'avoir un génie ; Hamilcar possède une statuette*

qui est le génie même de sa parole ; Salammbô,
songeant à s'enfuir, se propose d'emporter le génie
de sa maison ; Narr'Havas boit au génie de Carthage ; et Salammbô, confondue avec Tanit, semble
ce « génie même de Carthage, son âme corporifiée ».

Aussi les dieux comptent-ils moins que le sentiment
dont ils émanent. Quand Salammbô regarde tout au
loin, au-delà des espaces terrestres, quelque chose
des dieux l'enveloppe. Grandie dans les abstinences,
les jeûnes et les purifications, toujours entourée de
choses exquises et graves, elle a le don de sentir
confusément ce qui est d'essence religieuse, jusque
dans la haine dont la persécute Mâtho. Dans le
défilé de la Hache, tournés vers des constellations
différentes, les mercenaires prient. A qui vont
ces prières ? Aux constellations elles-mêmes ? ou
au mystère du divin que n'épuisent pas les dieux ?
Salammbô ne serait que communiqués militaires
si la mysticité n'y coulait à larges flots. Les lieux
mystiques, les désirs mystiques, l'émotion mystique,
et même la volupté mystique, la lasciveté mystique
permettent d'échapper aux visages anthropomor-
phiques des épouvantables idoles.

Flaubert a souvent affecté de ramener la mysticité
à une pathologie toute physique, aux troubles des
nerfs et à une hystérie qui s'ignore. Salammbô, écrit-il
à Sainte-Beuve, est une « maniaque » ; et, comme
pour aggraver son diagnostic, il ajoute « une espèce
de sainte Thérèse ». Mais n'y a-t-il pas en lui-même

un mystique qui s'ignore, ou qui ne s'avoue que pour ajouter qu'il ne croit à rien ? Dans Salammbô, *il parle sans irrespect de cette maladie sacrée. Son récit sanguinaire mais chargé d'adorations et de sentiment du mystère est un lieu de rencontre de tous les cultes comme de toutes les races. Le grand prêtre de Tanit est de ces chercheurs de divinité qui ont visité tous les temples et couru le monde pour s'initier dans des collèges d'Asie ou chez les Nabathéens perdus dans les sables. A la bigarrure des peuples répond la bigarrure des dieux. Aucun d'eux ne doit être exclu de ce panthéon encombré et proliférant. D'où l'indignation des Barbares quand Spendius leur fait croire que, pour Hannon, tous les dieux des autres peuples ne seraient que des songes près des dieux de Carthage. En ces derniers siècles de l'ère païenne, la coexistence aboutit au syncrétisme alexandrin. Les mythes grecs s'accordent avec les religions étrangères. Il n'est que d'entendre le Grec Spendius : « Salut d'abord à toi, Baal-Eschmoûn libérateur, que les gens de ma patrie appellent Esculape ! » Les femmes chassées du camp des Barbares viennent sous les murs de Carthage implorer la protection de Cérès et de Proserpine, « car il y avait dans Byrsa un temple et des prêtres consacrés à ces déesses en expiation des horreurs commises autrefois au siège de Syracuse ». Cette concorde des dieux amène les prêtres de Proserpine aux pieds de Moloch pour marmotter une formule éleusiaque.*

Le Flaubert *de* La Tentation de saint Antoine

se retrouve dans celui de Salammbô *pour entasser les dieux étranges et pour y joindre des monstres sacrés. Dans la cosmogonie du grand prêtre de Tanit, ces monstres qui sont peints maintenant aux parois des sanctuaires retrouvent leur élément premier, la boue originelle où se sont formées la vie et les formes encore à naître. Mais le Gérard de Nerval d'Isis ou l'Apulée des* Métamorphoses *n'auraient pas non plus désavoué ces identifications de dieux à dieux qui ramènent à l'unité tout un polythéisme symbolique.*

Le symbolisme, en effet, est né du syncrétisme, et de chapitre en chapitre Salammbô *nous fait passer par la galerie des symboles : symboles de la fécondation ; symboles du jour et de la nuit que figurent un taureau blanc et une brebis noire ; symbole d'un essor d'aigle signifiant la résurrection de l'année ; symboles hermétiques dont sont tatoués les corps des mercenaires ; symboles du mouvement du soleil, de l'idée du feu sous sa forme la plus haute représentée par les chevaux d'Eschmoûn. Combien d'autres ! Les intelligences ingénues comme celle de* Salammbô *s'en tiennent à ces images derrière lesquelles se cache une révélation primitive ; elle accepte « comme vrais en eux-mêmes de purs symboles ». Mais son père professe une religion libre et qui s'élève à la communion cosmique : il conserve précieusement, comme des messagers du ciel supérieur, des aérolithes qu'il croit tombés de la lune : « Par leur chute, ils signifiaient les astres, le ciel, le feu ;*

*par leur couleur, la nuit ténébreuse, et par leur den-
sité, la cohésion des choses terrestres. »*

Autant qu'on puisse en juger par des lettres où
l'exaltation du verbe rend malaisée l'interprétation
d'une philosophie de poète, la religion de Flaubert
est peut-être celle d'Hamilcar. Ce solitaire n'est pas
avec ces Garamantes, hommes des solitudes eux
aussi, mais qui ne respectent aucun dieu. On entend
plus volontiers sa voix quand le Suffète, dépassant
l'anthropomorphisme et l'anthropocentrisme, atteint
à un panthéisme dépouillé et supérieur. Son culte
des aérolithes proscrit toutes les formes et toutes les
appellations des dieux « afin de saisir l'esprit immuable que les apparences dérobaient. Quelque chose des
vitalités planétaires le pénétrait, tandis qu'il sentait
pour la mort et pour tous les hasards un dédain
plus savant et plus intime ».

Lue dans cette perspective poétique, épique et
religieuse, écoutée comme une confidence sur toute
une morale intime et des besoins d'âme inavoués,
dont une pudeur à demi stoïcienne lui interdisait
l'expression directe, l'œuvre de Flaubert échappe à
maintes critiques qui lui furent faites en 1862 et
1863. Elle avait paru le 24 novembre 1862 ; elle avait
excité une curiosité qui ne lui épargnait pas les
succès artificiels et quelque peu dégradants de la mode.
Elle avait touché quelques grands esprits comme
Baudelaire, qui écrivait à Poulet-Malassis : « une
édition de deux mille enlevée en deux jours. Positif.
Beau livre plein de défauts... Ce que Flaubert a fait,

lui seul pouvait le faire. » *Mais la critique le traita comme un roman historique ou même comme une reconstruction d'histoire. Ou encore — puisque l'auteur se prêtait à cette définition dangereuse — comme un roman moderne, contraint aux exigences d'une vérité et d'une psychologie du jour. Elle n'avait pas encore le recul grâce auquel s'interprète un livre dans l'ensemble d'une carrière créatrice. Sainte-Beuve dans* Le Constitutionnel, *l'archéologue Frœhner dans* La Revue contemporaine *s'égarèrent en un double contresens, celui-ci au nom de la vérité archéologique, celui-là au nom de la vérité humaine, d'une certaine vérité humaine qu'enseigne Port-Royal et qui s'exprime dans* Volupté. *Flaubert répondit avec une bonne grâce ironique à Sainte-Beuve ; il répondit avec âpreté à Frœhner dans* L'Opinion nationale *et dans* La Revue contemporaine. *Leur livra-t-il le vrai secret de Salammbô ? Un poète qui a choisi la forme du roman ne se découvre pas aisément. Certes il est présent ; il peut avouer dans une lettre : « La Bovary, c'est moi », se donner à lui-même le goût de l'arsenic ou ressentir l'enveloppement insinuant du serpent sacré. Que ses contemporains respectent l'intimité qu'il n'a pas voulu leur faire partager. Au lecteur d'aujourd'hui de la découvrir ou de la deviner.*

Pierre Moreau.

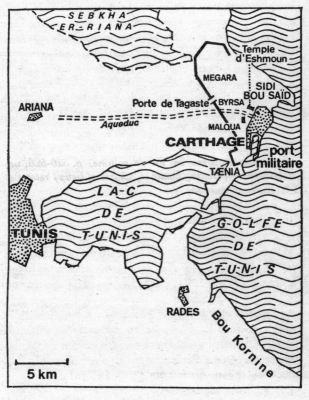

Plan archéologique de Carthage
d'après Dureau de la Malle.

Le lecteur trouvera en fin de volume, p. 520-526, un « Glossaire » (Dieux, hommes, choses et lieux) relatif à la civilisation punique.

Salammbô

I

LE FESTIN

C'était à Mégara, faubourg de Carthage, dans
les jardins d'Hamilcar.

Les soldats qu'il avait commandés en Sicile se
donnaient un grand festin pour célébrer le jour
anniversaire de la bataille d'Eryx, et comme le maître était absent et qu'ils se trouvaient nombreux,
ils mangeaient et ils buvaient en pleine liberté.

Les capitaines, portant des cothurnes de bronze,
s'étaient placés dans le chemin du milieu, sous un
voile de pourpre à franges d'or, qui s'étendait
depuis le mur des écuries jusqu'à la première
terrasse du palais ; le commun des soldats était
répandu sous les arbres, où l'on distinguait quantité de bâtiments à toit plat, pressoirs, celliers,
magasins, boulangeries et arsenaux, avec une
cour pour les éléphants, des fosses pour les bêtes
féroces, une prison pour les esclaves.

Des figuiers entouraient les cuisines ; un bois
de sycomores se prolongeait jusqu'à des masses
de verdure, où des grenades resplendissaient parmi
les touffes blanches des cotonniers : des vignes,
chargées de grappes, montaient dans le branchage

des pins : un champ de roses s'épanouissait sous
des platanes ; de place en place sur des gazons,
se balançaient des lis ; un sable noir, mêlé à de la
poudre de corail, parsemait les sentiers, et, au
milieu, l'avenue des cyprès faisait d'un bout à
l'autre comme une double colonnade d'obélisques verts.

Le palais, bâti en marbre numidique tacheté
de jaune, superposait tout au fond, sur de larges
assises, ses quatre étages en terrasses. Avec son
grand escalier droit en bois d'ébène, portant aux
angles de chaque marche la proue d'une galère
vaincue, avec [1] ses portes rouges écartelées d'une
croix noire, ses grillages d'airain qui le défendaient
en bas des scorpions, et ses treillis de baguettes
dorées qui bouchaient en haut ses ouvertures, il
semblait aux soldats, dans son opulence farouche,
aussi solennel et impénétrable que le visage d'Hamilcar.

Le Conseil leur avait désigné sa maison pour y
tenir ce festin ; les convalescents qui couchaient
dans le temple d'Eschmoûn, se mettant en marche
dès l'aurore, s'y étaient traînés sur leurs béquilles.
A chaque minute, d'autres arrivaient. Par tous les
sentiers, il en débouchait incessamment, comme
des torrents qui se précipitent dans un lac. On
voyait entre les arbres courir les esclaves des
cuisines, effarés et à demi nus ; les gazelles sur
les pelouses s'enfuyaient en bêlant, le soleil se
couchait, et le parfum des citronniers rendait
encore plus lourde l'exhalaison de cette foule en
sueur.

Il y avait là des hommes de toutes les nations,

des Ligures, des Lusitaniens, des Baléares, des
Nègres et des fugitifs de Rome. On entendait, à
côté du lourd patois dorien, retentir les syllabes
celtiques bruissantes comme des chars de bataille,
et les terminaisons ioniennes se heurtaient aux
consonnes du désert, âpres comme des cris de
chacal. Le Grec se reconnaissait à sa taille mince,
l'Égyptien à ses épaules remontées, le Cantabre
à ses larges mollets. Des Cariens balançaient
orgueilleusement les plumes de leur casque, des
archers de Cappadoce s'étaient peint avec des jus
d'herbes de larges fleurs sur le corps, et quelques
Lydiens portant des robes de femmes dînaient
en pantoufles et avec des boucles d'oreilles.
D'autres, qui s'étaient par pompe barbouillés de
vermillon, ressemblaient à des statues de corail.

Ils s'allongeaient [1] sur les coussins, ils mangeaient
accroupis autour de grands plateaux, ou bien,
couchés sur le ventre, ils tiraient à eux les morceaux de viande, et se rassasiaient appuyés sur
les coudes, dans la pose pacifique des lions lorsqu'ils dépècent leur proie. Les derniers venus,
debout contre les arbres, regardaient les tables
basses disparaissant à moitié sous des tapis d'écarlate, et attendaient leur tour.

Les cuisines d'Hamilcar n'étant pas suffisantes,
le Conseil leur avait envoyé des esclaves, de la
vaisselle, des lits ; et l'on voyait au milieu du
jardin, comme sur un champ de bataille quand on
brûle les morts, de grands feux clairs où rôtissaient
des bœufs. Les pains saupoudrés d'anis [2] alternaient [3] avec les gros fromages plus lourds que
des disques, et les cratères pleins de vin, et les

canthares pleins d'eau auprès des corbeilles
en filigrane d'or qui contenaient des fleurs. La
joie de pouvoir enfin se gorger à l'aise dilatait
tous les yeux : çà et là, les chansons commençaient.

D'abord on leur servit des oiseaux à la sauce
verte, dans des assiettes d'argile rouge rehaussée
de dessins noirs, puis toutes les espèces de coquillages que l'on ramasse sur les côtes puniques, des
bouillies de froment, de fève et d'orge, et des escargots au cumin, sur des plats d'ambre jaune.

Ensuite les tables furent couvertes de viandes :
antilopes avec leurs cornes, paons avec leurs plumes,
moutons entiers cuits au vin doux, gigots de
chamelles et de buffles, hérissons au garum, cigales
frites et loirs confits. Dans des gamelles en bois
de Tamrapanni flottaient, au milieu du safran, de
grands morceaux de graisse. Tout débordait de
saumure, de truffes et d'assa fœtida. Les pyramides
de fruits s'éboulaient sur les gâteaux de miel, et
l'on n'avait pas oublié quelques-uns de ces petits
chiens à gros ventre et à soies roses que l'on
engraissait avec du marc d'olives, mets carthaginois en abomination aux autres peuples. La
surprise des nourritures nouvelles excitait la
cupidité des estomacs. Les Gaulois aux longs
cheveux retroussés sur le sommet de la tête,
s'arrachaient les pastèques et les limons qu'ils
croquaient avec l'écorce. Des Nègres n'ayant jamais
vu de langoustes se déchiraient le visage à leurs
piquants rouges. Mais les Grecs rasés, plus blancs
que des marbres, jetaient derrière eux les épluchures de leur assiette, tandis que des pâtres du

Brutium, vêtus de peaux de loups, dévoraient silencieusement, le visage dans leur portion.

La nuit tombait. On retira le velarium étalé sur l'avenue de cyprès et l'on apporta des flambeaux.

Les lueurs vacillantes du pétrole qui brûlait dans des vases de porphyre effrayèrent, au haut des cèdres, les singes consacrés à la lune. Ils poussèrent des cris, ce qui mit les soldats en gaieté.

Des flammes oblongues tremblaient sur les cuirasses d'airain. Toutes sortes de scintillements jaillissaient des plats incrustés de pierres précieuses. Les cratères, à bordure de miroirs convexes, multipliaient l'image élargie des choses ; les soldats se pressant autour s'y regardaient avec ébahissement et grimaçaient pour se faire rire. Ils se lançaient, par-dessus les tables, les escabeaux d'ivoire et les spatules d'or. Ils avalaient à pleine gorge tous les vins grecs qui sont dans des outres, les vins de Campanie enfermés dans des amphores, les vins des Cantabres que l'on apporte dans des tonneaux, et les vins de jujubier, de cinnamome et de lotus. Il y en avait des flaques par terre où l'on glissait. La fumée des viandes montait dans les feuillages avec la vapeur des haleines. On entendait à la fois le claquement des mâchoires, le bruit des paroles, des chansons, des coupes, le fracas des vases campaniens qui s'écroulaient en mille morceaux, ou le son limpide d'un grand plat d'argent.

A mesure qu'augmentait leur ivresse, ils se rappelaient de plus en plus l'injustice de Carthage [1]. En effet, la République, épuisée par la

guerre, avait laissé s'accumuler dans la ville
toutes les bandes qui revenaient. Giscon, leur
général, avait eu cependant la prudence de les
renvoyer les uns après les autres pour faciliter
l'acquittement de leur solde, et le Conseil avait
cru qu'ils finiraient par consentir à quelque dimi-
nution. Mais on leur en voulait aujourd'hui de ne
pouvoir les payer. Cette dette se confondait dans
l'esprit du peuple avec les trois mille deux cents
talents euboïques exigés par Lutatius, et ils
étaient, comme Rome, un ennemi pour Carthage.
Les Mercenaires le comprenaient ; aussi leur
indignation éclatait en menaces et en débordements. Enfin, ils demandèrent à se réunir pour
célébrer une de leurs victoires, et le parti de la
paix céda, en se vengeant d'Hamilcar qui avait
tant soutenu la guerre. Elle s'était terminée contre
tous ses efforts, si bien que, désespérant de Carthage, il avait remis à Giscon le gouvernement
des Mercenaires. Désigner son palais pour les
recevoir, c'était attirer sur lui quelque chose de
la haine qu'on leur portait. D'ailleurs la dépense
devait être excessive ; il la subirait presque toute.

Fiers d'avoir fait plier la République, les Mercenaires croyaient qu'ils allaient enfin s'en retourner chez eux, avec la solde de leur sang dans le
capuchon de leur manteau. Mais leurs fatigues,
revues à travers les vapeurs de l'ivresse, leur
semblaient prodigieuses et trop peu récompensées.
Ils se montraient leurs blessures, ils racontaient
leurs combats, leurs voyages et les chasses de leurs
pays. Ils imitaient le cri des bêtes féroces, leurs
bonds. Puis vinrent les immondes gageures ; ils

s'enfonçaient la tête dans les amphores, et restaient à boire, sans s'interrompre, comme des dromadaires altérés. Un Lusitanien, de taille gigantesque, portant un homme au bout de chaque bras, parcourait les tables tout en crachant du feu par les narines. Des Lacédémoniens qui n'avaient point ôté leurs cuirasses sautaient d'un pas lourd. Quelques-uns s'avançaient comme des femmes en faisant des gestes obscènes ; d'autres se mettaient nus pour combattre, au milieu des coupes, à la façon des gladiateurs, et une compagnie de Grecs dansait autour d'un vase où l'on voyait des nymphes, pendant qu'un nègre tapait avec un os de bœuf sur un bouclier d'airain.

Tout à coup, ils entendirent un chant plaintif, un chant fort et doux, qui s'abaissait et remontait dans les airs comme le battement d'ailes d'un oiseau blessé.

C'était la voix des esclaves dans l'ergastule. Des soldats, pour les délivrer, se levèrent d'un bond et disparurent.

Ils revinrent, chassant au milieu des cris, dans la poussière, une vingtaine d'hommes que l'on distinguait à leur visage plus pâle. Un petit bonnet de forme conique, en feutre noir, couvrait leur tête rasée ; ils portaient tous des sandales de bois et faisaient un bruit de ferrailles comme des chariots en marche.

Ils arrivèrent dans l'avenue des cyprès, où ils se perdirent parmi la foule, qui les interrogeait. L'un d'eux était resté à l'écart, debout. A travers les déchirures de sa tunique on apercevait ses épaules rayées par de longues balafres. Baissant

4

le menton, il regardait autour de lui avec méfiance
et fermait un peu ses paupières dans l'éblouissement des flambeaux ; mais quand il vit que
personne de ces gens armés ne lui en voulait, un
grand soupir s'échappa de sa poitrine : il balbutiait, il ricanait sous les larmes claires qui lavaient
sa figure ; puis il saisit par les anneaux un canthare
tout plein, le leva droit en l'air au bout de ses
bras d'où pendaient des chaînes, et alors regardant
le ciel et toujours tenant la coupe, il dit :

— « Salut d'abord à toi, Baal-Eschmoûn libérateur, que les gens de ma patrie appellent
Esculape ! et à vous, Génies des fontaines, de la
lumière et des bois ! et à vous, Dieux cachés sous
les montagnes et dans les cavernes de la terre ! et
à vous, hommes forts aux armures reluisantes,
qui m'avez délivré ! »

Puis il laissa tomber la coupe et conta son histoire. On le nommait Spendius. Les Carthaginois
l'avaient pris à la bataille des Egineuses, et
parlant grec, ligure et punique, il remercia encore
une fois les Mercenaires ; il leur baisait les mains ;
enfin, il les félicita du banquet, tout en s'étonnant
de n'y pas apercevoir les coupes de la Légion
sacrée. Ces coupes, portant une vigne en émeraude
sur chacune de leurs six faces en or, appartenaient
à une milice exclusivement composée des jeunes
patriciens, les plus hauts de taille. C'était un privilège, presque un honneur sacerdotal ; aussi rien
dans les trésors de la République n'était plus
convoité des Mercenaires. Ils détestaient la
Légion à cause de cela, et on en avait vu qui
risquaient leur vie pour l'inconcevable plaisir

d'y boire. Donc ils commandèrent d'aller chercher
les coupes. Elles étaient en dépôt chez les Syssites,
compagnies de commerçants qui mangeaient en
commun. Les esclaves revinrent. A cette heure,
tous les membres des Syssites dormaient.

— « Qu'on les réveille ! » répondirent les Mercenaires.

Après une seconde démarche, on leur expliqua
qu'elles étaient enfermées dans un temple.

— « Qu'on l'ouvre ! » répliquèrent-ils.

Et quand les esclaves, en tremblant, eurent
avoué qu'elles étaient entre les mains du général
Giscon, ils s'écrièrent :

— « Qu'il les apporte ! »

Giscon, bientôt, apparut au fond du jardin dans
une escorte de la Légion sacrée. Son ample manteau noir, retenu sur sa tête à une mitre d'or
constellée de pierres précieuses, et qui pendait
tout à l'entour jusqu'aux sabots de son cheval,
se confondait, de loin, avec la couleur de la nuit.
On n'apercevait que sa barbe blanche, les rayonnements de sa coiffure et son triple collier à
larges plaques bleues qui lui battait sur la poitrine.

Les soldats, quand il entra, le saluèrent d'une
grande acclamation, tous criant :

— « Les coupes ! Les coupes ! »

Il commença par déclarer que, si l'on considérait
leur courage, ils en étaient dignes. La foule hurla
de joie, en applaudissant.

Il le savait bien, lui qui les avait commandés
là-bas et qui était revenu avec la dernière cohorte
sur la dernière galère !

— « C'est vrai! c'est vrai! » disaient-ils.

Cependant, continua Giscon, la République avait respecté leurs divisions par peuples, leurs coutumes, leurs cultes ; ils étaient libres dans Carthage! Quant aux vases de la Légion sacrée, c'était une propriété particulière. Tout à coup, près de Spendius, un Gaulois s'élança par-dessus les tables et courut droit à Giscon, qu'il menaçait en gesticulant avec deux épées nues.

Le général, sans s'interrompre, le frappa sur la tête de son lourd bâton d'ivoire : le Barbare tomba. Les Gaulois [1] hurlaient, et leur fureur, se communiquant aux autres, allait emporter les légionnaires. Giscon haussa les épaules en les voyant pâlir [2]. Il songeait que son courage serait inutile contre ces bêtes brutes, exaspérées. Il valait [3] mieux plus tard s'en venger dans quelque ruse ; donc il fit signe à ses soldats et s'éloigna lentement. Puis, sous la porte, se tournant vers les Mercenaires, il leur cria qu'ils s'en repentiraient.

Le festin recommença. Mais Giscon pouvait revenir et, cernant le faubourg qui touchait aux derniers remparts, les écraser contre les murs. Alors ils se sentirent seuls malgré leur foule ; et la grande ville qui dormait sous eux, dans l'ombre, leur fit peur, tout à coup [4], avec ses entassements d'escaliers, ses hautes maisons noires et ses vagues dieux encore plus féroces que son peuple. Au loin, quelques fanaux glissaient sur le port, et il y avait des lumières dans le temple de Khamon. Ils se souvinrent d'Hamilcar. Où était-il ? Pourquoi les avoir abandonnés, la paix conclue ? Ses dissensions avec le Conseil n'étaient sans doute qu'un jeu pour les

perdre. Leur haine inassouvie retombait sur lui :
et ils le maudissaient s'exaspérant les uns les
autres par leur propre colère. A ce moment-là,
il se fit un rassemblement sous les platanes. C'était
pour voir un nègre qui se roulait en battant le
sol avec ses membres, la prunelle fixe, le cou
tordu, l'écume aux lèvres. Quelqu'un cria qu'il
était empoisonné. Tous se crurent empoisonnés.
Ils tombèrent sur les esclaves ; une clameur
épouvantable s'éleva, et un vertige de destruction [1] tourbillonna sur l'armée ivre. Ils frappaient
au hasard, autour d'eux, ils brisaient, ils tuaient :
quelques-uns lancèrent des flambeaux dans les
feuillages ; d'autres, s'accoudant sur la balustrade
des lions, les massacrèrent à coups de flèches ;
les plus hardis coururent aux éléphants, ils
voulaient leur abattre la trompe et manger de
l'ivoire.

Cependant des frondeurs baléares qui, pour
piller plus commodément, avaient tourné l'angle
du palais, furent arrêtés par une haute barrière
faite en jonc des Indes. Ils coupèrent avec leurs
poignards les courroies de la serrure et se trouvèrent alors sous la façade qui regardait Carthage,
dans un autre jardin rempli de végétations taillées.
Des lignes de fleurs blanches, toutes se suivant
une à une, décrivaient sur la terre couleur d'azur
de longues paraboles, comme des fusées d'étoiles.
Les buissons, pleins de ténèbres, exhalaient des
odeurs chaudes, mielleuses. Il y avait des troncs
d'arbre barbouillés de cinabre, qui ressemblaient
à des colonnes sanglantes. Au milieu, douze
piédestaux de cuivre portaient chacun une grosse

boule de verre, et des lueurs rougeâtres emplissaient confusément ces globes creux, comme
d'énormes prunelles qui palpiteraient encore [1].
Les soldats s'éclairaient avec des torches, tout en
trébuchant sur la pente du terrain, profondément
labouré.

Mais ils aperçurent un petit lac, divisé en plusieurs bassins par des murailles de pierres bleues.
L'onde était si limpide que les flammes des torches tremblaient jusqu'au fond, sur un lit de
cailloux blancs et de poussière d'or. Elle se mit à
bouillonner, des paillettes lumineuses glissèrent,
et de gros poissons, qui portaient des pierreries
à la gueule, apparurent vers la surface.

Les soldats, en riant beaucoup, leur passèrent
les doigts dans les ouïes et les apportèrent sur
les tables.

C'étaient les poissons de la famille Barca. Tous
descendaient de ces lottes primordiales qui
avaient fait éclore l'œuf mystique où se cachait la
Déesse [2]. L'idée de commettre un sacrilège ranima
la gourmandise des Mercenaires ; ils placèrent vite
du feu sous des vases d'airain et s'amusèrent à
regarder les beaux poissons se débattre dans
l'eau bouillante.

La houle des soldats se poussait. Ils n'avaient
plus peur. Ils recommençaient à boire. Les parfums
qui leur coulaient du front mouillaient de gouttes
larges leurs tuniques en lambeaux, et s'appuyant
des deux poings sur les tables qui leur semblaient
osciller comme des navires, ils promenaient à
l'entour leurs gros yeux ivres, pour dévorer par
la vue ce qu'ils ne pouvaient prendre. D'autres,

marchant tout au milieu des plats sur les nappes
de pourpre, cassaient à coups de pied les escabeaux d'ivoire et les fioles tyriennes en verre. Les
chansons se mêlaient au râle des esclaves agonisant
parmi les coupes brisées. Ils demandaient du vin,
des viandes, de l'or. Ils criaient pour avoir des
femmes. Ils déliraient en cent langages. Quelques-
uns se croyaient aux étuves, à cause de la buée qui
flottait autour d'eux, ou bien, apercevant des
feuillages, ils s'imaginaient être à la chasse et
couraient sur leurs compagnons comme sur des
bêtes sauvages. L'incendie de l'un à l'autre gagnait
tous les arbres, et les hautes masses de verdure,
d'où s'échappaient de longues spirales blanches,
semblaient des volcans qui commencent à fumer.
La clameur redoublait ; les lions blessés rugissaient dans l'ombre.

Le palais s'éclaira d'un seul coup à sa plus haute
terrasse, la porte du milieu s'ouvrit, et une femme,
la fille d'Hamilcar elle-même, couverte de vêtements noirs, apparut sur le seuil. Elle descendit
le premier escalier qui longeait obliquement le
premier étage, puis le second, le troisième, et elle
s'arrêta sur la dernière terrasse, au haut de
l'escalier des galères. Immobile et la tête basse,
elle regardait les soldats.

Derrière elle, de chaque côté, se tenaient deux
longues théories d'hommes pâles, vêtus de robes
blanches à franges rouges qui tombaient droit sur
leurs pieds. Ils n'avaient pas de barbe, pas de
cheveux, pas de sourcils. Dans leurs mains étin-
celantes d'anneaux ils portaient d'énormes lyres
et chantaient tous, d'une voix aiguë, un hymne

à la divinité de Carthage. C'étaient les prêtres eunuques du temple de Tanit, que Salammbô appelait souvent dans sa maison.

Enfin elle descendit l'escalier des galères. Les prêtres la suivirent. Elle s'avança dans l'avenue des cyprès, et elle marchait lentement entre les tables des capitaines, qui se reculaient un peu en la regardant passer [1].

Sa chevelure, poudrée d'un sable violet, et réunie en forme de tour selon la mode des vierges chananéennes, la faisait paraître plus grande. Des tresses de perles attachées à ses tempes descendaient jusqu'aux coins de sa bouche, rose comme une grenade entrouverte. Il y avait sur sa poitrine un assemblage de pierres lumineuses, imitant par leur bigarrure les écailles d'une murène. Ses bras, garnis de diamants, sortaient nus de sa tunique sans manches, étoilée de fleurs rouges sur un fond tout noir. Elle portait entre les chevilles une chaînette d'or pour régler sa marche [2], et son grand manteau de pourpre sombre, taillé dans une étoffe inconnue, traînait derrière elle, faisant à chacun de ses pas comme une large vague qui la suivait.

Les prêtres, de temps à autre, pinçaient sur leurs lyres des accords presque étouffés, et dans les intervalles de la musique, on entendait le petit bruit de la chaînette d'or avec le claquement régulier de ses sandales en papyrus.

Personne encore ne la connaissait. On savait seulement qu'elle vivait retirée dans des pratiques pieuses. Des soldats l'avaient aperçue la nuit, sur le haut de son palais, à genoux devant

les étoiles, entre les tourbillons des cassolettes
allumées. C'était la lune qui l'avait rendue si pâle,
et quelque chose des Dieux l'enveloppait comme
une vapeur subtile. Ses prunelles semblaient
regarder tout au loin au-delà des espaces terrestres. Elle marchait en inclinant la tête, et tenait
à sa main droite une petite lyre d'ébène.

Ils l'entendaient murmurer :

— « Morts ! Tous morts ! Vous ne viendrez plus
obéissant à ma voix, quand, assise sur le bord du
lac, je vous jetais dans la gueule des pépins de
pastèques ! Le mystère de Tanit roulait au fond de
vos yeux, plus limpides que les globules des
fleuves. » Et elle les appelait pas leurs noms, qui
étaient les noms des mois. — « Siv ! Sivan ! Tammouz, Eloul, Tischri, Schebar ! — Ah ! pitié pour
moi, Déesse ! »

Les soldats, sans comprendre ce qu'elle disait,
se tassaient autour d'elle. Ils s'ébahissaient de sa
parure ; mais elle promena sur eux tous un long
regard épouvanté, puis s'enfonçant la tête dans
les épaules en écartant les bras, elle répéta plusieurs fois :

— « Qu'avez-vous fait ! qu'avez-vous fait !

« Vous aviez cependant, pour vous réjouir, du
pain, des viandes, de l'huile, tout le malobathre
des greniers ! J'avais fait venir des bœufs d'Hécatompyle, j'avais envoyé des chasseurs dans le
désert ! » Sa voix s'enflait, ses joues s'empourpraient. Elle ajouta : « Où êtes-vous donc, ici ?
Est-ce dans une ville conquise, ou dans le palais
d'un maître ? Et quel maître ? le suffète Hamilcar
mon père, serviteur des Baals ! Vos armes, rouges

du sang de ses esclaves, c'est lui qui les a refusées
à Lutatius ! En connaissez-vous un dans vos
patries qui sache mieux conduire les batailles ?
Regardez donc ! les marches de notre palais sont
encombrées par nos victoires ! Continuez ! brûlez-
le ! J'emporterai avec moi le Génie de ma maison,
mon serpent noir qui dort là-haut sur des feuilles
de lotus ! Je sifflerai, il me suivra ; et, si je monte
en galère, il courra dans le sillage de mon navire
sur l'écume des flots. »

Ses narines minces palpitaient. Elle écrasait ses
ongles contre les pierreries de sa poitrine. Ses
yeux s'alanguirent ; elle reprit :

— « Ah ! pauvre Carthage ! lamentable ville !
Tu n'as plus pour te défendre les hommes forts
d'autrefois, qui allaient au-delà des océans bâtir
des temples sur les rivages. Tous les pays travaillaient autour de toi, et les plaines de la mer,
labourées par tes rames, balançaient tes moissons. »

Alors elle se mit à chanter les aventures de Melkarth, dieu des Sidoniens et père de sa famille.

Elle disait l'ascension des montagnes d'Ersiphonie, le voyage à Tartessus, et la guerre contre
Masisabal pour venger la reine des serpents :

— « Il poursuivait dans la forêt le monstre
femelle dont la queue ondulait sur les feuilles
mortes comme un ruisseau d'argent ; et il arriva
dans une prairie où des femmes, à croupe de dragon, se tenaient autour d'un grand feu, dressées
sur la pointe de leur queue. La lune, couleur de
sang, resplendissait dans un cercle pâle, et leurs
langues écarlates, fendues comme des harpons

de pêcheurs, s'allongeaient en se recourbant
jusqu'au bord de la flamme. »

Puis Salammbô, sans s'arrêter, raconta comment Melkarth, après avoir vaincu Masisabal, mit
à la proue du navire sa tête coupée. — « A chaque
battement des flots, elle s'enfonçait sous l'écume ;
mais le soleil l'embaumait, elle se fit plus dure que
l'or ; cependant les yeux ne cessaient point de
pleurer, et les larmes, continuellement, tombaient
dans l'eau. »

Elle chantait tout cela dans un vieil idiome chananéen que n'entendaient pas les Barbares. Ils
se demandaient ce qu'elle pouvait leur dire avec
les gestes effrayants dont elle accompagnait son
discours ; — et montés autour d'elle sur les tables,
sur les lits, dans les rameaux des sycomores, la
bouche ouverte et allongeant la tête, ils tâchaient
de saisir ces vagues histoires qui se balançaient
devant leur imagination, à travers l'obscurité des
théogonies, comme des fantômes dans des nuages.

Seuls, les prêtres sans barbe comprenaient
Salammbô. Leurs mains ridées, pendant sur
les cordes des lyres, frémissaient, et de temps à
autre en tiraient un accord lugubre : car plus
faibles que des vieilles femmes ils tremblaient
à la fois d'émotion mystique et de la peur que
leur faisaient les hommes. Les Barbares ne s'en
souciaient ; ils écoutaient toujours la vierge chanter.

Aucun ne la regardait comme un jeune chef
numide placé aux tables des capitaines, parmi des
soldats de sa nation. Sa ceinture était si hérissée
de dards, qu'elle faisait une bosse dans son large

manteau, noué à ses tempes par un lacet de cuir.
L'étoffe, bâillant sur ses épaules, enveloppait
d'ombre son visage, et l'on n'apercevait que les
flammes de ses deux yeux fixes. C'était par hasard
qu'il se trouvait au festin, — son père le faisant
vivre chez les Barca, selon la coutume des rois
qui envoyaient leurs enfants dans les grandes
familles pour préparer des alliances ; mais depuis
six mois que Narr'Havas y logeait, il n'avait point
encore aperçu Salammbô ; et, assis sur les talons,
la barbe baissée vers les hampes de ses javelots,
il la considérait en écartant les narines comme
un léopard qui est accroupi dans les bambous.

De l'autre côté des tables se tenait un Libyen de
taille colossale et à courts cheveux noirs frisés. Il
n'avait gardé que sa jaquette militaire, dont les
lames d'airain déchiraient la pourpre du lit. Un
collier à lune d'argent s'embarrassait dans les
poils de sa poitrine. Des éclaboussures de sang
lui tachetaient la face, il s'appuyait sur le coude
gauche ; et la bouche grande ouverte il souriait.

Salammbô n'en était plus au rythme sacré. Elle
employait simultanément tous les idiomes des
Barbares, délicatesse de femme pour attendrir leur
colère. Aux Grecs elle parlait grec, puis elle se
tournait vers les Ligures, vers les Campaniens,
vers les Nègres ; et chacun en l'écoutant retrouvait
dans cette voix la douceur de sa patrie. Emportée
par les souvenirs de Carthage, elle chantait maintenant les anciennes batailles contre Rome ; ils
applaudissaient. Elle s'enflammait à la lueur des
épées nues ; elle criait, les bras ouverts. Sa lyre
tomba, elle se tut ; — et pressant son cœur à deux

mains, elle resta quelques minutes [1] les paupières
closes à savourer l'agitation de tous ces hommes.

Mâtho le Libyen se penchait vers elle. Involontairement elle s'en approcha, et, poussée par la
reconnaissance de son orgueil, elle lui versa dans
une coupe d'or un long jet de vin pour se récon-
cilier avec l'armée.

— « Bois! » dit-elle.

Il prit la coupe et il la portait à ses lèvres quand
un Gaulois, le même que Giscon avait blessé, le
frappa sur l'épaule, tout en débitant d'un air
jovial des plaisanteries dans la langue de son
pays. Spendius n'était pas loin; il s'offrit à les
expliquer.

— « Parle! » dit Mâtho.

— « Les Dieux te protègent, tu vas devenir
riche. A quand les noces ? »

— « Quelles noces ? »

— « Les tiennes! car chez nous », dit le Gaulois,
« lorsqu'une femme fait boire un soldat, c'est qu'elle
lui offre sa couche. »

Il n'avait pas fini que Narr'Havas, en bondissant, tira un javelot de sa ceinture, et appuyé du
pied droit sur le bord de la table, il le lança contre
Mâtho.

Le javelot siffla entre les coupes, et, traversant
le bras du Libyen [2], le cloua sur la nappe si
fortement, que la poignée en tremblait dans
l'air.

Mâtho l'arracha vite; mais il n'avait pas
d'armes, il était nu; enfin, levant à deux bras la
table surchargée, il la jeta contre Narr'Havas tout
au milieu de la foule qui se précipitait entre eux.

Les soldats et les Numides se serraient à ne pouvoir tirer leurs glaives. Mâtho avançait en donnant
de grands coups avec sa tête. Quand il la releva,
Narr'Havas avait disparu. Il le chercha des yeux.
Salammbô aussi était partie.

Alors sa vue se tournant sur le palais, il aperçut
tout en haut la porte rouge à croix noire qui se
refermait. Il s'élança.

On le vit courir entre les proues des galères,
puis réapparaître le long des trois escaliers jusqu'à
la porte rouge qu'il heurta de tout son corps. En
haletant, il s'appuya contre le mur pour ne pas
tomber.

Un homme l'avait suivi, et, à travers les ténèbres, car les lueurs du festin étaient cachées par
l'angle du palais, il reconnut Spendius.

— « Va-t'en! » dit-il.

L'esclave, sans répondre, se mit avec ses dents
à déchirer sa tunique ; puis s'agenouillant auprès
de Mâtho il lui prit le bras délicatement, et il
le palpait dans l'ombre pour découvrir la blessure.

Sous un rayon de la lune [1] qui glissait entre les
nuages, Spendius aperçut au milieu du bras une
plaie béante. Il roula tout autour le morceau
d'étoffe ; mais l'autre, s'irritant, disait : « Laisse-
moi! Laisse-moi! »

— « Oh! non! » reprit l'esclave. « Tu m'as délivré de l'ergastule. Je suis à toi! tu es mon maître! ordonne! »

Mâtho, en frôlant les murs, fit le tour de la
terrasse. Il tendait l'oreille à chaque pas, et, par
l'intervalle des roseaux dorés, plongeait ses regards

dans les appartements silencieux. Enfin il s'arrêta
d'un air désespéré.

— « Écoute ! » lui dit l'esclave. « Oh ! ne me
méprise pas pour ma faiblesse ! J'ai vécu dans le
palais. Je peux, comme une vipère, me couler
entre les murs. Viens ! Il y a dans la Chambre des
Ancêtres un lingot d'or sous chaque dalle ; une
voix souterraine conduit à leurs tombeaux. »

— « Eh ! qu'importe ! » dit Mâtho.

Spendius se tut.

Ils étaient sur la terrasse [1]. Une masse d'ombre
énorme s'étalait devant eux, et qui semblait
contenir de vagues amoncellements, pareils aux
flots gigantesques [2] d'un océan noir pétrifié.

Mais une barre lumineuse s'éleva du côté de
l'Orient. A gauche, tout en bas, les canaux de
Mégara commençaient à rayer de leurs sinuosités
blanches les verdures des jardins. Les toits coni-
ques des temples heptagones, les escaliers, les
terrasses, les remparts, peu à peu, se découpaient
sur la pâleur de l'aube ; et tout autour de la
péninsule carthaginoise une ceinture d'écume
blanche oscillait tandis que la mer couleur d'émé-
raude semblait comme figée dans la fraîcheur du
matin. Puis à mesure que le ciel rose allait s'élargissant, les hautes maisons inclinées sur les pentes
du terrain se haussaient, se tassaient telles qu'un
troupeau de chèvres noires qui descend des montagnes. Les rues désertes s'allongeaient ; les palmiers,
çà et là sortant des murs, ne bougeaient pas ;
les citernes remplies avaient l'air de boucliers
d'argent perdus dans les cours, le phare du promontoire Hermæum commençait à pâlir. Tout en

haut de l'Acropole, dans le bois de cyprès, les
chevaux d'Eschmoûn, sentant venir la lumière,
posaient leurs sabots sur le parapet de marbre
et hennissaient du côté du soleil.

Il parut ; Spendius, levant les bras, poussa un
cri.

Tout s'agitait dans une rougeur épandue, car le
Dieu, comme se déchirant, versait à pleins rayons
sur Carthage la pluie d'or de ses veines. Les éperons
des galères étincelaient, le toit de Khamon paraissait tout en flammes, et l'on apercevait des lueurs
au fond des temples dont les portes s'ouvraient.
Les grands chariots arrivant de la campagne
faisaient tourner leurs roues sur les dalles des
rues. Des dromadaires chargés de bagages descendaient les rampes. Les changeurs dans les carrefours relevaient les auvents de leurs boutiques. Des
cigognes s'envolèrent, des voiles blanches palpitaient. On entendait dans le bois de Tanit le
tambourin des courtisanes sacrées, et à la pointe
des Mappales, les fourneaux pour cuire les cercueils
d'argile commençaient à fumer.

Spendius se penchait en dehors de la terrasse ;
ses dents claquaient, il répétait :

— « Ah ! oui... oui... maître ! je comprends
pourquoi tu dédaignais tout à l'heure le pillage
de la maison. »

Mâtho fut comme réveillé par le sifflement de
sa voix, il semblait ne pas comprendre ; Spendius
reprit :

— « Ah ! quelles richesses ! et les hommes qui les
possèdent n'ont même pas de fer pour les défendre ! »

Alors, lui faisant voir de sa main droite étendue quelques-uns de la populace qui rampaient en dehors du môle, sur le sable, pour chercher des paillettes d'or :

— « Tiens ! » lui dit-il, « la République est comme ces misérables : courbée au bord des océans, elle enfonce dans tous les rivages ses bras avides, et le bruit des flots emplit tellement son oreille qu'elle n'entendrait pas venir par-derrière le talon d'un maître ! »

Il entraîna Mâtho tout à l'autre bout de la terrasse, et lui montrant le jardin où miroitaient au soleil les épées des soldats suspendues dans les arbres :

— « Mais ici il y a des hommes forts dont la haine est exaspérée ! et rien ne les attache à Carthage, ni leurs familles, ni leurs serments, ni leurs dieux ! »

Mâtho restait appuyé contre le mur [1] ; Spendius, se rapprochant, poursuivit à voix basse :

— « Me comprends-tu, soldat ? Nous nous promènerions couverts de pourpre comme des satrapes. On nous laverait dans les parfums ; j'aurais des esclaves à mon tour ! N'es-tu pas las de dormir sur la terre dure, de boire le vinaigre des camps, et toujours d'entendre la trompette ? Tu te reposeras plus tard, n'est-ce pas ? quand on arrachera ta cuirasse pour jeter ton cadavre aux vautours ! ou peut-être, t'appuyant sur un bâton, aveugle, boiteux, débile, tu t'en iras de porte en porte raconter ta jeunesse aux petits enfants et aux vendeurs de saumure. Rappelle-toi toutes les injustices de tes chefs, les campements dans la neige, les courses au soleil, les tyrannies de la

discipline et l'éternelle menace de la croix! Après
tant de misères on t'a donné un collier d'honneur,
comme on suspend au poitrail des ânes une
ceinture de grelots pour les étourdir dans la marche,
et faire qu'ils ne sentent pas la fatigue. Un homme
comme toi, plus brave que Pyrrhus! Si tu l'avais
voulu, pourtant! Ah! comme tu seras heureux dans
les grandes salles fraîches, au son des lyres,
couché sur des fleurs, avec des bouffons et avec
des femmes! Ne me dis pas que l'entreprise est
impossible! Est-ce que les Mercenaires, déjà, n'ont
pas possédé Rheggium et d'autres places fortes en
Italie! Qui t'empêche! Hamilcar est absent;
le peuple exècre les Riches; Giscon ne peut rien
sur les lâches qui l'entourent. Mais tu es brave,
toi! ils t'obéiront. Commande-les! Carthage est
à nous; jetons-nous-y! »

— « Non! » dit Mâtho, « la malédiction de
Moloch pèse sur moi. Je l'ai senti à ses yeux, et
tout à l'heure j'ai vu dans un temple un bélier
noir qui reculait. » Il ajouta, en regardant autour
de lui : « Où est-elle? »

Spendius comprit qu'une inquiétude immense
l'occupait; il n'osa plus parler.

Les arbres derrière eux fumaient encore; de
leurs branches noircies, des carcasses de singes à
demi brûlées tombaient de temps à autre au
milieu des plats. Les soldats ivres ronflaient la
bouche ouverte à côté des cadavres; et ceux qui ne
dormaient pas baissaient leur tête, éblouis par le
jour. Le sol piétiné disparaissait sous des flaques
rouges. Les éléphants balançaient entre les pieux
de leurs parcs leurs trompes sanglantes. On aper-

cevait dans les greniers ouverts des sacs de froment répandus, et sous la porte une ligne épaisse de chariots amoncelés par les Barbares ; les paons juchés dans les cèdres déployaient leur queue et se mettaient à crier.

Cependant l'immobilité de Mâtho étonnait Spendius, il était encore plus pâle que tout à l'heure, et, les prunelles fixes, il suivait quelque chose à l'horizon, appuyé des deux poings sur le bord de la terrasse. Spendius, en se courbant, finit par découvrir ce qu'il contemplait. Un point d'or tournait au loin dans la poussière sur la route d'Utique ; c'était le moyeu d'un char attelé de deux mulets ; un esclave courait à la tête du timon, en les tenant par la bride. Il y avait dans le char deux femmes assises. Les crinières des bêtes bouffaient entre leurs oreilles à la mode persique, sous un réseau de perles bleues. Spendius les reconnut ; il retint un cri.

Un grand voile, par-derrière, flottait au vent.

II

A SICCA

Deux jours après, les Mercenaires sortirent de
Carthage.

On leur avait donné à chacun une pièce d'or,
sous la condition qu'ils iraient camper à Sicca, et
on leur avait dit avec toutes sortes de caresses :

— « Vous êtes les sauveurs de Carthage! Mais
vous l'affameriez en y restant ; elle deviendrait
insolvable. Éloignez-vous! La République, plus
tard, vous saura gré de cette condescendance.
Nous allons immédiatement lever des impôts ;
votre solde sera complète, et l'on équipera des
galères qui vous reconduiront dans vos patries. »

Ils ne savaient que répondre à tant de discours.
Ces hommes, accoutumés à la guerre, s'ennuyaient
dans le séjour d'une ville ; on n'eut pas de mal à les
convaincre, et le peuple monta sur les murs pour
les voir s'en aller.

Ils défilèrent par la rue de Khamon et la porte
de Cirta, pêle-mêle, les archers avec les hoplites,
les capitaines avec les soldats, les Lusitaniens avec
les Grecs. Ils marchaient d'un pas hardi, faisant
sonner sur les dalles leurs lourds cothurnes [1]. Leurs

armures étaient bosselées par les catapultes et
leurs visages noircis par le hâle des batailles. Des
cris rauques sortaient des barbes épaisses ; leurs
cottes de mailles déchirées battaient sur les pom-
meaux des glaives, et l'on apercevait, aux trous de
l'airain, leurs membres nus, effrayants comme
des machines de guerre. Les sarisses, les haches,
les épieux, les bonnets de feutre et les casques de
bronze, tout oscillait à la fois d'un seul mouvement.
Ils emplissaient la rue à faire craquer les murs, et
cette longue masse de soldats en armes s'épanchait
entre les hautes maisons à six étages, barbouillées
de bitume. Derrière leurs grilles de fer ou de
roseaux, les femmes, la tête couverte d'un voile,
regardaient en silence les Barbares passer.

Les terrasses, les fortifications, les murs disparaissaient sous la foule des Carthaginois, habillée de
vêtements noirs. Les tuniques des matelots faisaient comme des taches de sang parmi cette sombre
multitude, et des enfants presque nus, dont la
peau brillait sous leurs bracelets de cuivre, gesti-
culaient dans le feuillage [1] des colonnes ou entre les
branches d'un palmier. Quelques-uns des Anciens
s'étaient postés sur la plate-forme des tours, et
l'on ne savait pas pourquoi se tenait ainsi, de place
en place, un personnage à barbe longue, dans une
attitude rêveuse. Il apparaissait [2] de loin sur le
fond du ciel, vague comme un fantôme, et immobile comme les pierres.

Tous, cependant, étaient oppressés par la même
inquiétude ; on avait peur que les Barbares, en se
voyant si forts, n'eussent la fantaisie de vouloir
rester. Mais ils partaient avec tant de confiance

que les Carthaginois s'enhardirent et se mêlèrent
aux soldats. On les accablait de serments, d'étreintes. Quelques-uns même les engageaient à ne pas
quitter la ville, par exagération de politique et
audace d'hypocrisie [1]. On leur jetait des parfums,
des fleurs et des pièces d'argent. On leur donnait
des amulettes contre les maladies ; mais on avait
craché dessus trois fois pour attirer la mort, ou
enfermé dedans des poils de chacal qui rendent le
cœur lâche. On invoquait tout haut la faveur de
Melkarth et tout bas sa malédiction.

Puis vint la cohue des bagages, des bêtes de
somme et des traînards. Des malades gémissaient
sur des dromadaires ; d'autres s'appuyaient, en
boitant, sur le tronçon d'une pique. Les ivrognes
emportaient des outres, les voraces des quartiers
de viande, des gâteaux, des fruits, du beurre dans
des feuilles de figuier, de la neige dans des sacs de
toile. On en voyait avec des parasols à la main,
avec des perroquets sur l'épaule. Ils se faisaient
suivre par des dogues, par des gazelles ou des panthères. Des femmes de race libyque, montées sur
des ânes, invectivaient les négresses qui avaient
abandonné pour les soldats les lupanars de Malqua : plusieurs allaitaient des enfants suspendus
à leur poitrine dans une lanière de cuir. Les
mulets, que l'on aiguillonnait avec la pointe des
glaives, pliaient l'échine sous le fardeau des tentes ;
et il y avait une quantité de valets et de porteurs
d'eau, hâves, jaunis par les fièvres et tout sales
de vermine, écume de la plèbe carthaginoise, qui
s'attachait aux Barbares.

Quand ils furent passés, on ferma les portes derrière eux, le peuple ne descendit pas des murs ; l'armée se répandit bientôt sur la largeur de l'isthme.

Elle se divisait par masses inégales. Puis les lances apparurent comme de hauts brins d'herbe, enfin tout se perdit dans une traînée de poussière ; ceux des soldats qui se retournaient vers Carthage, n'apercevaient plus que ses longues murailles, découpant au bord du ciel leurs créneaux vides.

Alors les Barbares entendirent un grand cri. Ils crurent que quelques-uns d'entre eux, restés dans la ville (car ils ne savaient pas leur nombre), s'amusaient à piller un temple. Ils rirent beaucoup à cette idée, puis continuèrent leur chemin.

Ils étaient joyeux de se retrouver, comme autrefois, marchant tous ensemble dans la pleine campagne ; et des Grecs chantaient la vieille chanson des Mamertins :

— « Avec ma lance et mon épée, je laboure et je moissonne ; c'est moi qui suis le maître de la maison ! L'homme désarmé tombe à mes genoux et m'appelle Seigneur et Grand-Roi. »

Ils criaient, sautaient, les plus gais commençaient des histoires ; le temps des misères était fini. En arrivant à Tunis, quelques-uns remarquèrent qu'il manquait une troupe de frondeurs baléares. Ils n'étaient pas loin, sans doute : on n'y pensa plus.

Les uns allèrent loger dans les maisons, les autres campèrent au pied des murs, et les gens de la ville vinrent causer avec les soldats.

Pendant toute la nuit, on aperçut des feux qui brûlaient à l'horizon, du côté de Carthage ; ces

lueurs, comme des torches géantes, s'allongeaient
sur le lac immobile. Personne, dans l'armée, ne
pouvait dire quelle fête on célébrait.

Les Barbares, le lendemain, traversèrent une
campagne toute couverte de cultures. Les métairies
des patriciens se succédaient sur le bord de la
route ; des rigoles coulaient dans des bois de palmiers ; les oliviers faisaient de longues lignes
vertes ; des vapeurs roses flottaient dans les gorges
des collines ; des montagnes bleues se dressaient
par-derrière. Un vent chaud soufflait. Des caméléons
rampaient sur les feuilles larges des cactus.

Les Barbares se ralentirent.

Ils s'en allaient par détachements isolés, ou se
traînaient les uns après les autres [1] à de longs intervalles. Ils mangeaient des raisins au bord des
vignes. Ils se couchaient dans les herbes, et ils
regardaient avec stupéfaction les grandes cornes
des bœufs artificiellement tordues, les brebis
revêtues de peaux pour protéger leur laine, les
sillons qui s'entre-croisaient de manière à former
des losanges, et les socs de charrues pareils à des
ancres de navires, avec les grenadiers que l'on
arrosait de silphium. Cette opulence de la terre et
ces inventions de la sagesse les éblouissaient.

Le soir, ils s'étendirent sur les tentes sans les
déplier ; et, tout en s'endormant la figure aux
étoiles, ils regrettaient le festin d'Hamilcar.

Au milieu du jour suivant, on fit halte sur le
bord d'une rivière, dans des touffes de lauriers-
roses. Alors ils jetèrent vite leurs lances, leurs boucliers, leurs ceintures. Ils se lavaient en criant, ils
puisaient dans leur casque, et d'autres buvaient

à plat ventre, tout au milieu des bêtes de somme,
dont les bagages tombaient.

Spendius, assis sur un dromadaire volé dans les
parcs d'Hamilcar, aperçut de loin Mâtho, qui, le
bras suspendu contre la poitrine, nu-tête et la
figure basse, laissait boire son mulet, tout en regardant l'eau couler. Aussitôt il courut à travers la
foule, en l'appelant :

— « Maître! maître! »

A peine si Mâtho le remercia de ses bénédictions. Spendius n'y prenant garde se mit à marcher
derrière lui, et, de temps à autre, il tournait des
yeux inquiets du côté de Carthage.

C'était le fils d'un rhéteur grec et d'une prostituée campanienne. Il s'était d'abord enrichi à
vendre des femmes ; puis, ruiné par un naufrage,
il avait fait la guerre contre les Romains avec les
pâtres du Samnium. On l'avait pris, il s'était
échappé ; on l'avait repris, et il avait travaillé
dans les carrières, haleté dans les étuves, crié dans
les supplices, passé par bien des maîtres, connu
toutes les fureurs. Un jour enfin, par désespoir il
s'était lancé à la mer du haut de la trirème où il
poussait l'aviron. Des matelots d'Hamilcar l'avaient
recueilli mourant et amené à Carthage dans l'ergastule de Mégara. Mais, comme on devait rendre
aux Romains leurs transfuges, il avait profité du
désordre pour s'enfuir avec les soldats.

Pendant toute la route, il resta près de Mâtho ;
il lui apportait à manger, il le soutenait pour descendre, il étendait un tapis, le soir, sous sa tête.
Mâtho finit par s'émouvoir de ces prévenances, et
peu à peu il desserra les lèvres.

Il était né dans le golfe des Syrtes. Son père l'avait conduit en pèlerinage au temple d'Ammon. Puis il avait chassé les éléphants dans les forêts des Garamantes. Ensuite, il s'était engagé au service de Carthage. On l'avait nommé tétrarque à la prise de Drépanum. La République lui devait quatre chevaux, vingt-trois médines de froment et la solde d'un hiver. Il craignait les Dieux et souhaitait mourir dans sa patrie.

Spendius lui parla de ses voyages, des peuples et des temples qu'il avait visités, et il connaissait beaucoup de choses : il savait faire des sandales, des épieux, des filets, apprivoiser les bêtes farouches et cuire des poissons.

Parfois s'interrompant, il tirait du fond de sa gorge un cri rauque ; le mulet de Mâtho pressait son allure ; les autres se hâtaient pour les suivre, puis Spendius recommençait, toujours agité par son angoisse. Elle se calma, le soir du quatrième jour.

Ils marchaient côte à côte, à la droite de l'armée, sur le flanc d'une colline ; la plaine, en bas, se prolongeait, perdue dans les vapeurs de la nuit. Les lignes des soldats défilant au-dessous d'eux faisaient dans l'ombre des ondulations. De temps à autre elles passaient sur les éminences éclairées par la lune ; alors une étoile tremblait à la pointe des piques, les casques un instant miroitaient, tout disparaissait, et il en survenait d'autres, continuellement [1]. Au loin, des troupeaux réveillés bêlaient, et quelque chose d'une douceur infinie semblait s'abattre sur la terre.

Spendius, la tête renversée et les yeux à demi

clos, aspirait avec de grands soupirs la fraîcheur
du vent ; il écartait les bras en remuant ses doigts
pour mieux sentir cette caresse qui lui coulait
sur le corps. Des espoirs de vengeance, revenus, le
transportaient. Il colla sa main contre sa bouche
afin d'arrêter ses sanglots, et, à demi pâmé
d'ivresse, il abandonnait le licol de son dromadaire
qui avançait à grands pas réguliers. Mâtho était
retombé dans sa tristesse : ses jambes pendaient
jusqu'à terre, et les herbes, en fouettant ses cothurnes, faisaient un sifflement continu.

Cependant, la route s'allongeait sans jamais en
finir. A l'extrémité d'une plaine, toujours on arrivait sur un plateau de forme ronde ; puis on redes-
cendait dans une vallée, et les montagnes qui semblaient boucher l'horizon, à mesure que l'on approchait d'elles, se déplaçaient comme en glissant.
De temps à autre, une rivière apparaissait dans la
verdure des tamarix, pour se perdre au tournant
des collines. Parfois [1], se dressait un énorme rocher,
pareil à la proue d'un vaisseau ou au piédestal de
quelque colosse disparu.

On rencontrait, à des intervalles réguliers, de
petits temples quadrangulaires, servant aux stations des pèlerins [2] qui se rendaient à Sicca. Ils
étaient fermés comme des tombeaux. Les Libyens,
pour se faire ouvrir, frappaient de grands coups
contre la porte. Personne de l'intérieur ne répondait.

Puis les cultures se firent plus rares. On entrait
tout à coup sur des bandes de sable, hérissées de
bouquets épineux. Des troupeaux de moutons
broutaient parmi les pierres ; une femme, la taille

ceinte d'une toison bleue [1], les gardait. Elle s'enfuyait en poussant des cris, dès qu'elle apercevait
entre les rochers les piques des soldats.

Ils marchaient dans une sorte de grand couloir
bordé par deux chaînes de monticules rougeâtres,
quand une odeur nauséabonde vint les frapper aux
narines, et ils crurent voir au haut d'un caroubier
quelque chose d'extraordinaire : une tête de lion se
dressait au-dessus des feuilles.

Ils y coururent. C'était un lion, attaché à une
croix [2] par les quatre membres comme un criminel.
Son mufle énorme lui retombait sur la poitrine, et
ses deux pattes antérieures, disparaissant à demi
sous l'abondance de sa crinière, étaient largement
écartées comme les deux ailes d'un oiseau. Ses
côtes, une à une, saillissaient sous sa peau tendue ;
ses jambes de derrière, clouées l'une contre l'autre,
remontaient un peu ; et du sang noir, coulant parmi
ses poils, avait amassé des stalactites au bas de sa
queue qui pendait toute droite le long de la croix.
Les soldats se divertirent autour ; ils l'appelaient
consul et citoyen de Rome et lui jetèrent des
cailloux dans les yeux, pour faire envoler les mou-
cherons.

Cent pas plus loin ils en virent deux autres, puis
tout à coup parut une longue file de croix supportant des lions. Les uns étaient morts depuis si
longtemps qu'il ne restait plus contre le bois que
les débris de leurs squelettes ; d'autres à moitié
rongés tordaient la gueule en faisant une horrible
grimace ; il y en avait d'énormes, l'arbre de la
croix pliait sous eux et ils se balançaient au vent,
tandis que sur leur tête des bandes de corbeaux

tournoyaient dans l'air, sans jamais s'arrêter. Ainsi
se vengeaient les paysans carthaginois quand ils
avaient pris quelque bête féroce ; ils espéraient
par cet exemple terrifier les autres. Les Barbares,
cessant de rire, tombèrent dans un long étonnement. « Quel est ce peuple, pensaient-ils, qui
s'amuse à crucifier les lions ! »

Ils étaient, d'ailleurs, les hommes du Nord surtout, vaguement inquiets, troublés, malades déjà,
ils se déchiraient les mains aux dards des aloès ;
de grands moustiques bourdonnaient à leurs oreilles, et les dysenteries commençaient dans l'armée.
Ils s'ennuyaient de ne pas voir Sicca. Ils avaient
peur de se perdre et d'atteindre le désert, la contrée
des sables et des épouvantements. Beaucoup même
ne voulaient plus avancer. D'autres reprirent le
chemin de Carthage.

Enfin le septième jour, après avoir suivi pendant longtemps la base d'une montagne, on tourna
brusquement à droite ; alors apparut une ligne de
murailles posée sur des roches blanches et se con-
fondant avec elles. Soudain la ville entière se
dressa ; des voiles bleus, jaunes et blancs s'agitaient
sur les murs, dans la rougeur du soir. C'étaient les
prêtresses de Tanit, accourues pour recevoir les
hommes. Elles se tenaient rangées sur le long du
rempart, en frappant des tambourins, en pinçant
des lyres, en secouant des crotales, et les rayons du
soleil, qui se couchait par-derrière, dans les montagnes de la Numidie, passaient entre les cordes des
harpes où s'allongeaient leurs bras nus. Les instruments, par intervalles, se taisaient tout à coup,
et un cri strident éclatait, précipité, furieux,

continu, sorte d'aboiement qu'elles faisaient en
se frappant avec la langue les deux coins de la
bouche. D'autres restaient accoudées, le menton
dans la main, et plus immobiles que des sphinx,
elles dardaient leurs grands yeux noirs sur l'armée
qui montait.

Bien que Sicca fût une ville sacrée, elle ne pouvait contenir une telle multitude ; le temple avec
ses dépendances en occupait, seul, la moitié. Aussi
les Barbares s'établirent dans la plaine tout à leur
aise, ceux qui étaient disciplinés par troupes régulières, et les autres, par nations ou d'après leur fantaisie.

Les Grecs alignèrent sur des rangs parallèles
leurs tentes de peaux ; les Ibériens disposèrent
en cercle leurs pavillons de toile ; les Gaulois se
firent des baraques de planches ; les Libyens des
cabanes de pierres sèches, et les Nègres creusèrent
dans le sable avec leurs ongles des fosses pour dormir. Beaucoup, ne sachant où se mettre, erraient au
milieu des bagages, et la nuit couchaient par terre
dans leurs manteaux troués.

La plaine se développait autour d'eux, toute
bordée de montagnes. Çà et là un palmier se penchait sur une colline de sable, des sapins et des
chênes tachetaient les flancs des précipices. Quelquefois la pluie d'un orage, telle qu'une longue
écharpe, pendait du ciel, tandis que la campagne
restait partout couverte d'azur et de sérénité ;
puis un vent tiède chassait des tourbillons de
poussière ; — et un ruisseau descendait en cascades des hauteurs de Sicca où se dressait, avec sa

toiture d'or sur des colonnes d'airain, le temple
de la Vénus carthaginoise, dominatrice de la contrée. Elle semblait l'emplir de son âme. Par ces
convulsions des terrains, ces alternatives de la température et ces jeux de la lumière, elle manifestait
l'extravagance de sa force avec la beauté de son
éternel sourire. Les montagnes, à leur sommet,
avaient la forme d'un croissant ; d'autres ressemblaient à des poitrines de femme tendant leurs seins
gonflés, et les Barbares sentaient peser par-dessus
leurs fatigues un accablement qui était plein de
délices.

Spendius, avec l'argent de son dromadaire,
s'était acheté un esclave. Tout le long du jour il
dormait étendu devant la tente de Mâtho. Souvent il se réveillait croyant dans son rêve entendre
siffler les lanières ; alors, en souriant, il se passait
les mains sur les cicatrices de ses jambes, à la
place où les fers avaient longtemps porté ; puis
il se rendormait.

Mâtho acceptait sa compagnie, et quand il sortait [1], Spendius, avec un long glaive sur la cuisse,
l'escortait comme un licteur ; ou bien Mâtho non-
chalamment s'appuyait du bras sur son épaule,
car Spendius était petit.

Un soir qu'ils traversaient ensemble les rues du
camp, ils aperçurent des hommes couverts de
manteaux blancs ; parmi eux se trouvait Narr'-
Havas, le prince des Numides. Mâtho tressaillit.

— « Ton épée ! » s'écria-t-il ; « je veux le tuer ! »
— « Pas encore ! » fit Spendius en l'arrêtant.
Déjà Narr'Havas s'avançait vers lui.

Il baisa ses deux pouces en signe d'alliance, reje-

tant la colère qu'il avait eue sur l'ivresse du festin ;
puis il parla longuement contre Carthage, mais il
ne dit pas ce qui l'amenait chez les Barbares.

Était-ce pour les trahir ou bien la République ?
se demandait Spendius ; et comme il comptait
faire son profit de tous les désordres, il savait gré
à Narr'Havas des futures perfidies dont il le soup-
çonnait.

Le chef des Numides resta parmi les Mercenaires.
Il paraissait vouloir s'attacher Mâtho. Il lui envoyait des chèvres grasses, de la poudre d'or et des
plumes d'autruche. Le Libyen, ébahi de ces caresses, hésitait à y répondre ou à s'en exaspérer. Mais
Spendius l'apaisait, et Mâtho se laissait gouver-
ner par l'esclave, — toujours irrésolu et dans une
invincible torpeur, comme ceux qui ont pris autrefois quelque breuvage dont ils doivent mourir.

Un matin qu'ils partaient tous les trois pour la
chasse au lion, Narr'Havas cacha un poignard
dans son manteau. Spendius marcha continuellement derrière lui ; et ils revinrent sans qu'on eût
tiré le poignard.

Une autre fois, Narr'Havas les entraîna fort
loin, jusqu'aux limites de son royaume. Ils arrivèrent dans une gorge étroite ; Narr'Havas sourit
en leur déclarant qu'il ne connaissait plus la route ;
Spendius la retrouva.

Mais le plus souvent Mâtho, mélancolique comme
un augure, s'en allait dès le soleil levant pour va-
gabonder dans la campagne. Il s'étendait sur le
sable, et jusqu'au soir y restait immobile.

Il consulta l'un après l'autre tous les devins de
l'armée, ceux qui observent la marche des serpents,

ceux qui lisent dans les étoiles, ceux qui soufflent
sur la cendre des morts. Il avala du galbanum, du
seseli et du venin de vipère qui glace le cœur ; des
femmes nègres, en chantant au clair de lune des
paroles barbares, lui piquèrent la peau du front
avec des stylets d'or ; il se chargeait de colliers et
d'amulettes : il invoqua tour à tour Baal-Kamon,
Moloch, les sept Cabires, Tanit et la Vénus des
Grecs. Il grava un nom sur une plaque de cuivre
et il l'enfouit dans le sable au seuil de sa tente.
Spendius l'entendait gémir et parler tout seul.

Une nuit il entra.

Mâtho, nu comme un cadavre, était couché à
plat ventre sur une peau de lion, la face dans les
deux mains, une lampe suspendue éclairait ses
armes, accrochées sur sa tête [1] contre le mât de la
tente.

— « Tu souffres ? » lui dit l'esclave. « Que te
faut-il ? réponds-moi ! » et il le secoua par l'épaule
en l'appelant plusieurs fois : « Maître ! maître !... »

Enfin Mâtho leva vers lui de grands yeux troubles.

— « Écoute ! » fit-il à voix basse, avec un doigt
sur les lèvres. « C'est une colère des Dieux ! la fille
d'Hamilcar me poursuit ! J'en ai peur, Spendius ! »
Il se serrait contre sa poitrine, comme un enfant
épouvanté par un fantôme. — « Parle-moi ! je suis
malade ! je veux guérir ! j'ai tout essayé ! Mais toi,
tu sais peut-être des Dieux plus forts ou quelque
invocation irrésistible ? »

— « Pour quoi faire ? » demanda Spendius.

Il répondit, en se frappant la tête avec ses deux
poings :

6

— « Pour m'en débarrasser ! »

Puis il se disait, se parlant à lui-même, avec de longs intervalles :

— « Je suis sans doute la victime de quelque holocauste qu'elle aura promis aux Dieux ?... Elle me tient attaché par une chaîne que l'on n'aperçoit pas. Si je marche, c'est qu'elle avance ; quand je m'arrête, elle se repose ! Ses yeux me brûlent, j'entends sa voix. Elle m'environne, elle me pénètre. Il me semble qu'elle est devenue mon âme !

« Et pourtant, il y a entre nous deux comme les flots invisibles d'un océan sans bornes ! Elle est lointaine et tout inaccessible ! La splendeur de sa beauté fait autour d'elle un nuage de lumière ; et je crois, par moments, ne l'avoir jamais vue... qu'elle n'existe pas... et que tout cela est un songe ! »

Mâtho pleurait ainsi dans les ténèbres ; les Barbares dormaient. Spendius, en le regardant, se rappelait les jeunes hommes qui, avec des vases d'or dans les mains, le suppliaient autrefois, quand il promenait par les villes son troupeau de courtisanes ; une pitié l'émut, et il dit :

— « Sois fort, mon maître ! Appelle ta volonté et n'implore plus les Dieux, car ils ne se détournent pas aux cris des hommes ! Te voilà pleurant comme un lâche ! Tu n'es donc pas humilié qu'une femme te fasse tant souffrir !

— « Suis-je un enfant ? » dit Mâtho. « Crois-tu que je m'attendrisse encore à leur visage et à leurs chansons ? Nous en avions à Drepanum pour balayer nos écuries. J'en ai possédé au milieu des assauts, sous les plafonds qui croulaient et quand

la catapulte vibrait encore!... Mais celle-là, Spendius, celle-là!... »

L'esclave l'interrompit :

— « Si elle n'était pas la fille d'Hamilcar...

— « Non! » s'écria Mâtho. « Elle n'a rien d'une
autre fille des hommes! As-tu vu ses grands yeux
sous ses grands sourcils, comme des soleils sous
des arcs de triomphe? Rappelle-toi : quand elle a
paru, tous les flambeaux ont pâli. Entre les diamants de son collier, des places sur sa poitrine nue [1]
resplendissaient ; on sentait derrière elle comme
l'odeur d'un temple, et quelque chose s'échappait
de tout son être qui était plus suave que le vin et
plus terrible que la mort. Elle marchait cependant,
et puis elle s'est arrêtée. »

Il resta béant, la tête basse, les prunelles fixes.

— « Mais je la veux! il me la faut! j'en meurs!
A l'idée de l'étreindre dans mes bras, une fureur de
joie m'emporte, et cependant je la hais, Spendius!
je voudrais la battre! Que faire? J'ai envie de me
vendre pour devenir son esclave. Tu l'as été, toi!
Tu pouvais l'apercevoir : parle-moi d'elle! Toutes
les nuits, n'est-ce pas, elle monte sur la terrasse
de son palais? Ah! les pierres doivent frémir sous
ses sandales et les étoiles se pencher pour la voir! »

Il retomba tout en fureur, et râlant comme un
taureau blessé.

Puis Mâtho chanta : « Il poursuivait dans la
forêt le monstre femelle dont la queue ondulait
sur les feuilles mortes, comme un ruisseau d'argent. » Et en traînant sa voix, il imitait la voix de
Salammbô, tandis que ses mains étendues faisaient
comme deux mains légères sur les cordes d'une lyre.

A toutes les consolations de Spendius, il lui répétait les mêmes discours ; leurs nuits se passaient dans ces gémissements et ces exhortations.

Mâtho voulut s'étourdir avec du vin. Après ses ivresses il était plus triste encore. Il essaya de se distraire aux osselets, et il perdit une à une les plaques d'or de son collier. Il se laissa conduire chez les servantes de la Déesse ; mais il descendit la colline en sanglotant, comme ceux qui s'en reviennent des funérailles.

Spendius, au contraire, devenait plus hardi et plus gai. On le voyait, dans les cabarets de feuillages, discourant au milieu des soldats. Il raccommodait les vieilles cuirasses. Il jonglait avec des poignards, il allait pour les malades cueillir des herbes dans les champs. Il était facétieux, subtil, plein d'inventions et de paroles ; les Barbares s'accoutumaient à ses services ; il s'en faisait aimer.

Cependant ils attendaient un ambassadeur [1] de Carthage qui leur apporterait, sur des mulets, des corbeilles chargées d'or ; et toujours recommençant le même calcul, ils dessinaient avec leurs doigts des chiffres sur le sable. Chacun, d'avance, arrangeait sa vie ; ils auraient des concubines, des esclaves, des terres ; d'autres voulaient enfouir leur trésor ou le risquer sur un vaisseau. Mais dans ce désœuvrement les caractères s'irritaient ; il y avait de continuelles disputes entre les cavaliers et les fantassins, les Barbares et les Grecs, et l'on était sans cesse étourdi par la voix aigre des femmes.

Tous les jours, il survenait des troupeaux d'hom-

mes presque nus, avec des herbes sur la tête pour
se garantir du soleil ; c'étaient les débiteurs des
riches Carthaginois, contraints de labourer leurs
terres, et qui s'étaient échappés. Des Libyens
affluaient, des paysans ruinés par les impôts, des
bannis, des malfaiteurs. Puis la horde des marchands, tous les vendeurs de vin et d'huile, furieux
de n'être pas payés, s'en prenaient à la République ;
Spendius déclamait contre elle. Bientôt les vivres
diminuèrent. On parlait de se porter en masse sur
Carthage et d'appeler les Romains.

Un soir, à l'heure du souper, on entendit des
sons lourds et fêlés qui se rapprochaient, et, au
loin, quelque chose de rouge apparut dans les
ondulations du terrain.

C'était une grande litière de pourpre, ornée aux
angles par des bouquets de plumes d'autruches.
Des chaînes de cristal, avec des guirlandes de
perles, battaient sur sa tenture fermée. Des chameaux la suivaient en faisant sonner la grosse
cloche suspendue à leur poitrail, et l'on apercevait autour d'eux des cavaliers ayant une armure
en écailles d'or depuis les talons jusqu'aux épaules.

Ils s'arrêtèrent à trois cents pas du camp, pour
retirer des étuis qu'ils portaient en croupe, leur
bouclier rond, leur large glaive et leur casque à la
béotienne. Quelques-uns restèrent avec les chameaux ; les autres se remirent en marche. Enfin les
enseignes de la République parurent, c'est-à-dire
des bâtons de bois bleu, terminés par des têtes de
cheval ou des pommes de pins. Les Barbares se
levèrent tous, en applaudissant ; les femmes se

précipitaient vers les gardes de la Légion et leur baisaient les pieds.

La litière s'avançait sur les épaules de douze Nègres, qui marchaient d'accord à petits pas rapides. Ils allaient de droite et de gauche, au hasard, embarrassés par les cordes des tentes, par les bestiaux qui erraient et les trépieds où cuisaient les viandes. Quelquefois une main grasse, chargée de bagues, entrouvrait la litière ; une voix rauque criait des injures ; alors les porteurs s'arrêtaient, puis ils prenaient une autre route à travers le camp.

Mais les courtines de pourpre se relevèrent ; et l'on découvrit sur un large oreiller une tête humaine tout impassible et boursouflée ; les sourcils formaient comme deux arcs d'ébène se rejoignant par les pointes ; des paillettes d'or étincelaient dans les cheveux crépus, et la face était si blême qu'elle semblait saupoudrée avec de la râpure de marbre. Le reste du corps disparaissait sous les toisons qui emplissaient la litière.

Les soldats reconnurent dans cet homme ainsi couché le suffète Hannon, celui qui avait contribué par sa lenteur à faire perdre la bataille des îles Ægates ; et, quant à sa victoire d'Hécatompyle sur les Libyens, s'il s'était conduit avec clémence, c'était par cupidité, pensaient les Barbares, car il avait vendu à son compte tous les captifs, bien qu'il eût déclaré leur mort à la République.

Lorsqu'il eut, pendant quelque temps, cherché une place commode pour haranguer les soldats, il fit un signe : la litière s'arrêta, et Hannon, soutenu par deux esclaves, posa ses pieds par terre, en chancelant.

Il avait des bottines en feutre noir, semées de lunes d'argent. Des bandelettes, comme autour d'une momie, s'enroulaient à ses jambes, et la chair passait entre les linges croisés. Son ventre débordait sur la jaquette écarlate qui lui couvrait les cuisses ; les plis de son cou retombaient jusqu'à sa poitrine comme des fanons de bœuf, sa tunique, où des fleurs étaient peintes, craquait aux aisselles ; il portait une écharpe, une ceinture et un large manteau noir à doubles manches lacées. L'abondance de ses vêtements, son grand collier de pierres bleues, ses agrafes d'or et ses lourds pendants d'oreilles ne rendaient que plus hideuse sa difformité. On aurait dit quelque grosse idole ébauchée dans un bloc de pierre ; car une lèpre pâle, étendue sur tout son corps, lui donnait l'apparence d'une chose inerte. Cependant son nez, crochu comme un bec de vautour, se dilatait violemment, afin d'aspirer l'air, et ses petits yeux, aux cils collés, brillaient d'un éclat dur et métallique. Il tenait à la main une spatule d'aloès, pour se gratter la peau.

Enfin deux hérauts sonnèrent dans leurs cornes d'argent ; le tumulte s'apaisa, et Hannon se mit à parler.

Il commença par faire l'éloge des Dieux et de la République ; les Barbares devaient se féliciter de l'avoir servie. Mais il fallait se montrer plus raisonnables, les temps étaient durs, — « et si un maître n'a que trois olives, n'est-il pas juste qu'il en garde deux pour lui ? »

Ainsi le vieux suffète entremêlait son discours de proverbes et d'apologues, tout en faisant des signes de tête pour solliciter quelque approbation.

Il parlait punique et ceux qui l'entouraient (les plus alertes accourus sans leurs armes) étaient des Campaniens, des Gaulois et des Grecs, si bien que personne dans cette foule ne le comprenait. Hannon s'en aperçut, il s'arrêta, et il se balançait lourdement, d'une jambe sur l'autre, en réfléchissant.

L'idée lui vint de convoquer les capitaines ; alors ses hérauts crièrent cet ordre en grec, — langage qui, depuis Xantippe, servait aux commandements dans les armées carthaginoises.

Les gardes, à coups de fouet, écartèrent la tourbe des soldats ; et bientôt les capitaines des phalanges à la spartiate et les chefs des cohortes barbares arrivèrent, avec les insignes de leur grade et l'armure de leur nation. La nuit était tombée, une grande rumeur circulait par la plaine ; çà et là des feux brûlaient ; on allait de l'un à l'autre, on se demandait : « Qu'y a-t-il ? » et pourquoi le suffète ne distribuait pas l'argent ?

Il exposait aux capitaines les charges infinies de la République. Son trésor était vide. Le tribut des Romains l'accablait. « Nous ne savons plus que faire !... Elle est bien à plaindre ! »

De temps à autre, il se frottait les membres avec sa spatule d'aloès, ou bien il s'interrompait pour boire dans une coupe d'argent, que lui tendait un esclave, une tisane faite avec de la cendre de belette et des asperges bouillies dans du vinaigre ; puis il s'essuyait les lèvres à une serviette d'écarlate, et reprenait :

— « Ce qui valait un sicle d'argent vaut aujourd'hui trois shekels d'or, et les cultures abandonnées

pendant la guerre ne rapportent rien! Nos pêcheries de pourpre sont à peu près perdues, les perles
mêmes deviennent exorbitantes ; à peine si nous
avons assez d'onguents pour le service des Dieux!
Quant aux choses de la table, je n'en parle pas, c'est
une calamité! Faute de galères, nous manquons
d'épices, et l'on a bien du mal à se fournir de silphium, à cause des rébellions sur la frontière de
Cyrène. La Sicile, où l'on trouvait tant d'esclaves,
nous est maintenant fermée! Hier encore, pour un
baigneur et quatre valets de cuisine, j'ai donné plus
d'argent qu'autrefois pour une paire d'éléphants! »

Il déroula un long morceau de papyrus ; et il
lut, sans passer un seul chiffre, toutes les dépenses
que le Gouvernement avait faites ; tant pour les
réparations des temples, pour le dallage des rues,
pour la construction des vaisseaux, pour les pêcheries de corail, pour l'agrandissement des Syssites,
et pour des engins dans les mines, au pays des Cantabres.

Mais les capitaines, pas plus que les soldats, n'entendaient le punique, bien que les Mercenaires se
saluassent en cette langue. On plaçait ordinairement dans les armées des Barbares quelques officiers carthaginois pour servir d'interprètes ; après
la guerre ils s'étaient cachés de peur des vengeances, et Hannon n'avait pas songé à les prendre avec
lui ; d'ailleurs sa voix trop sourde se perdait au
vent.

Les Grecs, sanglés dans leur ceinturon de fer,
tendaient l'oreille, en s'efforçant à deviner ses
paroles, tandis que des montagnards, couverts de
fourrures comme des ours, le regardaient avec

défiance ou bâillaient, appuyés sur leur massue
à clous d'airain. Les Gaulois inattentifs secouaient
en ricanant leur haute chevelure, et les hommes
du désert écoutaient immobiles, tout encapuchon-
nés dans leurs vêtements de laine grise : d'autres
arrivaient par-derrière ; les gardes, que la cohue
poussait, chancelaient sur leurs chevaux, les Nègres
tenaient au bout de leurs bras des branches de
sapin enflammées et le gros Carthaginois continuait
sa harangue, monté sur un tertre de gazon.

Cependant les Barbares s'impatientaient, des
murmures s'élevèrent, chacun l'apostropha. Hannon gesticulait avec sa spatule ; ceux qui voulaient
faire taire les autres, criant plus fort, ajoutaient
au tapage.

Tout à coup, un homme d'apparence chétive
bondit aux pieds d'Hannon, arracha la trompette
d'un héraut, souffla dedans, et Spendius (car
c'était lui) annonça qu'il allait dire quelque chose
d'important. A cette déclaration, rapidement
débitée en cinq langues diverses, grec, latin,
gaulois, libyque et baléare, les capitaines, moitié
riant, moitié surpris, répondirent : — « Parle !
parle ! »

Spendius hésita ; il tremblait ; enfin s'adres-
sant aux Libyens, qui étaient les plus nombreux,
il leur dit :

— « Vous avez tous entendu les horribles
menaces de cet homme [1] ? »

Hannon ne se récria pas, donc il ne comprenait
point le libyque ; et, pour continuer l'expérience,
Spendius répéta la même phrase dans les autres
idiomes des Barbares.

Ils se regardèrent étonnés ; puis tous, comme d'un accord tacite, croyant peut-être avoir compris, ils baissèrent la tête en signe d'assentiment.

Alors Spendius commença d'une voix véhémente :

— « Il a d'abord dit que tous les Dieux des autres peuples n'étaient que des songes près des Dieux de Carthage ! il vous a appelés lâches, voleurs, menteurs, chiens et fils de chiennes ! La République sans vous (il a dit cela !), ne serait pas contrainte à payer le tribut des Romains ; et par vos débordements vous l'avez épuisée de parfums, d'aromates, d'esclaves et de silphium, car vous vous entendez avec les nomades sur la frontière de Cyrène ! Mais les coupables seront punis ! Il a lu l'énumération de leurs supplices ; on les fera travailler au dallage des rues, à l'armement des vaisseaux, à l'embellissement des Syssites, et l'on enverra les autres gratter la terre dans les mines, au pays des Cantabres. »

Spendius redit les mêmes choses aux Gaulois, aux Grecs, aux Campaniens, aux Baléares. En reconnaissant plusieurs des noms propres qui avaient frappé leurs oreilles, les Mercenaires furent convaincus qu'il rapportait exactement le discours du suffète. Quelques-uns lui crièrent :
— « Tu mens ! » Leurs voix se perdirent dans le tumulte des autres ; Spendius ajouta :

— « N'avez-vous pas vu qu'il a laissé en dehors du camp une réserve de ses cavaliers ? A un signal ils vont accourir pour vous égorger tous. »

Les Barbares se tournèrent de ce côté, et,

comme la foule alors s'écartait, il apparut au
milieu d'elle, s'avançant avec la lenteur d'un
fantôme, un être humain tout courbé, maigre,
entièrement nu et caché jusqu'aux flancs par de
longs cheveux hérissés de feuilles sèches, de poussière et d'épines. Il avait autour des reins et
autour des genoux des torchis de paille, des lambeaux de toile ; sa peau molle et terreuse pendait
à ses membres décharnés, comme des haillons
sur des branches sèches ; ses mains tremblaient
d'un frémissement continu, et il marchait en
s'appuyant sur un bâton d'olivier.

Il arriva auprès des Nègres qui portaient les
flambeaux. Une sorte de ricanement idiot découvrait ses gencives pâles ; ses grands yeux effarés
considéraient la foule des Barbares autour de lui.

Mais, poussant un cri d'effroi, il se jeta derrière
eux et il s'abritait de leurs corps ; il bégayait :
« Les voilà ! les voilà ! » en montrant les gardes
du Suffète, immobiles dans leurs armures luisantes. Leurs chevaux piaffaient, éblouis par la
lueur des torches ; elles pétillaient dans les ténèbres ; le spectre humain se débattait et hurlait :

— « Ils les ont tués ! »

A ces mots qu'il criait en baléare, des Baléares
arrivèrent et le reconnurent ; sans leur répondre
il répétait :

— « Oui, tués tous, tous ! écrasés comme des
raisins ! Les beaux jeunes hommes ! les frondeurs !
mes compagnons, les vôtres ! »

On lui fit boire du vin, et il pleura ; puis il se
répandit en paroles.

Spendius avait peine à contenir sa joie, — tout en

expliquant aux Grecs et aux Libyens les choses
horribles que racontait Zarxas ; il n'y pouvait
croire, tant elles survenaient à propos. Les Baléares
pâlissaient, en apprenant comment avaient péri
leurs compagnons.

C'était une troupe de trois cents frondeurs débar-
qués de [1] la veille, et qui, ce jour-là, avaient
dormi trop tard. Quand ils arrivèrent sur la place
de Khamon, les Barbares étaient partis et ils
se trouvaient sans défense, leurs balles d'argile
ayant été mises sur les chameaux avec le reste
des bagages. On les laissa s'engager dans la rue
de Satheb, jusqu'à la porte de chêne doublée de
plaques d'airain ; alors le peuple, d'un seul
mouvement, s'était poussé contre eux.

En effet, les soldats se rappelèrent un grand
cri ; Spendius, qui fuyait en tête des colonnes, ne
l'avait pas entendu.

Puis les cadavres furent placés dans les bras des
Dieux-Patæques qui bordaient le temple de Khamon. On leur reprocha tous les crimes des Mercenaires : leur gourmandise, leurs vols, leurs impiétés,
leurs dédains, et le meurtre des poissons dans le
jardin de Salammbô. On fit à leurs corps d'infâmes
mutilations ; les prêtres brûlèrent leurs cheveux
pour tourmenter leur âme ; on les suspendit par
morceaux chez les marchands de viandes ; quelques-uns même y enfoncèrent les dents, et le soir,
pour en finir, on alluma des bûchers dans les
carrefours.

C'étaient là ces flammes qui luisaient de loin
sur le lac. Mais quelques maisons ayant pris feu,
on avait jeté vite par-dessus les murs ce qui restait

de cadavres et d'agonisants ; Zarxas jusqu'au
lendemain s'était tenu dans les roseaux, au bord
du lac ; puis il avait erré dans la campagne,
cherchant l'armée d'après les traces des pas sur
la poussière. Le matin, il se cachait dans les
cavernes ; le soir, il se remettait en marche, avec
ses plaies saignantes, affamé, malade, vivant de
racines et de charognes ; un jour enfin, il aperçut
des lances à l'horizon et il les avait suivies, car
sa raison était troublée à force de terreurs et de
misères.

L'indignation des soldats, contenue tant qu'il
parlait, éclata comme un orage ; ils voulaient
massacrer les gardes avec le Suffète. Quelques-
uns s'interposèrent, disant qu'il fallait l'entendre et savoir au moins s'ils seraient payés. Alors
tous crièrent : « Notre argent ! » Hannon leur
répondit qu'il l'avait apporté.

On courut aux avant-postes, et les bagages
du Suffète arrivèrent au milieu des tentes, poussés
par les Barbares. Sans attendre les esclaves, bien
vite ils dénouèrent les corbeilles ; ils y trouvèrent
des robes d'hyacinthe, des éponges, des grattoirs,
des brosses, des parfums, et des poinçons en [1]
antimoine, pour se peindre les yeux ; — le tout
appartenant aux Gardes, hommes riches accoutumés à ces délicatesses. Ensuite on découvrit
sur un chameau une grande cuve de bronze :
c'était au Suffète pour se donner des bains pendant
la route ; car il avait pris toutes sortes de précautions, jusqu'à emporter, dans des cages, des
belettes d'Hécatompyle que l'on brûlait vivantes
pour faire sa tisane. Mais, comme sa maladie lui

donnait un grand appétit, il y avait, de plus,
force comestibles et force vins, de la saumure, des
viandes et des poissons au miel, avec des petits
pots de Commagène, graisse d'oie fondue recouverte de neige et de paille hachée. La provision en
était considérable ; à mesure que l'on ouvrait les
corbeilles, il en apparaissait, et des rires s'élevaient
comme des flots qui s'entrechoquent.

Quant à la solde des Mercenaires, elle emplissait, à peu près, deux couffes de sparterie ; on
voyait même, dans l'une, de ces rondelles en
cuir dont la République se servait pour ménager
le numéraire ; et comme les Barbares paraissaient
fort surpris, Hannon leur déclara que, leurs comptes
étant trop difficiles, les Anciens n'avaient pas eu
le loisir de les examiner. On leur envoyait cela,
en attendant.

Alors tout fut renversé, bouleversé : les mulets,
les valets, la litière, les provisions, les bagages.
Les soldats prirent la monnaie dans les sacs pour
lapider Hannon. A grand'peine il put monter sur
un âne ; il s'enfuyait en se cramponnant aux poils,
hurlant, pleurant, secoué, meurtri, et appelant
sur l'armée la malédiction de tous les Dieux. Son
large collier de pierreries rebondissait jusqu'à
ses oreilles. Il retenait avec ses dents son manteau
trop long qui traînait, et de loin les Barbares lui
criaient : — « Va-t'en, lâche ! pourceau ! égout de
Moloch ! sue ton or et ta peste ! plus vite ! plus
vite ! » L'escorte en déroute galopait à ses côtés.

Mais la fureur des Barbares ne s'apaisa pas. Ils
se rappelèrent que plusieurs d'entre eux, partis
pour Carthage, n'en étaient pas revenus ; on les

avait tués sans doute. Tant d'injustice les exaspéra,
et ils se mirent à arracher les piquets des tentes,
à rouler leurs manteaux, à brider leurs chevaux ;
chacun prit son casque et son épée, en un instant
tout fut prêt. Ceux qui n'avaient pas d'armes,
s'élancèrent dans les bois pour se couper des
bâtons.

Le jour se levait ; les gens de Sicca réveillés
s'agitaient dans les rues. « Ils vont à Carthage »,
disait-on, et cette rumeur bientôt s'étendit par
la contrée.

De chaque sentier, de chaque ravin, il surgissait des hommes. On apercevait les pasteurs
qui descendaient les montagnes en courant.

Puis, quand les Barbares furent partis, Spendius
fit le tour de la plaine, monté sur un étalon
punique et avec son esclave qui menait un troisième
cheval.

Une seule tente était restée. Spendius y entra.

— « Debout, maître ! lève-toi ! nous partons ! »

— « Où allez-vous donc ? » demanda Mâtho.

— « A Carthage ! » cria Spendius.

Mâtho bondit sur le cheval que l'esclave tenait
à la porte.

III

SALAMMBÔ

La lune se levait au ras des flots, et, sur la ville
encore couverte de ténèbres, des points lumineux,
des blancheurs brillaient : le timon d'un char
dans une cour, quelque haillon de toile suspendu,
l'angle d'un mur, un collier d'or à la poitrine
d'un dieu. Les boules de verre sur les toits des
temples rayonnaient, çà et là, comme de gros diamants. Mais de vagues ruines, des tas de terre
noire, des jardins faisaient des masses plus sombres
dans l'obscurité, et, au bas de Malqua, des filets
de pêcheurs s'étendaient d'une maison à l'autre,
comme de gigantesques chauves-souris déployant
leurs ailes. On n'entendait plus le grincement des
roues hydrauliques qui apportaient l'eau au
dernier étage des palais ; et au milieu des terrasses
les chameaux reposaient tranquillement, couchés
sur le ventre, à la manière des autruches. Les
portiers dormaient dans les rues contre le seuil des
maisons ; l'ombre des colosses s'allongeait sur les
places désertes ; au loin quelquefois la fumée d'un
sacrifice brûlant encore s'échappait par les tuiles
de bronze, et la brise lourde apportait avec des

7

parfums d'aromates les senteurs de la marine et
l'exhalaison des murailles chauffées par le soleil.
Autour de Carthage les ondes immobiles resplendissaient, car la lune étalait sa lueur tout à la fois
sur le golfe environné de montagnes et sur le lac
de Tunis, où des phénicoptères parmi les bancs
de sable formaient de longues lignes roses, tandis
qu'au-delà, sous les catacombes, la grande lagune
salée miroitait comme un morceau d'argent. La
voûte du ciel bleu s'enfonçait à l'horizon, d'un côté
dans le poudroiement des plaines, de l'autre dans
les brumes de la mer, et sur le sommet de l'Acropole les cyprès pyramidaux bordant le temple
d'Eschmoûn se balançaient, et faisaient un murmure, comme les flots réguliers qui battaient
lentement le long du môle, au bas des remparts.

Salammbô monta sur la terrasse de son palais,
soutenue par une esclave qui portait dans un plat
de fer des charbons enflammés.

Il y avait au milieu de la terrasse un petit
lit d'ivoire, couvert de peaux de lynx avec des
coussins en plume de perroquet, animal fatidique
consacré aux Dieux, et dans les quatre coins s'élevaient quatre longues cassolettes remplies de nard,
d'encens, de cinnamome et de myrrhe. L'esclave
alluma les parfums. Salammbô regarda l'étoile
polaire ; elle salua lentement les quatre points
du ciel et s'agenouilla sur le sol parmi la poudre
d'azur qui était semée d'étoiles d'or, à l'imitation
du firmament. Puis les deux coudes contre les
flancs, les avant-bras tout droits et les mains
ouvertes, en se renversant la tête sous les rayons
de la lune, elle dit :

— « O Rabbetna!... Baalet!... Tanit! » et sa
voix se traînait d'une façon plaintive, comme
pour appeler quelqu'un. — « Anaïtis! Astarté!
Derceto! Astoreth! Mylitta! Athara! Elissa!
Tiratha!... Par les symboles cachés, — par les
cistres résonnants, — par les sillons de la terre,
— par l'éternel silence et par l'éternelle fécondité,
— dominatrice de la mer ténébreuse et des plages
azurées, ô Reine des choses humides, salut! »
Elle se balança tout le corps deux ou trois
fois, puis se jeta le front dans la poussière, les
bras allongés.

Son esclave la releva lentement, car il fallait,
d'après les rites, que quelqu'un vînt arracher le
suppliant à sa prosternation ; c'était lui dire que
les Dieux l'agréaient, et la nourrice de Salammbô
ne manquait jamais à ce devoir de piété.

Des marchands de la Gétulie-Darytienne
l'avaient toute petite apportée à Carthage, et,
après son affranchissement, elle n'avait pas voulu
abandonner ses maîtres, comme le prouvait son
oreille droite, percée d'un large trou. Un jupon à
raies multicolores, en lui serrant les hanches, descendait sur ses chevilles, où s'entrechoquaient deux
cercles d'étain. Sa figure, un peu plate, était jaune
comme sa tunique. Des aiguilles d'argent très
longues faisaient un soleil derrière sa tête. Elle
portait sur la narine un bouton de corail, et elle
se tenait auprès du lit, plus droite qu'un hermès et
les paupières baissées.

Salammbô s'avança jusqu'au bord de la terrasse.
Ses yeux, un instant, parcoururent l'horizon, puis
ils s'abaissèrent sur la ville endormie, et le soupir

qu'elle poussa, en lui soulevant les seins, fit onduler
d'un bout à l'autre la longue simarre blanche
qui pendait autour d'elle, sans agrafe ni ceinture.
Ses sandales à pointes recourbées disparaissaient
sous un amas d'émeraudes, et ses cheveux à l'abandon emplissaient un réseau en fils de pourpre.

Mais elle releva la tête pour contempler la lune,
et, mêlant à ses paroles des fragments d'hymne,
elle murmura :

— « Que tu tournes légèrement, soutenue par
l'éther impalpable ! Il se polit autour de toi, et
c'est le mouvement de ton agitation qui distribue
les vents et les rosées fécondes. Selon que tu
croîs et décroîs, s'allongent ou se rapetissent les
yeux des chats et les taches des panthères. Les
épouses hurlent ton nom dans la douleur des
enfantements ! Tu gonfles le coquillage ! Tu fais
bouillonner les vins ! Tu putréfies les cadavres !
Tu formes les perles au fond de la mer !

« Et tous les germes, ô Déesse ! fermentent dans
les obscures profondeurs de ton humidité.

« Quand tu parais, il s'épand une quiétude sur
la terre ; les fleurs se forment, les flots s'apaisent,
les hommes fatigués s'étendent la poitrine vers
toi, et le monde avec ses océans et ses montagnes,
comme en un miroir, se regarde dans ta figure. Tu
es blanche, douce, lumineuse, immaculée, auxi-
liatrice, purifiante, sereine. »

Le croissant de la lune était alors sur la montagne des Eaux-Chaudes, dans l'échancrure de
ses deux sommets, de l'autre côté du golfe. Il y
avait en dessous une petite étoile et tout autour
un cercle pâle. Salammbô reprit :

— « Mais tu es terrible, maîtresse!... C'est par toi que se produisent les monstres, les fantômes effrayants, les songes menteurs ; tes yeux dévorent les pierres des édifices, et les singes sont malades toutes les fois que tu rajeunis.

« Où donc vas-tu ? Pourquoi changer tes formes, perpétuellement ? Tantôt mince et recourbée, tu glisses dans les espaces comme une galère sans mâture, ou bien au milieu des étoiles tu ressembles à un pasteur qui garde son troupeau. Luisante et ronde, tu frôles la cime des monts comme la roue d'un char.

« O Tanit! tu m'aimes, n'est-ce pas ? Je t'ai tant regardée! Mais non! tu cours dans ton azur, et moi je reste sur la terre immobile.

« Taanach, prends ton nebal et joue tout bas sur la corde d'argent, car mon cœur est triste! »

L'esclave souleva une sorte de harpe en bois d'ébène plus haute qu'elle, et triangulaire comme un delta ; elle en fixa la pointe dans un globe de cristal, et des deux bras se mit à jouer.

Les sons se succédaient, sourds et précipités comme un bourdonnement d'abeilles, et de plus en plus sonores ils s'envolaient dans la nuit avec la plainte des flots et le frémissement des grands arbres au sommet de l'Acropole.

— « Tais-toi! » s'écria Salammbô.

— « Qu'as-tu donc, maîtresse? La brise qui souffle, un nuage qui passe, tout à présent t'inquiète et t'agite.

— « Je ne sais », dit-elle.

— « Tu te fatigues à des prières trop longues!

— « Oh! Taanach, je voudrais m'y dissoudre comme une fleur dans du vin!

— « C'est peut-être la fumée de tes parfums ?

— « Non! » dit Salammbô : « L'esprit des Dieux habite dans les bonnes odeurs. »

Alors l'esclave lui parla de son père. On le croyait parti vers la contrée de l'ambre, derrière les colonnes de Melkarth. — « Mais s'il ne revient pas », — disait-elle, « il te faudra pourtant, puisque c'était sa volonté, choisir un époux parmi les fils des Anciens, et alors ton chagrin s'en ira dans les bras d'un homme.

— « Pourquoi ? » demanda la jeune fille. Tous ceux qu'elle avait aperçus lui faisaient horreur avec leurs rires de bête fauve et leurs membres grossiers.

— « Quelquefois, Taanach, il s'exhale du fond de mon être comme de chaudes bouffées, plus lourdes que les vapeurs d'un volcan. Des voix m'appellent, un globe de feu roule et monte dans ma poitrine, il m'étouffe, je vais mourir ; et puis, quelque chose de suave, coulant de mon front jusqu'à mes pieds, passe dans ma chair... c'est une caresse qui m'enveloppe, et je me sens écrasée comme si un dieu s'étendait sur moi. Oh! je voudrais me perdre dans la brume des nuits, dans le flot des fontaines, dans la sève des arbres, sortir de mon corps, n'être qu'un souffle, qu'un rayon, et glisser, monter jusqu'à toi, ô Mère! »

Elle leva ses bras le plus haut possible, en se cambrant la taille, pâle et légère comme la lune avec son long vêtement [1]. Puis elle retomba sur la couche d'ivoire, haletante ; mais Taanach lui passa autour du cou un collier d'ambre avec des dents de dauphin pour bannir les terreurs, et Salammbô dit d'une voix presque éteinte :

— « Va me chercher Schahabarim. »

Son père n'avait pas voulu qu'elle entrât dans le collège des prêtresses, ni même qu'on lui fît rien connaître de la Tanit populaire. Il la réservait pour quelque alliance pouvant servir sa politique, si bien que Salammbô vivait seule au milieu de ce palais ; sa mère, depuis longtemps, était morte.

Elle avait grandi dans les abstinences, les jeûnes et les purifications, toujours entourée de choses exquises et graves, le corps saturé de parfums, l'âme pleine de prières. Jamais elle n'avait goûté de vin, ni mangé de viandes, ni touché à une bête immonde, ni posé ses talons dans la maison d'un mort.

Elle ignorait les simulacres obscènes, car chaque dieu se manifestant par des formes différentes, des cultes souvent contradictoires témoignaient à la fois du même principe, et Salammbô adorait la Déesse en sa figuration sidérale. Une influence était descendue de la lune sur la vierge ; quand l'astre allait en diminuant, Salammbô s'affaiblissait. Languissante toute la journée, elle se ranimait le soir. Pendant une éclipse, elle avait manqué mourir.

Mais la Rabbet jalouse se vengeait de cette virginité soustraite à ses sacrifices, et elle tourmentait Salammbô d'obsessions d'autant plus fortes qu'elles étaient vagues, épandues dans cette croyance et avivées par elle.

Sans cesse la fille d'Hamilcar s'inquiétait de

Tanit. Elle avait appris ses aventures, ses voyages
et tous ses noms, qu'elle répétait sans qu'ils
eussent pour elle de signification distincte. Afin
de pénétrer dans les profondeurs de son dogme,
elle voulait connaître au plus secret du temple la
vieille idole avec le manteau magnifique d'où
dépendaient les destinées de Carthage, — car l'idée
d'un dieu ne se dégageait pas nettement de sa
représentation, et tenir ou même voir son simu-
lacre, c'était lui prendre une part de sa vertu, et,
en quelque sorte, le dominer.

Salammbô se détourna. Elle avait reconnu le
bruit des clochettes d'or que Schahabarim portait
au bas de son vêtement.

Il monta les escaliers : puis, dès le seuil de la
terrasse, il s'arrêta en croisant les bras.

Ses yeux enfoncés brillaient comme les lampes
d'un sépulcre ; son long corps maigre flottait dans
sa robe de lin, alourdie par les grelots qui s'alternaient [1] sur ses talons avec des pommes d'émeraude. Il avait les membres débiles, le crâne
oblique, le menton pointu ; sa peau semblait
froide à toucher, et sa face jaune, que des rides
profondes labouraient, comme contractée dans un
désir, dans un chagrin éternel.

C'était le grand prêtre de Tanit, celui qui avait
élevé Salammbô.

— « Parle! » dit-il. « Que veux-tu ? »

— « J'espérais... tu m'avais presque promis... »
Elle balbutiait, elle se troubla ; puis, tout à coup :
— « Pourquoi me méprises-tu ? qu'ai-je donc oublié
dans les rites ? Tu es mon maître, et tu m'as dit
que personne comme moi ne s'entendait aux choses

de la Déesse ; mais il y en a que tu ne veux pas
dire. Est-ce vrai, ô père ? »

Schahabarim se rappela les ordres d'Hamilcar ;
il répondit :

— « Non, je n'ai plus rien à t'apprendre !

— « Un Génie », reprit-elle, « me pousse à cet
amour. J'ai gravi les marches d'Eschmoûn, dieu
des planètes et des intelligences ; j'ai dormi sous
l'olivier d'or de Melkarth, patron des colonies
tyriennes ; j'ai poussé les portes de Baal-Khamon,
éclaireur et fertilisateur ; j'ai sacrifié aux Kabyres
souterrains, aux dieux des bois, des vents, des
fleuves et des montagnes : mais tous ils sont trop
loin, trop haut, trop insensibles, comprends-tu ?
tandis qu'elle, je la sens mêlée à ma vie ; elle emplit
mon âme, et je tressaille à des élancements intérieurs comme si elle bondissait pour s'échapper.
Il me semble que je vais entendre sa voix, apercevoir sa figure, des éclairs m'éblouissent, puis je
retombe dans les ténèbres. »

Schahabarim se taisait. Elle le sollicitait de son
regard suppliant.

Enfin, il fit signe d'écarter l'esclave, qui n'était
pas de race chananéenne. Taanach disparut, et
Schahabarim, levant un bras dans l'air, commença :

— « Avant les Dieux, les ténèbres étaient seules,
et un souffle flottait, lourd et indistinct comme la
conscience d'un homme dans un rêve. Il se con-
tracta, créant le Désir et la Nue, et du Désir et de la
Nue sortit la Matière primitive. C'était une eau
bourbeuse, noire, glacée, profonde. Elle enfermait
des monstres insensibles, parties incohérentes des

formes à naître et qui sont peintes sur la paroi des
sanctuaires.

« Puis la Matière se condensa. Elle devint un
œuf. Il se rompit. Une moitié forma la terre, l'autre
le firmament. Le soleil, la lune, les vents, les
nuages parurent ; et, au fracas de la foudre, les
animaux intelligents s'éveillèrent. Alors Eschmoûn
se déroula dans la sphère étoilée ; Khamon rayonna
dans le soleil ; Melkarth, avec ses bras, le poussa
derrière Gadès ; les Kabyrim descendirent sous les
volcans, et Rabbetna, telle qu'une nourrice, se
pencha sur le monde, versant sa lumière comme
un lait et sa nuit comme un manteau.

— « Et après ? » dit-elle.

Il lui avait conté le secret des origines pour la
distraire par des perspectives plus hautes ; mais le
désir de la vierge se ralluma sous ces dernières
paroles, et Schahabarim, cédant à moitié, reprit :

— « Elle inspire et gouverne les amours des
hommes.

— « Les amours des hommes ! » répéta Salammbô rêvant.

— « Elle est l'âme de Carthage », continua le
prêtre ; et bien qu'elle soit partout épandue, c'est
ici qu'elle demeure, sous le voile sacré.

— « O père ! » s'écria Salammbô, « je la verrai,
n'est-ce pas ? tu m'y conduiras ! Depuis longtemps
j'hésitais ; la curiosité de sa forme me dévore.
Pitié ! secours-moi ! partons ! »

Il la repoussa d'un geste véhément et plein
d'orgueil.

— « Jamais ! Ne sais-tu pas qu'on en meurt ?
Les Baals hermaphrodites ne se dévoilent que pour

nous seuls, hommes par l'esprit, femmes par la
faiblesse. Ton désir est un sacrilège ; satisfais-toi
avec la science que tu possèdes ! »

Elle tomba sur les genoux, mettant ses deux
doigts contre ses oreilles en signe de repentir ; et
elle sanglotait, écrasée par la parole du prêtre,
pleine à la fois de colère contre lui, de terreur et
d'humiliation. Schahabarim, debout, restait plus
insensible que les pierres de la terrasse [1]. Il la
regardait de haut en bas frémissante à ses pieds,
il éprouvait une sorte de joie en la voyant souffrir
pour sa divinité, qu'il ne pouvait, lui non plus,
étreindre tout entière. Déjà les oiseaux chantaient,
un vent froid soufflait, de petits nuages couraient
dans le ciel plus pâle.

Tout à coup il aperçut à l'horizon derrière
Tunis, comme des brouillards légers, qui se traînaient contre le sol ; puis ce fut un grand rideau de
poudre grise perpendiculairement étalé, et, dans les
tourbillons de cette masse nombreuse, des têtes de
dromadaires, des lances, des boucliers parurent.
C'était l'armée des Barbares qui s'avançait sur
Carthage.

IV

SOUS LES MURS DE CARTHAGE

Des gens de la campagne, montés sur des ânes
ou courant à pied, pâles, essoufflés, fous de peur,
arrivèrent dans la ville. Ils fuyaient devant l'armée.
En trois jours, elle avait fait le chemin de Sicca,
pour venir à Carthage et tout exterminer.

On ferma les portes. Les Barbares, presque
aussitôt, parurent ; mais ils s'arrêtèrent au milieu
de l'isthme, sur le bord du lac.

D'abord ils n'annoncèrent rien d'hostile. Plusieurs s'approchèrent avec des palmes à la main.
Ils furent repoussés à coups de flèches, tant la
terreur était grande.

Le matin et à la tombée du jour, des rôdeurs
quelquefois erraient le long des murs. On remar-
quait surtout un petit homme, enveloppé soigneusement d'un manteau et dont la figure disparaissait
sous une visière très basse. Il restait pendant de
grandes heures [1] à regarder l'aqueduc, et avec une
telle persistance, qu'il voulait sans doute égarer les
Carthaginois sur ses véritables desseins. Un autre
homme l'accompagnait, une sorte de géant qui
marchait tête nue.

Mais Carthage était défendue dans toute la largeur de l'isthme [1] : d'abord par un fossé, ensuite par un rempart de gazon, et enfin par un mur, haut de trente coudées, en pierres de taille, et à double étage. Il contenait des écuries pour trois cents éléphants avec des magasins pour leurs caparaçons, leurs entraves et leur nourriture, puis d'autres écuries pour quatre mille chevaux avec les provisions d'orge et les harnachements, et des casernes pour vingt mille soldats avec les armures et tout le matériel de guerre. Des tours s'élevaient sur le second étage, toutes garnies de créneaux et qui portaient en dehors des boucliers de bronze, suspendus à des crampons.

Cette première ligne de murailles abritait immédiatement Malqua, le quartier des gens de la marine et des teinturiers. On apercevait des mâts où séchaient des voiles de pourpre, et sur les dernières terrasses des fourneaux d'argile pour cuire la saumure.

Par-derrière, la ville étageait en amphithéâtre ses hautes maisons de forme cubique. Elles étaient en pierres, en planches, en galets, en roseaux, en coquillages, en terre battue. Les bois des temples faisaient comme des lacs de verdure dans cette montagne de blocs, diversement coloriés. Les places publiques la nivelaient à des distances inégales ; d'innombrables ruelles s'entrecroisant la coupaient du haut en bas. On distinguait les enceintes des trois vieux quartiers, maintenant confondues ; elles se levaient çà et là comme de grands écueils, ou allongeaient des pans énormes, — à demi couverts de fleurs, noircis, largement

rayés par le jet des immondices, et des rues passaient dans leurs ouvertures béantes, comme des
fleuves sous des ponts.

La colline de l'Acropole, au centre de Byrsa,
disparaissait sous un désordre de monuments.
C'étaient des temples à colonnes torses avec des
chapiteaux de bronze et des chaînes de métal,
des cônes en pierres sèches à bandes d'azur, des
coupoles de cuivre, des architraves de marbre, des
contreforts babyloniens, des obélisques posant sur
leur pointe comme des flambeaux renversés. Les
péristyles atteignaient aux frontons ; les volutes
se déroulaient entre les colonnades ; des murailles
de granit supportaient des cloisons de tuile ; tout
cela montait l'un sur l'autre en se cachant à demi,
d'une façon merveilleuse et incompréhensible.
On y sentait la succession des âges et comme des
souvenirs de patries oubliées.

Derrière l'Acropole, dans des terrains rouges, le
chemin des Mappales, bordé de tombeaux, s'allongeait en ligne droite du rivage aux catacombes ;
de larges habitations s'espaçaient ensuite dans des
jardins, et ce troisième quartier, Mégara, la ville
neuve, allait jusqu'au bord de la falaise, où se dressait un phare géant qui flambait toutes les nuits.

Carthage se déployait ainsi devant les soldats
établis dans la plaine.

De loin ils reconnaissaient les marchés, les carrefours ; ils se disputaient sur l'emplacement des
temples. Celui de Khamon, en face des Syssites,
avait des tuiles d'or ; Melkarth, à la gauche d'Eschmoûn, portait sur sa toiture des branches de
corail ; Tanit, au-delà, arrondissait dans les pal-

miers sa coupole de cuivre ; le noir Moloch était
au bas des citernes, du côté du phare. L'on voyait
à l'angle des frontons, sur le sommet des murs,
au coin des places, partout, des divinités à tête
hideuse, colossales ou trapues, avec des ventres
énormes, ou démesurément aplaties, ouvrant la
gueule, écartant les bras, tenant à la main des
fourches, des chaînes ou des javelots ; et le bleu
de la mer s'étalait au fond des rues, que la perspective rendait encore plus escarpées.

Un peuple tumultueux du matin au soir les
emplissait ; de jeunes garçons, agitant des sonnettes, criaient à la porte des bains : les boutiques
de boissons chaudes fumaient, l'air retentissait du
tapage des enclumes, les coqs blancs consacrés au
Soleil chantaient sur les terrasses, les bœufs que
l'on égorgeait mugissaient dans les temples, des
esclaves couraient avec des corbeilles sur leur
tête ; et, dans l'enfoncement des portiques, quelque
prêtre apparaissait drapé d'un manteau sombre,
nu-pieds et en bonnet pointu.

Ce spectacle de Carthage irritait les Barbares.
Ils l'admiraient, ils l'exécraient, ils auraient voulu
tout à la fois l'anéantir et l'habiter. Mais qu'y
avait-il dans le Port-Militaire, défendu par une
triple muraille ? Puis, derrière la ville, au fond de
Mégara, plus haut que l'Acropole, apparaissait
le palais d'Hamilcar.

Les yeux de Mâtho à chaque instant s'y portaient.
Il montait dans les oliviers, et il se penchait, la
main étendue au bord des sourcils. Les jardins
étaient vides, et la porte rouge à croix noire restait
constamment fermée.

Plus de vingt fois il fit le tour des remparts, cherchant quelque brèche pour entrer. Une nuit, il se jeta dans le golfe, et, pendant trois heures, il nagea tout d'une haleine. Il arriva au bas des Mappales, il voulut grimper contre la falaise. Il ensanglanta ses genoux, brisa ses ongles, puis retomba dans les flots et s'en revint.

Son impuissance l'exaspérait. Il était jaloux de cette Carthage enfermant Salammbô, comme de quelqu'un qui l'aurait possédée. Ses énervements l'abandonnèrent, et ce fut une ardeur d'action folle et continuelle. La joue en feu, les yeux irrités, la voix rauque, il se promenait d'un pas rapide à travers le camp ; ou bien, assis sur le rivage, il frottait avec du sable sa grande épée. Il lançait des flèches aux vautours qui passaient. Son cœur débordait en paroles furieuses.

— « Laisse aller ta colère comme un char qui s'emporte », disait Spendius. « Crie, blasphème, ravage et tue. La douleur s'apaise avec du sang, et puisque tu ne peux assouvir ton amour, gorge ta haine ; elle te soutiendra ! »

Mâtho reprit le commandement de ses soldats. Il les faisait impitoyablement manœuvrer. On le respectait pour son courage, pour sa force surtout. D'ailleurs, il inspirait comme une crainte mystique ; on croyait qu'il parlait, la nuit, à des fantômes. Les autres capitaines s'animèrent de son exemple. L'armée, bientôt, se disciplina. Les Carthaginois entendaient de leurs maisons la fanfare des buccines qui réglait les exercices. Enfin, les Barbares se rapprochèrent.

Il aurait fallu pour les écraser dans l'isthme que

deux armées pussent les prendre à la fois par-derrière, l'une débarquant au fond du golfe d'Utique,
et la seconde à la montagne des Eaux-Chaudes.
Mais que faire avec la seule Légion sacrée, grosse
de six mille hommes tout au plus ? S'ils inclinaient
vers l'Orient, ils allaient se joindre aux Nomades,
intercepter la route de Cyrène et le commerce du
désert. S'ils se repliaient sur l'Occident, la Numidie
se soulèverait. Enfin le manque de vivres les ferait
tôt ou tard dévaster, comme des sauterelles, les
campagnes environnantes ; les Riches tremblaient
pour leurs beaux châteaux, pour leurs vignobles,
pour leurs cultures.

Hannon proposa des mesures atroces et imprati-
cables, comme de promettre une forte somme pour
chaque tête de Barbare, ou, qu'avec des vaisseaux
et des machines, on incendiât leur camp. Son collègue Giscon voulait au contraire qu'ils fussent payés.
Mais, à cause de sa popularité, les Anciens le détestaient ; car ils redoutaient le hasard d'un maître et,
par terreur de la monarchie, s'efforçaient d'atténuer ce qui en subsistait ou la pouvait rétablir.

Il y avait en dehors des fortifications des gens
d'une autre race et d'une origine inconnue, — tous
chasseurs de porc-épic, mangeurs de mollusques
et de serpents. Ils allaient dans les cavernes prendre des hyènes vivantes, qu'ils s'amusaient à faire
courir le soir sur les sables de Mégara, entre les
stèles des tombeaux. Leurs cabanes, de fange et de
varech, s'accrochaient contre la falaise comme des
nids d'hirondelles. Ils vivaient là, sans gouvernement et sans dieux, pêle-mêle, complètement nus,
à la fois débiles et farouches, et depuis des siècles

exécrés par le peuple, à cause de leurs nourritures
immondes. Les sentinelles s'aperçurent un matin
qu'ils étaient tous partis.

Enfin des membres du Grand-Conseil se décidèrent. Ils vinrent au camp, sans colliers ni ceintures,
en sandales découvertes, comme des voisins. Ils
s'avançaient d'un pas tranquille, jetant des saluts
aux capitaines, ou bien ils s'arrêtaient pour parler
aux soldats, disant que tout était fini et qu'on
allait faire justice à leurs réclamations.

Beaucoup d'entre eux voyaient pour la première
fois un camp de Mercenaires. Au lieu de la confusion
qu'ils avaient imaginée, partout c'était un ordre
et un silence effrayants. Un rempart de gazon
enfermait l'armée dans une haute muraille, inébranlable au choc des catapultes. Le sol des rues
était aspergé d'eau fraîche ; par les trous des
tentes, ils apercevaient des prunelles fauves qui luisaient dans l'ombre. Les faisceaux de piques et les
panoplies suspendues les éblouissaient comme des
miroirs. Ils se parlaient à voix basse. Ils avaient peur
avec leurs longues robes de renverser quelque chose.

Les soldats demandèrent des vivres, en s'engageant à les payer sur l'argent qu'on leur devait.

On leur envoya des bœufs, des moutons, des
pintades, des fruits secs et des lupins, avec des
scombres fumés, de ces scombres excellents que
Carthage expédiait dans tous les ports. Mais ils
tournaient dédaigneusement autour des bestiaux
magnifiques ; et, dénigrant ce qu'ils convoitaient,
offraient pour un bélier la valeur d'un pigeon,
pour trois chèvres le prix d'une grenade. Les
Mangeurs-de-choses-immondes, se portant pour

arbitres, affirmaient qu'on les dupait. Alors ils tiraient leur glaive, menaçaient de tuer.

Des commissaires du Grand-Conseil écrivirent le nombre d'années que l'on devait à chaque soldat. Mais il était impossible maintenant de savoir combien on avait engagé de Mercenaires, et les Anciens furent effrayés de la somme exorbitante qu'ils auraient à payer. Il fallait vendre la réserve du silphium, imposer les villes marchandes ; les Mercenaires s'impatienteraient, déjà Tunis était avec eux : et les Riches, étourdis par les fureurs d'Hannon et les reproches de son collègue, recommandèrent aux citoyens qui pouvaient connaître quelque Barbare d'aller le voir immédiatement pour reconquérir son amitié, lui dire de bonnes paroles. Cette confiance les calmerait.

Des marchands, des scribes, des ouvriers de l'arsenal, des familles entières se rendirent chez les Barbares.

Les soldats laissaient entrer chez eux tous les Carthaginois, mais par un seul passage tellement étroit que quatre hommes de front s'y coudoyaient. Spendius, debout contre la barrière, les faisait attentivement fouiller ; Mâtho, en face de lui, examinait cette multitude, cherchant à retrouver quelqu'un qu'il pouvait avoir vu chez Salammbô.

Le camp ressemblait à une ville, tant il était rempli de monde et d'agitation. Les deux foules distinctes se mêlaient sans se confondre, l'une habillée de toile ou de laine avec des bonnets de feutre pareils à des pommes de pin, et l'autre vêtue de fer et portant des casques. Au milieu des valets et des vendeurs ambulants circulaient des femmes de toutes les nations, brunes comme des dattes mûres, verdâtres comme des olives, jaunes comme des oranges, vendues par des matelots, choisies dans les bouges, volées à des caravanes, prises dans le sac des villes, que l'on fatiguait d'amour tant qu'elles étaient jeunes, qu'on accablait de coups lorsqu'elles étaient vieilles, et qui mouraient dans les déroutes au bord des chemins, parmi les bagages, avec les bêtes de somme abandonnées. Les épouses des Nomades balançaient sur leurs talons des robes en poil de dromadaire, carrées et de couleur fauve ; des musiciennes de la Cyrénaïque, enveloppées de gazes violettes et les sourcils peints, chantaient accroupies sur des nattes : de vieilles négresses aux mamelles pendantes ramassaient, pour faire du feu, des fientes d'animal que l'on desséchait au soleil : les Syracusaines avaient des plaques d'or dans la chevelure, les femmes des Lusitaniens des colliers de coquillages, les Gauloises des peaux de loup sur leur poitrine blanche ; et des enfants robustes, couverts de vermine, nus, incirconcis, donnaient aux passants des coups dans le ventre avec leur tête, ou venaient par-derrière, comme de jeunes tigres, les mordre aux mains.

Les Carthaginois se promenaient à travers le camp, surpris par la quantité de choses dont il regorgeait. Les plus misérables étaient tristes, et les autres dissimulaient leur inquiétude.

Les soldats leur frappaient sur l'épaule, en les excitant à la gaieté. Dès qu'ils apercevaient quelque personnage, ils l'invitaient à leurs divertissements. Quand on jouait au disque, ils s'arrangeaient pour

lui écraser les pieds, et au pugilat, dès la première
passe, lui fracassaient la mâchoire. Les frondeurs
effrayaient les Carthaginois avec leurs frondes, les
psylles avec des vipères, les cavaliers avec leurs
chevaux. Ces gens d'occupations paisibles, à tous
les outrages, baissaient la tête et s'efforçaient de
sourire. Quelques-uns, pour se montrer braves,
faisaient signe qu'ils voulaient devenir des soldats.
On leur donnait à fendre du bois et à étriller des
mulets. On les bouclait dans une armure et on les
roulait comme des tonneaux par les rues du
camp. Puis, quand ils se disposaient à partir, les
Mercenaires s'arrachaient les cheveux avec des
contorsions grotesques.

Mais beaucoup, par sottise ou préjugé, croyaient
naïvement tous les Carthaginois très riches, et ils
marchaient derrière eux en les suppliant de leur
accorder quelque chose. Ils demandaient tout ce
qui leur semblait beau : une bague, une ceinture,
des sandales, la frange d'une robe, et, quand le
Carthaginois dépouillé s'écriait : — « Mais je n'ai
plus rien. Que veux-tu? » ils répondaient : — « Ta
femme! » D'autres disaient : — « Ta vie! »

Les comptes militaires furent remis aux capitaines, lus aux soldats, définitivement approuvés.
Alors ils réclamèrent des tentes : on leur donna
des tentes. Puis les polémarques des Grecs demandèrent quelques-unes de ces belles armures que
l'on fabriquait à Carthage ; le Grand-Conseil vota
des sommes pour cette acquisition. Mais il était
juste, prétendaient les cavaliers, que la République
les indemnisât de leurs chevaux ; l'un affirmait en
avoir perdu trois à tel siège, un autre cinq dans

telle marche, un autre quatorze dans les précipices. On leur offrit des étalons d'Hécatompyle ;
ils aimèrent mieux l'argent.

Puis ils demandèrent qu'on leur payât en argent
(en pièces d'argent et non en monnaie de cuir) tout
le blé qu'on leur devait, et au plus haut prix où il
s'était vendu pendant la guerre, si bien qu'ils
exigeaient pour une mesure de farine quatre cents
fois plus qu'ils n'avaient donné pour un sac de
froment. Cette injustice exaspéra ; il fallut céder,
pourtant.

Alors les délégués des soldats et ceux du Grand-
Conseil se réconcilièrent, en jurant par le Génie de
Carthage et par les Dieux des Barbares. Avec les
démonstrations et la verbosité orientales, ils se
firent des excuses et des caresses. Puis les soldats
réclamèrent, comme une preuve d'amitié, la puni-
tion des traîtres qui les avaient indisposés contre la
République.

On feignit de ne pas les comprendre. Ils s'expli-
quèrent plus nettement, disant qu'il leur fallait la
tête d'Hannon.

Plusieurs fois par jour ils sortaient de leur
camp. Ils se promenaient au pied des murs. Ils
criaient qu'on leur jetât la tête du Suffète, et ils
tendaient leurs robes pour la recevoir.

Le Grand-Conseil aurait faibli, peut-être, sans
une dernière exigence plus injurieuse que les
autres : ils demandèrent en mariage, pour leurs
chefs, des vierges choisies dans les grandes familles.
C'était une idée de Spendius, que plusieurs trouvaient toute simple et fort exécutable. Mais cette
prétention de vouloir se mêler au sang punique

indigna le peuple ; on leur signifia brutalement
qu'ils n'avaient plus rien à recevoir. Alors ils
s'écrièrent qu'on les avait trompés ; si avant trois
jours leur solde n'arrivait pas, ils iraient eux-
mêmes la prendre dans Carthage.

La mauvaise foi des Mercenaires n'était point
aussi complète que le pensaient leurs ennemis.
Hamilcar leur avait fait des promesses exorbitantes, vagues il est vrai, mais solennelles et réité-
rées. Ils avaient pu croire, en débarquant à Carthage, qu'on leur abandonnerait la ville, qu'ils se
partageraient des trésors ; et quand ils virent que
leur solde à peine serait payée, ce fut une désillusion pour leur orgueil comme pour leur cupidité.

Denys, Pyrrhus, Agathoclès et les généraux
d'Alexandre n'avaient-ils pas fourni l'exemple de
merveilleuses fortunes ? L'idéal d'Hercule, que
les Chananéens confondaient avec le soleil, resplendissait à l'horizon des armées. On savait que de
simples soldats avaient porté des diadèmes, et le
retentissement des empires qui s'écroulaient faisait
rêver le Gaulois dans sa forêt de chênes, l'Éthiopien dans ses sables. Mais il y avait un peuple
toujours prêt à utiliser les courages ; et le voleur
chassé de sa tribu, le parricide errant sur les
chemins, le sacrilège poursuivi par les dieux, tous
les affamés, tous les désespérés tâchaient d'atteindre
au port où le courtier de Carthage recrutait des
soldats. Ordinairement elle tenait ses promesses.
Cette fois pourtant, l'ardeur de son avarice l'avait
entraînée dans une infamie périlleuse. Les Numides,
les Libyens, l'Afrique entière s'allaient jeter sur
Carthage. La mer seule était libre. Elle y rencon-

trait les Romains ; et, comme un homme assailli
par des meurtriers, elle sentait la mort tout
autour d'elle.

Il fallut bien recourir à Giscon ; les Barbares
acceptèrent son entremise. Un matin ils virent les
chaînes du port s'abaisser, et trois bateaux plats,
passant par le canal de la Tænia, entrèrent dans
le lac.

Sur le premier, à la proue, on apercevait Giscon.
Derrière lui, et plus haute qu'un catafalque, s'élevait une caisse énorme, garnie d'anneaux pareils
à des couronnes qui pendaient. Apparaissait ensuite la légion des Interprètes, coiffés comme des
sphinx, et portant un perroquet tatoué sur la
poitrine. Des amis et des esclaves suivaient, tous
sans armes, et si nombreux qu'ils se touchaient
des épaules. Les trois longues barques, pleines à
sombrer, s'avançaient aux acclamations de l'armée,
qui les regardait.

Dès que Giscon débarqua, les soldats coururent
à sa rencontre. Avec des sacs il fit dresser une
sorte de tribune et déclara qu'il ne s'en irait pas
avant de les avoir tous intégralement payés.

Des applaudissements éclatèrent ; il fut longtemps
sans pouvoir parler.

Puis il blâma les torts de la République et ceux
des Barbares ; la faute en était à quelques mutins,
qui par leur violence avaient effrayé Carthage. La
meilleure preuve de ses bonnes intentions, c'était
qu'on l'envoyait vers eux, lui, l'éternel adversaire
du suffète Hannon. Ils ne devaient point supposer
au peuple l'ineptie de vouloir irriter des braves, ni
assez d'ingratitude pour méconnaître leurs ser-

vices ; et Giscon se mit à la paye des soldats en
commençant par les Libyens. Comme ils avaient
déclaré les listes mensongères, il ne s'en servit
point.

Ils défilaient devant lui, par nations, en ouvrant
leurs doigts pour dire le nombre des années ; on les
marquait successivement au bras gauche avec de
la peinture verte ; les scribes puisaient dans le
coffre béant, et d'autres, avec un stylet, faisaient
des trous sur une lame de plomb.

Un homme passa, qui marchait lourdement, à
la manière des bœufs.

— « Monte près de moi », dit le Suffète, sus-
pectant quelque fraude ; « combien d'années as-tu
servi ? »

— « Douze ans », répondit le Libyen.

Giscon lui glissa les doigts sous la mâchoire,
car la mentonnière du casque y produisait à la
longue deux callosités ; on les appelait des carroubes, et *avoir les carroubes* était une locution
pour dire un vétéran.

— « Voleur! » s'écria le Suffète, « ce qui te
manque au visage tu dois le porter sur les épaules! »
et lui déchirant sa tunique, il découvrit son dos
couvert de gales sanglantes ; c'était un labou-
reur d'Hippozaryte. Des huées s'élevèrent ; on
le décapita.

Dès qu'il fut nuit, Spendius alla réveiller les
Libyens. Il leur dit :

— « Quand les Ligures, les Grecs, les Baléares
et les hommes d'Italie seront payés, ils s'en retour-
neront. Mais vous autres, vous resterez en Afrique,
épars dans vos tribus et sans aucune défense!

C'est alors que la République se vengera! Méfiez-
vous du voyage! Allez-vous croire à toutes les
paroles? Les deux suffètes sont d'accord! Celui-là
vous abuse! Rappelez-vous l'Ile-des-Ossements et
Xantippe qu'ils ont renvoyé à Sparte sur une
galère pourrie! »

— « Comment nous y prendre? » deman-
daient-ils.

— « Réfléchissez! » disait Spendius.

Les deux jours suivants se passèrent à payer les
gens de Magdala, de Leptis, d'Hécatompyle;
Spendius se répandait chez les Gaulois.

— « On solde les Libyens, ensuite on payera les
Grecs, puis les Baléares, les Asiatiques, et tous les
autres! Mais vous qui n'êtes pas nombreux, on ne
vous donnera rien! Vous ne reverrez plus vos
patries! Vous n'aurez point de vaisseaux! Ils vous
tueront, pour épargner la nourriture. »

Les Gaulois vinrent trouver le Suffète. Autharite, celui qu'il avait blessé chez Hamilcar, l'inter-
pella. Il disparut, repoussé par les esclaves, mais
en jurant qu'il se vengerait.

Les réclamations, les plaintes se multiplièrent.
Les plus obstinés pénétraient [1] dans la tente du
Suffète; pour l'attendrir ils prenaient ses mains,
lui faisaient palper leurs bouches sans dents, leurs
bras tout maigres et les cicatrices de leurs blessures. Ceux qui n'étaient point encore payés
s'irritaient, ceux qui avaient reçu leur solde en
demandaient une autre pour leurs chevaux; et
les vagabonds, les bannis, prenant les armes des
soldats, affirmaient qu'on les oubliait. A chaque
minute, il arrivait comme des tourbillons d'hom-

mes ; les tentes craquaient, s'abattaient ; la multitude serrée entre les remparts du camp oscillait
à grands cris depuis les portes jusqu'au centre.
Quand le tumulte se faisait trop fort, Giscon
posait un coude sur son sceptre d'ivoire, et,
regardant la mer, il restait immobile, les doigts
enfoncés dans sa barbe.

Souvent Mâtho s'écartait pour aller s'entretenir
avec Spendius ; puis il se replaçait en face du
Suffète, et Giscon sentait perpétuellement ses
prunelles comme deux phalariques en flammes
dardées vers lui. Par-dessus la foule, plusieurs
fois, ils se lancèrent des injures, mais qu'ils n'entendirent pas. Cependant la distribution continuait, et le Suffète à tous les obstacles trouvait
des expédients.

Les Grecs voulurent élever des chicanes sur la
différence des monnaies. Il leur fournit de telles
explications qu'ils se retirèrent sans murmures.
Les Nègres réclamèrent de ces coquilles blanches
usitées pour le commerce dans l'intérieur de
l'Afrique. Il leur offrit d'en envoyer prendre à
Carthage ; alors, comme les autres, ils acceptèrent
de l'argent.

Mais on avait promis aux Baléares quelque
chose de meilleur, à savoir des femmes. Le Suffète
répondit que l'on attendait pour eux toute une
caravane de vierges : la route était longue, il
fallait encore six lunes. Quand elles seraient
grasses et bien frottées de benjoin, on les enver-
rait sur des vaisseaux, dans les ports des Baléares.

Tout à coup, Zarxas, beau maintenant et vigou-

reux, sauta comme un bateleur sur les épaules de
ses amis et il cria :

— « En as-tu réservé pour les cadavres ? »
tandis qu'il montrait dans Carthage la porte de
Khamon.

Aux derniers feux du soleil, les plaques d'airain
la garnissant de haut en bas resplendissaient ; les
Barbares crurent apercevoir sur elle une traînée
sanglante. Chaque fois que Giscon voulait parler,
leurs cris recommençaient. Enfin, il descendit à
pas graves et s'enferma dans sa tente.

Quand il en sortit au lever du soleil, ses interprètes, qui couchaient en dehors, ne bougèrent
point ; ils se tenaient sur le dos, les yeux fixes, la
langue au bord des dents et la face bleuâtre. Des
mucosités blanches coulaient de leurs narines, et
leurs membres étaient raides, comme si le froid
pendant la nuit les eût tous gelés. Chacun portait
autour du cou un petit lacet de joncs.

La rébellion dès lors ne s'arrêta plus. Ce meurtre
des Baléares rappelé par Zarxas confirmait les
défiances de Spendius. Ils s'imaginaient que la
République cherchait toujours à les tromper. Il
fallait en finir! On se passerait des interprètes!
Zarxas, avec une fronde autour de la tête, chantait
des chansons de guerre ; Autharite brandissait sa
grande épée ; Spendius soufflait à l'un quelque
parole, fournissait à l'autre un poignard. Les plus
forts tâchaient de se payer eux-mêmes, les moins
furieux demandaient que la distribution conti-
nuât. Personne maintenant ne quittait ses armes,
et toutes les colères se réunissaient contre Giscon
dans une haine tumultueuse.

Quelques-uns montaient à ses côtés. Tant qu'ils vociféraient des injures on les écoutait avec patience ; mais s'ils tentaient pour lui le moindre mot, ils étaient immédiatement lapidés, ou par-derrière d'un coup de sabre on leur abattait la tête. L'amoncellement des sacs était plus rouge qu'un autel.

Ils devenaient terribles après le repas, quand ils avaient bu du vin! C'était une joie défendue sous peine de mort dans les armées puniques, et ils levaient leur coupe du côté de Carthage par dérision pour sa discipline. Puis ils revenaient vers les esclaves des finances et ils recommençaient à tuer. Le mot *frappe*, différent dans chaque langue, était compris de tous.

Giscon savait bien que la patrie l'abandonnait ; mais il ne voulait point malgré son ingratitude la déshonorer. Quand ils lui rappelèrent qu'on leur avait promis des vaisseaux, il jura par Moloch de leur en fournir lui-même, à ses frais, et, arrachant son collier de pierres bleues, il le jeta dans la foule en gage de serment.

Alors les Africains réclamèrent le blé, d'après les engagements du Grand-Conseil. Giscon étala les comptes des Syssites, tracés avec de la peinture violette sur des peaux de brebis ; il lisait tout ce qui était entré dans Carthage, mois par mois et jour par jour.

Soudain il s'arrêta, les yeux béants, comme s'il eût découvert entre les chiffres sa sentence de mort.

En effet, les Anciens les avaient frauduleusement réduits, et le blé, vendu pendant l'époque la plus calamiteuse de la guerre, se trouvait à un taux si bas, qu'à moins d'aveuglement on n'y pouvait croire.

— « Parle! » crièrent-ils, « plus haut! Ah! c'est qu'il cherche à mentir, le lâche! méfions-nous. »

Pendant quelque temps, il hésita. Enfin il reprit sa besogne.

Les soldats, sans se douter qu'on les trompait, acceptèrent comme vrais les comptes des Syssites. Alors l'abondance où s'était trouvée Carthage les jeta dans une jalousie furieuse. Ils brisèrent la caisse de sycomore ; elle était vide aux trois quarts. Ils avaient vu de telles sommes en sortir qu'ils la jugeaient inépuisable ; Giscon en avait enfoui dans sa tente. Ils escaladèrent les sacs. Mâtho les conduisait, et comme ils criaient : « L'argent! l'argent! » Giscon à la fin répondit :

— « Que votre général vous en donne! »

Il les regardait en face, sans parler, avec ses grands yeux jaunes et sa longue figure plus pâle que sa barbe. Une flèche, arrêtée par les plumes, se tenait à son oreille dans son large anneau d'or, et un filet de sang coulait de sa thiare sur son épaule.

A un geste de Mâtho, tous s'avancèrent. Il écarta les bras ; Spendius, avec un nœud coulant, l'étreignit aux poignets ; un autre le renversa, et il disparut dans le désordre de la foule qui s'écroulait sur les sacs.

Ils saccagèrent sa tente. On n'y trouva que les choses indispensables à la vie ; puis, en cherchant mieux, trois images de Tanit, et dans une peau de singe, une pierre noire tombée de la lune. Beau-

coup de Carthaginois avaient voulu l'accompagner ;
c'étaient des hommes considérables et tous du
parti de la guerre.

On les entraîna en dehors des tentes, et on les
précipita dans la fosse aux immondices. Avec des
chaînes de fer ils furent attachés par le ventre à des
pieux solides, et on leur tendait la nourriture à la
pointe d'un javelot.

Autharite, tout en les surveillant, les accablait
d'invectives, mais comme ils ne comprenaient
point sa langue, ils ne répondaient pas ; le Gaulois,
de temps à autre, leur jetait des cailloux au
visage pour les faire crier.

Dès le lendemain, une sorte de langueur envahit
l'armée. A présent que leur colère était finie, des
inquiétudes les prenaient. Mâtho souffrait d'une
tristesse vague. Il lui semblait avoir indirectement
outragé Salammbô. Ces Riches étaient comme
une dépendance de sa personne. Il s'asseyait la
nuit au bord de leur fosse, et il retrouvait dans
leurs gémissements quelque chose de la voix dont
son cœur était plein.

Cependant ils accusaient, tous, les Libyens, qui
seuls étaient payés. Mais, en même temps que se
ravivaient les antipathies nationales avec les
haines particulières, on sentait le péril de s'y
abandonner. Les représailles, après un attentat
pareil, seraient formidables. Donc il fallait prévenir
la vengeance de Carthage. Les conciliabules, les
harangues n'en finissaient pas. Chacun parlait, on
n'écoutait personne, et Spendius, ordinairement si
loquace, à toutes les propositions secouait la tête.

Un soir il demanda négligemment à Mâtho
s'il n'y avait pas des sources dans l'intérieur de la
ville.

— « Pas une! » répondit Mâtho.

Le lendemain, Spendius l'entraîna sur la berge
du lac.

— « Maître! » dit l'ancien esclave, « si ton cœur
est intrépide, je te conduirai dans Carthage. »

— « Comment? » répétait l'autre en haletant.

— « Jure d'exécuter tous mes ordres, de me
suivre comme une ombre! »

Alors Mâtho, levant son bras vers la planète de
Chabar, s'écria :

— « Par Tanit, je le jure! »

Spendius reprit :

— « Demain après le coucher du soleil, tu
m'attendras au pied de l'aqueduc, entre la neuvième et la dixième arcade. Emporte avec toi
un pic de fer, un casque sans aigrette et des sandales de cuir. »

L'aqueduc dont il parlait traversait obliquement
l'isthme entier, — ouvrage considérable agrandi
plus tard par les Romains. Malgré son dédain des
autres peuples, Carthage leur avait pris gauche-
ment cette invention nouvelle, comme Rome elle-
même avait fait de la galère punique ; et cinq
rangs d'arcs superposés, d'une architecture trapue,
avec des contreforts à la base et des têtes de lion
au sommet, aboutissaient à la partie occidentale
de l'Acropole, où ils s'enfonçaient sous la ville
pour déverser presque une rivière dans les citernes
de Mégara.

A l'heure convenue, Spendius y trouva Mâtho.

Il attacha une sorte de harpon au bout d'une
corde, le fit tourner rapidement comme une
fronde, l'engin de fer s'accrocha ; et ils se mirent,
l'un derrière l'autre, à grimper le long du mur.

Mais quand ils furent montés sur le premier
étage, le crampon, chaque fois qu'ils le jetaient,
retombait ; il leur fallait, pour découvrir quelque
fissure, marcher sur le bord de la corniche ; à
chaque rang des arcs, ils la trouvaient plus étroite.
Puis la corde se relâcha. Plusieurs fois, elle faillit
se rompre.

Enfin ils arrivèrent à la plate-forme supérieure.
Spendius, de temps à autre, se penchait pour tâter
les pierres avec sa main.

— « C'est là », dit-il, « commençons ! » Et
pesant sur l'épieu qu'avait apporté Mâtho, ils
parvinrent à disjoindre une des dalles.

Ils aperçurent, au loin, une troupe de cavaliers
galopant sur des chevaux sans brides. Leurs
bracelets d'or sautaient dans les vagues draperies
de leurs manteaux. On distinguait en avant un
homme couronné de plumes d'autruche et qui
galopait avec une lance à chaque main.

— « Narr'Havas ! » s'écria Mâtho.

— « Qu'importe ! » reprit Spendius ; et il sauta
dans le trou qu'ils venaient de faire en découvrant
la dalle.

Mâtho, par son ordre, essaya de pousser un des
blocs. Mais, faute de place, il ne pouvait remuer les
coudes.

— « Nous reviendrons », dit Spendius! « Mets-
toi devant. » Alors ils s'aventurèrent dans le
conduit des eaux.

Ils en avaient jusqu'au ventre. Bientôt ils chan-
celèrent et il leur fallut nager. Leurs membres se
heurtaient contre les parois du canal trop étroit.
L'eau coulait presque immédiatement sous la
dalle supérieure : ils se déchiraient le visage. Puis
le courant les entraîna. Un air plus lourd qu'un
sépulcre leur écrasait la poitrine, et la tête sous
les bras, les genoux l'un contre l'autre, allongés
tant qu'ils pouvaient, ils passaient comme des
flèches dans l'obscurité, étouffant, râlant, presque morts. Soudain, tout fut noir devant eux et
la vélocité des eaux redoublait. Ils tombèrent.

Quand ils furent remontés à la surface, ils se
tinrent pendant quelques minutes étendus sur le
dos, à humer l'air, délicieusement. Des arcades,
les unes derrière les autres, s'ouvraient au
milieu de larges murailles séparant des bassins.
Tous étaient remplis, et l'eau se continuait en une
seule nappe dans la longueur des citernes. Les
coupoles du plafond laissaient descendre par
leur soupirail une clarté pâle qui étalait sur les
ondes comme des disques de lumière, et les
ténèbres à l'entour, s'épaississant vers les murs,
les reculaient indéfiniment. Le moindre bruit
faisait un grand écho.

Spendius et Mâtho se remirent à nager, et,
passant par l'ouverture des arcs, ils traversèrent
plusieurs chambres à la file. Deux autres rangs de
bassins plus petits s'étendaient parallèlement de
chaque côté. Ils se perdirent, ils tournaient, ils
revenaient. Enfin, quelque chose résista sous leurs
talons. C'était le pavé de la galerie qui longeait
les citernes.

Alors, s'avançant avec de grandes précautions, ils palpèrent la muraille pour trouver une issue. Mais leurs pieds glissaient ; ils tombaient dans les vasques profondes. Ils avaient à remonter, puis ils retombaient [1] encore ; et ils sentaient une épouvantable fatigue, comme si leurs membres en nageant se fussent dissous dans l'eau. Leurs yeux se fermèrent : ils agonisaient.

Spendius se frappa la main contre les barreaux d'une grille. Ils la secouèrent, elle céda, et ils se trouvèrent sur les marches d'un escalier. Une porte de bronze le fermait en haut. Avec la pointe d'un poignard, ils écartèrent la barre que l'on ouvrait en dehors ; tout à coup le grand air pur les enveloppa.

La nuit était pleine de silence, et le ciel avait une hauteur démesurée. Des bouquets d'arbres débordaient, sur les longues lignes des murs. La ville entière dormait. Les feux des avant-postes brillaient comme des étoiles perdues.

Spendius qui avait passé trois ans dans l'ergastule, connaissait imparfaitement les quartiers. Mâtho conjectura que, pour se rendre au palais d'Hamilcar, ils devaient prendre sur la gauche, en traversant les Mappales.

— « Non », dit Spendius, « conduis-moi au temple de Tanit. »

Mâtho voulut parler.

— « Rappelle-toi! » fit l'ancien esclave ; et, levant son bras, il lui montra la planète de Chabar qui resplendissait.

Alors Mâtho se tourna silencieusement vers l'Acropole.

Ils rampaient le long des clôtures de nopals qui bordaient les sentiers. L'eau coulait de leurs membres sur la poussière. Leurs sandales humides ne faisaient aucun bruit ; Spendius, avec ses yeux plus flamboyants que des torches, à chaque pas fouillait les buissons ; — et il marchait derrière Mâtho, les mains posées sur les deux poignards qu'il portait aux bras, tenus au-dessous de l'aisselle par un cercle de cuir.

TANIT

Quand ils furent sortis des jardins, ils se trouvèrent arrêtés par l'enceinte de Mégara. Mais
ils découvrirent une brèche dans la grosse muraille,
et passèrent.

Le terrain descendait, formant une sorte de
vallon très large. C'était une place découverte.

— « Écoute », dit Spendius, « et d'abord ne
crains rien!... j'exécuterai ma promesse... »

Il s'interrompit; il avait l'air de réfléchir,
comme pour chercher ses paroles. — « Te rappelles-tu cette fois, au soleil levant, où, sur la
terrasse de Salammbô, je t'ai montré Carthage?
Nous étions forts ce jour-là, mais tu n'as voulu rien
entendre! » Puis d'une voix grave : — « Maître,
il y a dans le sanctuaire de Tanit un voile mystérieux, tombé du ciel, et qui recouvre la Déesse.

— « Je le sais », dit Mâtho.

Spendius reprit :

— « Il est divin lui-même, car il fait partie
d'elle. Les dieux résident où se trouvent leurs
simulacres. C'est parce que Carthage le possède,
que Carthage est puissante. » Alors se penchant

à son oreille : « Je t'ai emmené avec moi pour le ravir!»

Mâtho recula d'horreur.

— « Va-t'en! cherche quelque autre! Je ne veux pas t'aider dans cet exécrable forfait.

— « Mais Tanit est ton ennemie », répliqua Spendius : elle te persécute, et tu meurs de sa colère. Tu t'en vengeras. Elle t'obéira. Tu deviendras presque immortel et invincible. »

Mâtho baissa [1] la tête. Il continua :

— « Nous succomberions ; l'armée d'elle-même s'anéantirait. Nous n'avons ni fuite à espérer, ni secours, ni pardon! Quel châtiment des Dieux peux-tu craindre, puisque tu vas avoir leur force dans les mains? Aimes-tu mieux périr le soir d'une défaite, misérablement, à l'abri d'un buisson, ou parmi l'outrage de la populace, dans la flamme des bûchers? Maître, un jour tu entreras à Carthage, entre les collèges des pontifes, qui baiseront tes sandales : et si le voile de Tanit te pèse encore, tu le rétabliras dans son temple. Suis-moi! viens le prendre. »

Une envie terrible dévorait Mâtho. Il aurait voulu, en s'abstenant du sacrilège, posséder le voile. Il se disait que peut-être on n'aurait pas besoin de le prendre pour en accaparer la vertu. Il n'allait point [2] jusqu'au fond de sa pensée, s'arrêtant sur la limite où elle l'épouvantait.

« Marchons! » dit-il ; et ils s'éloignèrent d'un pas rapide, côte à côte, sans parler.

Le terrain remonta, et les habitations se rapprochèrent. Ils tournaient dans les rues étroites, au milieu des ténèbres. Des lambeaux de sparterie

fermant les portes battaient contre les murs. Sur
une place, des chameaux ruminaient devant des
tas d'herbes coupées. Puis ils passèrent sous une
galerie que recouvraient des feuillages. Un troupeau de chiens aboya. Mais l'espace tout à coup
s'élargit, et ils reconnurent la face occidentale de
l'Acropole. Au bas de Byrsa s'étalait une longue
masse noire : c'était le temple de Tanit, ensemble
de monuments et de jardins, de cours et d'avant-
cours, bordé par un petit mur de pierres sèches.
Spendius et Mâtho le franchirent.

Cette première enceinte renfermait un bois de
platanes, par précaution contre la peste et l'infection de l'air. Çà et là étaient disséminées des tentes
où l'on vendait pendant le jour des pâtes épila-
toires, des parfums, des vêtements, des gâteaux
en forme de lune, et des images de la Déesse avec
des représentations du temple, creusées dans un
bloc d'albâtre.

Ils n'avaient rien à craindre, car les nuits où
l'astre ne paraissait pas on suspendait tous les
rites : cependant Mâtho se ralentissait ; il s'arrêta
devant les trois marches d'ébène qui conduisaient
à la seconde enceinte.

— « Avance! » dit Spendius.

Des grenadiers, des amandiers, des cyprès et
des myrtes, immobiles comme des feuillages de
bronze, alternaient régulièrement ; le chemin,
pavé de cailloux bleus, craquait sous les pas, et
des roses épanouies pendaient en berceau sur
toute la longueur de l'allée. Ils arrivèrent devant
un trou ovale, abrité par une grille. Alors, Mâtho,
que ce silence effrayait, dit à Spendius :

— « C'est ici qu'on mélange les Eaux douces avec les Eaux amères. »

— « J'ai vu tout cela », reprit l'ancien esclave, « en Syrie, dans la ville de Maphug » ; et, par un escalier de six marches d'argent, ils montèrent dans la troisième enceinte.

Un cèdre énorme en occupait le milieu. Ses branches les plus basses disparaissaient sous des brides d'étoffes et des colliers qu'y avaient appendus les fidèles. Ils firent encore quelques pas, et la façade du temple se déploya.

Deux longs portiques, dont les architraves reposaient sur des piliers trapus, flanquaient une tour quadrangulaire, ornée à sa plate-forme par un croissant de lune. Sur les angles des portiques et aux quatre coins de la tour s'élevaient des vases pleins d'aromates allumés. Des grenades et des coloquintes chargeaient les chapiteaux. Des entrelacs, des losanges, des lignes de perles s'alternaient sur les murs, et une haie en filigrane d'argent formait un large demi-cercle devant l'escalier d'airain qui descendait du vestibule.

Il y avait à l'entrée, entre une stèle d'or et une stèle d'émeraude, un cône de pierre ; Mâtho, en passant à côté, se baisa la main droite.

La première chambre était très haute ; d'innombrables ouvertures perçaient sa voûte ; en levant la tête on pouvait voir les étoiles. Tout autour de la muraille, dans des corbeilles de roseau, s'amoncelaient des barbes et des chevelures, prémices des adolescences ; et, au milieu de l'appartement circulaire, le corps d'une femme sortait d'une gaine couverte de mamelles. Grasse, barbue,

et les paupières baissées, elle avait l'air de sourire,
en croisant ses mains sur le bord de son gros ventre,
— poli par les baisers de la foule.

Puis ils se retrouvèrent à l'air libre, dans un cor-
ridor transversal, où un autel de proportions
exiguës s'appuyait contre une porte d'ivoire. On
n'allait point au-delà : les prêtres seuls pouvaient
l'ouvrir ; car un temple n'était pas un lieu de
réunion pour la multitude, mais la demeure particulière d'une divinité.

— « L'entreprise est impossible », disait Mâtho.
« Tu n'y avais pas songé! Retournons! » Spendius
examinait les murs.

Il voulait le voile, non qu'il eût confiance en sa
vertu (Spendius ne croyait qu'à l'Oracle), mais
persuadé que les Carthaginois, s'en voyant privés,
tomberaient dans un grand abattement. Pour
trouver quelque issue, ils firent le tour par-derrière.

On apercevait, sous des bosquets de térébinthe,
des édicules de forme différente. Çà et là un phallus
de pierre se dressait, et de grands cerfs erraient
tranquillement, poussant de leurs pieds fourchus
des pommes de pin tombées.

Ils revinrent sur leurs pas entre deux longues
galeries qui s'avançaient parallèlement. De petites
cellules s'ouvraient au bord. Des tambourins et
des cymbales étaient accrochés du haut en bas de
leurs colonnes de cèdre [1]. Des femmes dormaient
en dehors des cellules, étendues sur des nattes.
Leurs corps, tout gras d'onguents, exhalaient une
odeur d'épices et de cassolettes éteintes ; elles
étaient si couvertes de tatouages, de colliers,
d'anneaux, de vermillon et d'antimoine, qu'on les

eût prises, sans le mouvement de leur poitrine,
pour des idoles ainsi couchées par terre. Des lotus
entouraient une fontaine, où nageaient des poissons
pareils à ceux de Salammbô ; puis au fond, contre
la muraille du temple, s'étalait une vigne dont les
sarments étaient de verre et les grappes d'émeraude : les rayons des pierres précieuses faisaient
des jeux de lumière, entre les colonnes peintes, sur
les visages endormis.

Mâtho suffoquait dans la chaude atmosphère
que rabattaient sur lui les cloisons de cèdre. Tous
ces symboles de la fécondation, ces parfums, ces
rayonnements, ces haleines l'accablaient. A travers les éblouissements mystiques, il songeait à
Salammbô. Elle se confondait avec la Déesse elle-
même, et son amour s'en dégageait plus fort,
comme les grands lotus qui s'épanouissaient sur la
profondeur des eaux.

Spendius calculait quelle somme d'argent il
aurait autrefois gagnée à vendre ces femmes ; et,
d'un coup d'œil rapide, il pesait en passant les
colliers d'or.

Le temple était, de ce côté comme de l'autre,
impénétrable. Ils revinrent derrière la première
chambre. Pendant que Spendius cherchait, furetait, Mâtho, prosterné devant la porte, implorait
Tanit. Il la suppliait de ne point permettre ce
sacrilège. Il tâchait de l'adoucir avec des mots
caressants, comme on fait à une personne irritée.

Spendius remarqua au-dessus de la porte une
ouverture étroite.

— « Lève-toi ! » dit-il à Mâtho, et il le fit
s'adosser contre le mur, tout debout. Alors, posant

un pied dans ses mains, puis un autre sur sa tête,
il parvint jusqu'à la hauteur du soupirail, s'y
engagea et disparut. Puis Mâtho sentit tomber
sur son épaule une corde à nœuds, celle que Spendius avait enroulée autour de son corps avant de
s'engager dans les citernes ; et s'y appuyant des
deux mains, bientôt il se trouva près de lui dans
une grande salle pleine d'ombre.

De pareils attentats étaient une chose extraordinaire. L'insuffisance des moyens pour les prévenir
témoignait assez qu'on les jugeait impossibles.
La terreur, plus que les murs, défendait les sanctuaires. Mâtho, à chaque pas, s'attendait à mourir.

Cependant une lueur vacillait au fond des
ténèbres ; ils s'en rapprochèrent. C'était une lampe
qui brûlait dans une coquille sur le piédestal d'une
statue, coiffée du bonnet des Cabires. Des disques
en diamant parsemaient sa longue robe bleue, et
des chaînes, qui s'enfonçaient sous les dalles,
l'attachaient au sol par les talons. Mâtho retint un
cri. Il balbutiait : « Ah ! la voilà ! la voilà !... »
Spendius prit la lampe afin de s'éclairer.

— « Quel impie tu es ! » murmura Mâtho. Il le
suivait pourtant.

L'appartement où ils entrèrent n'avait rien
qu'une peinture noire représentant une autre
femme. Ses jambes montaient jusqu'au haut de la
muraille. Son corps occupait le plafond tout
entier. De son nombril pendait à un fil un œuf
énorme, et elle retombait sur l'autre mur, la tête
en bas, jusqu'au niveau des dalles où atteignaient
ses doigts pointus.

Pour passer plus loin, ils écartèrent une tapisserie ; mais le vent souffla, et la lumière s'éteignit.

Alors ils errèrent, perdus dans les complications de l'architecture. Tout à coup, ils sentirent sous leurs pieds quelque chose d'une douceur étrange. Des étincelles pétillaient, jaillissaient ; ils marchaient dans du feu. Spendius tâta le sol et reconnut qu'il était soigneusement tapissé avec des peaux de lynx ; puis il leur sembla qu'une grosse corde mouillée, froide et visqueuse, glissait entre leurs jambes. Des fissures, taillées dans la muraille, laissaient tomber de minces rayons blancs. Ils s'avançaient à ces lueurs incertaines. Enfin ils distinguèrent un grand serpent noir. Il s'élança vite et disparut.

— « Fuyons! » s'écria Mâtho. « C'est elle! je la sens ; elle vient. »

— « Eh non! » répondit Spendius, « le temple est vide. »

Alors une lumière éblouissante leur fit baisser les yeux. Puis ils aperçurent tout à l'entour une infinité de bêtes, efflanquées, haletantes, hérissant leurs griffes, et confondues les unes par-dessus les autres dans un désordre mystérieux qui épouvantait. Des serpents avaient des pieds, des taureaux avaient des ailes, des poissons à têtes d'homme dévoraient des fruits, des fleurs s'épanouissaient dans la mâchoire des crocodiles, et des éléphants, la trompe levée, passaient en plein azur, orgueilleusement, comme des aigles. Un effort terrible distendait leurs membres incomplets ou multipliés. Ils avaient l'air, en tirant la langue, de vouloir faire sortir leur âme ; et toutes les formes se trouvaient là, comme si le réceptacle des germes, crevant dans une éclosion soudaine, se fût vidé sur les murs de la salle.

Douze globes de cristal bleu la bordaient circulairement, supportés par des monstres qui ressemblaient à des tigres. Leurs prunelles saillissaient comme les yeux des escargots, et courbant leurs reins trapus, ils se tournaient vers le fond, où resplendissait, sur un char d'ivoire, la Rabbet suprême, l'Omniféconde, la dernière inventée.

Des écailles, des plumes, des fleurs et des oiseaux lui montaient jusqu'au ventre. Pour pendants d'oreilles elle avait des cymbales d'argent qui lui battaient sur les joues. Ses grands yeux fixes vous regardaient, et une pierre lumineuse, enchâssée à son front dans un symbole obscène, éclairait toute la salle, en se reflétant au-dessus de la porte, sur des miroirs de cuivre rouge.

Mâtho fit un pas ; une dalle fléchit sous ses talons, et voilà que les sphères se mirent à tourner, les monstres à rugir ; une musique s'éleva, mélodieuse et ronflante comme l'harmonie des planètes ; l'âme tumultueuse de Tanit ruisselait épandue [1]. Elle allait se lever, grande comme la salle, avec les bras ouverts. Tout à coup les monstres fermèrent la gueule, et les globes de cristal ne tournaient plus.

Puis une modulation lugubre pendant quelque temps se traîna dans l'air, et s'éteignit enfin.

— « Et le voile ? » dit Spendius.

Nulle part on ne l'apercevait. Où donc se trouvait-il ? Comment le découvrir ? Et si les prêtres l'avaient caché ? Mâtho éprouvait un déchirement au cœur et comme une déception dans sa foi.

— « Par ici! » chuchota Spendius. Une inspiration le guidait. Il entraîna Mâtho derrière le char de Tanit, où une fente, large d'une coudée, coupait la muraille du haut en bas.

Alors ils pénétrèrent dans une petite salle toute ronde, et si élevée qu'elle ressemblait à l'intérieur d'une colonne. Il y avait au milieu une grosse pierre noire à demi sphérique, comme un tambourin ; des flammes brûlaient dessus ; un cône d'ébène se dressait par-derrière, portant une tête et deux bras.

Mais au-delà on aurait dit un nuage où étincelaient des étoiles ; des figures apparaissaient dans les profondeurs de ses plis : Eschmoûn avec les Kabires, quelques-uns des monstres déjà vus, les bêtes sacrées des Babyloniens, puis d'autres qu'ils ne connaissaient pas. Cela passait comme un manteau sous le visage de l'idole, et remontant étalé sur le mur, s'accrochait par les angles, tout à la fois bleuâtre comme la nuit, jaune comme l'aurore, pourpre comme le soleil, nombreux, diaphane, étincelant, léger. C'était là le manteau de la Déesse, le zaïmph saint que l'on ne pouvait voir.

Ils pâlirent l'un et l'autre.

— « Prends-le! » dit enfin Mâtho.

Spendius n'hésita pas ; et, s'appuyant sur l'idole, il décrocha le voile, qui s'affaissa par terre. Mâtho posa la main dessus ; puis il entra sa tête par l'ouverture, puis il s'en enveloppa le corps, et il écartait les bras pour le mieux contempler.

— « Partons! » dit Spendius.

Mâtho, en haletant, restait les yeux fixés sur les dalles.

Tout à coup il s'écria :

— « Mais si j'allais chez elle ? Je n'ai plus peur
de sa beauté. Que pourrait-elle faire contre moi ?
Me voilà plus qu'un homme, maintenant. Je
traverserais les flammes, je marcherais dans la
mer ! Un élan m'emporte ! Salammbô ! Salammbô !
Je suis ton maître ! »

Sa voix tonnait. Il semblait à Spendius de taille
plus haute et transfiguré.

Un bruit de pas se rapprocha, une porte s'ouvrit
et un homme apparut, un prêtre, avec son haut
bonnet et les yeux écarquillés. Avant qu'il eût fait
un geste, Spendius s'était précipité, et, l'étreignant
à pleins bras, lui avait enfoncé dans les flancs ses
deux poignards. La tête sonna sur les dalles.

Puis, immobiles comme le cadavre, ils restèrent
pendant quelque temps à écouter. On n'entendait
que le murmure du vent par la porte entrouverte.

Elle donnait sur un passage resserré. Spendius
s'y engagea, Mâtho le suivit, et ils se trouvèrent
presque immédiatement dans la troisième enceinte,
entre les portiques latéraux, où étaient les habitations des prêtres.

Derrière les cellules il devait y avoir pour sortir
un chemin plus court. Ils se hâtèrent.

Spendius, s'accroupissant au bord de la fontaine, lava ses mains sanglantes. Les femmes dormaient. La vigne d'émeraude brillait. Ils se remirent
en marche.

Mais quelqu'un, sous les arbres, courait derrière
eux ; et Mâtho, qui portait le voile, sentit plusieurs
fois qu'on le tirait par en bas, tout doucement.
C'était un grand cynocéphale, un de ceux qui

vivaient libres dans l'enceinte de la Déesse. Comme
s'il avait eu conscience du vol, il se cramponnait
au manteau. Cependant ils n'osaient le battre,
dans la peur de faire redoubler ses cris ; soudain sa
colère s'apaisa et il trottait près d'eux, côte à côte,
en balançant son corps, avec ses longs bras qui
pendaient. Puis, à la barrière, d'un bond, il s'élança
dans un palmier.

Quand ils furent sortis de la dernière enceinte,
ils se dirigèrent vers le palais d'Hamilcar, Spendius
comprenant qu'il était inutile de vouloir en détourner Mâtho.

Ils prirent par la rue des Tanneurs, la place de
Muthumbal, le marché aux herbes et le carrefour
de Cynasyn. A l'angle d'un mur, un homme se
recula, effrayé par cette chose étincelante, qui
traversait les ténèbres.

— « Cache le zaïmph! » dit Spendius.

D'autres gens les croisèrent ; mais ils n'en furent
pas aperçus.

Enfin ils reconnurent les maisons de Mégara.

Le phare, bâti par-derrière, au sommet de la
falaise, illuminait le ciel d'une grande clarté
rouge, et l'ombre du palais, avec ses terrasses su-
perposées, se projetait sur les jardins comme une
monstrueuse pyramide. Ils entrèrent par la haie de
jujubiers, en abattant les branches à coups de
poignard.

Tout gardait les traces du festin des Mercenaires. Les parcs étaient rompus, les rigoles taries,
les portes de l'ergastule ouvertes. Personne n'apparaissait autour des cuisines ni des celliers. Ils
s'étonnaient de ce silence, interrompu quelquefois

par le souffle rauque des éléphants qui s'agitaient
dans leurs entraves, et la crépitation du phare
où flambait un bûcher d'aloès.

Mâtho, cependant, répétait :

— « Où est-elle ? je veux la voir ! Conduis-moi !

— « C'est une démence ! » disait Spendius. « Elle
appellera, ses esclaves accourront, et, malgré ta
force, tu mourras ! »

Ils atteignirent ainsi l'escalier des galères. Mâtho
leva la tête, et il crut apercevoir, tout en haut, une
vague clarté rayonnante et douce. Spendius voulut
le retenir. Il s'élança sur les marches.

En se retrouvant aux places où il l'avait déjà
vue, l'intervalle des jours écoulés s'effaça dans sa
mémoire. Tout à l'heure elle chantait entre les
tables ; elle avait disparu, et depuis lors il montait
continuellement cet escalier. Le ciel, sur sa tête,
était couvert de feux ; la mer emplissait l'horizon ;
à chacun de ses pas une immensité plus large l'entourait, et il continuait à gravir avec l'étrange
facilité que l'on éprouve dans les rêves.

Le bruissement du voile frôlant contre les pierres
lui rappela son pouvoir nouveau ; mais, dans
l'excès de son espérance, il ne savait plus maintenant ce qu'il devait faire ; cette incertitude
l'intimida.

De temps à autre, il collait son visage contre les
baies quadrangulaires des appartements fermés, et
il crut voir dans plusieurs des personnes endormies.

Le dernier étage, plus étroit, formait comme un
dé sur le sommet des terrasses. Mâtho en fit le
tour, lentement.

Une lumière laiteuse emplissait les feuilles de

talc qui bouchaient les petites ouvertures de la
muraille ; et, symétriquement disposées, elles
ressemblaient dans les ténèbres à des rangs de
perles fines. Il reconnut la porte rouge à croix
noire. Les battements de son cœur redoublèrent.
Il aurait voulu s'enfuir. Il poussa la porte ; elle
s'ouvrit.

Une lampe en forme de galère brûlait suspendue
dans le lointain de la chambre ; et trois rayons,
qui s'échappaient de sa carène d'argent, tremblaient
sur les hauts lambris, couverts d'une peinture rouge
à bandes noires. Le plafond était un assemblage de
poutrelles, portant au milieu de leur dorure des
améthystes et des topazes dans les nœuds du bois.
Sur les deux grands côtés de l'appartement, s'allongeait un lit très bas fait de courroies blanches ;
et des cintres, pareils à des coquilles, s'ouvraient
au-dessus, dans l'épaisseur de la muraille, laissant
déborder quelque vêtement qui pendait jusqu'à
terre.

Une marche d'onyx entourait un bassin ovale ;
de fines pantoufles en peau de serpent étaient
restées sur le bord avec une buire d'albâtre. La
trace d'un pas humide s'apercevait au-delà. Des
senteurs exquises s'évaporaient.

Mâtho effleurait les dalles incrustées d'or, de
nacre et de verre ; et malgré la polissure du sol,
il lui semblait que ses pieds enfonçaient comme s'il
eût marché dans des sables.

Il avait aperçu derrière la lampe d'argent un
grand carré d'azur se tenant en l'air par quatre
cordes qui remontaient, et il s'avançait, les reins
courbés, la bouche ouverte.

Des ailes de phénicoptères, emmanchées à des
branches de corail noir, traînaient parmi les coussins de pourpre et les étrilles d'écaille, les coffrets
de cèdre, les spatules d'ivoire. A des cornes d'antilope étaient enfilés des bagues, des bracelets ; et
des vases d'argile rafraîchissaient au vent, dans la
fente du mur, sur un treillage de roseaux. Plusieurs
fois il se heurta les pieds, car le sol avait des ni-
veaux de hauteur inégale qui faisaient dans la
chambre comme une succession d'appartements.
Au fond, des balustres d'argent entouraient un
tapis semé de fleurs peintes. Enfin il arriva contre
le lit suspendu, près d'un escabeau d'ébène servant
à y monter.

Mais la lumière s'arrêtait au bord ; — et l'ombre,
telle qu'un grand rideau, ne découvrait qu'un
angle du matelas rouge avec le bout d'un petit
pied nu posant sur la cheville. Alors Mâtho tira
la lampe, tout doucement.

Elle dormait la joue dans une main et l'autre
bras déplié. Les anneaux de sa chevelure se répandaient autour d'elle si abondamment qu'elle paraissait couchée sur des plumes noires, et sa large
tunique blanche se courbait en molles draperies,
jusqu'à ses pieds, suivant les inflexions de sa taille.
On apercevait un peu ses yeux, sous ses paupières
entre-closes. Les courtines, perpendiculairement
tendues, l'enveloppaient d'une atmosphère bleuâtre, et le mouvement de sa respiration, en se
communiquant aux cordes, semblait la balancer
dans l'air. Un long moustique bourdonnait.

Mâtho, immobile, tenait au bout de son bras la
galère d'argent, mais la moustiquaire s'enflamma

d'un seul coup, disparut, et Salammbô se réveilla.

Le feu s'était de soi-même éteint. Elle ne parlait pas. La lampe faisait osciller sur les lambris de grandes moires lumineuses.

— « Qu'est-ce donc ? » dit-elle.

Il répondit :

— « C'est le voile de la Déesse! »

— « Le voile de la Déesse! » s'écria Salammbô. Et appuyée sur les deux poings, elle se penchait en dehors toute frémissante. Il reprit :

— « J'ai été le chercher pour toi dans les profondeurs du sanctuaire! Regarde! » Le zaïmph étincelait tout couvert de rayons.

— « T'en souviens-tu ? » disait Mâtho. « La nuit, tu apparaissais dans mes songes ; mais je ne devinais pas l'ordre muet de tes yeux! » Elle avançait un pied sur l'escabeau d'ébène. « Si j'avais compris, je serais accouru ; j'aurais abandonné l'armée ; je ne serais pas sorti de Carthage. Pour t'obéir, je descendrais par la caverne d'Hadrumète dans le royaume des Ombres... Pardonne! c'étaient comme des montagnes qui pesaient sur mes jours ; et pourtant quelque chose m'entraînait! Je tâchais de venir jusqu'à toi! Sans les Dieux, est-ce que jamais j'aurais osé!... Partons! il faut me suivre! ou, si tu ne veux pas, je vais rester. Que m'importe... Noie mon âme dans le souffle de ton haleine! Que mes lèvres s'écrasent à baiser tes mains! »

— « Laisse-moi voir! » disait-elle. « Plus près! plus près! »

L'aube se levait, et une couleur vineuse emplissait les feuilles de talc dans les murs. Salammbô s'appuyait en défaillant contre les coussins du lit.

— « Je t'aime ! » criait Mâtho.

Elle balbutia : — « Donne-le ! » Et ils se rapprochaient.

Elle s'avançait toujours, vêtue de sa simarre blanche qui traînait, avec ses grands yeux attachés sur le voile. Mâtho la contemplait, ébloui par les splendeurs de sa tête, et tendant vers elle le zaïmph, il allait l'envelopper dans une étreinte. Elle écartait les bras. Tout à coup elle s'arrêta, et ils restèrent béants à se regarder.

Sans comprendre ce qu'il sollicitait, une horreur la saisit. Ses sourcils minces remontèrent, ses lèvres s'ouvraient ; elle tremblait. Enfin, elle frappa dans une des patères d'airain qui pendaient aux coins du matelas rouge, en criant :

— « Au secours ! au secours ! Arrière, sacrilège ! infâme ! maudit ! A moi, Taanach, Kroûm, Ewa, Micipsa, Schaoûl ! »

Et la figure de Spendius effarée, apparaissant dans la muraille entre les buires d'argile, jeta ces mots :

— « Fuis donc ! ils accourent ! »

Un grand tumulte monta en ébranlant les escaliers et un flot de monde, des femmes, des valets, des esclaves, s'élancèrent dans la chambre avec des épieux, des casse-tête, des coutelas, des poignards. Ils furent comme paralysés d'indignation en apercevant un homme ; les servantes poussaient le hurlement des funérailles, et les eunuques pâlissaient sous leur peau noire.

Mâtho se tenait derrière les balustres. Avec le zaïmph qui l'enveloppait, il semblait un dieu sidéral tout environné du firmament. Les esclaves s'allaient jeter sur lui. Elle les arrêta :

— « N'y touchez pas! C'est le manteau de la Déesse ! »

Elle s'était reculée dans un angle ; mais elle fit un pas vers lui, et, allongeant son bras nu :

— « Malédiction sur toi qui as dérobé Tanit! Haine, vengeance, massacre et douleur! Que Gurzil, dieu des batailles, te déchire! que Matisman, dieu des morts, t'étouffe! et que l'Autre [1], — celui qu'il ne faut pas nommer — te brûle! »

Mâtho poussa un cri comme à la blessure d'une épée. Elle répéta plusieurs fois : — « Va-t'en! va-t'en! »

La foule des serviteurs s'écarta, et Mâtho, baissant la tête, passa lentement au milieu d'eux ; mais à la porte il s'arrêta, car la frange du zaïmph s'était accrochée à une des étoiles d'or qui pavaient les dalles. Il le tira brusquement d'un coup d'épaule, et descendit les escaliers.

Spendius, bondissant de terrasse en terrasse et sautant par-dessus les haies, les rigoles, s'était échappé des jardins. Il arriva au pied du phare. Le mur en cet endroit se trouvait abandonné, tant la falaise était inaccessible. Il s'avança jusqu'au bord, se coucha sur le dos, et, les pieds en avant, se laissa glisser tout le long jusqu'en bas ; puis il atteignit à la nage le cap des Tombeaux, fit un grand détour par la lagune salée, et, le soir, rentra au camp des Barbares.

Le soleil s'était levé ; et, comme un lion qui s'éloigne, Mâtho descendait les chemins, en jetant autour de lui des yeux terribles.

Une rumeur indécise arrivait à ses oreilles. Elle était partie du palais et elle recommençait au

loin, du côté de l'Acropole. Les uns disaient
qu'on avait pris le trésor de la République dans le
temple de Moloch ; d'autres parlaient d'un prêtre
assassiné. On s'imaginait ailleurs que les Barbares
étaient entrés dans la ville.

Mâtho, qui ne savait comment sortir des enceintes, marchait droit devant lui. On l'aperçut,
alors une clameur s'éleva. Tous avaient compris ;
ce fut une consternation, puis une immense
colère.

Du fond des Mappales, des hauteurs de l'Acropole, des catacombes, des bords du lac, la multitude accourut. Les patriciens sortaient de leur
palais, les vendeurs de leurs boutiques ; les femmes
abandonnaient leurs enfants ; on saisit des épées,
des haches, des bâtons ; mais l'obstacle qui avait
empêché Salammbô les arrêta. Comment reprendre
le voile ? Sa vue seule était un crime : il était de la
nature des Dieux et son contact faisait mourir.

Sur le péristyle des temples, les prêtres désespérés se tordaient les bras. Les gardes de la Légion
galopaient au hasard : on montait sur les maisons,
sur les terrasses, sur l'épaule des colosses et dans la
mâture des navires. Il s'avançait cependant, et à
chacun de ses pas la rage augmentait, mais la
terreur aussi. Les rues se vidaient à son approche,
et ce torrent d'hommes qui fuyaient rejaillissait
des deux côtés jusqu'au sommet des murailles.
Il ne distinguait partout que des yeux grands
ouverts comme pour le dévorer, des dents qui claquaient, des poings tendus, et les imprécations de
Salammbô retentissaient en se multipliant.

Tout à coup, une longue flèche siffla, puis une

autre, et des pierres ronflaient : mais les coups, mal
dirigés (car on avait peur d'atteindre le zaïmph),
passaient au-dessus de sa tête. D'ailleurs, se
faisant du voile un bouclier, il le tendait à droite,
à gauche, devant lui, par-derrière ; et ils n'imaginaient aucun expédient. Il marchait de plus en
plus vite, s'engageant par les rues ouvertes. Elles
étaient barrées avec des cordes, des chariots, des
pièges ; à chaque détour il revenait en arrière.
Enfin il entra sur la place de Khamon, où les
Baléares avaient péri ; Mâtho s'arrêta, pâlissant
comme quelqu'un qui va mourir. Il était bien
perdu cette fois ; la multitude battait des
mains.

Il courut jusqu'à la grande porte fermée. Elle
était très haute, tout en cœur de chêne, avec des
clous de fer et doublée d'airain. Mâtho se jeta
contre. Le peuple trépignait de joie, voyant
l'impuissance de sa fureur ; alors il prit sa sandale,
cracha dessus et en souffleta les panneaux immobiles. La ville entière hurla. On oubliait le voile
maintenant, et ils allaient l'écraser. Mâtho promena sur la foule de grands yeux vagues. Ses
tempes battaient à l'étourdir ; il se sentait envahi
par l'engourdissement des gens ivres. Tout à coup
il aperçut la longue chaîne que l'on tirait pour
manœuvrer la bascule de la porte. D'un bond il
s'y cramponna, en roidissant ses bras, en s'arc-
boutant des pieds ; et, à la fin, les battants énormes
s'entrouvrirent.

Quand il fut dehors, il retira de son cou le grand
zaïmph et l'éleva sur sa tête le plus haut possible.
L'étoffe, soutenue par le vent de la mer, resplen-

dissait au soleil avec ses couleurs, ses pierreries
et la figure de ses dieux. Mâtho, le portant ainsi,
traversa toute la plaine jusqu'aux tentes des
soldats, et le peuple, sur les murs, regardait s'en
aller la fortune de Carthage.

VI

HANNON

« J'aurais dû l'enlever! » disait-il le soir à Spendius. « Il fallait la saisir, l'arracher de sa maison! Personne n'eût osé rien contre moi! »

Spendius ne l'écoutait pas. Étendu sur le dos, il se reposait avec délices, près d'une grande jarre pleine d'eau miellée, où de temps à autre il se plongeait la tête pour boire plus abondamment.

Mâtho reprit :

— « Que faire?... Comment rentrer dans Carthage?

— « Je ne sais », lui dit Spendius.

Cette impassibilité l'exaspérait ; il s'écria :

— « Eh! la faute vient de toi! Tu m'entraînes, puis tu m'abandonnes, lâche que tu es! Pourquoi donc t'obéirais-je? Te crois-tu mon maître? Ah! prostitueur, esclave, fils d'esclave! » Il grinçait des dents et levait sur Spendius sa large main.

Le Grec ne répondit pas. Un lampadaire d'argile brûlait doucement contre le mât de la tente, où le zaïmph rayonnait dans la panoplie suspendue.

Tout à coup, Mâtho chaussa ses cothurnes,

boucla sa jaquette à lames d'airain, prit son casque.

— « Où vas-tu ? » demanda Spendius.

— « J'y retourne! Laisse-moi! Je la ramènerai! Et s'ils se présentent je les écrase comme des vipères! Je la ferai mourir, Spendius! » Il répéta : « Oui! Je la tuerai! tu verras, je la tuerai! »

Mais Spendius, qui tendait l'oreille, arracha brusquement le zaïmph et le jeta dans un coin, en accumulant par-dessus des toisons. On entendit un murmure de voix, des torches brillèrent, et Narr'Havas entra, suivi d'une vingtaine d'hommes environ.

Ils portaient des manteaux de laine blanche, de longs poignards, des colliers de cuir, des pendants d'oreilles en bois, des chaussures en peau d'hyène; et, restés sur le seuil, ils s'appuyaient contre leurs lances comme des pasteurs qui se reposent. Narr'-Havas était le plus beau de tous ; des courroies garnies de perles serraient ses bras minces ; le cercle d'or attachant autour de sa tête son large vêtement retenait une plume d'autruche qui lui pendait par-derrière l'épaule : un continuel sourire découvrait ses dents; ses yeux semblaient aiguisés comme des flèches, et il y avait dans toute sa personne quelque chose d'attentif et de léger.

Il déclara qu'il venait se joindre aux Merce-naires, car la République menaçait depuis long-temps son royaume. Donc il avait [1] intérêt à secourir les Barbares, et il pouvait aussi leur être utile.

— « Je vous fournirai des éléphants (mes forêts en sont pleines), du vin, de l'huile, de l'orge,

des dattes, de la poix et du soufre pour les sièges,
vingt mille fantassins et dix mille chevaux. Si je
m'adresse à toi, Mâtho, c'est que la possession du
zaïmph t'a rendu le premier de l'armée. » Il ajouta :
« Nous sommes d'anciens amis d'ailleurs. »

Mâtho, cependant, considérait Spendius, qui
écoutait assis sur les peaux de mouton, tout en
faisant avec [1] la tête de petits signes d'assentiment. Narr'Havas parlait. Il attestait les Dieux,
il maudissait Carthage. Dans ses imprécations, il
brisa un javelot. Tous ses hommes à la fois poussèrent un grand hurlement, et Mâtho, emporté
par cette colère, s'écria qu'il acceptait l'alliance.

Alors on amena un taureau blanc avec une
brebis noire, symbole du jour et symbole de la nuit.
On les égorgea au bord d'une fosse. Quand elle
fut pleine de sang ils y plongèrent leurs bras. Puis
Narr'Havas étala sa main sur la poitrine de Mâtho,
et Mâtho la sienne sur la poitrine de Narr'Havas.
Ils répétèrent ce stigmate sur la toile de leurs
tentes. Ensuite ils passèrent la nuit à manger, et
on brûla le reste des viandes avec la peau, les
ossements, les cornes et les ongles.

Une immense acclamation avait salué Mâtho
lorsqu'il était revenu portant le voile de la Déesse ;
ceux mêmes qui n'étaient pas de la religion chananéenne sentirent à leur vague enthousiasme qu'un
Génie survenait. Quant à chercher à s'emparer du
zaïmph, aucun n'y songea ; la manière mystérieuse
dont il l'avait acquis suffisait, dans l'esprit des
Barbares, à en légitimer la possession. Ainsi pensaient les soldats de race africaine. Les autres, dont
la haine était moins vieille, ne savaient que ré-

soudre. S'ils avaient eu des navires, ils se seraient immédiatement en allés.

Spendius, Narr'Havas et Mâtho expédièrent des hommes à toutes les tribus du territoire punique.

Carthage exténuait ces peuples. Elle en tirait des impôts exorbitants ; et les fers, la hache ou la croix punissaient les retards et jusqu'aux murmures. Il fallait cultiver ce qui convenait à la République, fournir ce qu'elle demandait ; personne n'avait le droit de posséder une arme ; quand les villages se révoltaient, on vendait les habitants ; les gouverneurs étaient estimés comme des pressoirs d'après la quantité qu'ils faisaient rendre. Puis, au-delà des régions directement soumises à Carthage, s'étendaient les alliés ne payant qu'un médiocre tribut ; derrière les alliés vagabondaient les Nomades, qu'on pouvait lâcher sur eux. Par ce système les récoltes étaient toujours abondantes, les haras savamment conduits, les plantations superbes. Le vieux Caton, un maître en fait de labours et d'esclaves, quatre-vingt-douze ans plus tard en fut ébahi, et le cri de mort qu'il répétait dans Rome n'était que l'exclamation d'une jalousie cupide.

Durant la dernière guerre, les exactions avaient redoublé, si bien que les villes de Libye, presque toutes, s'étaient livrées à Régulus. Pour les punir, on avait exigé d'elles mille talents, vingt mille bœufs, trois cents sacs de poudre d'or, des avances de grains considérables, et les chefs des tribus avaient été mis en croix ou jetés aux lions.

Tunis surtout exécrait Carthage ! Plus vieille que la métropole, elle ne lui pardonnait point sa grandeur ; elle se tenait en face de ses murs, accroupie dans la fange, au bord de l'eau, comme une bête venimeuse qui la regardait. Les déportations, les massacres et les épidémies ne l'affaiblissaient pas. Elle avait soutenu Archagate, fils d'Agathoclès. Les Mangeurs-de-choses-immondes, tout de suite, y trouvèrent des armes.

Les courriers n'étaient pas encore partis, que dans les provinces une joie universelle éclata. Sans rien attendre, on étrangla dans les bains les intendants des maisons et les fonctionnaires de la République ; on retira des cavernes les vieilles armes que l'on cachait ; avec le fer des charrues on forgea des épées ; les enfants sur les portes aiguisaient des javelots, et les femmes donnèrent leurs colliers [1], leurs bagues, leurs pendants d'oreilles, tout ce qui pouvait servir à la destruction de Carthage. Chacun y voulait contribuer. Les paquets de lances s'amoncelaient dans les bourgs, comme des gerbes de maïs. On expédia des bestiaux et de l'argent. Mâtho paya vite aux Mercenaires l'arrérage de leur solde, et cette idée de Spendius le fit nommer général en chef, schalischim des Barbares.

En même temps, les secours d'hommes affluaient. D'abord parurent les gens de race autochtone, puis les esclaves des campagnes. Des caravanes de Nègres furent saisies, on les arma, et des marchands qui venaient à Carthage, dans l'espoir d'un profit plus certain, se mêlèrent aux Barbares. Il arrivait incessamment des bandes nombreuses. Des hauteurs de l'Acropole on voyait l'armée qui grossissait.

Sur la plate-forme de l'aqueduc, les gardes de la Légion étaient postés en sentinelles ; et près d'eux,

de distance en distance, s'élevaient des cuves en
airain où bouillonnaient des flots d'asphalte. En
bas, dans la plaine, la grande foule s'agitait tumultueusement. Ils étaient incertains, éprouvant cet
embarras que la rencontre des murailles inspire
toujours aux Barbares.

Utique et Hippo-Zaryte refusèrent leur alliance.
Colonies phéniciennes comme Carthage, elles se
gouvernaient elles-mêmes, et, dans les traités que
concluait la République, faisaient chaque fois
admettre des clauses pour les en distinguer. Cependant elles respectaient cette sœur plus forte qui
les protégeait, et elles ne croyaient point qu'un
amas de Barbares fût capable de la vaincre ; ils
seraient au contraire exterminés. Elles désiraient
rester neutres et vivre tranquilles.

Mais leur position les rendait indispensables.
Utique, au fond d'un golfe, était commode pour
amener dans Carthage les secours du dehors. Si
Utique seule était prise, Hippo-Zaryte, à six heures
plus loin sur la côte, la remplacerait, et la métropole, ainsi ravitaillée, se trouverait inexpugnable.

Spendius voulait qu'on entreprît le siège immédiatement, Narr'Havas s'y opposa ; il fallait d'abord
se porter sur la frontière. C'était l'opinion des vétérans, celle de Mâtho lui-même, et il fut décidé que
Spendius irait attaquer Utique, Mâtho Hippo-
Zaryte ; le troisième corps d'armée, s'appuyant à
Tunis, occuperait la plaine de Carthage ; Autharite s'en chargea. Quant à Narr'Havas, il devait
retourner dans son royaume pour y prendre des
éléphants, et avec sa cavalerie battre les routes.

Les femmes crièrent bien fort à cette décision ;

elles convoitaient les bijoux des dames puniques.
Les Libyens aussi réclamèrent. On les avait appelés
contre Carthage, et voilà qu'on s'en allait! Les
soldats presque seuls partirent. Mâtho commandait ses compagnons avec les Ibériens, les Lusitaniens, les hommes de l'Occident et des îles, et
tous ceux qui parlaient grec avaient demandé Spendius, à cause de son esprit.

La stupéfaction fut grande quand on vit l'armée
se mouvoir tout à coup ; puis elle s'allongea sous
la montagne de l'Ariane, par le chemin d'Utique,
du côté de la mer. Un tronçon demeura devant
Tunis, le reste disparut, et il reparut sur l'autre
bord du golfe, à la lisière des bois, où il s'enfonça.

Ils étaient quatre-vingt mille hommes, peut-
être. Les deux cités tyriennes ne résisteraient pas ;
ils reviendraient sur Carthage. Déjà une armée
considérable l'entamait, en occupant l'isthme par
la base, et bientôt elle périrait affamée, car on ne
pouvait vivre sans l'auxiliaire des provinces, les
citoyens ne payant pas, comme à Rome, de contri-
butions. Le génie politique manquait à Carthage.
Son éternel souci du pain l'empêchait d'avoir cette
prudence que donnent les ambitions plus hautes.
Galère ancrée sur le sable libyque, elle s'y maintenait à force de travail. Les nations, comme des
flots, mugissaient autour d'elle, et la moindre tempête ébranlait cette formidable machine.

Le trésor se trouvait épuisé par la guerre romaine et par tout ce qu'on avait gaspillé, perdu,
tandis qu'on marchandait les Barbares. Cependant il fallait des soldats et pas un gouvernement
ne se fiait à la République. Ptolémée naguère lui

avait refusé deux mille talents. D'ailleurs le rapt
du voile les décourageait. Spendius l'avait bien
prévu.

Mais ce peuple, qui se sentait haï, étreignait sur
son cœur, son argent et ses dieux ; et son patrio-
tisme était entretenu par la constitution même
de son gouvernement.

D'abord, le pouvoir dépendait de tous sans
qu'aucun fût assez fort pour l'accaparer. Les
dettes particulières étaient considérées comme
dettes publiques, les hommes de race chananéenne
avaient le monopole du commerce ; en multipliant
les bénéfices de la piraterie par ceux de l'usure, en
exploitant rudement les terres, les esclaves et les
pauvres, quelquefois on arrivait à la richesse. Elle
ouvrait seule [1] toutes les magistratures, et bien
que la puissance et l'argent se perpétuassent dans
les mêmes familles, on tolérait l'oligarchie, parce
qu'on avait l'espoir d'y atteindre.

Les sociétés de commerçants, où l'on élaborait
les lois, choisissaient les inspecteurs des finances,
qui, au sortir de leur charge, nommaient les cent
membres du Conseil des Anciens, dépendant eux-
mêmes de la Grande-Assemblée, réunion générale
de tous les riches. Quant aux deux suffètes, à ces
restes de rois, moindres que des consuls, ils étaient
pris le même jour dans deux familles distinctes.
On les divisait par toutes sortes de haines, pour
qu'ils s'affaiblissent réciproquement. Ils ne pouvaient délibérer sur la guerre ; et, quand ils étaient
vaincus, le Grand-Conseil les crucifiait.

Donc la force de Carthage émanait des Syssites,
c'est-à-dire d'une grande cour au centre de

Malqua, à l'endroit, disait-on, où avait abordé la première barque de matelots phéniciens, la mer depuis lors s'étant beaucoup retirée. C'était un assemblage de petites chambres d'une architecture archaïque en troncs de palmier, avec des encoignures de pierre, et séparées les unes des autres pour recevoir isolément les différentes compagnies. Les Riches se tassaient là tout le jour pour débattre leurs intérêts et ceux du gouvernement, depuis la recherche du poivre jusqu'à l'extermination de Rome. Trois fois par lune ils faisaient monter leurs lits sur la haute terrasse bordant le mur de la cour ; et d'en bas on les apercevait attablés dans les airs, sans cothurnes et sans manteaux, avec les diamants de leurs doigts qui se promenaient sur les viandes et leurs grandes boucles d'oreilles qui se penchaient entre les buires, — tous forts et gras, à moitié nus, heureux, riant et mangeant en plein azur, comme de gros requins qui s'ébattent dans la mer.

Mais à présent ils ne pouvaient dissimuler leurs inquiétudes, ils étaient trop pâles ; la foule qui les attendait aux portes, les escortait jusqu'à leurs palais pour en tirer quelque nouvelle. Comme par les temps de peste, toutes les maisons étaient fermées ; les rues s'emplissaient, se vidaient soudain ; on montait à l'Acropole ; on courait vers le port ; chaque nuit le Grand-Conseil délibérait. Enfin le peuple fut convoqué sur la place de Kamon, et l'on décida de s'en remettre à Hannon, le vainqueur d'Hécatompyle.

C'était un homme dévot, rusé, impitoyable aux gens d'Afrique, un vrai Carthaginois. Ses revenus

Hannon 163

égalaient ceux des Barca. Personne n'avait une telle expérience dans les choses de l'administration.

Il décréta l'enrôlement de tous les citoyens valides, il plaça des catapultes sur les tours, il exigea des provisions d'armes exorbitantes, il ordonna même la construction de quatorze galères dont on n'avait pas besoin ; et il voulut[1] que tout fût enregistré, soigneusement écrit. Il se faisait transporter à l'arsenal, au phare, dans le trésor des temples ; on apercevait toujours sa grande litière qui, en se balançant de gradin en gradin, montait les escaliers de l'Acropole. Dans son palais, la nuit, comme il ne pouvait dormir, pour se préparer à la bataille, il hurlait, d'une voix terrible, des manœuvres de guerre.

Tout le monde, par excès de terreur, devenait brave. Les Riches, dès le chant des coqs, s'alignaient le long des Mappales ; et, retroussant leurs robes, ils s'exerçaient à manier la pique. Mais, faute d'instructeur, on se disputait. Ils s'asseyaient essoufflés sur les tombes, puis recommençaient. Plusieurs même s'imposèrent un régime. Les uns, s'imaginant qu'il fallait beaucoup manger pour acquérir des forces, se gorgeaient, et d'autres, incommodés par leur corpulence, s'exténuaient de jeûnes pour se faire maigrir.

Utique avait déjà réclamé plusieurs fois les secours de Carthage. Mais Hannon ne voulait point partir tant que le dernier écrou manquait aux machines de guerre. Il perdit encore trois lunes à équiper les cent douze éléphants qui logeaient dans les remparts ; c'étaient les vainqueurs de Régulus ; le peuple les chérissait ; on ne pouvait

trop bien agir envers ces vieux amis. Hannon fit
refondre les plaques d'airain dont on garnissait
leur poitrail, dorer leurs défenses, élargir leurs
tours, et tailler dans la pourpre la plus belle des
caparaçons bordés de franges très lourdes. Enfin,
comme on appelait leurs conducteurs des Indiens
(d'après les premiers, sans doute, venus des Indes),
il ordonna que tous fussent costumés à la mode
indienne, c'est-à-dire avec un bourrelet blanc
autour des tempes et un petit caleçon de byssus
qui formait, par ses plis transversaux, comme
les deux valves d'une coquille appliquée sur les
hanches.

L'armée d'Autharite restait toujours devant
Tunis. Elle se cachait derrière un mur fait avec la
boue du lac et défendu au sommet par des broussailles épineuses. Des Nègres y avaient planté çà et
là, sur de grands bâtons, d'effroyables figures,
masques humains composés avec des plumes
d'oiseaux, têtes de chacal ou de serpents, qui bâillaient vers l'ennemi pour l'épouvanter ; — et,
par ce moyen, s'estimant invincibles, les Barbares
dansaient, luttaient, jonglaient, convaincus que
Carthage ne tarderait pas à périr. Un autre
qu'Hannon eût écrasé facilement cette multitude
qu'embarrassaient des troupeaux et des femmes.
D'ailleurs, ils ne comprenaient aucune manœuvre,
et Autharite découragé n'en exigeait plus rien.

Ils s'écartaient, quand il passait en roulant ses
gros yeux bleus. Puis, arrivé au bord du lac, il
retirait son sayon en poil de phoque, dénouait la
corde qui attachait ses longs cheveux rouges et les
trempait dans l'eau. Il regrettait de n'avoir pas

déserté chez les Romains avec les deux mille Gaulois du temple d'Éryx.

Souvent, au milieu du jour, le soleil perdait ses rayons tout à coup. Alors, le golfe et la pleine mer semblaient immobiles comme du plomb fondu. Un nuage de poussière brune, perpendiculairement étalé, accourait en tourbillonnant ; les palmiers se courbaient, le ciel disparaissait, on entendait rebondir des pierres sur la croupe des animaux ; et le Gaulois, les lèvres collées contre les trous de sa tente, râlait d'épuisement et de mélancolie. Il songeait à la senteur des pâturages par les matins d'automne, à des flocons de neige, aux beuglements des aurochs perdus dans le brouillard, et, fermant ses paupières, il croyait apercevoir les feux des longues cabanes, couvertes de paille, trembler sur les marais, au fond des bois.

D'autres que lui regrettaient la patrie, bien qu'elle ne fût pas aussi lointaine. En effet, les Carthaginois captifs pouvaient distinguer au-delà du golfe, sur les pentes de Byrsa, les velarium de leurs maisons, étendus dans les cours. Mais des sentinelles marchaient autour d'eux, perpétuellement. On les avait tous attachés à une chaîne commune. Chacun portait un carcan de fer, et la foule ne se fatiguait pas de venir les regarder. Les femmes montraient aux petits enfants leurs belles robes en lambeaux qui pendaient sur leurs membres amaigris.

Toutes les fois qu'Autharite considérait Giscon, une fureur le prenait au souvenir de son injure ; il l'eût tué sans le serment qu'il avait fait à Narr'-Havas. Alors il rentrait dans sa tente, buvait un

mélange d'orge et de cumin jusqu'à s'évanouir
d'ivresse, — puis se réveillait au grand soleil, dévoré
par une soif horrible.

Mâtho cependant assiégeait Hippo-Zaryte.

Mais la ville était protégée par un lac communiquant avec la mer. Elle avait trois enceintes, et sur
les hauteurs qui la dominaient se développait un
mur fortifié de tours. Jamais il n'avait commandé
de pareilles entreprises. Puis la pensée de Salammbô
l'obsédait, et il rêvait dans les plaisirs de sa beauté,
comme les délices d'une vengeance qui le transportait d'orgueil. C'était un besoin de la revoir, âcre,
furieux, permanent. Il songea même à s'offrir
comme parlementaire, espérant qu'une fois dans
Carthage il parviendrait jusqu'à elle. Souvent il
faisait sonner l'assaut, et, sans rien attendre,
s'élançait sur le môle qu'on tâchait d'établir dans
la mer. Il arrachait les pierres avec ses mains, boule-
versait, frappait, enfonçait partout son épée. Les
Barbares se précipitaient pêle-mêle ; les échelles
rompaient avec un grand fracas, et des masses
d'hommes s'écroulaient dans l'eau qui rejaillissait
en flots rouges contre les murs. Enfin, le tumulte
s'affaiblissait, et les soldats s'éloignaient pour
recommencer.

Mâtho allait s'asseoir en dehors des tentes ;
il essuyait avec son bras sa figure éclaboussée de
sang, et, tourné vers Carthage, il regardait l'horizon.

En face de lui, dans les oliviers, les palmiers, les
myrtes et les platanes, s'étalaient deux larges
étangs qui rejoignaient un autre lac dont on n'apercevait pas les contours. Derrière une montagne

surgissaient [1] d'autres montagnes, et au milieu du
lac immense, se dressait une île toute noire et de
forme pyramidale. Sur la gauche, à l'extrémité du
golfe, des tas de sable semblaient de grandes vagues
blondes arrêtées, tandis que la mer, plate comme
un dallage de lapis-lazuli, montait insensiblement
jusqu'au bord du ciel. La verdure de la campagne
disparaissait par endroits sous de longues plaques
jaunes ; des caroubes brillaient comme des boutons
de corail ; des pampres retombaient du sommet
des sycomores ; on entendait le murmure de l'eau ;
des alouettes huppées sautaient, et les derniers
feux du soleil doraient la carapace des tortues, sortant des joncs pour aspirer la brise.

Mâtho poussait de grands soupirs. Il se couchait
à plat ventre ; il enfonçait ses ongles dans la terre
et il pleurait ; il se sentait misérable, chétif, abandonné. Jamais il ne la posséderait, et il ne pouvait
même s'emparer d'une ville.

La nuit, seul, dans sa tente, il contemplait le
zaïmph. A quoi cette chose des Dieux lui servait-
elle ? et des doutes survenaient dans la pensée du
Barbare. Puis il lui semblait au contraire que le
vêtement de la Déesse dépendait de Salammbô, et
qu'une partie de son âme y flottait plus subtile
qu'une haleine ; et il le palpait, le humait, s'y
plongeait le visage, il le baisait en sanglotant. Il
s'en recouvrait les épaules pour se faire illusion et
se croire auprès d'elle.

Quelquefois il s'échappait tout à coup ; à la
clarté des étoiles [2], il enjambait les soldats qui
dormaient, roulés dans leurs manteaux ; puis, aux
portes du camp, il [3] s'élançait sur un cheval, et,

deux heures après, il se trouvait à Utique dans la tente de Spendius.

D'abord, il parlait du siège ; mais il n'était venu que pour soulager sa douleur en causant de Salammbô : Spendius l'exhortait à la sagesse.

— « Repousse de ton âme ces misères qui la dégradent ! Tu obéissais autrefois, à présent tu commandes une armée, et si Carthage n'est pas conquise, du moins on nous accordera des provinces, nous deviendrons des rois ! »

Mais, comment la possession du zaïmph ne leur donnait-elle pas la victoire ? D'après Spendius, il fallait attendre.

Mâtho s'imagina que le voile concernait exclusivement les hommes de race chananéenne, et, dans sa subtilité de Barbare, il se disait : « Donc le zaïmph ne fera rien pour moi ; mais, puisqu'ils l'ont perdu, il ne fera rien pour eux. »

Ensuite, un scrupule le troubla, il avait peur, en adorant Aptouknos, le dieu des Libyens, d'offenser Moloch ; et il demanda timidement à Spendius auquel des deux il serait bon de sacrifier un homme.

— « Sacrifie toujours ! » dit Spendius, en riant.

Mâtho, qui ne comprenait point cette indifférence, soupçonna le Grec d'avoir un génie dont il ne voulait pas parler.

Tous les cultes, comme toutes les races, se rencontraient dans ces armées de Barbares, et l'on considérait les dieux des autres, car ils effrayaient aussi. Plusieurs mêlaient à leur religion natale des pratiques étrangères. On avait beau ne pas adorer les étoiles, telle constellation étant funeste ou secourable, on lui faisait des sacrifices ; une amulette

inconnue, trouvée par hasard dans un péril, devenait une divinité ; ou bien c'était un nom, rien
qu'un nom, et que l'on répétait sans même chercher
à comprendre ce qu'il pouvait dire. Mais, à force
d'avoir pillé des temples, vu quantité de nations
et d'égorgements, beaucoup finissaient par ne plus
croire qu'au destin et à la mort ; et chaque soir ils
s'endormaient dans la placidité des bêtes féroces.
Spendius aurait craché sur les images de Jupiter
Olympien ; cependant il redoutait de parler haut
dans les ténèbres, et il ne manquait pas, tous les
jours, de se chausser d'abord du pied droit.

Il élevait, en face d'Utique, une longue terrasse
quadrangulaire. Mais, à mesure qu'elle montait, le
rempart grandissait aussi ; ce qui était abattu
par les uns, presque immédiatement se trouvait
relevé par les autres. Spendius ménageait ses
hommes, rêvait des plans ; il tâchait de se rappeler
les stratagèmes qu'il avait entendu raconter dans
ses voyages. Pourquoi Narr'Havas ne revenait-il
pas ? On était plein d'inquiétudes.

Hannon avait terminé ses apprêts. Par une nuit
sans lune, il fit, sur des radeaux, traverser à ses
éléphants et à ses soldats le golfe de Carthage.
Puis ils tournèrent la montagne des Eaux-Chaudes
pour éviter Autharite, — et continuèrent avec
tant de lenteur qu'au lieu de surprendre les
Barbares un matin, comme avait calculé le Suffète,
on n'arriva qu'en plein soleil, dans la troisième
journée.

Utique avait, du côté de l'orient, une plaine qui
s'étendait jusqu'à la grande lagune de Carthage ;

derrière elle, débouchait à angle droit une vallée comprise entre deux basses montagnes s'interrompant tout à coup ; les Barbares s'étaient campés plus loin sur la gauche, de manière à bloquer le port ; et ils dormaient dans leurs tentes (car ce jour-là les deux partis, trop las pour combattre, se reposaient), lorsque, au tournant des collines, l'armée carthaginoise parut.

Des goujats munis de frondes étaient espacés sur les ailes. Les gardes de la Légion, sous leurs armures en écailles d'or, formaient la première ligne, avec leurs gros chevaux sans crinière, sans poil, sans oreilles et qui avaient au milieu du front une corne d'argent pour les faire ressembler à des rhinocéros. Entre leurs escadrons, des jeunes gens, coiffés d'un petit casque, balançaient dans chaque main un javelot de frêne ; les longues piques de la lourde infanterie s'avançaient par-derrière. Tous ces marchands avaient accumulé sur leurs corps le plus d'armes possible : on en voyait qui portaient à la fois une lance, une hache, une massue, deux glaives ; d'autres, comme des porcs-épics, étaient hérissés de dards, et leurs bras s'écartaient de leurs cuirasses en lames de corne ou en plaques de fer. Enfin apparurent les échafaudages des hautes machines : carrobalistes, onagres, catapultes et scorpions, oscillant sur des chariots tirés par des mulets et des quadriges de bœufs — et à mesure que l'armée se développait, les capitaines, en haletant, couraient de droite et de gauche pour communiquer des ordres, faire joindre les files et maintenir les intervalles. Ceux des Anciens qui commandaient étaient venus avec des casques de pourpre dont les

franges magnifiques s'embarrassaient dans les
courroies de leurs cothurnes. Leurs visages, tout
barbouillés de vermillon, reluisaient sous des
casques énormes surmontés de dieux et, comme ils
avaient des boucliers à bordure d'ivoire couverte
de pierreries, on aurait dit des soleils qui passaient
sur des murs d'airain.

Les Carthaginois manœuvraient si lourdement
que les soldats, par dérision, les engagèrent à
s'asseoir. Ils criaient qu'ils allaient tout à l'heure
vider leurs gros ventres, épousseter la dorure de
leur peau et leur faire boire du fer.

Au haut du mât planté devant la tente de Spendius, un lambeau de toile verte apparut : c'était le
signal. L'armée carthaginoise y répondit par un
grand tapage de trompettes, de cymbales, de flûtes
en os d'âne et de tympanons. Déjà les Barbares
avaient sauté en dehors des palissades. On était à
portée de javelot, face à face.

Un frondeur baléare s'avança d'un pas, posa
dans sa lanière une de ses balles d'argile, tourna
son bras : un bouclier d'ivoire éclata, et les deux
armées se mêlèrent.

Avec la pointe des lances, les Grecs, en piquant
les chevaux aux naseaux, les firent se renverser
sur leurs maîtres. Les esclaves qui devaient lancer
des pierres les avaient prises trop grosses ; elles
retombaient près d'eux. Les fantassins puniques,
en frappant de taille avec leurs longues épées, se
découvraient le flanc droit. Les Barbares enfoncèrent leurs lignes ; ils les égorgeaient à plein
glaive ; ils trébuchaient sur les moribonds et les
cadavres, tout aveuglés par le sang qui leur

jaillissait au visage. Ce tas de piques, de casques,
de cuirasses, d'épées et de membres confondus
tournait sur soi-même, s'élargissant et se serrant
avec des contractions élastiques. Les cohortes
carthaginoises se trouèrent de plus en plus, leurs
machines ne pouvaient sortir des sables ; enfin la
litière du Suffète (sa grande litière à pendeloques de
cristal), que l'on apercevait depuis le commencement, balancée dans [1] les soldats comme une
barque sur les flots, tout à coup sombra. Il était
mort sans doute ? Les Barbares se trouvèrent
seuls.

La poussière autour d'eux tombait et ils commençaient à chanter, lorsque Hannon lui-même parut
au haut d'un éléphant. Il était nu-tête, sous un
parasol de byssus, que portait un nègre derrière
lui. Son collier à plaques bleues battait sur les
fleurs de sa tunique noire ; des cercles de diamants
comprimaient ses bras énormes, et, la bouche
ouverte, il brandissait une pique démesurée, épa-
nouie par le bout comme un lotus et plus brillante
qu'un miroir. Aussitôt la terre s'ébranla, — et les
Barbares virent accourir, sur une seule ligne, tous
les éléphants de Carthage avec leurs défenses dorées,
les oreilles peintes en bleu, revêtus de bronze, et
secouant par-dessus leurs caparaçons d'écarlate des
tours de cuir, où dans chacune trois archers tenaient
un grand arc ouvert.

A peine si les soldats avaient leurs armes ; ils
s'étaient rangés au hasard. Une terreur les glaça ;
ils restèrent indécis.

Déjà du haut des tours on leur jetait des javelots, des flèches, des phalariques, des masses de

plomb ; quelques-uns, pour y monter, se cramponnaient aux franges des caparaçons. Avec des coutelas on leur abattait les mains, et ils tombaient à la renverse sur les glaives tendus. Les piques trop faibles se rompaient, les éléphants passaient dans les phalanges comme des sangliers dans des touffes d'herbes ; ils arrachèrent les pieux du camp avec leurs trompes, le traversèrent d'un bout à l'autre en renversant les tentes sous leurs poitrails ; tous les Barbares avaient fui. Ils se cachaient dans les collines qui bordent la vallée par où les Carthaginois étaient venus.

Hannon vainqueur se présenta devant les portes d'Utique. Il fit sonner de la trompette. Les trois Juges de la ville parurent, au sommet d'une tour, dans la baie des créneaux.

Les gens d'Utique ne voulaient point recevoir chez eux des hôtes aussi bien armés. Hannon s'emporta. Enfin ils consentirent à l'admettre avec une faible escorte.

Les rues se trouvèrent trop étroites pour les éléphants. Il fallut les laisser dehors.

Dès que le Suffète fut dans la ville, les principaux le vinrent saluer. Il se fit conduire aux étuves, et appela ses cuisiniers.

Trois heures après, il était encore enfoncé dans l'huile de cinnamome dont on avait rempli la vasque ; et, tout en se baignant, il mangeait, sur une peau de bœuf étendue, des langues de phénicoptères avec des graines de pavot assaisonnées au miel. Près de lui, son médecin qui, immobile dans une longue robe jaune, faisait de temps à autre

réchauffer l'étuve, et deux jeunes garçons penchés
sur les marches du bassin, lui frottaient les jambes.
Mais les soins de son corps n'arrêtaient pas son
amour de la chose publique, et il dictait une lettre
pour le Grand-Conseil, et, comme on venait de
faire des prisonniers, il se demandait quel châtiment terrible inventer.

— « Arrête! » dit-il à un esclave qui écrivait,
debout, dans le creux de sa main. « Qu'on m'en
amène! Je veux les voir. »

Et du fond de la salle emplie d'une vapeur
blanchâtre où les torches jetaient des taches rouges,
on poussa trois Barbares : un Samnite, un Spartiate et un Cappadocien.

— « Continue! » dit Hannon.

— « Réjouissez-vous, lumière des Baals! votre
suffète a exterminé les chiens voraces! Bénédictions sur la République! Ordonnez des prières! »
Il aperçut les captifs, et alors éclatant de rire :
— « Ah! ah! mes braves de Sicca! Vous ne criez plus
si fort aujourd'hui! C'est moi! Me reconnaissez-
vous? Où sont donc vos épées? Quels hommes
terribles, vraiment! » Et il feignait de se vouloir
cacher, comme s'il en avait peur. — « Vous
demandiez des chevaux, des femmes, des terres,
des magistratures, sans doute, et des sacerdoces!
Pourquoi pas? Eh bien, je vous en fournirai, des
terres, et dont jamais vous ne sortirez! On vous
mariera à des potences toutes neuves! Votre solde?
on vous la fondra dans la bouche en lingots de
plomb! et je vous mettrai à de bonnes places,
très hautes, au milieu des nuages, pour être rapprochés des aigles! »

Les trois Barbares, chevelus et couverts de
guenilles, le regardaient sans comprendre ce qu'il
disait. Blessés aux genoux, on les avait saisis en
leur jetant des cordes, et les grosses chaînes de leurs
mains traînaient par le bout, sur les dalles. Hannon
s'indigna de leur impassibilité.

— « A genoux! à genoux! chacals! poussière!
vermine! excréments! Et ils ne répondent pas!
Assez! taisez-vous! Qu'on les écorche vifs! Non!
tout à l'heure! »

Il soufflait comme un hippopotame, en roulant
ses yeux. L'huile parfumée débordait sous la masse
de son corps, et, se collant contre les écailles de sa
peau, à la lueur des torches, la faisait paraître
rose.

Il reprit :

— « Nous avons, pendant quatre jours, grande-
ment souffert du soleil. Au passage du Macar, des
mulets se sont perdus. Malgré leur position, le
courage extraordinaire... Ah! Demonades! comme
je souffre! Qu'on réchauffe les briques, et qu'elles
soient rouges! »

On entendit un bruit de râteaux et de fourneaux.
L'encens fuma plus fort dans les larges cassolettes,
et les masseurs tout nus, qui suaient comme des
éponges, lui écrasèrent sur les articulations une
pâte composée avec du froment, du soufre, du vin
noir, du lait de chienne, de la myrrhe, du galbanum
et du styrax. Une soif incessante le dévorait;
l'homme vêtu de jaune ne céda pas à cette envie,
et, lui tendant une coupe d'or où fumait un bouillon
de vipère :

— « Bois! » dit-il, « pour que la force des ser-

pents, nés du soleil, pénètre dans la moelle de tes
os, et prends courage, ô reflet des Dieux! Tu sais
d'ailleurs qu'un prêtre d'Eschmoûn observe autour
du Chien les étoiles cruelles d'où dérive ta maladie.
Elles pâlissent comme les macules de ta peau, et tu
n'en dois pas mourir.

— « Oh! oui, n'est-ce pas? » répéta le Suffète,
« je n'en dois pas mourir! » Et de ses lèvres viola-
cées s'échappait une haleine plus nauséabonde que
l'exhalaison d'un cadavre. Deux charbons semblaient brûler à la place de ses yeux, qui n'avaient
plus de sourcils; un amas de peau rugueuse lui pendait sur le front ; ses deux oreilles, en s'écartant de
sa tête, commençaient à grandir, et les rides profondes qui formaient des demi-cercles autour de ses
narines lui donnaient un aspect étrange et effrayant,
l'air d'une bête farouche. Sa voix dénaturée ressemblait à un rugissement ; il dit [1] :

— « Tu as peut-être raison, Demonades? En
effet, voilà bien des ulcères qui se sont fermés. Je
me sens robuste. Tiens! regarde comme je mange! »

Et moins par gourmandise que par ostentation,
et pour se prouver à lui-même qu'il se portait bien,
il entamait les farces de fromage et d'origan, les
poissons désossés, les courges, les huîtres, avec des
œufs, des raiforts, des truffes et des brochettes
de petits oiseaux. Tout en regardant les prisonniers,
il se délectait dans l'imagination de leur supplice.
Cependant il se rappelait Sicca, et la rage de toutes
ses douleurs s'exhalait en injures contre ces trois
hommes.

— « Ah! traîtres! ah! misérables! infâmes!
maudits! Et vous m'outragiez, moi! moi! le

Suffète! Leurs services, le prix de leur sang, comme
ils disent! Ah! oui! leur sang! leur sang! » Puis, se
parlant à lui-même : — « Tous périront! on n'en
vendra pas un seul! Il vaudrait mieux les conduire
à Carthage! on me verrait... mais je n'ai pas, sans
doute, emporté assez de chaînes? Écris : Envoyez-
moi... Combien sont-ils? qu'on aille le demander à
Muthumbal! Va! pas de pitié! et qu'on m'apporte
dans des corbeilles toutes leurs mains coupées! »

Mais des cris bizarres, à la fois rauques et aigus,
arrivaient dans la salle, par-dessus la voix d'Hannon
et le retentissement des plats que l'on posait
autour de lui. Ils redoublèrent, et tout à coup le
barrissement furieux des éléphants éclata, comme
si la bataille recommençait. Un grand tumulte entourait la ville.

Les Carthaginois n'avaient point cherché à
poursuivre les Barbares. Ils s'étaient établis au
pied des murs, avec leurs bagages, leurs valets,
tout leur train de satrapes, et ils se réjouissaient
sous leurs belles tentes à bordures de perles, tandis
que le camp des Mercenaires ne faisait plus dans la
plaine qu'un amas de ruines. Spendius avait
repris son courage. Il expédia Zarxas vers Mâtho,
parcourut les bois, rallia ses hommes (le pertesr
n'étaient pas considérables), — et enragés d'avois
été vaincus sans combattre, ils reformaient leurs
lignes, quand on découvrit une cuve de pétrole,
abandonnée sans doute par les Carthaginois. Alors
Spendius fit enlever des porcs dans les métairies,
les barbouilla de bitume, y mit le feu et les poussa
vers Utique.

Les éléphants, effrayés par ces flammes, s'en-

fuirent. Le terrain montait, on leur jetait des
javelots, ils revinrent en arrière ; — et à grands
coups d'ivoire et sous leurs pieds, ils éventraient
les Carthaginois, les étouffaient, les aplatissaient.
Derrière eux, les Barbares descendaient la colline ;
le camp punique, sans retranchements, dès la première charge fut saccagé, et les Carthaginois se
trouvèrent écrasés contre les portes, car on ne
voulut pas les ouvrir dans la peur des Mercenaires.

Le jour se levait ; on vit, du côté de l'Occident,
arriver [1] les fantassins de Mâtho. En même temps
des cavaliers parurent ; c'était Narr'Havas avec
ses Numides. Sautant par-dessus les ravins et les
buissons, ils forçaient les fuyards comme des
lévriers qui chassent des lièvres. Ce changement
de fortune interrompit le Suffète. Il cria pour
qu'on vînt l'aider à sortir de l'étuve.

Les trois captifs étaient toujours devant lui.
Alors un nègre (le même qui, dans la bataille,
portait son parasol) se pencha vers son oreille.

— « Eh bien ?... » répondit le Suffète lentement.
« Ah ! tue-les ! » ajouta-t-il d'un ton brusque.

L'Éthiopien tira de sa ceinture un long poignard
et les trois têtes tombèrent. Une d'elles, en rebondissant parmi les épluchures du festin, alla sauter
dans la vasque, et elle y flotta quelque temps, la
bouche ouverte et les yeux fixes. Les lueurs du
matin entraient par les fentes du mur ; les trois
corps, couchés sur leur poitrine, ruisselaient à gros
bouillons comme trois fontaines, et une nappe de
sang coulait sur les mosaïques, sablées de poudre
bleue. Le Suffète trempa sa main dans cette fange

toute chaude, et il s'en frotta les genoux : c'était
un remède.

Le soir venu, il s'échappa de la ville avec son
escorte, puis s'engagea dans la montagne, pour
rejoindre son armée.

Il parvint à en retrouver les débris.

Quatre jours après, il était à Gorza, sur le haut
d'un défilé, quand les troupes de Spendius se présentèrent en bas. Vingt bonnes lances, en atta-
quant le front de leur colonne, les eussent facilement arrêtées ; les Carthaginois les regardèrent
passer tout stupéfaits. Hannon reconnut à l'arrière-
garde le roi des Numides ; Narr'Havas s'inclina
pour le saluer, en faisant un signe qu'il ne comprit
pas.

On s'en revint à Carthage avec toutes sortes de
terreurs. On marchait la nuit seulement ; le jour
on se cachait dans les bois d'oliviers. A chaque
étape quelques-uns mouraient ; ils se crurent perdus plusieurs fois. Enfin ils atteignirent le cap
Hermæum, où des vaisseaux vinrent les prendre.

Hannon était si fatigué, si désespéré, — la perte
des éléphants surtout l'accablait, — qu'il demanda,
pour en finir, du poison à Demonades. D'ailleurs,
il se sentait déjà tout étendu sur sa croix.

Carthage n'eut pas la force de s'indigner contre
lui. On avait perdu quatre cent mille neuf cent
soixante-douze sicles d'argent, quinze mille six cent
vingt-trois shekels d'or, dix-huit éléphants, quatorze membres du Grand-Conseil, trois cents Riches,
huit mille citoyens, du blé pour trois lunes, un
bagage considérable et toutes les machines de
guerre ! La défection de Narr'Havas était certaine,

les deux sièges recommençaient. L'armée d'Autharite s'étendait maintenant de Tunis à Rhadès. Du
haut de l'Acropole, on apercevait dans la campagne de longues fumées montant jusqu'au ciel ;
c'étaient les châteaux des Riches qui brûlaient.

Un homme, seul, aurait pu sauver la République.
On se repentit de l'avoir méconnu, et le parti de la
paix, lui-même, vota les holocaustes pour le retour
d'Hamilcar.

La vue du zaïmph avait bouleversé Salammbô.
Elle croyait la nuit entendre les pas de la Déesse, et
elle se réveillait épouvantée en jetant des cris.
Elle envoyait tous les jours porter de la nourriture
dans les temples. Taanach se fatiguait à exécuter
ses ordres, et Schahabarim ne la quittait plus.

VII

HAMILCAR BARCA

L'Annonciateur-des-Lunes qui veillait toutes les
nuits au haut du temple d'Eschmoûn, pour signaler avec sa trompette les agitations de l'astre, aperçut un matin, du côté de l'Occident, quelque chose
de semblable à un oiseau frôlant de ses longues
ailes la surface de la mer.

C'était un navire à trois rangs de rames ; il y
avait à la proue un cheval sculpté. Le soleil se
levait ; l'Annonciateur-des-Lunes mit sa main
devant les [1] yeux ; puis saisissant à plein bras son
clairon, il poussa sur Carthage un grand cri d'airain.

De toutes les maisons des gens sortirent ; on ne
voulait pas en croire les paroles, on se disputait, le
môle était couvert de peuple. Enfin on reconnut la
trirème d'Hamilcar.

Elle s'avançait d'une façon orgueilleuse et farouche, l'antenne toute droite, la voile bombée dans la
longueur du mât, en fendant l'écume autour d'elle ;
ses gigantesques avirons battaient l'eau en cadence ;
de temps à autre l'extrémité de sa quille, faite
comme un soc de charrue, apparaissait, et sous
l'éperon qui terminait sa proue, le cheval à tête

d'ivoire, en dressant ses deux pieds, semblait courir sur les plaines de la mer.

Autour du promontoire, comme le vent avait cessé, la voile tomba, et l'on aperçut auprès du pilote un homme debout, tête nue ; c'était lui, le suffète Hamilcar! Il portait autour des flancs des lames de fer qui reluisaient ; un manteau rouge s'attachant à ses épaules laissait voir ses bras ; deux perles très longues pendaient à ses oreilles, et il baissait sur sa poitrine sa barbe noire, touffue.

Cependant la galère ballottée au milieu des rochers côtoyait le môle, et la foule la suivait sur les dalles en criant :

— « Salut! bénédiction! Œil de Khamon! ah! délivre-nous! C'est la faute des Riches! ils veulent te faire mourir! Prends garde à toi, Barca! »

Il ne répondait pas, comme si la clameur des océans et des batailles l'eût complètement assourdi. Mais quand il fut sous l'escalier qui descendait de l'Acropole, Hamilcar releva la tête, et, les bras croisés, il regarda le temple d'Eschmoûn. Sa vue monta plus haut encore, dans le grand ciel pur ; d'une voix âpre, il cria un ordre à ses matelots ; la trirème bondit ; elle érafla l'idole établie à l'angle du môle pour arrêter les tempêtes ; et dans le port marchand plein d'immondices, d'éclats de bois et d'écorces de fruits, elle refoulait, éventrait les autres navires amarrés à des pieux et finissant par des mâchoires de crocodile. Le peuple accourait, quelques-uns se jetèrent à la nage. Déjà elle se trouvait au fond, devant la porte hérissée de clous. La porte se leva, et la trirème disparut sous la voûte profonde.

Le Port-Militaire était complètement séparé
de la ville ; quand des ambassadeurs arrivaient, il
leur fallait passer entre deux murailles, dans un
couloir qui débouchait à gauche, devant le temple
de Khamoûn. Cette grande place d'eau, ronde
comme une coupe, avait une bordure de quais où
étaient bâties des loges abritant les navires. En
avant de chacune d'elles montaient deux colonnes,
portant à leur chapiteau des cornes d'Ammon, ce
qui formait une continuité des portiques tout autour du bassin. Au milieu, dans une île, s'élevait
une maison pour le Suffète-de-la-mer.

L'eau était si limpide que l'on apercevait le fond
pavé de cailloux blancs. Le bruit des rues n'arrivait pas jusque-là, et Hamilcar, en passant, reconnaissait les trirèmes qu'il avait autrefois com-
mandées.

Il n'en restait plus qu'une vingtaine peut-être,
à l'abri, par terre, penchées sur le flanc ou droites
sur la quille, avec des poupes très hautes et des
proues bombées, couvertes de dorures et de symboles mystiques. Les chimères avaient perdu leurs
ailes, les Dieux-Patæques leurs bras, les taureaux
leurs cornes d'argent ; — et toutes à moitié dépein-
tes, inertes, pourries, mais pleines d'histoire et
exhalant encore la senteur des voyages, comme des
soldats mutilés qui revoient leur maître, elles semblaient lui dire : « C'est nous ! c'est nous ! et toi
aussi tu es vaincu ! »

Nul, hormis le Suffète-de-la-mer, ne pouvait
entrer dans la maison-amiral. Tant qu'on n'avait pas
la preuve de sa mort, on le considérait comme
existant toujours. Les Anciens évitaient par là

un maître de plus, et ils n'avaient pas manqué pour Hamilcar d'obéir à la coutume.

Le Suffète s'avança dans les appartements dé- serts [1]. A chaque pas il retrouvait des armures, des meubles, des objets connus qui l'étonnaient cependant, et même sous le vestibule il y avait encore, dans une cassolette, la cendre des parfums allumés au dépar t pour conjurer Melkarth. Ce n'était pas ainsi qu'il espérait revenir ! Tout ce qu'il avait fait, tout c e qu'il avait vu se déroula dans sa mémoire : les assau ts, les incendies, les légions, les tempêtes, Drepanum, Syracuse, Lilybée, le mont Etna, le p lateau d'Éryx, cinq ans de batailles, — jusqu'au jour funeste où, déposant les armes, on avait perdu la Sicile. Puis il revoyait des bois de citronniers, des pasteurs avec des chèvres sur des montagnes grises ; et son cœur bondissait à l'imagination d'une autre Carthage établie là-bas. Ses projets, ses souvenirs bourdonnaient dans sa tête, encore étourdie par le tangage du vaisseau ; une angoisse l'accablait, et devenu faible tout à coup, il sentit le besoin de se rapprocher des Dieux.

Alors il monta au dernier étage de sa maison ; puis ayant retiré d'une coquille d'or suspendue à son bras une spatule garnie de clous, il ouvrit une petite chambre ovale.

De minces rondelles noires, encastrées dans la muraille et transparentes comme du verre, l'éclai- raient doucement. Entre les rangs de ces disques égaux, des trous étaient creusés, pareils à ceux des urnes dans les columbarium. Ils contenaient chacun une pierre ronde, obscure, et qui parais- sait très lourde. Les gens d'un esprit supérieur,

seuls, honoraient ces <u>abaddirs</u> tombés de la lune.
Par leur chute, ils signifiaient les astres, le ciel,
le feu ; par leur couleur, la nuit ténébreuse, et par
leur densité, la cohésion des choses terrestres.
Une atmosphère étouffante emplissait ce lieu
mystique. Du sable marin, que le vent avait poussé
sans doute à travers la porte, blanchissait un peu
les pierres rondes posées dans les niches. Hamilcar,
du bout de son doigt, les compta les unes après
les autres ; puis il se cacha le visage sous un voile
de couleur safran, et, tombant à genoux, il s'étendit par terre, les deux bras allongés.

Le jour extérieur [1] frappait contre les feuilles de
laitier noir. Des arborescences, des <u>monticules</u>,
des tourbillons, de vagues animaux se dessinaient
dans leur épaisseur <u>diaphane</u> ; et la lumière arrivait,
effrayante et pacifique cependant, comme elle
doit être par-derrière le soleil, dans les mornes
espaces des créations futures. Il s'efforçait à bannir
de sa pensée toutes les formes, tous les symboles
et les appellations des Dieux, afin de mieux saisir
l'esprit immuable que les apparences dérobaient.
Quelque chose des vitalités planétaires le pénétrait, tandis qu'il sentait pour la mort et pour
tous les hasards un dédain plus savant et plus
intime. Quand il se releva, il était plein d'une
intrépidité sereine, invulnérable à la miséricorde, à
la crainte, et comme sa poitrine étouffait, il alla
sur le sommet de la tour qui dominait Carthage.

La ville descendait en se creusant par une courbe
longue, avec ses coupoles, ses temples, ses toits
d'or, ses maisons, ses touffes de palmiers, çà et là,
ses boules de verre d'où jaillissaient des feux, et les

remparts faisaient comme la gigantesque bordure de cette corne d'abondance qui s'épanchait vers lui. Il apercevait en bas les ports, les places, l'intérieur des cours, le dessin des rues, les hommes tout petits presque à ras des dalles. Ah! si Hannon n'était pas arrivé trop tard le matin des îles Ægates? Ses yeux plongèrent dans l'extrême horizon, et il tendit du côté de Rome ses deux bras frémissants.

La multitude occupait les degrés de l'Acropole. Sur la place de Khamon on se poussait pour voir le Suffète sortir, les terrasses peu à peu se chargeaient de monde ; quelques-uns le reconnurent, on le saluait, il se retira, afin d'irriter mieux l'impatience du peuple.

Hamilcar trouva en bas, dans la salle, les hommes les plus importants de son parti : Istatten, Subeldia, Hictamon, Yeoubas et d'autres. Ils lui racontèrent tout ce qui s'était passé depuis la conclusion de la paix : l'avarice des Anciens, le départ des soldats, leur retour, leurs exigences, la capture de Giscon, le vol du zaïmph, Utique secourue, puis abandonnée ; mais aucun n'osa lui dire les événements qui le concernaient. Enfin on se sépara, pour se revoir pendant la nuit à l'assemblée des Anciens, dans le temple de Moloch.

Ils venaient de sortir quand un tumulte s'éleva en dehors, à la porte. Malgré les serviteurs, quelqu'un voulait entrer ; et comme le tapage redoublait, Hamilcar commanda d'introduire l'inconnu.

On vit paraître une vieille négresse, cassée, ridée, tremblante, l'air stupide, et enveloppée jusqu'aux talons dans de larges voiles bleus. Elle s'avança en face du Suffète, ils se regardèrent l'un l'autre quel-

que temps ; tout à coup Hamilcar tressaillit ;
sur un geste de sa main, les esclaves s'en allèrent.
Alors, lui faisant signe de marcher avec précaution [1], il l'entraîna par le bras dans une chambre
lointaine.

La négresse se jeta par terre, à ses pieds pour
les baiser ; il la releva brutalement.

— « Où l'as-tu laissé, Iddibal ? »

— « Là-bas, Maître » ; et en se débarrassant de
ses voiles, avec sa manche elle se frotta la figure ;
la couleur noire, le tremblement sénile, la taille
courbée, tout disparut. C'était un robuste vieillard,
dont la peau semblait tannée par le sable, le vent
et la mer. Une houppe de cheveux blancs se levait
sur son crâne, comme l'aigrette d'un oiseau ; et,
d'un coup d'œil ironique, il montrait par terre le
déguisement tombé.

— « Tu as bien fait, Iddibal ! C'est bien ! » Puis,
comme le perçant de son regard aigu : « Aucun
encore ne se doute ?... »

Le vieillard lui jura par les Kabyres que le mystère était gardé. Ils ne quittaient pas leur cabane à
trois jours d'Hadrumète, rivage peuplé de tortues
avec des palmiers sur la dune. — « Et selon ton
ordre, ô Maître ! je lui apprends à lancer des javelots et à conduire des attelages !

— « Il est fort, n'est-ce pas ?

— « Oui, Maître, et intrépide aussi ! Il n'a peur
ni des serpents, ni du tonnerre, ni des fantômes. Il
court pieds nus, comme un pâtre, sur le bord des
précipices.

— « Parle ! parle !

— « Il invente des pièges pour les bêtes farou-

ches. L'autre lune, croirais-tu, il a surpris un aigle ;
il le traînait, et le sang de l'oiseau et le sang de l'enfant s'éparpillaient dans l'air en larges gouttes,
telles que des roses emportées. La bête, furieuse,
l'enveloppait du battement de ses ailes ; il l'étreignait contre sa poitrine, et à mesure qu'elle agoni-
sait ses rires redoublaient, éclatants et superbes
comme des chocs d'épées. »

Hamilcar baissait la tête, ébloui par ces présages
de grandeur.

— « Mais, depuis quelque temps, une inquiétude
l'agite. Il regarde au loin les voiles qui passent
sur la mer ; il est triste, il repousse le pain, il
s'informe des Dieux et il veut connaître Carthage !

— « Non, non ! pas encore ! » s'écria le Suffète.

Le vieil esclave parut savoir le péril qui effrayait
Hamilcar, et il reprit :

— « Comment le retenir ? Il me faut déjà lui
faire des promesses, et je ne suis venu à Carthage
que pour lui acheter un poignard à manche d'argent avec des perles tout autour. » Puis il conta
qu'ayant aperçu le Suffète sur la terrasse, il s'était
donné aux gardiens du port pour une des femmes de
Salammbô, afin de pénétrer jusqu'à lui.

Hamilcar resta longtemps comme perdu dans
ses délibérations ; enfin il dit :

— « Demain tu te présenteras à Mégara, au coucher du soleil, derrière les fabriques de pourpre, en
imitant par trois fois le cri d'un chacal. Si tu ne me
vois pas, le premier jour de chaque lune tu revien-
dras à Carthage. N'oublie rien ! Aime-le ! Maintenant, tu peux lui parler d'Hamilcar. »

L'esclave reprit son costume, et ils sortirent ensemble de la maison et du port.

Hamilcar continua seul à pied, sans escorte [1], car les réunions des Anciens étaient, dans les circonstances extraordinaires, toujours secrètes, et l'on s'y rendait mystérieusement.

D'abord il longea la face orientale de l'Acropole, passa ensuite par le Marché-aux-herbes, les galeries de Kinsido, le Faubourg-des-parfumeurs. Les rares lumières s'éteignaient, les rues plus larges se faisaient silencieuses, puis des ombres glissèrent dans les ténèbres. Elles le suivaient, d'autres survinrent, et toutes se dirigeaient comme lui du côté des Mappales.

Le temple de Moloch était bâti au pied d'une gorge escarpée, dans un endroit sinistre. On n'apercevait d'en bas que de hautes murailles montant indéfiniment, telles que les parois d'un monstrueux tombeau. La nuit était sombre, un brouillard grisâtre semblait peser sur la mer. Elle battait contre la falaise avec un bruit de râles et de sanglots ; et des ombres peu à peu s'évanouissaient comme si elles eussent passé à travers les murs.

Mais sitôt qu'on avait franchi la porte, on se trouvait dans une vaste cour quadrangulaire, que bordaient des arcades. Au milieu, se levait une masse d'architecture à huit pans égaux. Des coupoles la surmontaient en se tassant autour d'un second étage qui supportait une manière de rotonde, d'où s'élançait un cône à courbe rentrante, terminé par une boule au sommet.

Des feux brûlaient dans des cylindres en filigrane emmanchés à des perches que portaient des

hommes. Ces lueurs vacillaient sous les bourrasques du vent et rougissaient les peignes d'or
fixant à la nuque leurs cheveux tressés. Ils couraient, s'appelaient pour recevoir les Anciens.

Sur les dalles, de place en place, étaient accroupis, comme des sphinx, des lions énormes, symboles
vivants du Soleil dévorateur. Ils sommeillaient,
les paupières entre-closes. Mais réveillés par les
pas et par les voix, ils se levaient lentement, venaient vers les Anciens, qu'ils reconnaissaient à leur
costume, se frottaient contre leurs cuisses en bombant le dos avec des bâillements sonores ; la vapeur
de leur haleine passait sur la lumière des torches.
L'agitation redoubla, des portes se fermèrent,
tous les prêtres s'enfuirent, et les Anciens disparurent sous les colonnes qui faisaient autour du
temple un vestibule profond.

Elles étaient disposées de façon à reproduire
par leurs rangs circulaires, compris les uns dans
les autres, la période saturnienne contenant les
années, les années les mois, les mois les jours, et
se touchaient à la fin contre la muraille du sanctuaire.

C'était là que les Anciens déposaient leurs
bâtons en corne de narval, — car une loi toujours
observée punissait de mort celui qui entrait à la
séance avec une arme quelconque. Plusieurs portaient au bas de leur vêtement une déchirure
arrêtée par un galon de pourpre, pour bien montrer
qu'en pleurant la mort de leurs proches ils n'avaient
point ménagé leurs habits, et ce témoignage
d'affliction empêchait la fente de s'agrandir.
D'autres gardaient leur barbe enfermée dans un

petit sac de peau violette, que deux cordons attachaient aux oreilles. Tous s'abordèrent en s'em-
brassant poitrine contre poitrine. Ils entouraient
Hamilcar, ils le félicitaient ; on aurait dit des frères
qui revoient leur frère.

Ces hommes étaient généralement trapus, avec
des nez recourbés comme ceux des colosses assyriens. Quelques-uns cependant, par leurs pom-
mettes plus saillantes, leur taille plus haute et leurs
pieds plus étroits, trahissaient une origine africaine,
des ancêtres nomades. Ceux qui vivaient continuellement au fond de leurs comptoirs avaient le
visage pâle ; d'autres gardaient sur eux comme la
sévérité du désert, et d'étranges joyaux scin-
tillaient à tous les doigts de leurs mains, hâlés
par les soleils inconnus. On distinguait des navi-
gateurs au balancement de leur démarche, tandis
que les hommes d'agriculture sentaient le pressoir,
les herbes sèches et la sueur de mulet. Ces vieux
pirates faisaient labourer des campagnes, ces
ramasseurs d'argent équipaient des navires, ces
propriétaires de culture nourrissaient des esclaves
exerçant des métiers. Tous étaient savants dans
les disciplines religieuses, experts en stratagèmes,
impitoyables et riches. Ils avaient l'air fatigués
par de longs soucis. Leurs yeux pleins de flammes
regardaient avec défiance, et l'habitude des voyages
et du mensonge, du trafic et du commandement,
donnait à toute leur personne un aspect de ruse
et de violence, une sorte de brutalité discrète et
convulsive. D'ailleurs, l'influence du Dieu les
assombrissait.

Ils passèrent d'abord par une salle voûtée, qui

avait la forme d'un œuf. Sept portes, correspondant aux sept planètes, étalaient contre sa muraille
sept carrés de couleur différente. Après une longue
chambre, ils entrèrent dans une autre salle pareille.

Un candélabre tout couvert de fleurs ciselées
brûlait au fond, et chacune de ses huit branches
en or portait dans un calice de diamants une mèche
de byssus. Il était posé sur la dernière des longues
marches qui allaient vers un grand autel, terminé
aux angles par des cornes d'airain. Deux escaliers
latéraux conduisaient à son sommet aplati ; on
n'en voyait pas les pierres ; c'était comme une
montagne de cendres accumulées, et quelque chose
d'indistinct fumait dessus, lentement. Puis au-
delà, plus haut que le candélabre, et bien plus
haut que l'autel, se dressait le Moloch, tout en fer,
avec sa poitrine d'homme où bâillaient des ouvertures. Ses ailes ouvertes s'étendaient sur le mur,
ses mains allongées descendaient jusqu'à terre ;
trois pierres noires, que bordait un cercle jaune,
figuraient trois prunelles à son front, et, comme
pour beugler, il levait dans un effort terrible sa
tête de taureau.

Autour de l'appartement étaient rangés des
escabeaux d'ébène. Derrière chacun d'eux, une
tige en bronze posant sur trois griffes supportait
un flambeau. Toutes ces lumières se reflétaient
dans les losanges de nacre qui pavaient la salle.
Elle était si haute que la couleur rouge des murailles,
en montant vers la voûte, se faisait noire, et les
trois yeux de l'idole apparaissaient tout en haut,
comme des étoiles à demi perdues dans la nuit.

Les Anciens s'assirent sur les escabeaux d'ébène,

ayant mis par-dessus leur tête la queue de leur robe. Ils restaient immobiles, les mains croisées dans leurs larges manches, et le dallage de nacre semblait un fleuve lumineux qui, ruisselant de l'autel vers la porte, coulait sous leurs pieds nus.

Les quatre pontifes se tenaient au milieu, dos à dos, sur quatre sièges d'ivoire formant la croix, le grand-prêtre d'Eschmoûn en robe d'hyacinthe, le grand-prêtre de Tanit en robe de lin blanc, le grand-prêtre de Khamon en robe de laine fauve, et le grand-prêtre de Moloch en robe de pourpre.

Hamilcar s'avança vers le candélabre. Il tourna tout autour, en considérant les mèches qui brûlaient, puis jeta sur elles une poudre parfumée ; des flammes violettes parurent à l'extrémité des branches.

Alors une voix aiguë s'éleva, une autre y répondit ; et les cent Anciens, les quatre pontifes, et Hamilcar debout, tous à la fois, entonnèrent un hymne, et répétant toujours les mêmes syllabes et renforçant les sons, leurs voix montaient, éclatèrent, devinrent terribles, puis, d'un seul coup, se turent.

On attendit quelque temps. Enfin Hamilcar tira de sa poitrine une petite statuette à trois têtes, bleue comme du saphir, et il la posa devant lui. C'était l'image de la vérité, le génie même de sa parole. Puis il la replaça dans son sein, et tous, comme saisis d'une colère soudaine, crièrent :

— « Ce sont tes bons amis les Barbares ! Traître ! infâme ! Tu reviens pour nous voir périr, n'est-ce pas ? Laissez-le parler ! — Non ! non ! »

Ils se vengeaient de la contrainte où le cérémo-

nial politique les avait tout à l'heure obligés ;
et bien qu'ils eussent souhaité le retour d'Hamilcar, ils s'indignaient maintenant de ce qu'il
n'avait point prévenu leurs désastres ou plutôt
ne les avait pas subis comme eux.

Quand le tumulte fut calmé, le pontife de
Moloch se leva.

— « Nous te demandons pourquoi tu n'es pas
revenu à Carthage ?

— « Que vous importe ! » répondit dédaigneusement le Suffète.

Leurs cris redoublèrent.

— « De quoi m'accusez-vous ! J'ai mal conduit
la guerre, peut-être ? Vous avez vu l'ordonnance
de mes batailles, vous autres qui laissez commodément à des Barbares...

— « Assez ! assez ! »

Il reprit, d'une voix basse, pour se faire mieux
écouter :

— « Oh ! cela est vrai ! Je me trompe, lumières
des Baals ; il en est parmi vous d'intrépides !
Giscon, lève-toi ! » Et, parcourant la marche de
l'autel, les paupières à demi fermées, comme pour
chercher quelqu'un, il répéta : « Lève-toi, Giscon !
tu peux m'accuser, ils te défendront ! Mais où
est-il ? » Puis, comme se ravisant : « Ah ! dans sa
maison, sans doute ? entouré de ses fils, comman-
dant à ses esclaves, heureux, et comptant sur
le mur les colliers d'honneur que la patrie lui a
donnés ? »

Ils s'agitaient avec des haussements d'épaules,
comme flagellés par les lanières. — « Vous ne savez
même pas s'il est vivant ou s'il est mort ! » Et sans

se soucier de leurs clameurs, il disait qu'en abandonnant le Suffète, c'était la République qu'on
avait abandonnée. De même la paix romaine, si
avantageuse qu'elle leur parût, était plus funeste
que vingt batailles. Quelques-uns applaudirent,
les moins riches du Conseil, suspects d'incliner
toujours vers le peuple ou vers la tyrannie. Leurs
adversaires, chefs des Syssites et administrateurs,
en triomphaient par le nombre ; les plus considérables s'étaient rangés près d'Hannon, qui siégeait
à l'autre bout de la salle, devant la haute porte,
fermée par une tapisserie d'hyacinthe.

Il avait peint avec du fard les ulcères de sa
figure. Mais la poudre d'or de ses cheveux lui était
tombée sur les épaules, où elle faisait deux plaques
brillantes, et ils paraissaient blanchâtres, fins et
crépus comme de la laine. Des linges imbibés d'un
parfum gras qui dégouttelait sur les dalles, enveloppaient ses mains, et sa maladie sans doute avait
considérablement augmenté, car ses yeux disparaissaient sous les plis de ses paupières. Pour voir, il
lui fallait se renverser la tête. Ses partisans l'engageaient à parler. Enfin, d'une voix rauque et
hideuse :

— « Moins d'arrogance, Barca ! Nous avons tous
été vaincus ! Chacun supporte son malheur ! ré-
signe-toi !

— « Apprends-nous plutôt », dit en souriant
Hamilcar, « comment tu as conduit tes galères dans
la flotte romaine ?

— « J'étais chassé par le vent », répondit
Hannon.

— « Tu fais comme le rhinocéros qui piétine

dans sa fiente : tu étales ta sottise! tais-toi! » Et
ils commencèrent à s'incriminer sur la bataille
des îles Ægates.

Hannon l'accusait de n'être pas venu à sa rencontre.

— « Mais c'eût été dégarnir Éryx. Il fallait
prendre le large ; qui t'empêchait ? Ah! j'oubliais!
tous les éléphants ont peur de la mer! »

Les gens d'Hamilcar trouvèrent la plaisanterie
si bonne qu'ils poussèrent de grands rires. La voûte
en retentissait, comme si l'on eût frappé des tympanons.

Hannon dénonça l'indignité d'un tel outrage ;
cette maladie lui étant survenue par un refroidissement au siège d'Hécatompyle, et des pleurs
coulaient sur sa face comme une pluie d'hiver sur
une muraille en ruine.

Hamilcar reprit :

— « Si vous m'aviez aimé autant que celui-là,
il y aurait maintenant une grande joie dans Carthage! Combien de fois n'ai-je pas crié vers vous!
et toujours vous me refusiez de l'argent!

— « Nous en avions besoin », dirent les chefs
des Syssites.

— « Et quand mes affaires étaient désespérées,
— nous avons bu l'urine des mulets et mangé les
courroies de nos sandales, — quand j'aurais voulu
que les brins d'herbe fussent des soldats, et faire
des bataillons avec la pourriture de nos morts, vous
rappeliez chez vous ce qui me restait de vaisseaux!

— « Nous ne pouvions pas tout risquer », répondit Baat-Baal, possesseur de mines d'or dans la
Gétulie-Darytienne.

— « Que faisiez-vous cependant, ici, à Carthage, dans vos maisons, derrière vos murs ? Il y a des Gaulois sur l'Éridan qu'il fallait pousser, des Chananéens à Cyrène qui seraient venus, et tandis que les Romains envoient à Ptolémée des ambassadeurs...

— « Il nous vante les Romains, à présent ! » Quelqu'un lui cria : « Combien t'ont-ils payé pour les défendre ?

— « Demande-le aux plaines du Brutium, aux ruines de Locres, de Métaponte et d'Héraclée ! J'ai brûlé tous leurs arbres, j'ai pillé tous leurs temples, et jusqu'à la mort des petits-fils de leurs petits-fils...

— « Eh ! tu déclames comme un rhéteur ! » fit Kapouras, un marchand très illustre. « Que veux-tu donc ?

— « Je dis qu'il faut être plus ingénieux ou plus terrible ! Si l'Afrique entière rejette votre joug, c'est que vous ne savez pas, maîtres débiles, l'attacher à ses épaules ! Agathoclès, Régulus, Cœpio, tous les hommes hardis n'ont qu'à débarquer pour la prendre ; et quand les Libyens qui sont à l'Orient s'entendront avec les Numides qui sont à l'Occident, et que les Nomades viendront du sud et les Romains du nord... » Un cri d'horreur s'éleva. « Oh ! vous frapperez vos poitrines, vous vous roulerez dans la poussière et vous déchirerez vos manteaux ! N'importe ! il faudra s'en aller tourner la meule dans Suburre et faire la vendange sur les collines du Latium. »

Ils se battaient la cuisse droite pour marquer leur scandale, et les manches de leur robe se le-

vaient comme de grandes ailes d'oiseaux effarou-
chés. Hamilcar, emporté par un esprit, continuait,
debout sur la plus haute marche de l'autel, frémissant, terrible ; il levait les bras, et les rayons
du candélabre qui brûlait derrière lui passaient
entre ses doigts comme des javelots d'or.

— « Vous perdrez vos navires, vos campagnes,
vos chariots, vos lits suspendus, et vos esclaves
qui vous frottent les pieds ! Les chacals se couche-
ront dans vos palais, la charrue retournera vos
tombeaux. Il n'y aura plus que le cri des aigles et
l'amoncellement des ruines. Tu tomberas, Carthage ! »

Les quatre pontifes étendirent leurs mains pour
écarter l'anathème. Tous s'étaient levés. Mais le
Suffète-de-la-mer, magistrat sacerdotal sous la
protection du Soleil, était inviolable tant que
l'assemblée des Riches ne l'avait pas jugé. Une
épouvante s'attachait à l'autel. Ils reculèrent.

Hamilcar ne parlait plus. L'œil fixe et la face
aussi pâle que les perles de sa tiare, il haletait,
presque effrayé par lui-même et l'esprit perdu dans
des visions funèbres. De la hauteur où il était,
tous les flambeaux sur les tiges de bronze lui semblaient une vaste couronne de feux, posée à ras des
dalles ; des fumées noires, s'en échappant, montaient dans les ténèbres de la voûte ; et le silence
pendant quelques minutes fut tellement profond
qu'on entendait au loin le bruit de la mer.

Puis les Anciens se mirent à s'interroger. Leurs
intérêts, leur existence se trouvait attaquée par
les Barbares. Mais on ne pouvait les vaincre sans
le secours du Suffète, et cette considération, mal-

gré leur orgueil, leur fit oublier toutes les autres.
On prit à part ses amis. Il y eut des réconciliations
intéressées, des sous-entendus et des promesses.
Hamilcar ne voulait plus se mêler d'aucun gouvernement. Tous le conjurèrent. Ils le suppliaient ;
et comme le mot de trahison revenait dans leurs
discours, il s'emporta. Le seul traître, c'était le
Grand-Conseil, car l'engagement des soldats expirant avec la guerre, ils devenaient libres dès que
la guerre était finie ; il exalta même leur bravoure
et tous les avantages qu'on en pourrait tirer en les
intéressant à la République par des donations, des
privilèges.

Alors Magdassan, un ancien gouverneur de provinces, dit en roulant ses yeux jaunes :

— « Vraiment, Barca, à force de voyager, tu es
devenu un Grec ou un Latin, je ne sais quoi ! Que
parles-tu de récompenses pour ces hommes ?
Périssent dix mille Barbares plutôt qu'un seul
d'entre nous ! »

Les Anciens approuvaient de la tête en murmu-
rant : — « Oui, faut-il tant se gêner ? On en trouve
toujours ! »

— « Et l'on s'en débarrasse commodément, n'est-
ce pas ? On les abandonne, ainsi que vous avez
fait en Sardaigne. On avertit l'ennemi du chemin
qu'ils doivent prendre, comme pour ces Gaulois
dans la Sicile, ou bien on les débarque au milieu
de la mer. En revenant, j'ai vu le rocher tout blanc
de leurs os ! »

— « Quel malheur ! » fit impudemment Kapouras.

— « Est-ce qu'ils n'ont pas cent fois tourné à
l'ennemi ! » exclamaient les autres.

Hamilcar s'écria :

— « Pourquoi donc, malgré vos lois, les avez-vous rappelés à Carthage ? Et quand ils sont dans votre ville, pauvres et nombreux au milieu de toutes vos richesses, l'idée ne vous vient pas de les affaiblir par la moindre division ! Ensuite vous les congédiez avec leurs femmes et avec leurs enfants, tous, sans garder un seul otage ! Comptiez-vous qu'ils s'assassineraient pour vous épargner la douleur de tenir vos serments ? Vous les haïssez, parce qu'ils sont forts ! Vous me haïssez encore plus, moi, leur maître ! Oh ! je l'ai senti, tout à l'heure, quand vous me baisiez les mains, et que vous vous reteniez tous pour ne pas les mordre ! »

Si les lions qui dormaient dans la cour fussent entrés en hurlant, la clameur n'eût pas été plus épouvantable. Mais le pontife d'Eschmoûn se leva, et, les deux genoux l'un contre l'autre, les coudes au corps, tout droit et les mains à demi ouvertes, il dit :

— « Barca, Carthage a besoin que tu prennes contre les Mercenaires le commandement général des forces puniques !

— « Je refuse », répondit Hamilcar.

— « Nous te donnerons pleine autorité ! » crièrent les chefs des Syssites.

— « Non !

— « Sans aucun contrôle, sans partage, tout l'argent que tu voudras, tous les captifs, tout le butin, cinquante zerets de terre par cadavre d'ennemi.

— « Non ! non ! parce qu'il est impossible de vaincre avec vous !

— « Il en a peur!

— « Parce que vous êtes lâches, avares, ingrats, pusillanimes et fous!

— « Il les ménage!

— « Pour se mettre à leur tête », dit quelqu'un.

— « Et revenir sur nous », dit un autre ; et du fond de la salle, Hannon hurla :

— « Il veut se faire roi! »

Alors ils bondirent, en renversant les sièges et les flambeaux : leur foule s'élança vers l'autel ; ils brandissaient des poignards. Mais, fouillant sous ses manches, Hamilcar tira deux larges coutelas ; et à demi courbé, le pied gauche en avant, les yeux flamboyants, les dents serrées, il les défiait, immobile sous le candélabre d'or.

Ainsi, par précaution, ils avaient apporté des armes ; c'était un crime ; ils se regardèrent les uns les autres, effrayés. Comme tous étaient coupables, chacun bien vite se rassura ; et peu à peu, tournant le dos au Suffète, ils redescendirent, enragés d'humiliation. Pour la seconde fois, ils reculaient devant lui. Pendant quelque temps, ils restèrent debout. Plusieurs qui s'étaient blessé les doigts les portaient à leur bouche ou les roulaient doucement dans le bas de leur manteau, et ils allaient s'en aller quand Hamilcar entendit ces paroles :

— « Eh! c'est une délicatesse pour ne pas affliger sa fille! »

Une voix plus haute s'éleva :

— « Sans doute, puisqu'elle prend ses amants parmi les Mercenaires! »

D'abord il chancela [1], puis ses yeux cherchèrent rapidement Shahabarim. Mais, seul, le prêtre de

Tanit était resté à sa place ; et Hamilcar n'aperçut
de loin que son haut bonnet. Tous lui ricanaient
à la face. A mesure qu'augmentait son angoisse,
leur joie redoublait, et, au milieu des huées, ceux
qui étaient par-derrière criaient :

— « On l'a vu sortir de sa chambre!

— « Un matin du mois de Tammouz!

— « C'est le voleur du zaïmph!

— « Un homme très beau!

— « Plus grand que toi! »

Il arracha sa tiare, insigne de sa dignité, — sa
tiare à huit rangs mystiques dont le milieu portait
une coquille d'émeraude — et à deux mains, de
toutes ses forces, il la lança par terre ; les cercles
d'or en se brisant rebondirent, et les perles sonnèrent sur les dalles. Ils virent alors sur la blancheur de son front une longue cicatrice ; elle s'agitait comme un serpent entre ses sourcils ; tous ses
membres tremblaient. Il monta un des escaliers
latéraux qui conduisaient sur l'autel et il marchait
dessus! C'était se vouer au Dieu, s'offrir en holocauste. Le mouvement de son manteau agitait les
lueurs du candélabre plus bas que ses sandales, et
la poudre fine, soulevée par ses pas, l'entourait
comme un nuage jusqu'au ventre. Il s'arrêta entre
les jambes du colosse d'airain. Il prit dans ses mains
deux poignées de cette poussière dont la vue seule
faisait frissonner d'horreur tous les Carthaginois,
et il dit :

— « Par les cent flambeaux de vos Intelligences! par les huit feux des Kabyres! par les
étoiles, les météores et les volcans! par tout ce qui
brûle! par la soif du Désert et la salure de l'Océan!

par la caverne d'Hadrumète et l'empire des Ames!
par l'extermination! par la cendre de vos fils, et
la cendre des frères de vos aïeux, avec qui maintenant je confonds la mienne! vous, les Cent du
Conseil de Carthage, vous avez menti en accusant
ma fille! Et moi, Hamilcar Barca, Suffète-de-la-
mer, Chef des Riches et Dominateur du peuple,
devant Moloch-à-tête-de-taureau, je jure... » On
s'attendait à quelque chose d'épouvantable,
mais il reprit d'une voix plus haute et plus calme :
« Que même je ne lui en parlerai pas! »

Les serviteurs sacrés, portant des peignes d'or,
entrèrent, — les uns avec des éponges de pourpre
et les autres avec des branches de palmier. Ils
relevèrent le rideau d'hyacinthe étendu devant la
porte : et par l'ouverture de cet angle, on aperçut
au fond des autres salles le grand ciel rose qui
semblait continuer la voûte, en s'appuyant à
l'horizon sur la mer toute bleue. Le soleil, sortant
des flots, montait. Il frappa tout à coup contre la
poitrine du colosse d'airain, divisé en sept compartiments que fermaient des grilles. Sa gueule
aux dents rouges s'ouvrait dans un horrible bâil-
lement ; ses naseaux énormes se dilataient, le
grand jour l'animait, lui donnait un air terrible et
impatient, comme s'il avait voulu bondir au
dehors pour se mêler avec l'astre, le Dieu, et
parcourir ensemble les immensités.

Cependant les flambeaux répandus par terre
brûlaient encore, en allongeant çà et là sur les
pavés de nacre comme des taches de sang. Les
Anciens chancelaient, épuisés ; ils aspiraient à
pleins poumons la fraîcheur de l'air ; la sueur

coulait sur leurs faces livides ; à force d'avoir crié,
ils ne s'entendaient plus. Mais leur colère contre
le Suffète n'était point calmée ; en manière
d'adieux ils lui jetaient des menaces, et Hamilcar
leur répondait :

— « A la nuit prochaine, Barca, dans le temple
d'Eschmoûn !

— « J'y serai !

— « Nous te ferons condamner par les Riches !

— « Et moi par le peuple !

— « Prends garde de finir sur la croix !

— « Et vous, déchirés dans les rues ! »

Dès qu'ils furent sur le seuil de la cour, ils
reprirent un calme maintien.

Leurs coureurs et leurs cochers les attendaient
à la porte. La plupart s'en allèrent sur des mules
blanches. Le Suffète sauta dans son char, prit les
rênes ; les deux bêtes, courbant leur encolure et
frappant en cadence les cailloux qui rebondis-
saient, montèrent au grand galop toute la voie
des Mappales, et le vautour d'argent, à la pointe
du timon, semblait voler tant le char passait vite.

La route traversait un champ, planté de longues
dalles, aiguës par le sommet, telles que des pyramides, et qui portaient, entaillée à leur milieu,
une main ouverte comme si le mort couché dessous
l'eût tendue vers le ciel pour réclamer quelque
chose. Ensuite, étaient disséminées des cabanes
en terre, en branchages, en claies de joncs, toutes
de forme conique. De petits murs en cailloux, des
rigoles d'eau vive, des cordes de sparterie, des
haies de nopals séparaient irrégulièrement ces
habitations, qui se tassaient de plus en plus, en

s'élevant vers les jardins du Suffète. Mais Hamilcar
tendait ses yeux sur une grande tour dont les
trois étages faisaient trois monstrueux cylindres,
le premier bâti en pierres, le second en briques, et
le troisième, tout en cèdre, — supportant une
coupole de cuivre sur vingt-quatre colonnes de
genévrier, d'où retombaient, en manière de guirlandes, des chaînettes d'airain entrelacées. Ce haut
édifice dominait les bâtiments qui s'étendaient
à droite, les entrepôts, la maison-de-commerce,
tandis que le palais des femmes se dressait au fond
des cyprès, — alignés comme deux murailles de
bronze.

Quand le char retentissant fut entré par la
porte étroite, il s'arrêta sous un large hangar,
où des chevaux, retenus à des entraves, mangeaient
des tas d'herbes coupées.

Tous les serviteurs accoururent. Ils faisaient une
multitude, ceux qui travaillaient dans les campagnes, par terreur des soldats, ayant été ramenés
à Carthage. Les laboureurs, vêtus de peaux de
bêtes, traînaient des chaînes rivées à leurs chevilles ; les ouvriers des manufactures de pourpre
avaient les bras rouges comme des bourreaux ;
les marins, des bonnets verts ; les pêcheurs, des
colliers de corail ; les chasseurs, un filet sur
l'épaule ; et les gens de Mégara, des tuniques
blanches ou noires, des caleçons de cuir, des
calottes de paille, de feutre ou de toile, selon leur
service ou leurs industries différentes.

Par-derrière se pressait une populace en haillons. Ils vivaient, ceux-là, sans aucun emploi,
loin des appartements, dormaient la nuit dans

les jardins, dévoraient les restes des cuisines, —
moisissure humaine qui végétait à l'ombre du palais.
Hamilcar les tolérait, par prévoyance encore
plus que par dédain. Tous, en témoignage de joie,
s'étaient mis une fleur à l'oreille, et beaucoup
d'entre eux ne l'avaient jamais vu.

Mais des hommes, coiffés comme des sphinx et
munis de grands bâtons, s'élancèrent dans la
foule, en frappant de droite et de gauche. C'était
pour repousser les esclaves curieux de voir le
maître, afin qu'il ne fût pas assailli sous leur nombre
et incommodé par leur odeur.

Alors, tous se jetèrent à plat ventre en criant :
— « Œil de Baal, que ta maison fleurisse ! » Et
entre ces hommes, ainsi couchés par terre dans
l'avenue des cyprès, l'intendant-des-intendants,
Abdalonim, coiffé d'une mitre blanche, s'avança
vers Hamilcar, un encensoir à la main.

Salammbô descendait alors l'escalier des galères. Toutes ses femmes venaient derrière elle ;
et, à chacun de ses pas, elles descendaient aussi.
Les têtes [1] des Négresses marquaient de gros
points noirs la ligne des bandeaux à plaque d'or
qui serraient le front des Romaines. D'autres
avaient dans les cheveux des flèches d'argent, des
papillons d'émeraude, ou de longues aiguilles
étalées en soleil. Sur la confusion de ces vêtements
blancs, jaunes et bleus, les anneaux, les agrafes,
les colliers, les franges, les bracelets resplendissaient ; un murmure d'étoffes légères s'élevait ;
on entendait le claquement des sandales avec le
bruit sourd des pieds nus posant sur le bois :
— et, çà et là, un grand eunuque, qui les dépas-

sait des épaules, souriait la face en l'air. Quand
l'acclamation des hommes se fut apaisée, en se
cachant le visage avec leurs manches, elles poussèrent ensemble un cri bizarre, pareil au hurlement
d'une louve, et il était si furieux et si strident qu'il
semblait faire, du haut en bas, vibrer comme une
lyre le grand escalier d'ébène tout couvert de
femmes.

Le vent soulevait leurs voiles, et les minces tiges
des papyrus se balançaient doucement. On était au
mois de Schebaz, en plein hiver. Les grenadiers
en fleur se bombaient sur l'azur du ciel, et, à
travers les branches, la mer apparaissait avec une
île au loin, à demi perdue dans la brume.

Hamilcar s'arrêta, en apercevant Salammbô.
Elle lui était survenue après la mort de plusieurs
enfants mâles. D'ailleurs, la naissance des filles
passait pour une calamité dans les religions du
Soleil. Les Dieux, plus tard, lui avaient envoyé un
fils ; mais il gardait quelque chose de son espoir
trahi et comme l'ébranlement de la malédiction
qu'il avait prononcée contre elle. Salammbô,
cependant, continuait à marcher.

Des perles de couleurs variées descendaient en
longues grappes de ses oreilles sur ses épaules et
jusqu'aux coudes. Sa chevelure était crêpée [1], de
façon à simuler un nuage. Elle portait, autour
du cou, de petites plaques d'or quadrangulaires
représentant une femme entre deux lions cabrés ;
et son costume reproduisait en entier l'accoutre-
ment de la Déesse. Sa robe d'hyacinthe, à manches
larges, lui serrait la taille en s'évasant par le bas.
Le vermillon de ses lèvres faisait paraître ses dents

plus blanches, et l'antimoine de ses paupières ses
yeux plus longs. Ses sandales, coupées dans un
plumage d'oiseau, avaient des talons très hauts
et elle était pâle extraordinairement, à cause du
froid sans doute.

Enfin elle arriva près d'Hamilcar, et, sans le
regarder, sans lever la tête, elle lui dit :

— « Salut, Œil de Baalim, gloire éternelle !
triomphe ! loisir ! satisfaction ! richesse ! Voilà
longtemps que mon cœur était triste, et la maison
languissait. Mais le maître qui revient est comme
Tammouz ressuscité ; et sous ton regard, ô père,
une joie, une existence nouvelle va partout s'épa-
nouir ! »

Et prenant des mains de Taanach un petit vase
oblong où fumait un mélange de farine, de beurre,
de cardamome et de vin : — « Bois à pleine gorge »,
dit-elle, « la boisson du retour préparée par ta
servante. »

Il répliqua — « Bénédiction sur toi ! » et il saisit
machinalement le vase d'or qu'elle lui tendait.

Cependant, il l'examinait avec une attention
si âpre que Salammbô troublée balbutia :

— « On t'a dit, ô maître !... »

— « Oui ! je sais ! » fit Hamilcar à voix basse.
Était-ce un aveu ? ou parlait-elle des Barbares ?
Et il ajouta quelques mots vagues sur les embarras
publics qu'il espérait à lui seul dissiper.

— « O père ! » exclama Salammbô, « tu n'effa-
ceras pas ce qui est irréparable ! »

Alors il se recula, et Salammbô s'étonnait de
son ébahissement ; car elle ne songeait point à
Carthage mais au sacrilège dont elle se trouvait

complice. Cet homme, qui faisait trembler les
légions et qu'elle connaissait à peine, l'effrayait
comme un dieu ; il avait deviné, il savait tout,
quelque chose de terrible allait venir. Elle s'écria :
« Grâce ! »

Hamilcar baissa la tête, lentement.

Bien qu'elle voulût s'accuser, elle n'osait
ouvrir les lèvres ; et cependant elle étouffait du
besoin de se plaindre et d'être consolée. Hamilcar
combattait l'envie de rompre son serment. Il le
tenait par orgueil, ou par crainte d'en finir avec
son incertitude : et il la regardait en face, de
toutes ses forces, pour saisir ce qu'elle cachait au
fond de son cœur.

Peu à peu, en haletant, Salammbô s'enfonçait
la tête dans les épaules, écrasée par ce regard trop
lourd. Il était sûr maintenant qu'elle avait failli
dans l'étreinte d'un Barbare ; il frémissait, il
leva ses deux poings. Elle poussa un cri et tomba
entre ses femmes, qui s'empressèrent autour
d'elle.

Hamilcar tourna les talons. Tous les intendants
le suivirent.

On ouvrit la porte des entrepôts, et il entra
dans une vaste salle ronde où aboutissaient,
comme les rayons d'une roue à son moyeu, de
longs couloirs qui conduisaient vers d'autres
salles. Un disque de pierre s'élevait au centre avec
des balustres pour soutenir des coussins accumulés
sur des tapis.

Le Suffète se promena d'abord à grands pas
rapides ; il respirait bruyamment, il frappait
la terre du talon, il se passait la main sur le front

comme un homme harcelé par les mouches. Mais
il secoua la tête, et, en apercevant l'accumulation
des richesses, il se calma ; sa pensée, qu'attiraient
les perspectives des couloirs, se répandait dans
les autres salles pleines de trésors plus rares. Des
plaques de bronze, des lingots d'argent et des
barres de fer alternaient avec les saumons d'étain
apportés des Cassitérides par la mer Ténébreuse ;
les gommes du pays des Noirs débordaient de
leurs sacs en écorce de palmier ; et la poudre d'or,
tassée dans des outres, fuyait insensiblement par
les coutures trop vieilles. De minces filaments,
tirés des plantes marines, pendaient entre les lins
d'Égypte, de Grèce, de Taprobane et de Judée ;
des madrépores, tels que de larges buissons, se
hérissaient au pied des murs ; et une odeur indéfinissable flottait, exhalaison des parfums, des
cuirs, des épices et des plumes d'autruche liées
en gros bouquets tout au haut de la voûte. Devant
chaque couloir, des dents d'éléphant posées
debout, en se réunissant par les pointes, formaient
un arc au-dessus de la porte.

Enfin, il monta sur le disque de pierre. Tous les
intendants se tenaient les bras croisés, la tête
basse, tandis qu'Abdalonim levait d'un air
orgueilleux sa mitre pointue.

Hamilcar interrogea le Chef-des-navires. C'était
un vieux pilote aux paupières éraillées par le vent,
et des flocons blancs descendaient jusqu'à ses
hanches, comme si l'écume des tempêtes lui
était restée sur la barbe.

Il répondit qu'il avait envoyé une flotte par
Gadès et Thymiamata, pour tâcher d'atteindre

Eziongaber, en doublant la Corne-du-Sud et le promontoire des Aromates.

D'autres avaient continué dans l'Ouest, durant quatre lunes, sans rencontrer de rivages ; mais la proue des navires s'embarrassait dans les herbes, l'horizon retentissait continuellement du bruit des cataractes, des brouillards couleur de sang obscurcissaient le soleil, une brise toute chargée de parfums endormait les équipages ; et à présent ils ne pouvaient rien dire, tant leur mémoire était troublée. Cependant on avait remonté les fleuves des Scythes, pénétré en Colchide, chez les Ingriens, chez les Estiens, ravi dans l'archipel quinze cents vierges et coulé bas tous les vaisseaux étrangers naviguant au-delà du cap Œstrymon, pour que le secret des routes ne fût pas connu. Le roi Ptolémée retenait l'encens de Schesbar, Syracuse, Elathia, la Corse et les îles n'avaient rien fourni, et le vieux pilote baissa la voix pour annoncer qu'une trirème était prise à Rusicada par les Numides, — « car ils sont avec eux, Maître ».

Hamilcar fronça les sourcils ; puis il fit signe de parler au Chef-des-voyages, enveloppé d'une robe brune sans ceinture, et la tête prise dans une longue écharpe d'étoffe blanche qui, passant au bord de sa bouche, lui retombait par-derrière sur l'épaule.

Les caravanes étaient parties régulièrement à l'équinoxe d'hiver. Mais, de quinze cents hommes se dirigeant sur l'extrême Éthiopie avec d'excellents chameaux, des outres neuves et des provisions de toiles peintes, un seul avait reparu à

Carthage, — les autres étant morts de fatigue ou
devenus fous par la terreur du désert ; — et il
disait avoir vu, bien au-delà du Harousch-Noir,
après les Atarantes et le pays des grands singes,
d'immenses royaumes où les moindres ustensiles
sont tous en or, un fleuve couleur de lait, large
comme une mer ; des forêts d'arbres bleus, des
collines d'aromates, des monstres à figure humaine
végétant sur les rochers et dont les prunelles, pour
vous regarder, s'épanouissent comme des fleurs ;
puis, derrière des lacs tout couverts de dragons,
des montagnes de cristal qui supportent le soleil.
D'autres étaient revenus de l'Inde avec des paons,
du poivre et des tissus nouveaux. Quant à ceux qui
vont acheter des calcédoines par le chemin des Syrtes
et le temple d'Ammon, — sans doute ils avaient
péri dans les sables. Les caravanes de la Gétulie
et de Phazzana avaient fourni leurs provenances
habituelles ; mais il n'osait à présent, lui, le Chef-
des-voyages, en équiper aucune.

Hamilcar comprit ; les Mercenaires occupaient
la campagne. Avec un sourd gémissement, il
s'appuya sur l'autre coude ; et le Chef-des-métai-
ries avait si peur de parler, qu'il tremblait horriblement malgré ses épaules trapues et ses grosses
prunelles rouges. Sa face, camarde comme celle
d'un dogue, était surmontée d'un réseau en fils
d'écorces ; il portait un ceinturon en peau de
léopard avec tous les poils et où reluisaient deux
formidables coutelas.

Dès qu'Hamilcar se détourna, il se mit, en
criant, à invoquer tous les Baals. Ce n'était pas
sa faute ! il n'y pouvait rien ! Il avait observé les

températures, les terrains, les étoiles, fait les
plantations au solstice d'hiver, les élagages au
décours de la lune, inspecté les esclaves, ménagé
leurs habits.

Mais Hamilcar s'irritait de cette loquacité. Il
claqua de la langue et l'homme au coutelas d'une
voix rapide :

— « Ah! Maître! ils ont tout pillé! tout saccagé!
tout détruit! Trois mille pieds d'arbres sont
coupés à Maschala, et à Ubada les greniers défon-
cés, les citernes comblées! A Tedès, ils ont emporté
quinze cents gomors de farine ; à Marazzana, tué
les pasteurs, mangé les troupeaux, brûlé ta
maison, ta belle maison à poutres de cèdre, où
tu venais l'été! Les esclaves de Tuburbo, qui
sciaient de l'orge, se sont enfuis vers les montagnes ;
et les ânes, les bardeaux, les mulets, les bœufs de
Taormine, et les chevaux orynges, plus un seul!
tous emmenés! C'est une malédiction! je n'y
survivrai pas! » Il reprenait en pleurant : « Ah! si
tu savais comme les celliers étaient pleins et les
charrues reluisantes! Ah! les beaux béliers! ah!
les beaux taureaux!... »

La colère d'Hamilcar l'étouffait. Elle éclata :

— « Tais-toi! Suis-je donc un pauvre? Pas de
mensonges! dites vrai! Je veux savoir tout ce que
j'ai perdu, jusqu'au dernier sicle, jusqu'au dernier
cab! Abdalonim, apporte-moi les comptes des
vaisseaux, ceux des caravanes ; ceux des métairies,
ceux de la maison! Et si votre conscience est
trouble, malheur sur vos têtes! — Sortez! »

Tous les intendants, marchant à reculons et les
poings jusqu'à terre, sortirent.

Abdalonim alla prendre au milieu d'un casier, dans la muraille, des cordes à nœuds, des bandes de toile ou de papyrus, des omoplates de mouton chargées d'écritures fines. Il les déposa aux pieds d'Hamilcar, lui mit entre les mains un cadre de bois garni de trois fils intérieurs où étaient passées des boules d'or, d'argent et de corne, et il commença :

— « Cent quatre-vingt-douze maisons dans les Mappales, louées aux Carthaginois-nouveaux à raison d'un béka par lune.

— « Non ! c'est trop ! ménage les pauvres ! et tu écriras les noms de ceux qui te paraîtront les plus hardis, en tâchant de savoir s'ils sont attachés à la République ! Après ? »

Abdalonim hésitait, surpris de cette générosité.

Hamilcar lui arracha des mains les bandes de toile.

— « Qu'est-ce donc ? trois palais autour de Khamon à douze kesitah par mois ! Mets-en vingt ! Je ne veux pas que les Riches me dévorent. »

L'Intendant-des-intendants, après un long salut, reprit :

« Prêté à Tigillas, jusqu'à la fin de la saison, deux kikar au denier trois, intérêt maritime : à Bar-Malkarth, quinze cents sicles sur le gage de trente esclaves. Mais douze sont morts dans les marais salins.

— « C'est qu'ils n'étaient pas robustes », dit en riant le Suffète. « N'importe ! s'il a besoin d'argent, satisfais-le ! Il faut toujours prêter, et à des intérêts divers, selon la richesse des personnes. »

Alors le serviteur s'empressa de lire tout ce

qu'avaient rapporté les mines de fer d'Annaba,
les pêcheries de corail, les fabriques de pourpre, la
ferme de l'impôt sur les Grecs domiciliés, l'expor-
tation de l'argent en Arabie où il valait dix fois
l'or, les prises des vaisseaux, déduction faite du
dixième pour le temple de la Déesse. — « Chaque
fois j'ai déclaré un quart de moins, Maître! »
Hamilcar comptait avec les billes ; elles sonnaient
sous ses doigts.

— « Assez! Qu'as-tu payé?

— « A Stratoniclès de Corinthe et à trois marchands d'Alexandrie, sur les lettres que voilà
(elles sont rentrées), dix mille drachmes athé-
niennes et douze talents d'or syriens. La nourriture
des équipages s'élevant à vingt mines par mois
pour une trirème...

— « Je le sais! combien de perdues?

— « En voici le compte sur ces lames de plomb »,
dit l'intendant. « Quant aux navires nolisés en
commun, comme il a fallu souvent jeter les car-
gaisons à la mer, on a réparti les pertes inégales
par têtes d'associés. Pour des cordages empruntés
aux arsenaux et qu'il a été impossible de leur
rendre, les Syssites ont exigé huit cents késitah,
avant l'expédition d'Utique.

— « Encore eux! » fit Hamilcar en baissant la
tête ; et il resta quelque temps comme écrasé par
le poids de toutes les haines qu'il sentait sur lui.
— « Mais je ne vois pas les dépenses de Mégara? »

Abdalonim, en pâlissant, alla prendre, dans un
autre casier, des planchettes de sycomore enfilées
par paquets à des cordes de cuir.

Hamilcar l'écoutait, curieux des détails domes-

tiques, et s'apaisant à la monotonie de cette voix
qui énumérait des chiffres ; Abdalonim se ralentissait. Tout à coup il laissa tomber par terre les
feuilles de bois et il se jeta lui-même à plat ventre,
les bras étendus, dans la position des condamnés.
Hamilcar, sans s'émouvoir, ramassa les tablettes ;
et ses lèvres s'écartèrent et ses yeux s'agrandirent,
lorsqu'il aperçut, à la dépense d'un seul jour, une
exorbitante consommation de viandes, de poissons,
d'oiseaux, de vins et d'aromates, avec des vases
brisés, des esclaves morts, des tapis perdus.

Abdalonim, toujours prosterné, lui apprit le
festin des Barbares. Il n'avait pu se soustraire à
l'ordre des Anciens, — Salammbô, d'ailleurs,
voulant que l'on prodiguât l'argent pour mieux
recevoir les soldats.

Au nom de sa fille, Hamilcar se leva d'un bond.
Puis, en serrant les lèvres, il s'accroupit sur les
coussins ; il en déchirait les franges avec ses
ongles, haletant, les prunelles fixes.

— « Lève-toi ! » dit-il ; et il descendit.

Abdalonim le suivait ; ses genoux tremblaient.
Mais, saisissant une barre de fer, il se mit comme
un furieux à desceller les dalles. Un disque de
bois sauta, et bientôt parurent sur la longueur
du couloir plusieurs de ces larges couvercles
qui bouchaient des fosses où l'on conservait le
grain.

— « Tu le vois, Œil de Baal », dit le serviteur en
tremblant, « ils n'ont pas encore tout pris ! et elles
sont profondes, chacune, de cinquante coudées et
combles jusqu'au bord ! Pendant ton voyage, j'en
ai fait creuser dans les arsenaux, dans les jardins,

partout! ta maison est pleine de blé, comme ton
cœur de sagesse. »

Un sourire passa sur le visage d'Hamilcar : —
« C'est bien, Abdalonim! » Puis, se penchant à son
oreille : « Tu en feras venir de l'Étrurie, du Brutium, d'où il te plaira, et n'importe à quel prix!
Entasse et garde! Il faut que je possède, à moi seul,
tout le blé de Carthage. »

Puis, quand ils furent à l'extrémité du couloir,
Abdalonim, avec une des clefs qui pendaient à sa
ceinture, ouvrit une grande chambre quadrangulaire, divisée au milieu par des piliers de cèdre.
Des monnaies d'or, d'argent et d'airain, disposées
sur des tables ou enfoncées dans des niches, montaient le long des quatre murs jusqu'aux lam-
bourdes du toit. D'énormes couffes en peau d'hippopotame supportaient, dans les coins, des rangs
entiers de sacs plus petits ; des tas de billon
faisaient des monticules sur les dalles ; et, çà et là,
quelque pile trop haute s'étant écroulée avait
l'air d'une colonne en ruine. Les grandes pièces
de Carthage, représentant Tanit avec un cheval
sous un palmier, se mêlaient à celles des colonies,
marquées d'un taureau, d'une étoile, d'un globe
ou d'un croissant. Puis l'on voyait disposées, par
sommes inégales, des pièces de toutes les valeurs,
de toutes les dimensions, de tous les âges, — depuis
les vieilles d'Assyrie, minces comme l'ongle, jusqu'aux vieilles du Latium, plus épaisses que la
main, avec les boutons d'Égine, les tablettes de la
Bactriane, les courtes tringles de l'ancienne Lacédémone ; plusieurs étaient couvertes de rouille,
encrassées, verdies par l'eau ou noircies par le feu,

ayant été prises dans des filets ou après les sièges parmi les décombres des villes. Le Suffète eut bien vite supputé si les sommes présentes correspondaient aux gains et aux dommages qu'on venait de lui lire ; et il s'en allait lorsqu'il aperçut trois jarres d'airain complètement vides. Abdalonim détourna la tête en signe d'horreur, et Hamilcar résigné ne parla point.

Ils traversèrent d'autres couloirs, d'autres salles et arrivèrent enfin devant une porte où, pour la garder mieux, un homme était attaché par le ventre à une longue chaîne scellée contre le mur, coutume des Romains nouvellement introduite à Carthage. Sa barbe et ses ongles avaient démesurément poussé, et il se balançait de droite et de gauche avec l'oscillation continuelle des bêtes captives. Sitôt qu'il reconnut Hamilcar, il s'élança vers lui en criant :

— « Grâce, Œil de Baal ! pitié ! tue-moi ! Voilà dix ans que je n'ai vu le soleil ! Au nom de ton père, grâce ! »

Hamilcar, sans lui répondre, frappa dans ses mains, trois hommes parurent ; et, tous les quatre à la fois, en raidissant leurs bras, ils retirèrent de ses anneaux la barre énorme qui fermait la porte. Hamilcar prit un flambeau, et disparut dans les ténèbres.

C'était, croyait-on, l'endroit des sépultures de la famille ; mais on n'eût trouvé qu'un large puits. Il était creusé seulement pour dérouter les voleurs, et ne cachait rien. Hamilcar passa auprès ; puis, en se baissant, il fit tourner sur ses rouleaux une meule très lourde, et, par cette ouverture, il entra dans un appartement bâti en forme de cône.

Des écailles d'airain couvraient les murs ; au milieu, sur un piédestal de granit, s'élevait la statue d'un Kabyre avec le nom d'Alètes, inventeur des mines dans la Celtibérie. Contre sa base, par terre, étaient disposés en croix de larges boucliers d'or et des vases d'argent monstrueux, à goulot fermé, d'une forme extravagante et qui ne pouvaient servir ; car on avait coutume de fondre ainsi des quantités de métal pour que les dilapidations et même les déplacements fussent presque impossibles.

Avec son flambeau, il alluma une lampe de mineur fixée au bonnet de l'idole ; des feux verts, jaunes, bleus, violets, couleur de vin, couleur de sang, tout à coup, illuminèrent la salle. Elle était pleine de pierreries qui se trouvaient dans des calebasses d'or accrochées comme des lampadaires aux lames d'airain, ou dans leurs blocs natifs rangés au bas du mur. C'étaient des callaïs arrachées des montagnes à coups de fronde, des escarboucles formées par l'urine des lynx, des glossopètres tombés de la lune, des tyanos, des diamants, des sandastrum, des béryls, avec les trois espèces de rubis, les quatre espèces de saphir et les douze espèces d'émeraudes. Elles fulguraient, pareilles à des éclaboussures de lait, à des glaçons bleus, à de la poussière d'argent, et jetaient leurs lumières en nappes, en rayons, en étoiles. Les céraunies engendrées par le tonnerre étincelaient près des calcédoines qui guérissent les poisons. Il y avait des topazes du mont Zabarca pour prévenir les terreurs, des opales de la Bactriane qui empêchent les avortements, et des cornes d'Ammon que l'on place sous les lits afin d'avoir des songes.

Les feux des pierres et les flammes de la lampe se miraient dans les grands boucliers d'or. Hamilcar, debout, souriait, les bras croisés ; — et il se délectait moins dans le spectacle que dans la conscience de ses richesses. Elles étaient inaccessibles, inépuisables, infinies. Ses aïeux, dormant sous ses pas, envoyaient à son cœur quelque chose de leur éternité. Il se sentait tout près des génies souterrains. C'était comme la joie d'un Kabyre ; et les grands rayons lumineux frappant son visage lui semblaient l'extrémité d'un invisible réseau, qui, à travers des abîmes, l'attachaient au centre du monde.

Une idée le fit tressaillir, et, s'étant placé derrière l'idole, il marcha droit vers le mur. Puis il examina parmi les tatouages de son bras une ligne horizontale avec deux autres perpendiculaires, ce qui exprimait, en chiffres chananéens, le nombre treize. Alors il compta jusqu'à la treizième des plaques d'airain, releva encore une fois sa large manche ; et, la main droite étendue, il lisait à une autre place de son bras d'autres lignes plus compliquées, tandis qu'il promenait ses doigts délicatement, à la façon d'un joueur de lyre. Enfin, avec son pouce, il frappa sept coups ; et, d'un seul bloc, toute une partie de la muraille tourna.

Elle dissimulait une sorte de caveau, où étaient enfermées des choses mystérieuses, qui n'avaient pas de nom, et d'une incalculable valeur. Hamilcar descendit les trois marches ; il prit dans une cuve d'argent une peau de lama flottant sur un liquide noir, puis il remonta.

Abdalonim se remit alors à marcher devant lui.
Il frappait les pavés avec sa haute canne garnie de
sonnettes au pommeau, et, devant chaque appartement, criait le nom d'Hamilcar, entouré de
louanges et de bénédictions.

Dans la galerie circulaire où aboutissaient tous
les couloirs, on avait accumulé le long des murs des
poutrelles d'algummin, des sacs de lausonia, des
gâteaux en terre de Lemnos, et des carapaces de
tortue toutes pleines de perles. Le Suffète, en
passant, les effleurait avec sa robe, sans même
regarder de gigantesques morceaux d'ambre, matière presque divine formée par les rayons du soleil.

Un nuage de vapeur odorante s'échappa.

— « Pousse la porte ! »

Ils entrèrent.

Des hommes nus pétrissaient des pâtes, broyaient
des herbes, agitaient des charbons, versaient de
l'huile dans des jarres, ouvraient et fermaient les
petites cellules ovoïdes creusées tout autour de la
muraille et si nombreuses que l'appartement
ressemblait à l'intérieur d'une ruche. Du myrobalon, du bdellium, du safran et des violettes en
débordaient. Partout étaient éparpillées des gommes, des poudres, des racines, des fioles de verre,
des branches de filipendule, des pétales de roses ;
et l'on étouffait dans les senteurs, malgré les
tourbillons de styrax qui grésillait au milieu sur
un trépied d'airain.

Le Chef-des-odeurs-suaves, pâle et long comme
un flambeau de cire, s'avança vers Hamilcar pour
écraser dans ses mains un rouleau de métopion,
tandis que deux autres lui frottaient les talons avec

des feuilles de baccaris. Il les repoussa ; c'étaient des Cyrénéens de mœurs infâmes, mais que l'on considérait à cause de leurs secrets.

Afin de montrer sa vigilance, le Chef-des-odeurs offrit au Suffète, sur une cuiller d'électrum, un peu de malobathre à goûter ; puis, avec une alène, il perça trois besoars indiens. Le maître, qui savait les artifices, prit une corne pleine de baume, et, l'ayant approchée des charbons, il la pencha sur sa robe ; une tache brune y parut, c'était une fraude. Alors, il considéra le Chef-des-odeurs fixement, et, sans rien dire, lui jeta la corne de gazelle en plein visage.

Si indigné qu'il fût des falsifications commises à son préjudice, en apercevant des paquets de nard qu'on emballait pour les pays d'outre-mer, il ordonna d'y mêler de l'antimoine, afin de le rendre plus lourd.

Puis il demanda où se trouvaient trois boîtes de psagas, destinées à son usage.

Le Chef-des-odeurs avoua qu'il n'en savait rien, des soldats étaient venus avec des couteaux, en hurlant ; il leur avait ouvert les cases.

— « Tu les crains donc plus que moi ! » s'écria le Suffète ; et, à travers la fumée, ses prunelles, comme des torches, étincelaient sur le grand homme pâle qui commençait à comprendre. « Abdalonim ! avant le coucher du soleil, tu le feras passer par les verges : déchire-le ! »

Ce dommage, moindre que les autres, l'avait exaspéré ; car, malgré ses efforts pour les bannir de sa pensée, il retrouvait continuellement les Barbares. Leurs débordements se confondaient avec

la honte de sa fille, et il en voulait à toute la
maison de la connaître et de ne pas la lui dire. Mais
quelque chose le poussait à s'enfoncer dans son
malheur ; et, pris d'une rage d'inquisition, il visita
sous les hangars, derrière la maison-de-commerce,
les provisions de bitume, de bois, d'ancres et de
cordages, de miel et de cire, le magasin des étoffes,
les réserves de nourritures, le chantier des marbres,
le grenier du silphium.

Il alla de l'autre côté des jardins inspecter, dans
leurs cabanes, les artisans domestiques dont on
vendait les produits. Des tailleurs brodaient des
manteaux, d'autres tressaient des filets, d'autres
peignaient des coussins, découpaient des sandales,
des ouvriers d'Égypte avec un coquillage polis-
saient des papyrus, la navette des tisserands claquait, les enclumes des armuriers retentissaient.

Hamilcar leur dit :

— « Battez des glaives ! battez toujours ! il m'en
faudra. » Et il tira de sa poitrine la peau d'antilope
macérée dans les poisons pour qu'on lui taillât
une cuirasse plus solide que celles d'airain, et qui
serait inattaquable au fer et à la flamme.

Dès qu'il abordait les ouvriers, Abdalonim, afin
de détourner sa colère, tâchait de l'irriter contre
eux en dénigrant leurs ouvrages par des murmures. — « Quelle besogne ! c'est une honte !
Vraiment le Maître est trop bon. » Hamilcar, sans
l'écouter, s'éloignait.

Il se ralentit, car de grands arbres calcinés d'un
bout à l'autre, comme on en trouve dans les bois
où les pasteurs ont campé, barraient les chemins ;
et les palissades étaient rompues, l'eau des rigoles

se perdait, des éclats de verres, des ossements de
singes apparaissaient au milieu des flaques bourbeuses. Quelque bribe d'étoffe çà et là pendait aux
buissons ; sous les citronniers, les fleurs pourries
faisaient un fumier jaune. En effet, les serviteurs
avaient tout abandonné, croyant que le maître ne
reviendrait plus.

A chaque pas, il découvrait quelque désastre
nouveau, une preuve encore de cette chose qu'il
s'était interdit d'apprendre. Voilà maintenant qu'il
souillait ses brodequins de pourpre en écrasant des
immondices ; et il ne tenait pas ces hommes, tous
devant lui au bout d'une catapulte, pour les faire
voler en éclats ! Il se sentait humilié de les avoir
défendus ; c'était une duperie, une trahison ; et,
comme il ne pouvait se venger ni des soldats, ni
des Anciens, ni de Salammbô, ni de personne, et
que sa colère cherchait quelqu'un, il condamna aux
mines, d'un seul coup, tous les esclaves des jardins.

Abdalonim frissonnait chaque fois qu'il le voyait
se rapprocher des parcs. Mais Hamilcar prit le
sentier du moulin, d'où l'on entendait sortir une
mélopée lugubre.

Au milieu de la poussière, les lourdes meules
tournaient, c'est-à-dire deux cônes de porphyre
superposés, et dont le plus haut, portant un entonnoir, virait sur le second à l'aide de fortes barres.
Avec leur poitrine et leurs bras des hommes poussaient, tandis que d'autres, attelés, tiraient. Le
frottement de la bricole avait formé autour de
leurs aisselles des croûtes purulentes comme on en
voit au garrot des ânes, et le haillon noir et flasque
qui couvrait à peine leurs reins et pendait par le

bout, battait sur leurs jarrets comme une longue
queue. Leurs yeux étaient rouges, les fers de leurs
pieds sonnaient, toutes leurs poitrines haletaient
d'accord. Ils avaient sur la bouche, fixée par deux
chaînettes de bronze, une muselière, pour qu'il leur
fût impossible de manger la farine, et des gantelets
sans doigts enfermaient leurs mains pour les empêcher d'en prendre.

A l'entrée du maître, les barres de bois craquèrent
plus fort. Le grain, en se broyant, grinçait. Plusieurs tombèrent sur les genoux ; les autres, continuant, passaient par-dessus.

Il demanda Giddenem, le gouverneur des
esclaves ; et ce personnage parut, étalant sa dignité dans la richesse de son costume ; car sa tunique, fendue sur les côtés, était de pourpre fine,
de lourds anneaux tiraient ses oreilles, et, pour
joindre les bandes d'étoffes qui enveloppaient ses
jambes, un lacet d'or, comme un serpent autour
d'un arbre, montait de ses chevilles à ses hanches.
Il tenait dans ses doigts, tout chargés de bagues,
un collier en grains de gagates pour reconnaître
les hommes sujets au mal sacré.

Hamilcar lui fit signe de détacher les muselières.
Alors tous, avec des cris de bêtes affamées, se
ruèrent sur la farine, qu'ils dévoraient en s'enfonçant le visage dans les tas.

— « Tu les exténues ! » dit le Suffète.

Giddenem répondit qu'il fallait cela pour les
dompter.

— « Ce n'était guère la peine de t'envoyer à
Syracuse dans l'école des esclaves. Fais venir les
autres ! »

Et les cuisiniers, les sommeliers, les palefreniers, les coureurs, les porteurs de litière, les hommes des étuves et les femmes avec leurs enfants, tous se rangèrent dans le jardin sur une seule ligne, depuis la maison-de-commerce jusqu'au parc des bêtes fauves. Ils retenaient leur haleine. Un silence énorme emplissait Mégara. Le soleil s'allongeait sur la lagune, au bas des catacombes. Les paons piaulaient. Hamilcar, pas à pas, marchait.

— « Qu'ai-je à faire de ces vieux ? » dit-il; « vends-les! C'est trop de Gaulois, ils sont ivrognes! et trop de Crétois, ils sont menteurs! Achète-moi des Cappadociens, des Asiatiques et des Nègres. »

Il s'étonna du petit nombre des enfants. — « Chaque année, Giddenem, la maison doit avoir des naissances! Tu laisseras toutes les nuits les cases ouvertes pour qu'ils se mêlent en liberté. »

Il se fit montrer ensuite les voleurs, les paresseux, les mutins. Il distribuait des châtiments avec des reproches à Giddenem; et Giddenem, comme un taureau, baissait son front bas, où s'entre-croisaient deux larges sourcils.

— « Tiens, Œil de Baal », dit-il, en désignant un Libyen robuste, « en voilà un que l'on a surpris la corde au cou.

— « Ah! tu veux mourir ? » fit dédaigneusement le Suffète.

Et l'esclave, d'un ton intrépide :

— « Oui! »

Alors, sans se soucier de l'exemple ni du dommage pécuniaire, Hamilcar dit aux valets :

— « Emportez-le! »

Peut-être y avait-il dans sa pensée l'intention d'un sacrifice. C'était un malheur qu'il s'infligeait afin d'en prévenir de plus terribles.

Giddenem avait caché les mutilés derrière les autres. Hamilcar les aperçut :

— « Qui t'a coupé le bras, à toi ? »

— « Les soldats, Œil de Baal. »

Puis, à un Samnite qui chancelait comme un héron blessé :

— « Et toi, qui t'a fait cela ? »

C'était le gouverneur, en lui cassant la jambe avec une barre de fer.

Cette atrocité imbécile indigna le Suffète ; et, arrachant des mains de Giddenem son collier de gagates :

— « Malédiction au chien qui blesse le troupeau. Estropier des esclaves, bonté de Tanit ! Ah ! tu ruines ton maître ! Qu'on l'étouffe dans le fumier. Et ceux qui manquent ? Où sont-ils ? Les as-tu assassinés avec les soldats ? »

Sa figure était si terrible que toutes les femmes s'enfuirent. Les esclaves, se reculant, faisaient un grand cercle autour d'eux ; Giddenem baisait frénétiquement ses sandales ; Hamilcar, debout, restait les bras levés sur lui.

Mais, l'intelligence lucide comme au plus fort des batailles, il se rappelait mille choses odieuses, des ignominies dont il s'était détourné ; et, à la lueur de sa colère, comme aux fulgurations d'un orage, il revoyait d'un seul coup tous ses désastres à la fois. Les gouverneurs des campagnes avaient fui par terreur des soldats, par connivence peut-être, tous le trompaient, depuis trop longtemps il se contenait.

— « Qu'on les amène! » cria-t-il, « et marquez-les au front avec des fers rouges, comme des lâches! »

Alors, on apporta et l'on répandit au milieu du jardin des entraves, des carcans, des couteaux, des chaînes pour les condamnés aux mines, des cippes qui serraient les jambes, des numella qui enfermaient les épaules, et des scorpions, fouets à triples lanières terminées par des griffes en airain.

Tous furent placés la face vers le soleil, du côté de Moloch-dévorateur, étendus par terre sur le ventre ou sur le dos, et les condamnés à la flagellation, debout contre les arbres, avec deux hommes auprès d'eux, un qui comptait les coups et un autre qui frappait.

Il frappait à deux bras ; les lanières en sifflant faisaient voler l'écorce des platanes. Le sang s'éparpillait en pluie dans les feuillages, et des masses rouges se tordaient au pied des arbres en hurlant. Ceux que l'on ferrait s'arrachaient le visage avec les ongles. On entendait les vis de bois craquer ; des heurts sourds retentissaient ; parfois un cri aigu, tout à coup, traversait l'air. Du côté des cuisines, entre des vêtements en lambeaux et des chevelures abattues, des hommes, avec des éventails, avivaient des charbons, et une odeur de chair qui brûle passait. Les flagellés défaillant, mais retenus par les liens de leurs bras, roulaient leur tête sur leurs épaules en fermant les yeux. Les autres, qui regardaient, se mirent à crier d'épouvante, et les lions, se rappelant peut-être le festin, s'allongeaient en bâillant contre le bord des fosses.

On vit alors Salammbô sur la plate-forme de sa terrasse. Elle la parcourait rapidement de droite et

de gauche, tout effarée. Hamilcar l'aperçut. Il lui
sembla qu'elle levait les bras de son côté pour
demander grâce ; avec un geste d'horreur, il s'enfonça dans le parc des éléphants.

Ces animaux faisaient l'orgueil des grandes maisons puniques. Ils avaient porté les aïeux, triomphé
dans les guerres, et on les vénérait comme favoris
du Soleil.

Ceux de Mégara étaient les plus forts de Carthage. Hamilcar, avant de partir, avait exigé
d'Abdalonim le serment qu'il les surveillerait. Mais
ils étaient morts de leurs mutilations ; et trois seulement restaient, couchés au milieu de la cour, sur
la poussière, devant les débris de leur mangeoire.

Ils le reconnurent et vinrent à lui.

L'un avait les oreilles horriblement fendues,
l'autre au genou une large plaie, et le troisième la
trompe coupée.

Cependant, ils le regardaient d'un air triste,
comme des personnes raisonnables ; et celui qui
n'avait plus de trompe, en baissant sa tête énorme
et pliant les jarrets, tâchait de le flatter doucement
avec l'extrémité hideuse de son moignon.

A cette caresse de l'animal, deux larmes lui
jaillirent des yeux. Il bondit sur Abdalonim.

— « Ah ! misérable ! la croix ! la croix ! »

Abdalonim, s'évanouissant, tomba par terre à la
renverse.

Derrière les fabriques de pourpre, dont les lentes
fumées bleues montaient dans le ciel, un aboiement de chacal retentit ; Hamilcar s'arrêta.

La pensée de son fils, comme l'attouchement
d'un dieu, l'avait tout à coup calmé. C'était un

prolongement de sa force, une continuation indéfinie de sa personne qu'il entrevoyait, et les esclaves
ne comprenaient pas d'où lui était venu cet apai-
sement.

En se dirigeant vers les fabriques de pourpre, il
passa devant l'ergastule, longue maison de pierre
noire bâtie dans une fosse carrée avec un petit
chemin tout autour et quatre escaliers aux angles.

Pour achever son signal, Iddibal sans doute attendait la nuit. Rien ne presse encore, songeait Hamilcar ; et il descendit dans la prison. Quelques-uns
lui crièrent : « Retourne » ; les plus hardis le suivirent.

La porte ouverte battait au vent. Le crépuscule
entrait par les meurtrières étroites, et l'on distinguait dans l'intérieur des chaînes brisées pendant
aux murs.

Voilà tout ce qui restait des captifs de guerre.

Alors Hamilcar pâlit extraordinairement, et
ceux qui étaient penchés en dehors sur la fosse le
virent qui s'appuyait d'une main contre le mur pour
ne pas tomber.

Mais le chacal, trois fois de suite, cria. Hamilcar
releva la tête ; il ne proféra pas une parole, il ne
fit pas un geste. Puis, quand le soleil fut complètement couché, il disparut derrière la haie de nopals,
et le soir, à l'assemblée des Riches, dans le temple
d'Eschmoûn, il dit en entrant :

— « Lumières des Baalim, j'accepte le commandement des forces puniques contre l'armée
des Barbares ! »

VIII

LA BATAILLE DU MACAR

Dès le lendemain [1], il tira des Syssites deux cent vingt-trois mille kikar d'or, il décréta un impôt de quatorze shekel sur les Riches. Les femmes mêmes contribuèrent ; on payait pour les enfants, et, chose monstrueuse dans les habitudes carthaginoises, il força les collèges des prêtres à fournir de l'argent.

Il réclama tous les chevaux, tous les mulets, toutes les armes. Quelques-uns voulurent dissimuler leurs richesses, on vendit leurs biens ; et, pour intimider l'avarice des autres, il donna soixante armures et quinze cents gommor de farine, autant à lui seul que la Compagnie-de-l'ivoire.

Il envoya dans la Ligurie acheter des soldats, trois mille montagnards habitués à combattre des ours ; d'avance on leur paya six lunes, à quinze mines par jour. Cependant, il fallait une armée. Mais il n'accepta pas, comme Hannon, tous les citoyens. Il repoussa d'abord les gens d'occupations sédentaires, puis ceux qui avaient le ventre trop gros ou l'aspect pusillanime ; et il admit des hommes déshonorés, la crapule de Malqua, des fils

de Barbares, des affranchis. Pour récompense, il
promit à des Carthaginois-nouveaux le droit de
cité complet.

Son premier soin fut de réformer la Légion. Ces
beaux jeunes hommes qui se considéraient comme
la majesté militaire de la République, se gouvernaient eux-mêmes. Il cassa leurs officiers ; il les
traitait rudement, les faisait courir, sauter, monter tout d'une haleine la pente de Byrsa, lancer
des javelots, lutter corps à corps, coucher la nuit
sur les places. Leurs familles venaient les voir et
les plaignaient.

Il commanda des glaives plus courts, des brodequins plus forts. Il fixa le nombre des valets et
réduisit les bagages ; et comme on gardait dans le
temple de Moloch trois cents pilums romains, malgré les réclamations du pontife, il les prit.

Avec ceux qui étaient revenus d'Utique et d'autres que les particuliers possédaient, il organisa
une phalange de soixante-douze éléphants et les
rendit formidables. Il arma leurs conducteurs d'un
maillet et d'un ciseau, afin de pouvoir dans la
mêlée leur fendre le crâne s'ils s'emportaient.

Il ne permit point que ses généraux fussent
nommés par le Grand-Conseil. Les Anciens tâchaient de lui objecter les lois, il passait au travers ; on n'osait plus murmurer, tout pliait sous la
violence de son génie.

A lui seul il se chargeait de la guerre, du gouvernement et des finances ; et, afin de prévenir les
accusations, il demanda comme examinateur de
ses comptes le suffète Hannon.

Il faisait travailler aux remparts, et, pour avoir

des pierres, démolir les vieilles murailles intérieures,
à présent inutiles. Mais la différence des fortunes,
remplaçant la hiérarchie des races, continuait à
maintenir séparés les fils des vaincus et ceux des
conquérants; aussi les patriciens virent d'un œil
irrité la destruction de ces ruines, tandis que la
plèbe, sans trop savoir pourquoi, s'en réjouissait.

Les troupes en armes, du matin au soir, défilaient
dans les rues; à chaque moment on entendait
sonner les trompettes; sur des chariots passaient
des boucliers, des tentes, des piques : les cours
étaient pleines de femmes qui déchiraient de la
toile; l'ardeur de l'un à l'autre se communiquait :
l'âme d'Hamilcar emplissait la République.

Il avait divisé ses soldats par nombres pairs, en
ayant soin de placer dans la longueur des files,
alternativement, un homme fort et un homme
faible, pour que le moins vigoureux ou le plus
lâche fût conduit à la fois et poussé par deux autres.
Mais avec ses trois mille Ligures et les meilleurs
de Carthage, il ne put former qu'une phalange
simple de quatre mille quatre-vingt-seize hoplites,
défendus par des casques de bronze, et qui maniaient des sarisses de frêne, longues de quatorze
coudées.

Deux mille jeunes hommes portaient des frondes,
un poignard et des sandales. Il les renforça de
huit cents autres armés d'un bouclier rond et d'un
glaive à la romaine.

La grosse cavalerie se composait des dix-neuf
cents gardes qui restaient de la Légion, couverts
par des lames de bronze vermeil, comme les Clinabares assyriens. Il avait de plus quatre cents

archers à cheval, de ceux qu'on appelait des
Tarentins, avec des bonnets en peau de belette, une
hache à double tranchant et une tunique de cuir.
Enfin douze cents Nègres du quartier dés caravanes, mêlés aux Clinabares, devaient courir
auprès des étalons, en s'appuyant d'une main
sur la crinière. Tout était prêt, et cependant Hamilcar ne partait pas.

Souvent la nuit il sortait de Carthage, seul, et il
s'enfonçait plus loin que la lagune, vers les embouchures du Macar. Voulait-il se joindre aux Mercenaires? Les Ligures campant sur les Mappales
entouraient sa maison.

Les appréhensions des Riches parurent justi-
fiées quand on vit, un jour, trois cents Barbares
s'approcher des murs. Le Suffète leur ouvrit les
portes; c'étaient des transfuges; ils accouraient vers
leur maître, entraînés par la crainte ou par la fidélité.

Le retour d'Hamilcar n'avait point surpris les
Mercenaires; cet homme, dans leurs idées, ne pouvait pas mourir. Il revenait pour accomplir ses
promesses : espérance qui n'avait rien d'absurde
tant l'abîme était profond entre la Patrie et
l'Armée. D'ailleurs, ils ne se croyaient point coupables; on avait oublié le festin.

Les espions qu'ils surprirent les détrompèrent.
Ce fut un triomphe pour les acharnés; les tièdes
mêmes devinrent furieux. Puis les deux sièges
les accablaient d'ennui; rien n'avançait; mieux
valait une bataille! Aussi beaucoup d'hommes se
débandaient, couraient la campagne. A la nouvelle
des armements ils revinrent; Mâtho en bondit de
joie. « Enfin! enfin! » s'écria-t-il.

Alors le ressentiment qu'il gardait à Salammbô [1] se tourna contre Hamilcar. Sa haine, maintenant, apercevait une proie déterminée ; et comme la vengeance devenait plus facile à concevoir, il croyait presque la tenir et déjà s'y délectait. En même temps il était pris d'une tendresse plus haute, dévoré par un désir plus âcre. Tour à tour il se voyait au milieu des soldats, brandissant sur une pique la tête du Suffète, puis dans la chambre au lit de pourpre, serrant la vierge entre ses bras, couvrant sa figure de baisers, passant ses mains sur ses grands cheveux noirs ; et cette imagination qu'il savait irréalisable le suppliciait. Il se jura, puisque ses compagnons l'avaient nommé schalishim, de conduire la guerre ; la certitude qu'il n'en reviendrait pas le poussait à la rendre impitoyable.

Il arriva chez Spendius, et lui dit :

— « Tu vas prendre tes hommes ! J'amènerai les miens. Avertis Autharite ! Nous sommes perdus si Hamilcar nous attaque ! M'entends-tu ? Lève-toi ! »

Spendius demeura stupéfait devant cet air d'autorité. Mâtho, d'habitude, se laissait conduire, et les emportements qu'il avait eus étaient vite retombés. Mais à présent il semblait tout à la fois plus calme et plus terrible ; une volonté superbe fulgurait dans ses yeux, pareille à la flamme d'un sacrifice.

Le Grec n'écouta pas ses raisons. Il habitait une des tentes carthaginoises à bordures de perles, buvait des boissons fraîches dans des coupes d'argent, jouait au cottabe, laissait croître sa chevelure et conduisait le siège avec lenteur. Du reste, il avait pratiqué des intelligences dans la ville et ne voulait point partir, sûr qu'avant peu de jours elle s'ouvrirait.

Narr'Havas, qui vagabondait entre les trois armées, se trouvait alors près de lui. Il appuya son opinion, et même il blâma le Libyen de vouloir, par un excès de courage, abandonner leur entreprise.

— « Va-t'en, si tu as peur ! » s'écria Mâtho ; « tu nous avais promis de la poix, du soufre, des éléphants, des fantassins, des chevaux ! où sont-ils ? »

Narr'Havas lui rappela qu'il avait exterminé les dernières cohortes d'Hannon ; — quant aux éléphants, on les chassait dans les bois, il armait les fantassins, les chevaux étaient en marche ; et le Numide, en caressant la plume d'autruche qui lui retombait sur l'épaule, roulait ses yeux comme une femme et souriait d'une manière irritante. Mâtho, devant lui, ne trouvait rien à répondre.

Mais un homme que l'on ne connaissait pas entra, mouillé de sueur, effaré, les pieds saignants, la ceinture dénouée ; sa respiration secouait ses flancs maigres à les faire éclater, et tout en parlant un dialecte inintelligible, il ouvrait de grands yeux, comme s'il eût raconté quelque bataille. Le roi bondit dehors et appela ses cavaliers.

Ils se rangèrent dans la plaine, en formant un cercle devant lui. Narr'Havas, à cheval, baissait la tête et se mordait les lèvres. Enfin il sépara ses hommes en deux moitiés, dit à la première de l'attendre ; puis d'un geste impérieux, enlevant les autres au galop, il disparut dans l'horizon, du côté des montagnes.

— « Maître! » murmura Spendius, « je n'aime pas ces hasards extraordinaires, le Suffète qui revient, Narr'Havas qui s'en va...

— « Eh! qu'importe ? » fit dédaigneusement Mâtho.

C'était une raison de plus pour prévenir Hamilcar en rejoignant Autharite. Mais si l'on abandonnait le siège des villes, leurs habitants sortiraient, les attaqueraient par-derrière, et l'on aurait en face des Carthaginois. Après beaucoup de paroles, les mesures suivantes furent résolues et immédiatement exécutées.

Spendius, avec quinze mille hommes, se porta jusqu'au pont bâti sur le Macar, à trois milles d'Utique ; on en fortifia les angles par quatre tours énormes garnies de catapultes. Avec des troncs d'arbres, des pans de roches, des entrelacs d'épines et des murs de pierres, on boucha, dans les montagnes, tous les sentiers, toutes les gorges ; sur leurs sommets on entassa des herbes qu'on allumerait pour servir de signaux, et des pasteurs habiles à voir de loin, de place en place, y furent postés.

Sans doute Hamilcar ne prendrait pas comme Hannon par la montagne des Eaux-Chaudes. Il devait penser qu'Autharite, maître de l'intérieur, lui fermerait la route. Puis un échec au début de la campagne le perdrait, tandis que la victoire serait à recommencer bientôt, les Mercenaires étant plus loin. Il pouvait encore débarquer au cap des Raisins, et de là marcher sur une des villes. Mais il se trouvait alors entre les deux armées, imprudence dont il n'était pas capable avec des forces peu nombreuses. Donc il devait longer la base de

l'Ariana, puis tourner à gauche pour éviter les
embouchures du Macar et venir droit au pont.
C'est là que Mâtho l'attendait.

La nuit, à la lueur des torches, il surveillait les
pionniers. Il courait à Hippo-Zaryte, aux ouvrages
des montagnes, revenait, ne se reposait pas. Spendius enviait sa force ; mais pour la conduite des
espions, le choix des sentinelles, l'art des machines
et tous les moyens défensifs, Mâtho écoutait doci-
lement son compagnon ; et ils ne parlaient plus de
Salammbô, — l'un n'y songeant pas, et l'autre
empêché par une pudeur.

Souvent il s'en allait du côté de Carthage pour
tâcher d'apercevoir les troupes d'Hamilcar. Il
dardait ses yeux sur l'horizon ; il se couchait à plat
ventre, et dans le bourdonnement de ses artères
croyait entendre une armée.

Il dit à Spendius que si, avant trois jours, Hamilcar n'arrivait pas, il irait avec tous ses hommes à sa
rencontre lui offrir la bataille. Deux jours encore
se passèrent. Spendius le retenait ; le matin du
sixième, il partit.

Les Carthaginois n'étaient pas moins que les
Barbares impatients de la guerre. Dans les tentes
et dans les maisons, c'était le même désir, la même
angoisse ; tous se demandaient ce qui retardait
Hamilcar.

De temps à autre, il montait sur la coupole du
temple d'Eschmoûn, près de l'Annonciateur-des-
Lunes, et il regardait le vent.

Un jour, c'était le troisième du mois de Tibby, on
le vit descendre de l'Acropole, à pas précipités.

Dans les Mappales une grande clameur s'éleva. Bientôt les rues s'agitèrent, et partout les soldats commençaient à s'armer au milieu des femmes en pleurs qui se jetaient contre leur poitrine, puis ils couraient vite sur la place de Khamon prendre leurs rangs. On ne pouvait les suivre ni même leur parler, ni s'approcher des remparts ; pendant quelques minutes, la ville entière fut silencieuse comme un grand tombeau. Les soldats songeaient, appuyés sur leurs lances, et les autres, dans les maisons, soupiraient.

Au coucher du soleil, l'armée sortit par la porte occidentale ; mais au lieu de prendre le chemin de Tunis ou de gagner les montagnes dans la direction d'Utique, on continua par le bord de la mer ; et bientôt ils atteignirent la Lagune, où des places rondes, toutes blanches de sel, miroitaient comme de gigantesques plats d'argent, oubliés sur le rivage.

Puis les flaques d'eau se multiplièrent. Le sol, peu à peu, devenant plus mou, les pieds s'enfonçaient. Hamilcar ne se retourna pas. Il allait toujours en tête ; et son cheval, couvert de macules jaunes comme un dragon, en jetant de l'écume autour de lui, avançait dans la fange à grands coups de reins. La nuit tomba, une nuit sans lune. Quelques-uns crièrent qu'on allait périr ; il leur arracha leurs armes, qui furent données aux valets. La boue cependant était de plus en plus profonde. Il fallut monter sur les bêtes de sommes ; d'autres se cramponnaient à la queue des chevaux ; les robustes tiraient les faibles, et le corps des Ligures poussait l'infanterie avec la pointe des piques. L'obscurité

redoubla. On avait perdu la route. Tous s'arrêtèrent.

Alors les esclaves du Suffète partirent en avant
pour chercher les balises plantées par son ordre
de distance en distance. Ils criaient dans les
ténèbres, et de loin l'armée les suivait.

Enfin on sentit la résistance du sol. Puis une
courbe blanchâtre se dessina vaguement, et ils se
trouvèrent sur le bord du Macar. Malgré le froid,
on n'alluma pas de feu.

Au milieu de la nuit, des rafales de vent s'élevèrent, Hamilcar fit réveiller les soldats, mais pas
une trompette ne sonna : leurs capitaines les
frappaient doucement sur l'épaule.

Un homme d'une [1] haute taille descendit dans
l'eau. Elle ne venait pas à la ceinture ; on pouvait
passer.

Le Suffète ordonna que trente-deux des éléphants se placeraient dans le fleuve cent pas plus
loin, tandis que les autres, plus bas, arrêteraient
les lignes d'hommes emportées par le courant ;
et tous, en tenant leurs armes au-dessus de leur
tête, traversèrent le Macar comme entre deux
murailles. Il avait remarqué que le vent d'ouest,
en poussant les sables, obstruait le fleuve et formait
dans sa largeur [2] une chaussée naturelle.

Maintenant il était sur la rive gauche en face
d'Utique, et dans une vaste plaine, avantage pour
ses éléphants qui faisaient la force de son armée.

Ce tour de génie enthousiasma les soldats. Une
confiance extraordinaire leur revenait. Ils voulaient
tout de suite courir aux Barbares ; le Suffète les
fit se reposer pendant deux heures. Dès que le

soleil parut, on s'ébranla dans la plaine sur trois
lignes : les éléphants d'abord, l'infanterie légère
avec la cavalerie derrière elle, la phalange marchait
ensuite.

Les Barbares campés à Utique, et les quinze
mille autour du pont, furent surpris de voir au
loin la terre onduler. Le vent qui soufflait très
fort chassait des tourbillons de sable ; ils se
levaient comme arrachés du sol, montaient par
grands lambeaux de couleur blonde, puis se
déchiraient et recommençaient toujours, en cachant
aux Mercenaires l'armée punique. A cause des
cornes dressées au bord des casques, les uns
croyaient apercevoir un troupeau de bœufs ;
d'autres, trompés par l'agitation des manteaux,
prétendaient distinguer des ailes, et ceux qui
avaient beaucoup voyagé, haussant les épaules,
expliquaient tout par les illusions du mirage.
Cependant, quelque chose d'énorme continuait
à s'avancer. De petites vapeurs, subtiles comme
des haleines, couraient sur la surface du désert ;
le soleil, plus haut maintenant, brillait plus fort [1] :
une lumière âpre, et qui semblait vibrer, reculait
la profondeur du ciel, et, pénétrant les objets,
rendait la distance incalculable. L'immense plaine
se développait de tous les côtés à perte de vue ;
et les ondulations des terrains [2], presque insensibles, se prolongeaient jusqu'à l'extrême horizon,
fermé par une grande ligne bleue qu'on savait
être la mer. Les deux armées, sorties des tentes,
regardaient ; les gens d'Utique, pour mieux voir,
se tassaient sur les remparts.

Enfin ils distinguèrent plusieurs barres trans-

16

versales, hérissées de points égaux. Elles devinrent
plus épaisses, grandirent ; des monticules noirs
se balançaient ; tout à coup des buissons carrés
parurent ; c'étaient des éléphants et des lances ;
un seul cri s'éleva : — « Les Carthaginois! » et,
sans signal, sans commandement, les soldats
d'Utique et ceux du pont coururent pêle-mêle,
pour tomber ensemble sur Hamilcar.

A ce nom, Spendius tressaillit. Il répétait en
haletant : « Hamilcar! Hamilcar! » et Mâtho
n'était pas là! Que faire ? Nul moyen de fuir! La
surprise de l'événement, sa terreur du Suffète et
surtout l'urgence d'une résolution immédiate le
bouleversaient ; il se voyait traversé de mille
glaives, décapité, mort. Cependant on l'appelait ;
trente mille hommes allaient le suivre ; une fureur
contre lui-même le saisit ; il se rejeta sur l'espérance
de la victoire ; elle était pleine de félicités, et il
se crut plus intrépide qu'Epaminondas. Pour
cacher sa pâleur, il barbouilla ses joues de vermillon, puis il boucla ses cnémides, sa cuirasse, avala
une patère de vin pur et courut après sa troupe,
qui se hâtait vers celle d'Utique.

Elles se rejoignirent toutes les deux si rapidement que le Suffète n'eut pas le temps de ranger
ses hommes en bataille. Peu à peu, il se ralentissait. Les éléphants s'arrêtèrent ; ils balançaient
leurs lourdes têtes, chargées de plumes d'autruche,
tout en se frappant les épaules avec leur trompe.

Au fond de leurs intervalles, on distinguait les
cohortes des vélites, plus loin les grands casques
des Clinabares, avec des fers qui brillaient au
soleil, des cuirasses, des panaches, des étendards

agités. Mais l'armée carthaginoise, grosse de onze
mille trois cent quatre-vingt-seize hommes, semblait à peine les contenir, car elle formait un carré
long, étroit des flancs et resserré sur soi-même.

En les voyant si faibles, les Barbares, trois
fois plus nombreux [1], furent pris d'une joie désordonnée ; on n'apercevait pas Hamilcar. Il était
resté là-bas, peut-être ? Qu'importait d'ailleurs !
Le dédain qu'ils avaient de ces marchands renforçait leur courage ; et avant que Spendius eût
commandé la manœuvre, tous l'avaient comprise
et déjà l'exécutaient.

Ils se développèrent sur une grande ligne droite,
qui débordait les ailes de l'armée punique, afin de
l'envelopper complètement. Mais, quand on fut à
trois cents pas d'intervalle, les éléphants, au lieu
d'avancer, se retournèrent ! puis voilà que les
Clinabares, faisant volte-face, les suivirent ; et
la surprise des Mercenaires redoubla en apercevant
tous les hommes de trait qui couraient pour les
rejoindre. Les Carthaginois avaient donc peur,
ils fuyaient ! Une huée formidable éclata dans
les troupes des Barbares, et, du haut de son dromadaire, Spendius s'écriait : — « Ah ! je le savais
bien ! En avant ! en avant ! »

Alors les javelots, les dards, les balles des
frondes jaillirent à la fois. Les éléphants, la croupe
piquée par les flèches, se mirent à galoper plus
vite ; une grosse poussière les enveloppait, et,
comme des ombres dans un nuage, ils s'évanouirent.

Cependant, on entendait au fond un grand bruit
de pas, dominé par le son aigu des trompettes qui
soufflaient avec furie. Cet espace, que les Barbares

avaient devant eux, plein de tourbillons et de
tumulte, attirait comme un gouffre ; quelques-
uns s'y lancèrent. Des cohortes d'infanterie apparurent ; elles se refermaient ; et, en même temps,
tous les autres voyaient accourir les fantassins
avec des cavaliers au galop.

En effet, Hamilcar avait ordonné à la phalange
de rompre ses sections, aux éléphants, aux troupes
légères et à la cavalerie de passer par ces intervalles pour se porter vivement sur les ailes, et
calculé si bien la distance des Barbares, que, au
moment où ils arrivaient contre lui, l'armée carthaginoise tout entière faisait une grande ligne droite.

Au milieu se hérissait la phalange, formée par
des syntagmes ou carrés pleins, ayant seize hommes
de chaque côté. Tous les chefs de toutes les files
apparaissaient entre de longs fers aigus qui les
débordaient inégalement, car les six premiers rangs
croisaient leurs sarisses en les tenant par le milieu,
et les dix rangs inférieurs les appuyaient sur
l'épaule de leurs compagnons se succédant devant
eux. Toutes les figures disparaissaient à moitié
dans la visière des casques ; des cnémides en bronze
couvraient toutes les jambes droites ; les larges
boucliers cylindriques descendaient jusqu'aux
genoux ; et cette horrible masse quadrangulaire
remuait d'une seule pièce, semblait vivre comme une
bête et fonctionner comme une machine. Deux
cohortes d'éléphants la bordaient régulièrement ;
tout en frissonnant, ils faisaient tomber les éclats
des flèches attachés à leur peau noire. Les Indiens
accroupis sur leur garrot, parmi les touffes de
plumes blanches, les retenaient avec la cuiller du

harpon, tandis que, dans les tours, des hommes cachés jusqu'aux épaules promenaient, au bord de grands arcs tendus, des quenouilles en fer garnies d'étoupes allumées. A la droite et à la gauche des éléphants, voltigeaient les frondeurs, une fronde autour des reins, une seconde sur la tête, une troisième à la main droite. Puis les Clinabares, chacun flanqué d'un nègre, tendaient leurs lances entre les oreilles de leurs chevaux tout couverts d'or comme eux. Ensuite s'espaçaient les soldats armés à la légère avec des boucliers en peau de lynx, d'où dépassaient les pointes des javelots qu'ils tenaient dans leur main gauche ; et les Tarentins, conduisant deux chevaux accouplés, relevaient aux deux bouts cette muraille de soldats.

L'armée des Barbares, au contraire, n'avait pu maintenir son alignement. Sur sa longueur exorbitante il s'était fait des ondulations, des vides ; tous haletaient, essoufflés d'avoir couru.

La phalange s'ébranla lourdement en poussant toutes ses sarisses ; sous ce poids énorme la ligne des Mercenaires, trop mince, bientôt plia par le milieu.

Alors les ailes carthaginoises se développèrent pour les saisir : les éléphants les suivaient. Avec ses lances obliquement tendues, la phalange coupa les Barbares ; deux tronçons énormes s'agitèrent ; les ailes, à coup de fronde et de flèche, les rabattaient sur les phalangistes. Pour s'en débarrasser, la cavalerie manquait ; sauf deux cents Numides qui se portèrent contre l'escadron droit des Clinabares, tous les autres se trouvaient enfermés, ne

pouvaient sortir de ces lignes. Le péril était immi-
nent et une résolution urgente.

Spendius ordonna d'attaquer la phalange simultanément par les deux flancs, afin de passer tout
au travers. Mais les rangs les plus étroits glissèrent sous les plus longs, revinrent à leur place,
et elle se retourna contre les Barbares, aussi
terrible de ses côtés qu'elle l'était de front tout à
l'heure.

Ils frappaient sur la hampe des sarisses, mais
la cavalerie, par-derrière, gênait leur attaque ;
et la phalange, appuyée aux éléphants, se resserrait et s'allongeait, se présentait en carré, en
cône, en rhombe, en trapèze, en pyramide. Un
double mouvement intérieur se faisait continuellement de sa tête à sa queue ; car ceux qui étaient
au bas des files accouraient vers les premiers
rangs, et ceux-là, par lassitude ou à cause des
blessés, se repliaient plus bas. Les Barbares se
trouvèrent foulés sur la phalange. Il lui était
impossible de s'avancer ; on aurait dit un océan
où bondissaient des aigrettes rouges avec des
écailles d'airain, tandis que les clairs boucliers se
roulaient comme une écume d'argent. Quelquefois
d'un bout à l'autre, de larges courants descendaient,
puis ils remontaient, et au milieu une lourde masse
se tenait immobile. Les lances s'inclinaient et se
relevaient, alternativement. Ailleurs c'était une agitation de glaives nus si précipitée que les pointes
seules apparaissaient, et des turmes de cavalerie
élargissaient des cercles, qui se refermaient derrière elles en tourbillonnant.

Par-dessus la voix des capitaines, la sonnerie

des clairons et le grincement des lyres, les boules
de plomb et les amandes d'argile passant dans
l'air, sifflaient, faisaient sauter les glaives des mains,
la cervelle des crânes. Les blessés, s'abritant d'un
bras sous leur bouclier, tendaient leur épée en
appuyant le pommeau contre le sol, et d'autres,
dans des mares de sang, se retournaient pour
mordre les talons. La multitude était si compacte,
la poussière si épaisse, le tumulte si fort, qu'il
était impossible de rien distinguer ; les lâches qui
offrirent de se rendre ne furent même pas entendus.
Quand les mains étaient vides, on s'étreignait
corps à corps ; les poitrines craquaient contre les
cuirasses et des cadavres pendaient la tête en
arrière, entre deux bras crispés. Il y eut une
compagnie de soixante Ombriens qui, fermes sur
leurs jarrets, la pique devant les yeux, inébranlables et grinçant des dents, forcèrent à reculer deux
syntagmes à la fois. Des pasteurs épirotes coururent à l'escadron gauche des Clinabares, saisirent
les chevaux à la crinière en faisant tournoyer
leurs bâtons ; les bêtes, renversant leurs hommes,
s'enfuirent par la plaine. Les frondeurs puniques,
écartés çà et là, restaient béants. La phalange
commençait à osciller, les capitaines couraient
éperdus, les serre-files poussaient les soldats, et
les Barbares s'étaient reformés ; ils revenaient ;
la victoire était pour eux.

Mais un cri, un cri épouvantable éclata, un rugissement de douleur et de colère : c'étaient les
soixante-douze éléphants qui se précipitaient sur
une double ligne, Hamilcar ayant attendu que
les Mercenaires fussent tassés en une seule place

pour les lâcher contre eux ; les Indiens les avaient
si vigoureusement piqués que du sang coulait
sur leurs larges oreilles. Leurs trompes, barbouillées
de minium, se tenaient droites en l'air, pareilles
à des serpents rouges ; leurs poitrines étaient
garnies d'un épieu, leur dos d'une cuirasse, leurs
défenses allongées par des lames de fer courbes
comme des sabres, — et pour les rendre plus
féroces, on les avait enivrés avec un mélange de
poivre, de vin pur et d'encens. Ils secouaient leurs
colliers de grelots, criaient ; et les éléphantarques
baissaient la tête sous le jet des phalariques
qui commençaient à voler du haut des tours.

Afin de mieux leur résister les Barbares se
ruèrent, en foule compacte ; les éléphants se
jetèrent au milieu, impétueusement. Les éperons
de leur poitrail, comme des proues de navire,
fendaient les cohortes ; elles refluaient à gros
bouillons. Avec leurs trompes, ils étouffaient les
hommes, ou bien les arrachant du sol, par-dessus
leur tête ils les livraient aux soldats dans les
tours ; avec leurs défenses, ils les éventraient,
les lançaient en l'air, et de longues entrailles
pendaient à leurs crocs d'ivoire comme des
paquets de cordages à des mâts. Les Barbares
tâchaient de leur crever les yeux, de leur couper
les jarrets ; d'autres [1], se glissant sous leur ventre,
y enfonçaient un glaive jusqu'à la garde et péris-
saient écrasés ; les plus intrépides se cramponnaient
à leurs courroies ; sous les flammes, sous les balles,
sous les flèches, ils continuaient à scier les cuirs,
et la tour d'osier s'écroulait comme une tour de
pierre. Quatorze de ceux qui se trouvaient à

l'extrémité droite, irrités de leurs blessures, se retournèrent sur le second rang ; les Indiens saisirent leur maillet et leur ciseau et l'appliquant au joint de la tête, à tour de bras, ils frappèrent un grand coup.

Les bêtes énormes s'affaissèrent, tombèrent les unes par-dessus les autres. Ce fut comme une montagne ; et sur ce tas de cadavres et d'armures, un éléphant monstrueux qu'on appelait *Fureur de Baal*, pris par la jambe entre des chaînes, resta jusqu'au soir à hurler, avec une flèche dans l'œil.

Cependant les autres, comme des conquérants qui se délectent dans leur extermination, renversaient, écrasaient, piétinaient, s'acharnaient aux cadavres, aux débris. Pour repousser les manipules serrés en couronnes autour d'eux, ils pivotaient sur leurs pieds de derrière, dans un mouvement de rotation continuelle en avançant toujours. Les Carthaginois sentirent redoubler leur vigueur, et la bataille recommença.

Les Barbares faiblissaient ; des hoplites grecs jetèrent leurs armes, une épouvante prit les autres. On aperçut Spendius penché sur son dromadaire et qui l'éperonnait aux épaules avec deux javelots. Tous alors se précipitèrent par les ailes et coururent vers Utique.

Les Clinabares, dont les chevaux n'en pouvaient plus, n'essayèrent pas de les atteindre. Les Ligures, exténués de soif, criaient pour se porter sur le fleuve. Mais les Carthaginois, placés au milieu des syntagmes, et qui avaient moins souffert, trépignaient de désir devant leur vengeance qui fuyait ; déjà ils s'élançaient à la poursuite des Mercenaires ; Hamilcar parut.

Il retenait avec des rênes d'argent son cheval tigré tout couvert de sueur. Les bandelettes attachées aux cornes de son casque claquaient au vent derrière lui, et il avait mis sous sa cuisse gauche son bouclier ovale. D'un mouvement de sa pique à trois pointes, il arrêta l'armée.

Les Tarentins sautèrent vite de leur cheval sur le second, et partirent à droite et à gauche vers le fleuve et vers la ville.

La phalange extermina commodément tout ce qui restait de Barbares. Quand arrivaient les épées, ils tendaient la gorge en fermant les paupières. D'autres se défendirent à outrance ; on les assomma de loin, sous des cailloux, comme des chiens enragés, Hamilcar avait recommandé de faire des captifs. Mais les Carthaginois lui obéissaient avec rancune, tant ils sentaient de plaisir à enfoncer leurs glaives dans les corps des Barbares. Comme ils avaient trop chaud, ils se mirent à travailler nu-bras, à la manière des faucheurs ; et lorsqu'ils s'interrompaient pour reprendre haleine, ils suivaient des yeux, dans la campagne, un cavalier galopant après un soldat qui courait. Il parvenait à le saisir par les cheveux, le tenait ainsi quelque temps, puis l'abattait d'un coup de hache.

La nuit tomba. Les Carthaginois, les Barbares avaient disparu. Les éléphants, qui s'étaient enfuis, vagabondaient à l'horizon avec leurs tours incendiées. Elles brûlaient dans les ténèbres, çà et là, comme des phares à demi perdus dans la brume ;

et l'on n'apercevait d'autre mouvement sur la plaine que l'ondulation du fleuve, exhaussé par les cadavres et qui les charriait à la mer.

Deux heures après, Mâtho arriva. Il entrevit à la clarté des étoiles de longs tas inégaux couchés par terre.

C'étaient des files de Barbares. Il se baissa ; tous étaient morts, il appela au loin [1] ; aucune voix [2] ne lui répondit.

Le matin même, il avait quitté Hippo-Zaryte avec ses soldats pour marcher sur Carthage. A Utique, l'armée de Spendius venait de partir, et les habitants commençaient à incendier les machines. Tous s'étaient battus avec acharnement. Mais le tumulte qui se faisait vers le pont redoublant d'une façon incompréhensible, Mâtho s'était jeté, par le plus court chemin, à travers la montagne, et, comme les Barbares s'enfuyaient par la plaine, il n'avait rencontré personne.

En face de lui, de petites masses pyramidales se dressaient dans l'ombre, et en deçà du fleuve, plus près, il y avait à ras du sol des lumières immobiles. En effet, les Carthaginois s'étaient repliés derrière le pont, et, pour tromper les Barbares, le Suffète avait établi des postes nombreux sur l'autre rive.

Mâtho, s'avançant toujours, crut distinguer des enseignes puniques, car des têtes de cheval qui ne bougeaient pas apparaissaient dans l'air, fixées au sommet des hampes en faisceau que l'on ne pouvait voir ; et il entendit plus loin une grande rumeur, un bruit de chansons et de coupes heurtées.

Alors, ne sachant où il se trouvait, ni comment

découvrir Spendius, tout assailli d'angoisses, effaré,
perdu dans les ténèbres, il s'en retourna par le
même chemin plus impétueusement. L'aube blanchissait, quand du haut de la montagne il aperçut
la ville, avec les carcasses des machines noircies
par les flammes, comme des squelettes de géant
qui s'appuyaient aux murs.

Tout reposait dans un silence et dans un accablement extraordinaires. Parmi ses soldats, au
bord des tentes, des hommes presque nus dormaient sur le dos, ou le front contre leur bras que
soutenait leur cuirasse. Quelques-uns décollaient
de leurs jambes des bandelettes ensanglantées.
Ceux qui allaient mourir roulaient leur tête, tout
doucement ; d'autres, en se traînant, leur apportaient à boire. Le long des chemins étroits les sentinelles marchaient pour se réchauffer, ou se tenaient la figure tournée vers l'horizon, avec leur
pique sur l'épaule, dans une attitude farouche.

Mâtho trouva Spendius abrité sous un lambeau
de toile que supportaient deux bâtons par terre,
le genou dans les mains, la tête basse.

Ils restèrent longtemps sans parler.

Enfin Mâtho murmura : — « Vaincus! »

Spendius reprit d'une voix sombre : — « Oui,
vaincus! »

Et à toutes les questions il répondait par des
gestes désespérés.

Cependant des soupirs, des râles arrivaient jusqu'à eux. Mâtho entrouvrit la toile. Alors le spectacle des soldats lui rappela un autre désastre, au
même endroit, et en grinçant des dents :

— « Misérable! une fois déjà... »

Spendius l'interrompit :

— « Tu n'y étais pas non plus.

— « C'est une malédiction ! » s'écria Mâtho. « A la fin pourtant, je l'atteindrai ! je le vaincrai ! je le tuerai ! Ah ! si j'avais été là... » L'idée d'avoir manqué la bataille le désespérait plus encore que la défaite. Il arracha son glaive, le jeta par terre. « Mais comment les Carthaginois vous ont-ils battus ? »

L'ancien esclave se mit à raconter les manœuvres. Mâtho croyait les voir et il s'irritait. L'armée d'Utique, au lieu de courir vers le pont, aurait dû prendre Hamilcar par-derrière.

— « Eh ! je le sais ! » dit Spendius.

— « Il fallait doubler tes profondeurs, ne pas compromettre les vélites contre la phalange, donner des issues aux éléphants. Au dernier moment on pouvait tout regagner : rien ne forçait à fuir. »

Spendius répondit :

— « Je l'ai vu passer dans son grand manteau rouge, les bras levés, plus haut que la poussière, comme un aigle qui volait au flanc des cohortes ; et, à tous les signes de sa tête, elles se resserraient, s'élançaient ; la foule nous a entraînés l'un vers l'autre : il me regardait ; j'ai senti dans mon cœur comme le froid d'une épée.

— « Il aura peut-être choisi le jour ? » se disait tout bas Mâtho.

Ils s'interrogèrent, tâchant de découvrir ce qui avait amené le Suffète précisément dans la circonstance la plus défavorable. Ils en vinrent à causer de la situation, et, pour atténuer sa faute ou se redonner à lui-même du courage, Spendius avança qu'il restait encore de l'espoir.

— « Qu'il n'en reste plus, n'importe ! » dit Mâtho,
« tout seul, je continuerai la guerre ! »

— « Et moi aussi ! » s'écria le Grec en bondissant ; il marchait à grands pas ; ses prunelles étincelaient et un sourire étrange plissait sa figure de
chacal.

— « Nous recommencerons, ne me quitte plus !
je ne suis pas fait pour les batailles au grand soleil ;
l'éclat des épées me trouble la vue ; c'est une maladie, j'ai trop longtemps vécu dans l'ergastule.
Mais donne-moi des murailles à escalader la nuit,
et j'entrerai dans les citadelles, et les cadavres
seront froids avant que les coqs aient chanté !
Montre-moi quelqu'un, quelque chose, un ennemi,
un trésor, une femme » ; il répéta : « une femme, fût-
elle la fille d'un roi, et j'apporterai vivement ton
désir devant tes pieds. Tu me reproches d'avoir
perdu la bataille contre Hannon, je l'ai regagnée
pourtant. Avoue-le ! mon troupeau de porcs nous a
plus servi qu'une phalange de Spartiates. » Et,
cédant au besoin de se rehausser et de saisir sa
revanche, il énuméra tout ce qu'il avait fait pour
la cause des Mercenaires. « C'est moi, dans les jardins du Suffète, qui ai poussé le Gaulois ! Plus
tard, à Sicca, je les ai tous enragés avec la peur de
la République ! Giscon les renvoyait, mais je n'ai
pas voulu que les interprètes pussent parler. Ah !
comme la langue leur pendait de la bouche ! t'en
souviens-tu ? Je t'ai conduit dans Carthage ; j'ai
volé le zaïmph. Je t'ai mené chez elle. Je ferai
plus encore : tu verras ! » Il éclata de rire comme un
fou.

Mâtho le considérait les yeux béants. Il éprou-

vait une sorte de malaise devant cet homme, qui
était à la fois si lâche et si terrible.

Le Grec reprit d'un ton jovial, en faisant claquer ses doigts :

— « Evohé! Après la pluie, le soleil! J'ai travaillé aux carrières et j'ai bu du massique dans un
vaisseau qui m'appartint [1], sous un tendelet d'or,
comme un Ptolémée. Le malheur doit servir à
nous rendre plus habiles. A force de travail, on
assouplit la fortune. Elle aime les politiques. Elle
cédera! »

Il revint sur Mâtho et, le prenant au bras :

— « Maître, à présent les Carthaginois sont
sûrs de leur victoire. Tu as toute une armée qui n'a
pas combattu, et tes hommes t'obéissent, à toi.
Place-les en avant; les miens, pour se venger,
marcheront. Il me reste trois mille Cariens, douze
cents frondeurs et des archers, des cohortes entières! On peut même former une phalange, retournons! »

Mâtho, abasourdi par le désastre, n'avait jusqu'à présent rien imaginé pour en sortir. Il écoutait,
la bouche ouverte, et les lames de bronze qui cerclaient ses côtes se soulevaient aux bondisse-
ments de son cœur. Il ramassa son épée, en criant :

— « Suis-moi, marchons! »

Mais les éclaireurs, quand ils furent revenus,
annoncèrent que les morts des Carthaginois étaient
enlevés, le pont tout en ruine et Hamilcar disparu.

IX

EN CAMPAGNE

Il avait pensé que les Mercenaires l'attendraient
à Utique ou qu'ils reviendraient contre lui ; et, ne
trouvant pas ses forces suffisantes pour donner
l'attaque ou pour la recevoir, il s'était enfoncé
dans le sud, par la rive droite du fleuve, ce qui le
mettait immédiatement à couvert d'une surprise.

Il voulait, fermant d'abord les yeux sur leur
révolte, détacher toutes les tribus de la cause des
Barbares ; puis, quand ils seraient bien isolés au
milieu des provinces, il tomberait sur eux et les
exterminerait.

En quatorze jours, il pacifia la région comprise
entre Thouccaber et Utique, avec les villes de Tigni-
cabah, Tessourah, Vacca et d'autres encore à
l'occident. Zounghar bâtie dans les montagnes ;
Assouras célèbre par son temple! Djeraado fertile
en genévriers ; Thapitis et Hagour lui envoyèrent
des ambassades. Les gens de la campagne arrivaient les mains pleines de vivres, imploraient sa
protection, baisaient ses pieds, ceux des soldats, et
se plaignaient des Barbares. Quelques-uns venaient
lui offrir, dans des sacs, des têtes de Mercenaires,

tués par eux, disaient-ils, mais qu'ils avaient
coupées à des cadavres ; car beaucoup s'étaient
perdus en fuyant, et on les trouvait morts de place
en place, sous les oliviers et dans les vignes.

Pour éblouir le peuple, Hamilcar, dès le lendemain de la victoire, avait envoyé à Carthage les
deux mille captifs faits sur le champ de bataille. Ils
arrivèrent par longues compagnies de cent hommes
chacune, tous les bras attachés sur le dos avec une
barre de bronze qui les prenait à la nuque, et les
blessés, en saignant, couraient aussi ; des cavaliers,
derrière eux, les chassaient à coups de fouet.

Ce fut un délire de joie ! On se répétait qu'il y
avait eu six mille Barbares de tués ; les autres ne
tiendraient pas, la guerre était finie ; on s'embrassait dans les rues, et l'on frotta de beurre et de
cinnamome la figure des Dieux-Patæques pour les
remercier. Avec leurs gros yeux, leur gros ventre
et leurs deux bras levés jusqu'aux épaules, ils
semblaient vivre sous leur peinture plus fraîche
et participer à l'allégresse du peuple. Les Riches
laissaient leurs portes ouvertes ; la ville retentissait
du ronflement des tambourins ; les temples toutes
les nuits étaient illuminés, et les servantes de la
Déesse descendues dans Malqua établirent au coin
des carrefours des tréteaux en sycomore, où elles
se prostituaient. On vota des terres pour les vainqueurs, des holocaustes pour Melkarth, trois cents
couronnes d'or pour le Suffète, et ses partisans
proposaient de lui décerner des prérogatives et
des honneurs nouveaux.

Il avait sollicité les Anciens de faire des ouvertures à Autharite pour échanger contre tous les

Barbares, s'il le fallait, le vieux Giscon avec les
autres Carthaginois détenus comme lui. Les Libyens
et les Nomades qui composaient l'armée d'Autharite connaissaient à peine ces Mercenaires, hommes
de race italiote ou grecque ; et puisque la Répu-
plique leur offrait tant de Barbares contre si peu
de Carthaginois, c'est que les uns étaient de nulle
valeur et que les autres en avaient une considérable.
Ils craignaient un piège. Autharite refusa.

Alors les Anciens décrétèrent l'exécution des
captifs, bien que le Suffète leur eût écrit de ne pas
les mettre à mort. Il comptait incorporer les meilleurs dans ses troupes et exciter par là des défec-
tions. Mais la haine emporta toute réserve.

Les deux mille Barbares furent attachés dans
les Mappales, contre les stèles des tombeaux ; et
des marchands, des goujats de cuisine, des bro-
deurs et même des femmes, les veuves des morts
avec leurs enfants, tous ceux qui voulaient, vinrent les tuer à coups de flèche. On les visait lentement, pour mieux prolonger leur supplice : on
baissait son arme, puis on la relevait tour à tour ;
et la multitude se poussait en hurlant. Des paraly-
tiques se faisaient amener sur des civières ; beaucoup, par précaution, apportaient leur nourriture
et restaient là jusqu'au soir ; d'autres y passaient
la nuit. On avait planté des tentes où l'on buvait.
Plusieurs gagnèrent de fortes sommes à louer des
arcs.

Puis on laissa debout tous ces cadavres crucifiés,
qui semblaient sur les tombeaux autant de statues rouges et l'exaltation gagnait jusqu'aux gens
de Malqua, issus des familles autochtones et d'or-

dinaire indifférents aux choses de la patrie. Par
reconnaissance des plaisirs qu'elle leur donnait,
maintenant ils s'intéressaient à sa fortune, se sentaient Puniques, et les Anciens trouvèrent habile
d'avoir ainsi fondu dans une même vengeance le
peuple entier.

La sanction des Dieux n'y manqua pas ; car
de tous les côtés du ciel des corbeaux s'abattirent.
Ils volaient en tournant dans l'air avec de grands
cris rauques, et faisaient un nuage énorme [1] qui
roulait sur soi-même continuellement. On l'apercevait de Clypéa, de Rhadès et du promontoire Hermæum. Parfois il se crevait tout à coup, élargissant
au loin ses spirales noires ; c'était un aigle qui fon-
dait dans le milieu, puis repartait ; sur les terrasses,
sur les dômes, à la pointe des obélisques et au fronton des temples, il y avait, çà et là, de gros oiseaux
qui tenaient dans leur bec rougi des lambeaux
humains.

A cause de l'odeur, les Carthaginois se résignè-
rent à délier les cadavres. On en brûla quelques-uns ;
on jeta les autres à la mer, et les vagues poussées
par le vent du nord, en déposèrent sur la plage, au
fond du golfe, devant le camp d'Autharite.

Ce châtiment avait terrifié les Barbares, sans
doute, car du haut d'Eschmoûn on les vit abattre
leurs tentes, réunir leurs troupeaux, hisser leurs
bagages sur des ânes, et le soir du même jour l'armée entière s'éloigna.

Elle devait, en se portant depuis la montagne des
Eaux-Chaudes jusqu'à Hippo-Zaryte alternativement, interdire au Suffète l'approche des villes

tyriennes avec la possibilité d'un retour sur Carthage.

Pendant ce temps-là, les deux autres armées
tâcheraient de l'atteindre dans le sud, Spendius
par l'Orient, Mâtho par l'Occident, de manière à se
joindre toutes les trois pour le surprendre et l'en-
lacer. Puis un renfort qu'ils n'espéraient pas leur
survint : Narr'Havas reparut, avec trois cents chameaux chargés de bitume, vingt-cinq éléphants et
six mille cavaliers.

Le Suffète, pour affaiblir les Mercenaires, avait
jugé prudent de l'occuper au loin dans son royaume.
Du fond de Carthage, il s'était entendu avec
Masgaba, un brigand gétule qui cherchait à se
faire un empire. Fort de l'argent punique, le coureur d'aventures avait soulevé [1] les États numides
en leur promettant la liberté. Mais Narr'Havas,
prévenu par le fils de sa nourrice, était tombé dans
Cirta, avait empoisonné les vainqueurs avec l'eau
des citernes, abattu quelques têtes, tout rétabli, et
il arrivait contre le Suffète plus furieux que les Barbares.

Les chefs des quatre armées s'entendirent sur
les dispositions de la guerre. Elle serait longue : il
fallait tout prévoir.

On convint d'abord de réclamer l'assistance des
Romains, et l'on offrit cette mission à Spendius ;
comme transfuge, il n'osa s'en charger. Douze
hommes des colonies grecques s'embarquèrent à
Annaba sur une chaloupe des Numides. Puis les
chefs exigèrent de tous les Barbares le serment
d'une obéissance complète. Chaque jour les capitaines inspectaient les vêtements, les chaussures ;

on défendit même aux sentinelles l'usage du bouclier, car souvent elles l'appuyaient contre leur
lance et s'endormaient debout; ceux qui traînaient
quelque bagage furent contraints de s'en défaire ;
tout, à la mode romaine, devait être porté sur le
dos. Par précaution contre les éléphants, Mâtho
institua un corps de cavaliers cataphractes, où
l'homme et le cheval disparaissaient sous une
cuirasse en peau d'hippopotame hérissée de clous ;
et pour protéger la corne des chevaux, on leur fit
des bottines en tresse de sparterie.

Il fut interdit de piller les bourgs, de tyranniser
les habitants de race non punique. Mais comme la
contrée s'épuisait, Mâtho ordonna de distribuer les
vivres par tête de soldat, sans s'inquiéter des
femmes. D'abord ils les partagèrent avec elles.
Faute de nourriture beaucoup s'affaiblissaient.
C'était une occasion incessante de querelles, d'invectives, plusieurs attirant les compagnes des autres
par l'appât ou même la promesse de leur portion.
Mâtho commanda de les chasser toutes, impitoyablement. Elles se réfugièrent dans le camp
d'Autharite ; mais les Gauloises et les Libyennes,
à force d'outrages, les contraignirent à s'en aller.

Enfin elles vinrent sous les murs de Carthage
implorer la protection de Cérès et de Proserpine,
car il y avait dans Byrsa un temple et des prêtres
consacrés à ces déesses, en expiation des horreurs
commises autrefois au siège de Syracuse. Les
Syssites, alléguant leur droit d'épaves, réclamèrent les plus jeunes pour les vendre ; et des Carthaginois-nouveaux prirent en mariage des Lacédé-
moniennes qui étaient blondes.

Quelques-unes s'obstinèrent à suivre les armées. Elles couraient sur le flanc des syntagmes, à côté des capitaines. Elles appelaient leurs hommes, les tiraient par le manteau, se frappaient la poitrine en les maudissant, et tendaient au bout de leurs bras leurs petits enfants nus qui pleuraient. Ce spectacle amollissait les Barbares ; elles étaient un embarras, un péril. Plusieurs fois on les repoussa, elles revenaient ; Mâtho les fit charger à coups de lance par les cavaliers de Narr'Havas ; et comme des Baléares lui criaient qu'il leur fallait des femmes :

— « Moi je n'en ai pas! » répondit-il.

A présent, le génie de Moloch l'envahissait. Malgré les rébellions de sa conscience, il exécutait des choses épouvantables, s'imaginant obéir à la voix d'un Dieu. Quand il ne pouvait les ravager, Mâtho jetait des pierres dans les champs pour les rendre stériles.

Par des messages réitérés, il pressait Autharite et Spendius de se hâter. Mais les opérations du Suffète étaient incompréhensibles. Il campa successivement à Eidous, à Monchar, à Tehent ; des éclaireurs crurent l'apercevoir aux environs d'Ischiil, près des frontières de Narr'Havas, et l'on apprit qu'il avait traversé le fleuve au-dessus de Tebourba comme pour revenir à Carthage. A peine dans un endroit, il se transportait vers un autre. Les routes qu'il prenait restaient toujours inconnues. Sans livrer de bataille, le Suffète conservait ses avantages ; poursuivi par les Barbares, il semblait les conduire.

Ces marches et ces contre-marches fatiguaient

encore plus les Carthaginois ; et les forces d'Hamilcar, n'étant pas renouvelées, de jour en jour
diminuaient. Les gens de la campagne lui apportaient maintenant des vivres avec plus de lenteur.
Il rencontrait partout une hésitation, une haine
taciturne ; et malgré ses supplications près du
Grand-Conseil, aucun secours n'arrivait de Carthage.

On disait (on croyait peut-être) qu'il n'en avait
pas besoin. C'était une ruse ou des plaintes
inutiles ; et les partisans d'Hannon, afin de le
desservir, exagéraient l'importance de sa victoire.
Les troupes qu'il commandait, on en faisait le
sacrifice ; mais on n'allait pas ainsi continuellement fournir toutes ses demandes. La guerre était
bien assez lourde! elle avait trop coûté, et, par
orgueil, les patriciens de sa faction l'appuyaient
avec mollesse.

Alors, désespérant de la République, Hamilcar
leva de force dans les tribus tout ce qu'il lui fallait
pour la guerre : du grain, de l'huile, du bois, des
bestiaux et des hommes. Mais les habitants ne tar-
dèrent pas à s'enfuir. Les bourgs que l'on traversait étaient vides, on fouillait les cabanes sans y
rien trouver ; bientôt une effroyable solitude
enveloppa l'armée punique.

Les Carthaginois, furieux, se mirent à saccager
les provinces ; ils comblaient les citernes, incendiaient les maisons. Les flammèches, emportées
par le vent, s'éparpillaient au loin, et sur les montagnes des forêts entières brûlaient ; elles bordaient
les vallées d'une couronne de feux ; pour passer
au-delà, on était forcé d'attendre. Puis ils repre-

naient leur marche, en plein soleil, sur des cendres chaudes.

Quelquefois ils voyaient, au bord de la route, luire dans un buisson comme des prunelles de chat-tigre. C'était un Barbare accroupi sur les talons, et qui s'était barbouillé de poussière pour se confondre avec la couleur du feuillage ; ou bien quand on longeait une ravine, ceux qui étaient sur les ailes entendaient tout à coup rouler des pierres ; et, en levant les yeux, ils apercevaient dans l'écartement de la gorge un homme pieds nus qui bondissait.

Cependant Utique et Hippo-Zaryte étaient libres, puisque les Mercenaires ne les assiégeaient plus. Hamilcar leur commanda de venir à son aide. Mais, n'osant se compromettre, elles lui répon-dirent par des mots vagues, des compliments, des excuses.

Il remonta dans le nord brusquement, décidé à s'ouvrir une des villes tyriennes, dût-il en faire le siège. Il lui fallait un point sur la côte, afin de tirer des îles ou de Cyrène des approvisionnements et des soldats, et il convoitait le port d'Utique comme étant le plus près de Carthage.

Le Suffète partit donc de Zouitin et tourna le lac d'Hippo-Zaryte avec prudence. Mais bientôt il fut contraint d'allonger ses régiments en colonne pour gravir la montagne qui sépare les deux vallées. Au coucher du soleil ils descendaient dans son sommet creusé en forme d'entonnoir, quand ils aperçurent devant eux, à ras du sol, des louves de bronze qui semblaient courir sur l'herbe.

Tout à coup de grands panaches se levèrent, et

au grand rythme des flûtes un chant formidable
éclata. C'était l'armée de Spendius ; car des Campaniens et des Grecs, par exécration de Carthage,
avaient pris les enseignes de Rome. En même temps,
sur la gauche, apparurent de longues piques, des
boucliers en peau de léopard, des cuirasses de lin,
des épaules nues. C'étaient les Ibériens de Mâcho,
les Lusitaniens, les Baléares, les Gétules ; on entendit le hennissement des chevaux de Narr'Havas ;
ils se répandirent autour de la colline ; puis arriva
la vague cohue que commandait Autharite ; les
Gaulois, les Libyens, les Nomades ; et l'on reconnaissait au milieu d'eux les Mangeurs-de-choses-
immondes aux arêtes de poisson qu'ils portaient
dans la chevelure.

Ainsi les Barbares, combinant exactement leurs
marches, s'étaient rejoints. Mais, surpris eux-
mêmes, ils restèrent quelques minutes immobiles
et se consultant.

Le Suffète avait tassé ses hommes en une masse
orbiculaire, de façon à offrir partout une résistance
égale. Les hauts boucliers pointus, fichés dans le
gazon les uns près des autres, entouraient l'infanterie. Les Clinabares se tenaient en dehors, et plus
loin, de place en place, les éléphants. Les Mercenaires étaient harassés de fatigue ; il valait mieux
attendre jusqu'au jour ; et, certains de leur victoire,
les Barbares, pendant toute la nuit, s'occupèrent
à manger.

Ils avaient allumé de grands feux clairs qui, en
les éblouissant, laissaient dans l'ombre l'armée
punique au-dessous d'eux. Hamilcar fit creuser
autour de son camp, comme les Romains, un fossé

large de quinze pas, profond de six coudées ; avec
la terre exhausser à l'intérieur un parapet sur
lequel on planta des pieux aigus qui s'entrela-
çaient, et, au soleil levant, les Mercenaires furent
ébahis d'apercevoir tous les Carthaginois ainsi
retranchés comme dans une forteresse.

Ils reconnaissaient au milieu des tentes Hamilcar qui se promenait en distribuant des ordres.
Il avait le corps pris dans une cuirasse brune
tailladée en petites écailles ; et, suivi de son cheval,
de temps en temps il s'arrêtait pour désigner
quelque chose de son bras droit étendu.

Alors plus d'un se rappela des matinées pareilles,
quand, au fracas des clairons, il passait devant eux
lentement, et que ses regards les fortifiaient
comme des coupes de vin. Une sorte d'atten-
drissement les saisit. Ceux, au contraire, qui ne
connaissaient pas Hamilcar, dans leur joie de le
tenir, déliraient.

Cependant, si tous attaquaient à la fois, on se
nuirait mutuellement dans l'espace trop étroit.
Les Numides pouvaient se lancer au travers ;
mais les Clinabares défendus par des cuirasses les
écraseraient ; puis comment franchir les palissades ? Quant aux éléphants, ils n'étaient pas suffi-
samment instruits.

— « Vous êtes tous des lâches ! » s'écria Mâtho.

Et, avec les meilleurs, il se précipita contre le
retranchement. Une volée de pierres les repoussa ;
car le Suffète avait pris sur le pont leurs catapultes
abandonnées.

Cet insuccès fit tourner brusquement l'esprit
mobile des Barbares. L'excès de leur bravoure

disparut ; ils voulaient vaincre, mais en se risquant le moins possible. D'après Spendius, il fallait garder soigneusement la position que l'on avait et affamer l'armée punique. Mais les Carthaginois se mirent à creuser des puits, et des montagnes entourant la colline, ils découvrirent de l'eau.

Du sommet de leur palissade ils lançaient des flèches, de la terre, du fumier, des cailloux qu'ils arrachaient du sol, pendant que les six catapultes roulaient incessamment sur la longueur de la terrasse.

Mais les sources d'elles-mêmes se tariraient ; on épuiserait les vivres, on userait les catapultes ; les Mercenaires, dix fois plus nombreux, finiraient par triompher. Le Suffète imagina des négociations afin de gagner du temps, et un matin les Barbares trouvèrent dans leurs lignes une peau de mouton couverte d'écritures. Il se justifiait de sa victoire : les Anciens l'avaient forcé à la guerre, et pour leur montrer qu'il gardait sa parole, il leur offrait le pillage d'Utique ou celui d'Hippo-Zaryte, à leur choix ; Hamilcar, en terminant, déclarait ne pas les craindre, parce qu'il avait gagné des traîtres et que, grâce à ceux-là, il viendrait à bout, facilement, de tous les autres.

Les Barbares furent troublés : cette proposition d'un butin immédiat les faisait rêver ; ils appréhendaient une trahison, ne soupçonnant point un piège dans la forfanterie du Suffète, et ils commencèrent à se regarder les uns les autres avec méfiance. On observait les paroles, les démarches ; des terreurs les réveillaient la nuit. Plusieurs abandonnaient leurs compagnons ; suivant sa fantaisie

on choisissait son armée, et les Gaulois avec
Autharite allèrent se joindre aux hommes de la
Cisalpine dont ils comprenaient la langue.

Les quatre chefs se réunissaient tous les soirs
dans la tente de Mâtho, et, accroupis autour d'un
bouclier, ils avançaient et reculaient attentivement les petites figurines de bois, inventées par
Pyrrhus pour reproduire les manœuvres. Spendius
démontrait les ressources d'Hamilcar ; il suppliait
de ne point compromettre l'occasion et jurait par
tous les Dieux. Mâtho, irrité, marchait en gesticulant. La guerre contre Carthage était sa chose personnelle ; il s'indignait que les autres s'en mêlassent
sans vouloir lui obéir. Autharite, à sa figure, devinait ses paroles [1], applaudissait. Narr'Havas levait
le menton en signe de dédain ; pas une mesure
qu'il ne jugeât funeste ; et il ne souriait plus. Des
soupirs lui échappaient comme s'il eût refoulé la
douleur d'un rêve impossible, le désespoir d'une
entreprise manquée.

Pendant que les Barbares, incertains, délibé-
raient, le Suffète augmentait ses défenses : il fit
creuser en deçà des palissades un second fossé,
élever une seconde muraille, construire aux angles
des tours de bois ; et ses esclaves allaient jusqu'au
milieu des avant-postes enfoncer les chausse-
trapes dans la terre. Mais les éléphants, dont les
rations étaient diminuées, se débattaient dans leurs
entraves. Pour ménager les herbes, il ordonna aux
Clinabares de tuer les moins robustes des étalons.
Quelques-uns s'y refusèrent ; il les fit décapiter.
On mangea les chevaux. Le souvenir de cette viande
fraîche, les jours suivants, fut une grande tristesse.

Du fond de l'amphithéâtre où ils se trouvaient
resserrés, ils voyaient tout autour d'eux, sur les
hauteurs, les quatre camps des Barbares pleins
d'agitation. Des femmes circulaient avec des
outres sur la tête, des chèvres en bêlant erraient
sous les faisceaux des piques ; on relevait les sentinelles, on mangeait autour des trépieds. En effet,
les tribus leur fournissaient des vivres abondamment, et ils ne se doutaient pas eux-mêmes combien leur inaction effrayait l'armée punique.

Dès le second jour, les Carthaginois avaient
remarqué dans le camp des Nomades une troupe
de trois cents hommes à l'écart des autres. C'étaient
les Riches, retenus prisonniers depuis le commencement de la guerre. Des Libyens les rangèrent
tous au bord du fossé, et, postés derrière eux, ils
envoyaient des javelots en se faisant un rempart
de leur corps. A peine pouvait-on reconnaître ces
misérables, tant leur visage disparaissait sous la
vermine et les ordures. Leurs cheveux arrachés
par endroits laissaient à nu les ulcères de leur
tête, et ils étaient si maigres et hideux qu'ils ressemblaient à des momies dans des linceuls troués.
Quelques-uns, en tremblant [1], sanglotaient d'un
air stupide ; les autres criaient à leurs amis de
tirer sur les Barbares. Il y en avait un, tout immobile, le front baissé, qui ne parlait pas ; sa grande
barbe blanche tombait jusqu'à ses mains couvertes
de chaînes ; et les Carthaginois, en sentant au fond
de leur cœur comme l'écroulement de la République, reconnaissaient Giscon. Bien que la place
fût dangereuse, ils se poussaient pour le voir.
On l'avait coiffé d'une tiare grotesque, en cuir

d'hippopotame, incrustée de cailloux. C'était une
imagination d'Autharite ; mais cela déplaisait à
Mâtho.

Hamilcar, exaspéré, fit ouvrir les palissades,
résolu à se faire jour n'importe comment ; et d'un
train furieux les Carthaginois montèrent jusqu'à
mi-côte, pendant trois cents pas. Un tel flot de
Barbares descendit qu'ils furent refoulés sur leurs
lignes. Un des gardes de la Légion, resté en dehors,
trébuchait parmi les pierres. Zarxas accourut, et,
le terrassant, il lui enfonça un poignard dans la
gorge ; il l'en retira, se jeta sur la blessure, — et,
la bouche collée contre elle, avec des grondements
de joie et des soubresauts qui le secouaient jusqu'aux talons, il pompait le sang à pleine poitrine ;
puis, tranquillement, il s'assit sur le cadavre, releva
son visage en se renversant le cou pour mieux
humer l'air, comme fait une biche qui vient de boire
à un torrent, et, d'une voix aiguë, il entonna une
chanson des Baléares, une vague mélodie pleine
de modulations prolongées, s'interrompant, alter-
nant, comme des échos qui se répondent dans les
montagnes ; il appelait ses frères morts et les
conviait à un festin ; — puis il laissa retomber ses
mains entre ses jambes, baissa lentement la tête,
et pleura. Cette chose atroce fit horreur aux Barbares, aux Grecs surtout.

Les Carthaginois, à partir de ce moment, ne
tentèrent aucune sortie ; — et ils ne songeaient
pas à se rendre, certains de périr dans les supplices.

Cependant, les vivres, malgré les soins d'Hamilcar, diminuaient effroyablement. Pour chaque

homme, il ne restait plus que dix k'kommer de
blé, trois hin de millet et douze betza de fruits
secs. Plus de viande, plus d'huile, plus de salaisons,
pas un grain d'orge pour les chevaux ; on les voyait,
baissant leur encolure amaigrie, chercher dans la
poussière des brins de paille piétinés. Souvent les
sentinelles en vedette sur la terrasse apercevaient,
au clair de la lune, un chien des Barbares qui
venait rôder sous le retranchement, dans les tas
d'immondices ; on l'assommait avec une pierre,
et, s'aidant des courroies du bouclier, on descendait le long des palissades, puis, sans rien dire,
on le mangeait. Parfois d'horribles aboiements
s'élevaient, et l'homme ne remontait plus. Dans la
quatrième dilochie de la douzième syntagme,
trois phalangites, en se disputant un rat, se tuèrent
à coups de couteau.

Tous regrettaient leurs familles, leurs maisons :
les pauvres, leurs cabanes en forme de ruche, avec
des coquilles au seuil des portes, un filet suspendu,
et les patriciens, leurs grandes salles emplies de
ténèbres bleuâtres, quand, à l'heure la plus molle
du jour, ils se reposaient, écoutant le bruit vague
des rues mêlé au frémissement des feuilles qui
s'agitaient dans leurs jardins ; — et, pour mieux
descendre dans cette pensée, afin d'en jouir davantage, ils entre-fermaient les paupières ; la secousse
d'une blessure les réveillait. A chaque minute,
c'était un engagement, une alerte nouvelle ; les
tours brûlaient, les Mangeurs-de-choses-immondes
sautaient aux palissades ; avec des haches, on leur
abattait les mains ; d'autres accouraient ; une
pluie de fer tombait sur les tentes. On éleva des

galeries en claies de jonc pour se garantir des
projectiles. Les Carthaginois s'y enfermèrent ; ils
n'en bougeaient plus.

Tous les jours, le soleil qui tournait sur la colline,
abandonnant, dès les premières heures, le fond de
la gorge, les laissait dans l'ombre. En face et par-
derrière, les pentes grises du terrain remontaient,
couvertes de cailloux tachetés d'un rare lichen, et,
sur leurs têtes, le ciel, continuellement pur, s'étalait, plus lisse et froid à l'œil qu'une coupole de
métal. Hamilcar était si indigné contre Carthage
qu'il sentait l'envie de se jeter dans les Barbares
pour les conduire sur elle. Puis voilà que les porteurs, les vivandiers, les esclaves commençaient
à murmurer, et ni le peuple ni le Grand-Conseil,
personne n'envoyait même une espérance. La situation était intolérable surtout par l'idée qu'elle
deviendrait pire.

A la nouvelle du désastre, Carthage avait comme
bondi de colère et de haine ; on aurait moins exécré
le Suffète, si, dès le commencement, il se fût
laissé vaincre.

Mais pour acheter d'autres Mercenaires, le temps
manquait, l'argent manquait. Quant à lever des
soldats dans la ville, comment les équiper ? Hamilcar avait pris toutes les armes ! et qui donc les
commanderait ? Les meilleurs capitaines se trouvaient là-bas avec lui ! Cependant, des hommes
expédiés par le Suffète arrivaient dans les rues,
poussaient des cris. Le Grand-Conseil s'en émut,
et il s'arrangea pour les faire disparaître.

C'était une prudence inutile ; tous accusaient

Barca de s'être conduit avec mollesse. Il aurait
dû, après sa victoire, anéantir les Mercenaires.
Pourquoi avait-il ravagé les tribus ? On s'était
cependant imposé d'assez lourds sacrifices ! et les
patriciens déploraient leur contribution de quatorze shekel, les Syssites leurs deux cent vingt-
trois mille kikar d'or ; ceux qui n'avaient rien
donné se lamentaient comme les autres. La populace était jalouse des Carthaginois-nouveaux auxquels il avait promis le droit de cité complet ; et
même [1] les Ligures, qui s'étaient si intrépidement
battus, on les confondait avec les Barbares, on
les maudissait comme eux ; leur race devenait un
crime, une complicité. Les marchands sur le seuil
de leur boutique, les manœuvres qui passaient, une
règle de plomb à la main, les vendeurs de saumure
rinçant leurs paniers, les baigneurs dans les étuves
et les débitants de boissons chaudes, tous discu-
taient les opérations de la campagne. On traçait
avec son doigt des plans de bataille sur la poussière;
et il n'était si mince goujat qui ne sût corriger les
fautes d'Hamilcar.

C'était, disaient les prêtres, le châtiment de sa
longue impiété. Il n'avait point offert d'holocaustes ; il n'avait pas pu purifier ses troupes ; il
avait même refusé de prendre avec lui des augures ;
— et le scandale du sacrilège renforçait la violence
des haines contenues, la rage des espoirs trahis. On
se rappelait les désastres de la Sicile, tout le fardeau
de son orgueil qu'on avait si longtemps porté ! Les
collèges des pontifes ne lui pardonnaient pas d'avoir
saisi leur trésor, et ils exigèrent du Grand-Conseil
l'engagement de le crucifier, si jamais il revenait.

Les chaleurs du mois d'Eloul, excessives cette
année-là, étaient une autre calamité. Des bords
du Lac, il s'élevait des odeurs nauséabondes ;
elles passaient dans l'air avec les fumées des aromates tourbillonnant au coin des rues. On entendait continuellement retentir des hymnes. Des
flots de peuple occupaient les escaliers des temples :
toutes les murailles étaient couvertes de voiles
noirs ; des cierges brûlaient au front des Dieux-
Patæques, et le sang des chameaux égorgés en
sacrifice, coulant le long des rampes, formait, sur
les marches, des cascades rouges. Un délire funèbre agitait Carthage. Du fond des ruelles les
plus étroites, des bouges les plus noirs, des figures
pâles sortaient, des hommes à profil de vipère
et qui grinçaient des dents. Les hurlements aigus
des femmes emplissaient les maisons, et, s'échappant par les grillages, faisaient se retourner sur les
places ceux qui causaient debout. On croyait
quelquefois que les Barbares arrivaient ; on les
avait aperçus derrière la montagne des Eaux-
Chaudes ; ils étaient campés à Tunis ; et les voix
se multipliaient, grossissaient, se confondaient
en une seule clameur. Puis, un silence universel
s'établissait, les uns restaient grimpés sur le
fronton des édifices, avec leur main ouverte au
bord des yeux, tandis que les autres, à plat ventre
au pied des remparts, tendaient l'oreille. La terreur
passée, les colères recommençaient. Mais la convic-
tion de leur impuissance les replongeait bientôt
dans la même tristesse.

Elle redoublait chaque soir, quand tous, montés
sur les terrasses, poussaient, en s'inclinant, par

neuf fois, un grand cri, pour saluer le Soleil. Il s'abaissait derrière la Lagune, lentement, puis, tout à coup, il disparaissait dans les montagnes, du côté des Barbares.

On attendait la fête trois fois sainte où, du haut d'un bûcher, un aigle s'envolait vers le ciel, symbole de la résurrection de l'année, message du peuple à son Baal suprême, et qu'il considérait comme une sorte d'union, une manière de se rattacher à la force du Soleil. D'ailleurs, empli de haine maintenant, il se tournait naïvement vers Moloch-Homicide, et tous abandonnaient Tanit. En effet, la Rabbetna, n'ayant plus son voile, était comme dépouillée d'une partie de sa vertu. Elle refusait la bienfaisance de ses eaux, elle avait déserté Carthage ; c'était une transfuge, une ennemie. Quelques-uns, pour l'outrager, lui jetaient des pierres. Mais en l'invectivant, beaucoup la plaignaient ; on la chérissait encore et plus profondément peut-être.

Tous les malheurs venaient donc de la perte du zaïmph. Salammbô y avait indirectement participé ; on la comprenait dans la même rancune ; elle devait être punie. La vague idée d'une immolation bientôt circula dans le peuple. Pour apaiser les Baalim, il fallait sans doute leur offrir quelque chose d'une incalculable valeur, un être beau, jeune, vierge, d'antique maison, issu des Dieux, un astre humain. Tous les jours des hommes que l'on ne connaissait pas envahissaient les jardins de Mégara ; les esclaves, tremblant pour eux-mêmes, n'osaient leur résister. Cependant, ils ne dépassaient point l'escalier des galères. Ils restaient

en bas, les yeux levés sur la dernière terrasse ;
ils attendaient Salammbô, et, durant des heures,
ils criaient contre elle, comme des chiens qui
hurlent après la lune.

X

X

LE SERPENT

Ces clameurs de la populace n'épouvantaient pas la fille d'Hamilcar.

Elle était troublée par des inquiétudes plus hautes : son grand serpent, le Python noir, languissait ; et le serpent était pour les Carthaginois un fétiche à la fois national et particulier. On le croyait fils du limon de la terre, puisqu'il émerge de ses profondeurs et n'a pas besoin de pieds pour la parcourir ; sa démarche rappelait les ondulations des fleuves, sa température les antiques ténèbres visqueuses pleines de fécondité, et l'orbe qu'il décrit en se mordant la queue l'ensemble des planètes, l'intelligence d'Eschmoûn.

Celui de Salammbô avait déjà refusé plusieurs fois les quatre moineaux vivants qu'on lui présentait à la pleine lune et à chaque nouvelle lune. Sa belle peau, couverte comme le firmament de taches d'or sur un fond tout noir, était jaune maintenant, flasque, ridée et trop large pour son corps ; une moisissure cotonneuse s'étendait autour de sa tête ; et dans l'angle de ses paupières, on apercevait de petits points rouges qui paraissaient remuer. De

temps à autre, Salammbô s'approchait de sa corbeille en fils d'argent ; elle écartait la courtine de
pourpre, les feuilles de lotus, le duvet d'oiseau ; il
était continuellement [1] enroulé sur lui-même, plus
immobile qu'une liane flétrie ; et, à force de le
regarder, elle finissait par sentir dans son cœur
comme une spirale, comme un autre serpent qui,
peu à peu, lui montait à la gorge et l'étranglait.

Elle était désespérée d'avoir vu le zaïmph, et
cependant, elle en éprouvait une sorte de joie, un
orgueil intime. Un mystère se dérobait dans la
splendeur de ses plis ; c'était le nuage enveloppant
les Dieux, le secret de l'existence universelle, et
Salammbô, en se faisant horreur à elle-même,
regrettait de ne l'avoir pas soulevé.

Presque toujours, elle était accroupie au fond
de son appartement, tenant dans ses mains sa
jambe gauche repliée, la bouche entrouverte, le
menton baissé, l'œil fixe. Elle se rappelait, avec
épouvante, la figure de son père ; elle voulait s'en
aller dans les montagnes de la Phénicie, en pèlerinage au temple d'Aphaka, où Tanit est descendue
sous la forme d'une étoile ; toutes sortes d'imaginations l'attiraient, l'effrayaient ; d'ailleurs une
solitude chaque jour plus large l'environnait. Elle
ne savait même pas ce que devenait Hamilcar.

Enfin, lasse de ses pensées, elle se levait, et, en
traînant ses petites sandales dont la semelle à
chaque pas claquait sur ses talons, elle se promenait
au hasard dans la grande chambre silencieuse.
Les améthystes et les topazes du plafond faisaient
çà et là trembler des taches lumineuses, et Salammbô, tout en marchant, tournait un peu la

tête pour les voir. Elle allait prendre par le goulot
les amphores suspendues ; elle se rafraîchissait la
poitrine sous les larges éventails, ou bien elle
s'amusait à brûler du cinnamome dans des perles
creuses. Au coucher du soleil, Taanach retirait les
losanges de feutre noir bouchant les ouvertures de
la muraille ; alors ses colombes, frottées de musc
comme les colombes de Tanit, tout à coup entraient,
et leurs pattes roses glissaient sur les dalles de
verre parmi les grains d'orge qu'elle leur jetait à
pleines poignées, comme un semeur dans un
champ. Mais soudain elle éclatait en sanglots, et
elle restait étendue sur le grand lit fait de courroies
de bœuf, sans remuer, en répétant un mot, toujours le même, les yeux ouverts, pâle comme une
morte, insensible, froide ; — et cependant elle
entendait le cri des singes dans les touffes des palmiers, avec le grincement continu de la grande [1]
roue qui, à travers les étages, amenait un flot
d'eau pure dans la vasque de porphyre.

Quelquefois, durant plusieurs jours, elle refusait
de manger. Elle voyait en rêve des astres troubles
qui passaient sous ses pieds. Elle appelait Schahabarim, et, quand il était venu, n'avait plus rien
à lui dire.

Elle ne pouvait vivre sans le soulagement de sa
présence. Mais elle se révoltait intérieurement
contre cette domination ; elle sentait pour le prêtre
tout à la fois de la terreur, de la jalousie, de là
haine et une espèce d'amour, en reconnaissance
de la singulière volupté qu'elle trouvait près de lui.

Il avait reconnu l'influence de la Rabbet, habile
à distinguer quels étaient les Dieux qui envoyaient

les maladies ; et, pour guérir Salammbô, il faisait
arroser son appartement avec des lotions de ver-
veine et d'adiante ; elle mangeait tous les matins
des mandragores ; elle dormait, la tête sur un sachet
d'aromates mixtionnés par les pontifes ; il avait
même employé le baaras, racine couleur de feu qui
refoule dans le septentrion les génies funestes ;
enfin, se tournant vers l'étoile polaire, il murmura
par trois fois le nom mystérieux de Tanit ; mais
Salammbô souffrant toujours, ses angoisses s'ap-
profondirent.

Personne à Carthage n'était savant comme lui.
Dans sa jeunesse, il avait étudié au collège des
Mogbeds, à Borsippa, près Babylone ; puis visité
Samothrace, Pessinunte, Éphèse, la Thessalie, la
Judée, les temples des Nabathéens, qui sont perdus
dans les sables ; et, des cataractes jusqu'à la mer,
parcouru à pied les bords du Nil. La face couverte
d'un voile, et en secouant des flambeaux, il avait
jeté un coq noir sur un feu de sandaraque, devant le
poitrail du Sphinx, le Père-de-la-Terreur. Il était
descendu dans les cavernes de Proserpine ; il
avait vu tourner les cinq cents colonnes du laby-
rinthe de Lemnos et resplendir le candélabre de
Tarente, portant sur sa tige autant de lampadaires
qu'il y a de jours dans l'année ; la nuit, parfois, il
recevait des Grecs pour les interroger. La constitution du monde ne l'inquiétait pas moins que la
nature des Dieux ; avec les armilles placés dans le
portique d'Alexandrie, il avait observé les équi-
noxes, et accompagné jusqu'à Cyrène les bématistes d'Évergète, qui mesurent le ciel en calculant
le nombre de leurs pas ; — si bien que maintenant

grandissait dans sa pensée une religion particulière, sans formule distincte, et, à cause de cela
même, toute pleine de vertiges et d'ardeurs. Il ne
croyait plus la terre faite comme une pomme de
pin ; il la croyait ronde et tombant éternellement
dans l'immensité, avec une vitesse si prodigieuse
qu'on ne s'aperçoit pas de sa chute.

De la position du soleil au-dessus de la lune, il
concluait à la prédominance de Baal, dont l'astre
lui-même n'est que le reflet et la figure ; d'ailleurs,
tout ce qu'il voyait des choses terrestres le forçait
à reconnaître pour suprême le principe mâle
exterminateur. Puis, il accusait secrètement la
Rabbet de l'infortune de sa vie. N'était-ce pas pour
elle qu'autrefois le grand pontife, s'avançant
dans le tumulte des cymbales, lui avait pris sous
une patère d'eau bouillante [1] sa virilité future ?
Et il suivait d'un œil mélancolique des hommes
qui se perdaient avec les prêtresses au fond des téré-
binthes.

Ses jours se passaient à inspecter les encensoirs,
les vases d'or, les pinces, les râteaux pour les cendres
de l'autel, et toutes les robes des statues, jusqu'à
l'aiguille de bronze servant à friser les cheveux
d'une vieille Tanit, dans le troisième édicule, près
de la vigne d'émeraude. Aux mêmes heures, il
soulevait les grandes tapisseries des mêmes portes
qui retombaient ; il restait les bras ouverts dans
la même attitude ; il priait prosterné sur les mêmes
dalles, tandis qu'autour de lui un peuple de prêtres
circulait pieds nus par les couloirs pleins d'un
crépuscule éternel.

Mais sur l'aridité de sa vie, Salammbô faisait

comme une fleur dans la fente d'un sépulcre. Cependant, il était dur pour elle, et ne lui épargnait point les pénitences ni les paroles amères. Sa condition établissait entre eux comme l'égalité d'un sexe commun, et il en voulait moins à la jeune fille de ne pouvoir la posséder que de la trouver si belle et surtout si pure. Souvent il voyait bien qu'elle se fatiguait à suivre sa pensée. Alors il s'en retournait plus triste ; il se sentait plus abandonné, plus seul, plus vide.

Des mots étranges quelquefois lui échappaient, et qui passaient devant Salammbô comme de larges éclairs illuminant des abîmes. C'était la nuit, sur la terrasse, quand, seuls tous les deux, ils regardaient les étoiles, et que Carthage s'étalait en bas, sous leurs pieds, avec le golfe et la pleine mer vaguement perdus dans la couleur des ténèbres.

Il lui exposait la théorie des âmes qui descendent sur la terre, en suivant la même route que le soleil par les signes du zodiaque. De son bras étendu, il montrait dans le Bélier la porte de la génération humaine, dans le Capricorne, celle du retour vers les Dieux ; et Salammbô s'efforçait de les apercevoir, car elle prenait ces conceptions pour des réalités ; elle acceptait comme vrais en eux-mêmes de purs symboles et jusqu'à des manières de langage, distinction qui n'était pas, non plus, toujours bien nette pour le prêtre.

— « Les âmes des morts », disait-il, « se résolvent dans la lune comme les cadavres dans la terre. Leurs larmes composent son humidité ; c'est un séjour obscur plein de fange, de débris et de tempêtes. »

Elle demanda ce qu'elle y deviendrait.

— « D'abord, tu languiras, légère comme une vapeur qui se balance sur les flots ; et, après des épreuves et des angoisses plus longues, tu t'en iras dans le foyer du soleil, à la source même de l'Intelligence ! »

Cependant il ne parlait pas de la Rabbet. Salammbô s'imaginait que c'était par pudeur pour sa déesse vaincue, et, l'appelant d'un nom commun qui désignait la lune, elle se répandait en bénédictions sur l'astre fertile et doux. A la fin, il s'écria :

— « Non ! non ! elle tire de l'autre toute sa fécondité ! Ne la vois-tu pas vagabondant autour de lui comme une femme amoureuse qui court après un homme dans un champ ? » Et sans cesse, il exaltait la vertu de la lumière.

Loin d'abattre ses désirs mystiques, au contraire il les sollicitait, et même il semblait prendre de la joie à la désoler par les révélations d'une doctrine impitoyable. Salammbô, malgré les douleurs de son amour, se jetait dessus avec emportement.

Mais plus Schahabarim se sentait douter de Tanit, plus il voulait y croire. Au fond de son âme un remords l'arrêtait. Il lui aurait fallu quelque preuve, une manifestation des Dieux, et, dans l'espoir de l'obtenir, le prêtre imagina une entreprise qui pouvait à la fois sauver sa patrie et sa croyance.

Dès lors il se mit, devant Salammbô, à déplorer le sacrilège et les malheurs qui en résultaient jusque dans les régions du ciel. Puis, tout à coup, il lui annonça le péril du Suffète, assailli par trois armées que commandait Mâtho ; car Mâtho, pour les

Carthaginois, était, à cause du voile, comme le roi des Barbares ; et il ajouta que le salut de la République et de son père dépendait d'elle seule.

— « De moi! » s'écria-t-elle, « comment puis-je...? »

Mais le prêtre, avec un sourire de dédain :

— « Jamais tu ne consentiras! »

Elle le suppliait. Enfin Schahabarim lui dit :

— « Il faut que tu ailles chez les Barbares reprendre le zaïmph! »

Elle s'affaissa sur l'escabeau d'ébène ; et elle restait les bras allongés entre [1] ses genoux, avec un frisson de tous ses membres, comme une victime au pied de l'autel quand elle attend le coup de massue. Ses tempes bourdonnaient, elle voyait tourner des cercles de feu, et, dans sa stupeur, ne comprenait plus qu'une chose, c'est que certainement elle allait bientôt mourir.

Mais si Rabbetna triomphait, si le zaïmph était rendu et Carthage délivrée, qu'importe [2] la vie d'une femme! pensait Schahabarim. D'ailleurs, elle obtiendrait peut-être le voile et ne périrait pas.

Il fut trois jours sans revenir ; le soir du quatrième, elle l'envoya chercher.

Pour mieux enflammer son cœur, il lui apportait toutes les invectives que l'on hurlait contre Hamilcar en plein Conseil ; il lui disait qu'elle avait failli, qu'elle devait réparer son crime, et que la Rabbetna ordonnait ce sacrifice.

Souvent une large clameur traversant les Mappales arrivait dans Mégara. Schahabarim et Salammbô sortaient vivement ; et, du haut de l'escalier des galères, ils regardaient.

C'étaient des gens sur la place de Khamon qui criaient pour avoir des armes. Les Anciens ne voulaient pas leur en fournir, estimant cet effort inutile ; d'autres partis, sans général, avaient été massacrés. Enfin on leur permit de s'en aller, et, par une sorte d'hommage à Moloch ou un vague besoin de destruction, ils arrachèrent dans les bois des temples de grands cyprès, et, les ayant allumés aux flambeaux des Kabyres, ils les portaient dans les rues en chantant. Ces flammes monstrueuses s'avançaient, balancées doucement ; elles envoyaient des feux sur des boules de verre à la crête des temples, sur les ornements des colosses, sur les éperons des navires, dépassaient les terrasses et faisaient comme des soleils qui se roulaient par la ville. Elles descendirent l'Acropole. La porte de Malqua s'ouvrit.

— « Es-tu prête ? » s'écria Schahabarim, « ou leur as-tu recommandé de dire à ton père que tu l'abandonnais. » Elle se cacha le visage dans ses voiles, et les grandes lueurs s'éloignèrent, en s'abaissant peu à peu au bord des flots.

Une épouvante indéterminée la retenait : elle avait peur de Moloch, peur de Mâtho. Cet homme à taille de géant, et qui était maître du zaïmph, dominait la Rabbetna autant que le Baal et lui apparaissait entouré des mêmes fulgurations ; puis l'âme des Dieux, quelquefois, visitait le corps des hommes. Schahabarim, en parlant de celui-là, ne disait-il pas qu'elle devait vaincre Moloch ? Ils étaient mêlés l'un à l'autre ; elle les confondait ; tous les deux la poursuivaient.

Elle voulut connaître l'avenir et elle s'approcha

du serpent, car on tirait des augures d'après l'attitude des serpents. Mais la corbeille était vide ; Salammbô fut troublée.

Elle le trouva enroulé par la queue à un des balustres d'argent, près du lit suspendu, et il le frottait pour se dégager de sa vieille peau jaunâtre, tandis que son corps tout luisant et clair s'allongeait comme un glaive à moitié sorti du fourreau.

Puis les jours suivants, à mesure qu'elle se laissait convaincre, qu'elle était plus disposée à secourir Tanit, le python se guérissait, grossissait, il semblait revivre.

La certitude que Schahabarim exprimait la volonté des Dieux s'établit alors dans sa conscience. Un matin, elle se réveilla déterminée, et elle demanda ce qu'il fallait pour que Mâtho rendît le voile.

— « Le réclamer », dit Schahabarim.

— « Mais s'il refuse ? » reprit-elle.

Le prêtre la considéra fixement, et avec un sourire qu'elle n'avait jamais vu.

— « Oui, comment faire ? » répéta Salammbô.

Il roulait entre ses doigts l'extrémité des bandelettes qui tombaient de sa tiare sur ses épaules, les yeux baissés, immobile. Enfin, voyant qu'elle ne comprenait pas :

— « Tu seras seule avec lui.

— « Après ? » dit-elle.

— « Seule dans sa tente.

— « Et alors ? »

Schahabarim se mordit les lèvres. Il cherchait quelque phrase, un détour.

— « Si tu dois mourir, ce sera plus tard », dit-il,

« plus tard! ne crains rien! et quoi qu'il entre-
prenne, n'appelle pas! ne t'effraye pas! Tu seras
humble, entends-tu, et soumise à son désir qui est
l'ordre du ciel!

— « Mais le voile?

— « Les Dieux y aviseront », répondit Schahabarim. Elle ajouta :

— « Si tu m'accompagnais, ô père?

— « Non! »

Il la fit se mettre à genoux, et, gardant la main
gauche levée et la droite étendue, il jura pour elle
de rapporter dans Carthage le manteau de Tanit.
Avec des imprécations terribles, elle se dévouait
aux Dieux, et chaque fois que Schahabarim pro-
nonçait un mot, en défaillant, elle le répétait.

Il lui indiqua toutes les purifications, les jeûnes
qu'elle devait faire et comment parvenir jusqu'à
Mâtho. D'ailleurs, un homme connaissant les
routes l'accompagnerait.

Elle se sentit [1] comme délivrée. Elle ne songeait
plus qu'au bonheur de revoir le zaïmph, et maintenant elle bénissait Schahabarim de ses exhortations.

C'était l'époque où les colombes de Carthage
émigraient en Sicile, dans la montagne d'Éryx,
autour du temple de Vénus. Avant leur départ,
durant plusieurs jours, elles se cherchaient, s'appelaient pour se réunir ; enfin elles s'envolèrent un
soir ; le vent les poussait, et cette grosse nuée
blanche glissait dans le ciel, au-dessus de la mer,
très haut.

Une couleur de sang occupait l'horizon. Elles
semblaient descendre vers les flots, peu à peu ;

puis elles disparurent comme englouties et tombant d'elles-mêmes dans la gueule du soleil. Salammbô, qui les regardait s'éloigner, baissa la
tête, et Taanach, croyant deviner son chagrin,
lui dit alors doucement :

— « Mais elles reviendront, Maîtresse.

— « Oui! Je le sais.

— « Et tu les reverras.

— « Peut-être! » fit-elle en soupirant.

Elle n'avait confié à personne sa résolution ;
pour l'accomplir plus discrètement, elle envoya
Taanach acheter dans le faubourg de Kinisdo (au
lieu de les demander aux intendants), toutes les
choses qu'il lui fallait : du vermillon, des aromates, une ceinture de lin et des vêtements neufs.
La vieille esclave s'ébahissait de ces préparatifs,
sans oser pourtant lui faire de questions ; et le
jour arriva, fixé par Schahabarim, où Salammbô
devait partir.

Vers la douzième heure, elle aperçut au fond des
sycomores un vieillard aveugle, la main appuyée
sur l'épaule d'un enfant qui marchait devant lui,
et de l'autre il portait contre sa hanche une espèce
de cithare en bois noir. Les eunuques, les esclaves,
les femmes avaient été scrupuleusement éloignés ;
aucun ne pouvait savoir le mystère qui se pré-
parait.

Taanach alluma dans les angles de l'appartement quatre trépieds pleins de strobus et de cardamome ; puis elle déploya de grandes tapisseries
babyloniennes et elle les tendit sur des cordes,
tout autour de la chambre ; car Salammbô ne
voulait pas être vue, même par les murailles. Le

joueur de kinnor se tenait accroupi derrière la
porte, et le jeune garçon, debout, appliquait contre
ses lèvres une flûte de roseau. Au loin la clameur
des rues s'affaiblissait, des ombres violettes s'allongeaient devant le péristyle des temples, et, de
l'autre côté du golfe, les bases des montagnes, les
champs d'oliviers et les vagues terrains jaunes,
ondulant indéfiniment, se confondaient dans une
vapeur bleuâtre ; on n'entendait aucun bruit, un
accablement indicible pesait dans l'air.

Salammbô s'accroupit sur la marche d'onyx, au
bord du bassin ; elle releva ses larges manches
qu'elle attacha derrière ses épaules, et elle
commença ses ablutions, méthodiquement, d'après
les rites sacrés.

Enfin Taanach lui apporta, dans une fiole
d'albâtre, quelque chose de liquide et de coagulé ;
c'était le sang d'un chien noir, égorgé par des
femmes stériles, une nuit d'hiver, dans les décombres d'un sépulcre. Elle s'en frotta les oreilles,
les talons, le pouce de la main droite, et même son
ongle resta un peu rouge, comme si elle eût écrasé
un fruit.

La lune se leva ; alors la cithare et la flûte,
toutes les deux à la fois, se mirent à jouer.

Salammbô défit ses pendants d'oreilles, son collier, ses bracelets, sa longue simarre blanche ;
elle dénoua le bandeau de ses cheveux, et pendant
quelques minutes elle les secoua sur ses épaules,
doucement, pour se rafraîchir en les éparpillant.
La musique au dehors continuait ; c'étaient trois
notes, toujours les mêmes, précipitées, furieuses ;
les cordes grinçaient, la flûte ronflait ; Taanach

19

marquait la cadence en frappant dans ses mains ; Salammbô, avec un balancement de tout son corps, psalmodiait des prières, et ses vêtements, les uns après les autres [1], tombaient autour d'elle.

La lourde tapisserie trembla, et par-dessus la corde qui la supportait, la tête du python apparut. Il descendit lentement, comme une goutte d'eau qui coule le long d'un mur, rampa entre les étoffes épandues, puis, la queue collée contre le sol, il se leva [2] tout droit ; et ses yeux, plus brillants que des escarboucles, se dardaient sur Salammbô.

L'horreur du froid ou une pudeur, peut-être, la fit d'abord hésiter. Mais elle se rappela les ordres de Schahabarim, elle s'avança ; le python se rabattit et lui posant sur la nuque le milieu de son corps, il laissait pendre sa tête et sa queue, comme un collier rompu dont les deux bouts traînent jusqu'à terre. Salammbô l'entoura [3] autour de ses flancs, sous ses bras, entre ses genoux ; puis le prenant à la mâchoire, elle approcha cette petite gueule triangulaire jusqu'au bord de ses dents, et, en fermant à demi les yeux, elle se renversait sous les rayons de la lune. La blanche lumière semblait l'envelopper d'un brouillard d'argent, la forme de ses pas humides brillait sur les dalles, des étoiles palpitaient dans la profondeur de l'eau ; il serrait contre elle ses noirs anneaux tigrés de plaques d'or. Salammbô haletait sous ce poids trop lourd, ses reins pliaient, elle se sentait mourir ; et du bout de sa queue il lui battait la cuisse tout doucement ; puis la musique se taisant, il retomba.

Taanach revint près d'elle ; et quand elle eut disposé deux candélabres dont les lumières

brûlaient dans des boules de cristal pleines d'eau,
elle teignit de lausonia l'intérieur de ses mains,
passa du vermillon sur ses joues, de l'antimoine
au bord de ses paupières, et allongea ses sourcils
avec un mélange de gomme, de musc, d'ébène et
de pattes de mouches écrasées.

Salammbô, assise dans une chaise à montants
d'ivoire, s'abandonnait aux soins de l'esclave.
Mais ces attouchements, l'odeur des aromates
et les jeûnes qu'elle avait subis, l'énervaient. Elle
devint si pâle que Taanach s'arrêta.

— « Continue! » dit Salammbô, et, se roidissant contre elle-même, elle se ranima tout à coup.
Alors une impatience la saisit ; elle pressait Taanach de se hâter, et la vieille esclave en grom-
melant :

— « Bien! bien! Maîtresse!... Tu n'as d'ailleurs
personne qui t'attende!

— « Oui! » dit Salammbô, « quelqu'un m'attend. »

Taanach se recula de surprise, et, afin d'en
savoir plus long :

— « Que m'ordonnes-tu, Maîtresse? car si tu
dois rester partie... »

Mais Salammbô sanglotait ; l'esclave s'écria :

— « Tu souffres! qu'as-tu donc? Ne t'en va
pas! emmène-moi! Quand tu étais toute petite
et que tu pleurais, je te prenais sur mon cœur et
je te faisais rire avec la pointe de mes mamelles ;
tu les as taries, Maîtresse! » Elle se donnait des
coups sur sa poitrine desséchée. « Maintenant, je
suis vieille! je ne peux rien pour toi! tu ne m'aimes
plus! tu me caches tes douleurs, tu dédaignes ta
nourrice! » Et de tendresse et de dépit, des larmes

coulaient le long de ses joues, dans les balafres de
son tatouage.

— « Non ! » dit Salammbô, « non, je t'aime !
console-toi ! »

Taanach, avec un sourire pareil à la grimace d'un
vieux singe, reprit sa besogne. D'après les recom-
mandations de Schahabarim, Salammbô lui avait
ordonné de la rendre magnifique ; et elle l'ac-
commodait dans un goût barbare, plein à la
fois de recherche et d'ingénuité.

Sur une première tunique, mince, et de couleur
vineuse, elle en passa une seconde, brodée en
plumes d'oiseaux. Des écailles d'or se collaient à
ses hanches, et de cette large ceinture descendaient
les flots de ses caleçons bleus, étoilés d'argent.
Ensuite Taanach lui emmancha une grande robe,
faite avec la toile du pays des Sères, blanche et
bariolée de lignes vertes. Elle attacha au bord de
son épaule un carré de pourpre, appesanti dans le
bas par des grains de sandrastum ; et par-dessus
tous ces vêtements, elle posa un manteau noir à
queue traînante ; puis elle la contempla, et,
fière de son œuvre, ne put s'empêcher de
dire :

— « Tu ne seras pas plus belle le jour de tes
noces !

— « Mes noces ! » répéta Salammbô ; elle
rêvait, le coude appuyé sur la chaise d'ivoire.

Mais Taanach dressa devant elle un miroir de
cuivre si large et si haut qu'elle s'y aperçut tout
entière. Alors elle se leva, et, d'un coup de doigt
léger, remonta une boucle de ses cheveux, qui descendait trop bas.

Ils étaient couverts de poudre d'or, crépus sur le
front et par-derrière ils pendaient dans le dos, en
longues torsades que terminaient des perles. Les
clartés des candélabres avivaient le fard de ses
joues, l'or de ses vêtements, la blancheur de sa
peau ; elle avait autour de la taille, sur les bras,
sur les mains et aux doigts des pieds une telle
abondance de pierreries que le miroir, comme un
soleil, lui renvoyait des rayons ; — et Salammbô,
debout à côté de Taanach, se penchant pour la
voir, souriait dans cet éblouissement.

Puis elle se promena de long en large, embarrassée du temps qui lui restait.

Tout à coup, le chant d'un coq retentit. Elle
piqua vivement sur ses cheveux un long voile
jaune, se passa une écharpe autour du cou,
enfonça ses pieds dans des bottines de cuir bleu,
et elle dit à Taanach :

— « Va voir sous les myrtes s'il n'y a pas un
homme avec deux chevaux. »

Taanach était à peine rentrée qu'elle descendait
l'escalier des galeries [1].

— « Maîtresse! » cria la nourrice.

Salammbô se retourna, un doigt sur la bouche,
en signe de discrétion et d'immobilité.

Taanach se coula doucement le long des proues
jusqu'au bas de la terrasse ; et de loin, à la clarté
de la lune, elle distingua, dans l'avenue des
cyprès, une ombre gigantesque marchant à la
gauche de Salammbô obliquement, ce qui était un
présage de mort.

Taanach remonta dans la chambre. Elle se
jeta par terre, en se déchirant le visage avec ses

ongles ; elle s'arrachait les cheveux, et à pleine
poitrine poussait des hurlements aigus.

L'idée lui vint que l'on pouvait les entendre ;
alors elle se tut. Elle sanglotait tout bas, la tête
dans ses mains et la figure sur les dalles.

XI

SOUS LA TENTE

L'homme qui conduisait Salammbô la fit remonter au-delà du phare, vers les Catacombes, puis descendre le long faubourg Molouya, plein de ruelles escarpées. Le ciel commençait à blanchir. Quelquefois, des poutres de palmier, sortant des murs, les obligeaient à baisser la tête. Les deux chevaux, marchant au pas, glissaient ; et ils arrivèrent ainsi à la porte de Teveste.

Ses lourds battants étaient entrebâillés ; ils passèrent ; elle se referma derrière eux.

D'abord ils suivirent pendant quelque temps le pied des remparts, et, à la hauteur des Citernes, ils prirent par la Tænia, étroit ruban de terre jaune, qui, séparant le golfe du lac, se prolonge jusqu'au Rhadès.

Personne n'apparaissait autour de Carthage, ni sur la mer, ni dans la campagne. Les flots couleur d'ardoise clapotaient doucement, et le vent léger, poussant leur écume çà et là, les tachetait de déchirures blanches. Malgré tous ses voiles, Salammbô frissonnait sous la fraîcheur du matin ; le mouvement, le grand air l'étourdissaient.

Puis le soleil se leva ; il la mordait sur le derrière de la tête, et, involontairement, elle s'assoupissait un peu. Les deux bêtes, côte à côte, trottaient l'amble en enfonçant leurs pieds dans le sable muet.

Quand ils eurent dépassé la montagne des Eaux-Chaudes, ils continuèrent d'un train plus rapide, le sol étant plus ferme.

Mais les champs, bien qu'on fût à l'époque des semailles et des labours, d'aussi loin qu'on les apercevait, étaient vides comme le désert. Il y avait, de place en place, des tas de blé répandus ; ailleurs des orges roussies s'égrenaient. Sur l'horizon clair, les villages apparaissaient en noir, avec des formes incohérentes et découpées.

De temps à autre, un pan de muraille à demi calciné se dressait au bord de la route. Les toits des cabanes s'effondraient, et, dans l'intérieur, on distinguait des éclats de poteries, des lambeaux de vêtements, toutes sortes d'ustensiles et de choses brisées méconnaissables. Souvent un être couvert de haillons, la face terreuse et les prunelles flamboyantes, sortait de ces ruines. Mais bien vite il se mettait à courir ou disparaissait dans un trou. Salammbô et son guide ne s'arrêtaient pas.

Les plaines abandonnées se succédaient. Sur de grands espaces de terre toute blonde s'étalait, par traînées inégales, une poudre de charbon que leurs pas soulevaient derrière eux. Quelquefois ils rencontraient de petits endroits paisibles, un ruisseau qui coulait parmi de longues herbes ; et, en remontant sur l'autre bord, Salammbô, pour

se rafraîchir les mains, arrachait des feuilles
mouillées. Au coin d'un bois de lauriers-roses, son
cheval fit un grand écart devant le cadavre d'un
homme, étendu par terre.

L'esclave, aussitôt, la rétablit sur les coussins.
C'était un des serviteurs du Temple, un homme
que Schahabarim employait dans les missions
périlleuses.

Par excès de précaution, maintenant il allait
à pied, près d'elle entre les chevaux ; et il les
fouettait avec le bout d'un lacet de cuir enroulé
à son bras, ou bien il tirait d'une panetière
suspendue contre sa poitrine des boulettes de
froment, de dattes et de jaunes d'œufs, enveloppées dans des feuilles de lotus, et il les offrait à
Salammbô, sans parler, tout en courant.

Au milieu du jour, trois Barbares, vêtus de
peaux de bêtes, les croisèrent sur le sentier. Peu
à peu, il en parut d'autres, vagabondant par
troupes de dix, douze, vingt-cinq hommes ; plusieurs poussaient des chèvres ou quelque vache
qui boitait. Leurs lourds bâtons étaient hérissés
de pointes en airain ; des coutelas luisaient sur leurs
vêtements d'une saleté farouche, et ils ouvraient
les yeux avec un air de menace et d'ébahissement.
Tout en passant, quelques-uns envoyaient une
bénédiction banale ; d'autres, des plaisanteries
obscènes ; et l'homme de Schahabarim répondait
à chacun dans son propre idiome. Il leur disait
que c'était un jeune garçon malade allant pour se
guérir vers un temple lointain.

Cependant le jour tombait. Des aboiements
retentirent ; ils s'en rapprochèrent.

Puis, aux clartés du crépuscule, ils aperçurent un enclos de pierres sèches, enfermant une vague construction. Un chien courait sur le mur. L'esclave lui jeta des cailloux ; et ils entrèrent dans une haute salle voûtée.

Au milieu, une femme accroupie se chauffait à un feu de broussailles dont la fumée s'envolait par les trous du plafond. Ses cheveux blancs, qui lui tombaient jusqu'aux genoux, la cachaient à demi ; et sans vouloir répondre, d'un air idiot, elle marmottait des paroles de vengeance contre les Barbares et contre les Carthaginois.

Le coureur furetait de droite et de gauche. Puis il revint près d'elle, en réclamant à manger. La vieille branlait la tête, et, les yeux fixés sur les charbons, murmurait :

— « J'étais la main. Les dix doigts sont coupés. La bouche ne mange plus. »

L'esclave lui montra une poignée de pièces d'or. Elle se rua dessus, mais bientôt elle reprit son immobilité.

Enfin il lui posa sous la gorge un poignard qu'il avait dans sa ceinture. Alors, en tremblant, elle alla soulever une large pierre et rapporta une amphore de vin avec des poissons d'Hippo-Zaryte confits dans du miel.

Salammbô se détourna de cette nourriture immonde, et elle s'endormit sur les caparaçons des chevaux étendus dans un coin de la salle.

Avant le jour, il la réveilla.

Le chien hurlait. L'esclave s'en approcha tout doucement ; et, d'un seul coup de poignard, lui abattit la tête. Puis il frotta de sang les naseaux des

chevaux pour les ranimer. La vieille lui lança par-
derrière une malédiction. Salammbô l'aperçut, et
elle pressa l'amulette qu'elle portait sur son cœur.

Ils se remirent en marche.

De temps à autre, elle demandait si l'on ne
serait pas bientôt arrivé. La route ondulait sur de
petites collines. On n'entendait que le grincement
des cigales. Le soleil chauffait l'herbe jaunie ; la
terre était toute fendillée par des crevasses, qui
faisaient, en la divisant, comme des dalles monstrueuses. Quelquefois une vipère passait, des
aigles volaient ; l'esclave courait toujours ;
Salammbô rêvait sous ses voiles, et malgré la
chaleur ne les écartait pas, dans la crainte de
salir ses beaux vêtements.

A des distances régulières, des tours s'élevaient, bâties par les Carthaginois, afin de surveiller les tribus. Ils entraient dedans pour se
mettre à l'ombre, puis repartaient.

La veille, par prudence, ils avaient fait un
grand détour. Mais, à présent, on ne rencontrait
personne ; la région étant stérile, les Barbares
n'y avaient point passé.

La dévastation peu à peu recommença. Parfois,
au milieu d'un champ, une mosaïque s'étalait,
seul débris d'un château disparu ; et les oliviers,
qui n'avaient pas de feuilles, semblaient au loin
de larges buissons d'épines. Ils traversèrent un
bourg dont les maisons étaient brûlées à ras du
sol. On voyait le long des murailles des squelettes
humains. Il y en avait aussi de dromadaires et
de mulets. Des charognes à demi rongées barraient
les rues.

La nuit descendait. Le ciel était bas et couvert de nuages.

Ils remontèrent encore pendant deux heures dans la direction de l'Occident, et, tout à coup, devant eux, ils aperçurent quantité de petites flammes.

Elles brillaient au fond d'un amphithéâtre. Çà et là des plaques d'or miroitaient, en se déplaçant. C'étaient les cuirasses des Clinabares, le camp punique ; puis ils distinguèrent aux alentours d'autres lueurs plus nombreuses, car les armées des Mercenaires, confondues maintenant, s'étendaient sur un grand espace.

Salammbô fit un mouvement pour s'avancer. Mais l'homme de Schahabarim l'entraîna plus loin, et ils longèrent la terrasse qui fermait le camp des Barbares. Une brèche s'y ouvrait, l'esclave disparut.

Au sommet du retranchement, une sentinelle se promenait avec un arc à la main et une pique sur l'épaule.

Salammbô se rapprochait toujours ; le Barbare s'agenouilla, et une longue flèche vint percer le bas de son manteau. Puis, comme elle restait immobile, en criant, il lui demanda ce qu'elle voulait.

— « Parler à Mâtho », répondit-elle. « Je suis un transfuge de Carthage. »

Il poussa un sifflement, qui se répéta de loin en loin.

Salammbô attendit ; son cheval, effrayé, tournoyait en reniflant.

Quand Mâtho arriva, la lune se levait derrière

elle. Mais elle avait sur le visage un voile jaune
à fleurs noires et tant de draperies autour du corps
qu'il était impossible d'en rien deviner. Du haut
de la terrasse, il considérait cette forme vague se
dressant comme un fantôme dans les pénombres,
du soir.

Enfin elle lui dit :

— « Mène-moi dans ta tente! Je le veux! »

Un souvenir qu'il ne pouvait préciser lui
traversa la mémoire. Il sentait battre son cœur.
Cet air de commandement l'intimidait.

— « Suis-moi! » dit-il.

La barrière s'abaissa ; aussitôt elle fut dans le
camp des Barbares.

Un grand tumulte et une grande foule l'emplissaient. Des feux clairs brûlaient sous des marmites
suspendues ; et leurs reflets empourprés, illuminant certaines places, en laissaient d'autres dans
les ténèbres, complètement. On criait, on appelait ;
des chevaux attachés à des entraves formaient de
longues lignes droites au milieu des tentes ; elles
étaient rondes, carrées, de cuir ou de toile ; il y
avait des huttes en roseaux et des trous dans le
sable comme en font les chiens. Les soldats
charriaient des fascines, s'accoudaient par terre,
ou, s'enroulant dans une natte, se disposaient à
dormir ; et le cheval de Salammbô, pour passer
par-dessus, quelquefois allongeait une jambe et
sautait.

Elle se rappelait les avoir déjà vus ; mais leurs
barbes étaient plus longues, leurs figures encore
plus noires, leurs voix plus rauques. Mâtho, en
marchant devant elle, les écartait par un geste de

son bras qui soulevait son manteau rouge. Quelques-uns baisaient ses mains ; d'autres, en pliant
l'échine, l'abordaient pour lui demander des ordres ;
car il était maintenant le véritable, le seul chef des
Barbares ; Spendius, Autharite et Narr'Havas
étaient découragés, et il avait montré tant d'audace et d'obstination que tous lui obéissaient.

Salammbô, en le suivant, traversa le camp
entier. Sa tente était au bout, à trois cents pas du
retranchement d'Hamilcar.

Elle remarqua sur la droite une large fosse, et il
lui sembla que des visages posaient contre le bord,
au niveau du sol, comme eussent fait des têtes
coupées. Cependant leurs yeux remuaient, et de ces
bouches entrouvertes il s'échappait des gémissements en langage punique.

Deux nègres, portant des fanaux de résine, se
tenaient aux deux côtés de la porte. Mâtho écarta
la toile brusquement. Elle le suivit.

C'était une tente profonde, avec un mât dressé
au milieu. Un grand lampadaire en forme de lotus
l'éclairait, tout plein d'une huile jaune où flottaient
des poignées d'étoupes, et on distinguait dans
l'ombre des choses militaires qui reluisaient. Un
glaive nu s'appuyait contre un escabeau, près
d'un bouclier ; des fouets en cuir d'hippopotame,
des cymbales, des grelots, des colliers s'étalaient
pêle-mêle sur des corbeilles [1] en sparterie ; les
miettes d'un pain noir salissaient une couverture
de feutre ; dans un coin, sur une pierre ronde, de la
monnaie de cuivre était négligemment amoncelée,
et, par les déchirures de la toile, le vent apportait
la poussière du dehors avec la senteur des élé-

phants, que l'on entendait manger, tout en secouant leurs chaînes.

— « Qui es-tu ? » dit Mâtho.

Sans répondre, elle regardait autour d'elle, lentement, puis ses yeux s'arrêtèrent au fond, où, sur un lit en branches de palmier, retombait quelque chose de bleuâtre et de scintillant.

Elle s'avança vivement. Un cri lui échappa. Mâtho, derrière elle, frappait du pied.

— « Qui t'amène ? pourquoi viens-tu ? »

Elle répondit en montrant le zaïmph :

— « Pour le prendre ! » et de l'autre main elle arracha les voiles de sa tête. Il se recula, les coudes en arrière, béant, presque terrifié.

Elle se tenait comme appuyée sur la force des Dieux ; et, le regardant face à face, elle lui demanda le zaïmph ; elle le réclamait en paroles abondantes et superbes.

Mâtho n'entendait pas ; il la contemplait, et les vêtements, pour lui, se confondaient avec le corps. La moire des étoffes était, comme la splendeur de sa peau, quelque chose de spécial et n'appartenant qu'à elle. Ses yeux, ses diamants étincelaient ; le poli de ses ongles continuait la finesse des pierres qui chargeaient ses doigts ; les deux agrafes de sa tunique, soulevant un peu de ses seins, les rapprochaient l'un de l'autre, et il se perdait par la pensée dans leur étroit intervalle, où descendait un fil tenant une plaque d'émeraudes, que l'on apercevait plus bas sous la gaze violette. Elle avait pour pendants d'oreilles deux petites balances de saphir supportant une perle creuse, pleine d'un parfum liquide. Par les trous de la perle, de mo-

ment en moment, une gouttelette qui tombait
mouillait son épaule nue. Mâtho la regardait
tomber.

Une curiosité indomptable l'entraîna ; et, comme
un enfant qui porte la main sur un fruit inconnu,
tout en tremblant, du bout de son doigt, il la
toucha légèrement sur le haut de sa poitrine ; la
chair un peu froide céda avec une résistance élas-
tique.

Ce contact, à peine sensible pourtant, ébranla
Mâtho jusqu'au fond de lui-même. Un soulèvement
de tout son être le précipitait vers elle. Il aurait
voulu l'envelopper, l'absorber, la boire. Sa poitrine haletait, il claquait des dents.

En la prenant par les deux poignets, il l'attira
doucement, et il s'assit alors sur une cuirasse, près
du lit de palmier que couvrait une peau de lion.
Elle était debout. Il la regardait de bas en haut, en
la tenant ainsi entre ses jambes, et il répétait :

— « Comme tu es belle ! comme tu es belle ! »

Ses yeux continuellement fixés sur les siens la
faisaient souffrir ; et ce malaise, cette répugnance
augmentaient d'une façon si aiguë que Salammbô
se retenait pour ne pas crier. La pensée de Schahabarim lui revint ; elle se résigna.

Mâtho gardait toujours ses petites mains dans
les siennes ; et, de temps à autre, malgré l'ordre du
prêtre, en tournant le visage, elle tâchait de
l'écarter avec des secousses de ses bras. Il ouvrait
les narines pour mieux humer le parfum s'exhalant de sa personne. C'était une émanation indéfinissable, fraîche, et cependant qui étourdissait
comme la fumée d'une cassolette. Elle sentait le

miel, le poivre, l'encens, les roses, et une autre
odeur encore.

Mais comment se trouvait-elle près de·lui, dans
sa tente, à sa discrétion? Quelqu'un, sans doute,
l'avait poussée? Elle n'était pas venue pour le
zaïmph? Ses bras retombèrent, et il baissa la tête,
accablé par une rêverie soudaine.

Salammbô, afin de l'attendrir, lui dit d'une voix
plaintive :

— « Que t'ai-je donc fait pour que tu veuilles
ma mort ?

— « Ta mort! »

Elle reprit :

— « Je t'ai aperçu un soir, à la lueur de mes
jardins qui brûlaient, entre des coupes fumantes
et mes esclaves égorgés, et ta colère était si forte
que tu as bondi vers moi et qu'il a fallu m'enfuir!
Puis une terreur est entrée dans Carthage. On
criait la dévastation des villes, l'incendie des campagnes, le massacre des soldats ; c'est toi qui les
avais perdus, c'est toi qui les avais assassinés! Je
te hais! Ton nom seul me ronge comme un remords.
Tu es plus exécré que la peste et que la guerre
romaine! Les provinces tressaillent de ta fureur,
les sillons sont pleins de cadavres! J'ai suivi la
trace de tes feux, comme si je marchais derrière
Moloch! »

Mâtho se leva d'un bond ; un orgueil colossal
lui gonflait le cœur ; il se trouvait haussé à la
taille d'un Dieu.

Les narines battantes, les dents serrées, elle
continuait :

— « Comme si ce n'était pas assez de ton sacrilège, tu es venu chez moi, dans mon sommeil, tout couvert du zaïmph! Tes paroles, je ne les ai pas comprises ; mais je voyais bien que tu voulais m'entraîner vers quelque chose d'épouvantable, au fond d'un abîme. »

Mâtho, en se tordant les bras, s'écria :

— « Non! non! c'était pour te le donner! pour te le rendre! Il me semblait que la Déesse avait laissé son vêtement pour toi, et qu'il t'appartenait! Dans son temple ou dans ta maison, qu'importe? n'es-tu pas toute-puissante, immaculée, radieuse et belle comme Tanit! » Et avec un regard plein d'une adoration infinie :

— « A moins, peut-être, que tu ne sois Tanit? »

— « Moi, Tanit! » se disait Salammbô.

Ils ne parlaient plus. Le tonnerre au loin roulait. Des moutons bêlaient, effrayés par l'orage.

— « Oh! approche! » reprit-il, « approche! ne crains rien!

« Autrefois, je n'étais qu'un soldat confondu dans la plèbe des Mercenaires, et même si doux, que je portais pour les autres du bois sur mon dos. Est-ce que je m'inquiète de Carthage! La foule de ses hommes s'agite comme perdue dans la poussière de tes sandales, et tous ses trésors avec les provinces, les flottes et les îles, ne me font pas envie comme la fraîcheur de tes lèvres et le tour de tes épaules. Mais je voulais abattre ses murailles afin de parvenir jusqu'à toi, pour te posséder! D'ailleurs, en attendant, je me vengeais! A présent, j'écrase les hommes comme des coquilles, et je me jette sur les phalanges, j'écarte les sarisses avec mes mains, j'arrête les étalons par les naseaux ; une

catapulte ne me tuerait pas! Oh! si tu savais, au
milieu de la guerre, comme je pense à toi! Quelquefois, le souvenir d'un geste, d'un pli de ton vêtement, tout à coup me saisit et m'enlace comme un
filet! j'aperçois tes yeux dans les flammes des phalariques et sur la dorure des boucliers! j'entends
ta voix dans le retentissement des cymbales. Je
me détourne, tu n'es pas là! et alors je me replonge
dans la bataille! »

Il levait ses bras où des veines s'entrecroisaient
comme des lierres sur des branches d'arbre. De la
sueur coulait sur sa poitrine, entre ses muscles
carrés ; et son haleine secouait ses flancs avec sa
ceinture de bronze toute garnie de lanières qui pendaient jusqu'à ses genoux, plus fermes que du
marbre. Salammbô, accoutumée aux eunuques, se
laissait ébahir par la force de cet homme. C'était
le châtiment de la Déesse ou l'influence de Moloch
circulant autour d'elle, dans les cinq armées. Une
lassitude l'accablait ; elle écoutait avec stupeur
le cri intermittent des sentinelles, qui se répondaient.

Les flammes de la lampe vacillaient sous des
rafales d'air chaud. Il venait, par moment, de
larges éclairs ; puis l'obscurité redoublait ; et elle
ne voyait plus que les prunelles de Mâtho, comme
deux charbons dans la nuit. Cependant, elle sentait bien qu'une fatalité l'entourait, qu'elle touchait
à un moment suprême, irrévocable, et, dans un
effort, elle remonta vers le zaïmph et leva les mains
pour le saisir.

— « Que fais-tu ? » s'écria Mâtho.

Elle répondit avec placidité :

— « Je m'en retourne à Carthage. »

Il s'avança en croisant les bras, et d'un air si terrible qu'elle fut immédiatement comme clouée sur ses talons.

— « T'en retourner à Carthage ! » Il balbutiait, et répétait, en grinçant des dents :

— « T'en retourner à Carthage ! Ah ! tu venais pour prendre le zaïmph, pour me vaincre, puis disparaître ! Non ! non, tu m'appartiens ! et personne à présent ne t'arrachera d'ici ! Oh ! je n'ai pas oublié l'insolence de tes grands yeux tranquilles et comme tu m'écrasais avec la hauteur de ta beauté ! A mon tour, maintenant ! Tu es ma captive, mon esclave, ma servante ! Appelle, si tu veux, ton père et son armée, les Anciens, les Riches et ton exécrable peuple, tout entier ! Je suis le maître de trois cent mille soldats ! j'irai en chercher dans la Lusitanie, dans les Gaules et au fond du désert, et je renverserai ta ville, je brûlerai tous ses temples ; les trirèmes vogueront sur des vagues de sang ! Je ne veux pas qu'il en reste une maison, une pierre ni un palmier ! Et si les hommes me manquent, j'attirerai les ours des montagnes et je pousserai les lions ! N'essaye pas de t'enfuir, je te tue ! »

Blême et les poings crispés, il frémissait comme une harpe dont les cordes vont éclater. Tout à coup des sanglots l'étouffèrent et, en s'affaissant sur les jarrets :

— « Ah ! pardonne-moi ! Je suis un infâme et plus vil que les scorpions, que la fange et la poussière ! Tout à l'heure, pendant que tu parlais, ton haleine a passé sur ma face, et je me délectais

comme un moribond qui boit à plat ventre au
bord d'un ruisseau. Écrase-moi, pourvu que je
sente tes pieds! maudis-moi, pourvu que j'entende
ta voix! Ne t'en va pas! pitié! je t'aime! je t'aime!»

Il était à genoux, par terre, devant elle ; et il lui
entourait la taille de ses deux bras, la tête en
arrière, les mains errantes ; les disques d'or suspendus à ses oreilles luisaient sur son cou bronzé ;
de grosses larmes roulaient dans ses yeux pareils
à des globes d'argent ; il soupirait d'une façon
caressante, et murmurait de vagues paroles, plus
légères qu'une brise et suaves comme un baiser.

Salammbô était envahie par une mollesse où
elle perdait toute conscience d'elle-même. Quelque
chose à la fois d'intime et de supérieur, un ordre
des Dieux la forçait à s'y abandonner ; des nuages
la soulevaient, et, en défaillant, elle se renversa
sur le lit dans les poils du lion. Mâtho lui saisit
les talons, la chaînette d'or éclata, et les deux
bouts, en s'envolant, frappèrent la toile comme
deux vipères rebondissantes. Le zaïmph tomba,
l'enveloppait ; elle aperçut la figure de Mâtho se
courbant sur sa poitrine.

— « Moloch, tu me brûles! » et les baisers du
soldat, plus dévorateurs que des flammes, la par-
couraient ; elle était comme enlevée dans un ouragan, prise dans la force du soleil.

Il baisa tous les doigts de ses mains, ses bras, ses
pieds, et d'un bout à l'autre les longues tresses de
ses cheveux.

« Emporte-le », disait-il, « est-ce que j'y tiens!
emmène-moi avec lui! j'abandonne l'armée! je
renonce à tout! Au-delà de Gadès, à vingt jours

dans la mer, on rencontre une île couverte de poudre d'or, de verdure et d'oiseaux. Sur les montagnes, de grandes fleurs pleines de parfums qui fument se balancent comme d'éternels encensoirs ; dans les citronniers plus hauts que des cèdres, des serpents couleur de lait font avec les diamants de leur gueule tomber les fruits sur le gazon ; l'air est si doux qu'il empêche de mourir. Oh! je la trouverai, tu verras. Nous vivrons dans les grottes de cristal, taillées au bas des collines. Personne encore ne l'habite, ou je deviendrai le roi du pays. »

Il balaya la poussière de ses cothurnes ; il voulut qu'elle mît entre ses lèvres le quartier d'une grenade : il accumula derrière sa tête des vêtements pour lui faire un coussin. Il cherchait les moyens de la servir, de s'humilier, et même il étala sur ses jambes le zaïmph, comme un simple tapis.

— « As-tu toujours », disait-il, « ces petites cornes de gazelle où sont suspendues tes colliers ? Tu me les donneras ; je les aime! » Car il parlait comme si la guerre était finie, des rires de joie lui échappaient ; et les Mercenaires, Hamilcar, tous les obstacles avaient maintenant disparu. La lune glissait entre deux nuages. Ils la voyaient par une ouverture de la tente. — « Ah! que j'ai passé de nuits à la contempler! elle me semblait un voile qui cachait ta figure ; tu me regardais à travers ; ton souvenir se mêlait à ses rayonnements ; je ne vous distinguais plus! » Et la tête entre ses seins, il pleurait abondamment.

— « C'est donc là », songeait-elle, « cet homme formidable qui fait trembler Carthage! »

Il s'endormit. Alors, en se dégageant de son

bras, elle posa un pied par terre, et elle s'aperçut que sa chaînette était brisée.

On accoutumait les vierges dans les grandes familles à respecter ces entraves comme une chose presque religieuse, et Salammbô, en rougissant, roula autour de ses jambes les deux tronçons de la chaîne d'or.

Carthage, Mégara, sa maison, sa chambre et les campagnes qu'elle avait traversées tourbillonnaient dans sa mémoire en images tumultueuses et nettes cependant. Mais un abîme survenu les reculait loin d'elle, à une distance infinie.

L'orage s'en allait ; de rares gouttes d'eau en claquant une à une faisaient osciller le toit de la tente.

Mâtho, tel qu'un homme ivre, dormait étendu sur le flanc, avec un bras qui dépassait le bord de la couche. Son bandeau de perles était un peu remonté et découvrait son front. Un sourire écartait ses dents. Elles brillaient entre sa barbe noire, et dans les paupières à demi closes il y avait une gaieté silencieuse et presque outrageante.

Salammbô le regardait immobile, la tête basse, les mains croisées.

Au chevet du lit, un poignard s'étalait sur une table [1] de cyprès ; la vue de cette lame luisante l'enflamma d'une envie sanguinaire. Des voix lamentables se traînaient au loin, dans l'ombre, et, comme un chœur de Génies, la sollicitaient. Elle se rapprocha ; elle saisit le fer par le manche. Au frôlement de sa robe, Mâtho entrouvrit les yeux, en avançant la bouche sur ses mains [2], et le poignard tomba.

Des cris s'élevèrent ; une lueur effrayante fulgurait derrière la toile. Mâtho la souleva ; ils aperçurent de grandes flammes qui enveloppaient le
camp des Libyens.

Leurs cabanes de roseaux brûlaient, et les
tiges, en se tordant, éclataient dans la fumée et
s'envolaient comme des flèches ; sur l'horizon tout
rouge, des ombres noires couraient éperdues. On
entendait les hurlements de ceux qui étaient dans
les cabanes ; les éléphants, les bœufs et les chevaux
bondissaient au milieu de la foule en l'écrasant,
avec les munitions et les bagages que l'on tirait
de l'incendie. Des trompettes sonnaient [1]. On
appelait : « Mâtho! Mâtho! » Des gens à la porte
voulaient entrer.

— « Viens donc! c'est Hamilcar qui brûle le
camp d'Autharite! »

Il fit un bond. Elle se trouva toute seule.

Alors elle examina le zaïmph ; et quand elle
l'eut bien contemplé, elle fut surprise de ne pas
avoir ce bonheur qu'elle s'imaginait autrefois. Elle
restait mélancolique devant son rêve accompli.

Mais le bas de la tente se releva, et une forme
monstrueuse apparut. Salammbô ne distingua
d'abord que les deux yeux, avec une longue barbe
blanche qui pendait jusqu'à terre ; car le reste du
corps, embarrassé dans les guenilles d'un vêtement
fauve, traînait contre le sol ; et, à chaque mouvement pour avancer, les deux mains entraient dans
la barbe, puis retombaient. En rampant ainsi, elle
arriva jusqu'à ses pieds, et Salammbô reconnut le
vieux Giscon.

En effet, les Mercenaires, pour empêcher les

anciens captifs de s'enfuir, à coups de barre d'airain
leur avaient cassé les jambes ; et ils pourrissaient
tous pêle-mêle, dans une fosse, au milieu des
immondices. Les plus robustes, quand ils entendaient le bruit des gamelles, se haussaient en criant :
c'est ainsi que Giscon avait aperçu Salammbô. Il
avait deviné une Carthaginoise, aux petites boules
de sandastrum qui battaient contre ses cothurnes ;
et, dans le pressentiment d'un mystère considérable, en se faisant aider par ses compagnons,
il était parvenu à sortir de la fosse ; puis, avec les
coudes et les mains, il s'était traîné vingt pas plus
loin, jusqu'à la tente de Mâtho. Deux voix y parlaient. Il avait écouté du dehors et tout entendu.

— « C'est toi ! » dit-elle enfin, presque épouvantée.

En se haussant sur les poignets, il répliqua :

— « Oui, c'est moi ! On me croit mort,
n'est-ce pas ? »

Elle baissa la tête. Il reprit :

— « Ah ! pourquoi les Baals ne m'ont-ils pas
accordé cette miséricorde ! » Et se rapprochant de
si près, qu'il la frôlait. « Ils m'auraient épargné la
peine de te maudire ! »

Salammbô se rejeta vivement en arrière, tant
elle eut peur de cet être immonde, qui était hideux
comme une larve et terrible comme un fantôme.

— « J'ai cent ans, bientôt », dit-il. « J'ai vu
Agathoclès ; j'ai vu Régulus et les aigles des
Romains passer sur les moissons des champs puni-
ques ! J'ai vu toutes les épouvantes des batailles
et la mer encombrée par les débris de nos flottes !
Des Barbares que je commandais m'ont enchaîné

aux quatre membres, comme un esclave homicide.
Mes compagnons, l'un après l'autre, sont à mourir
autour de moi ; l'odeur de leurs cadavres me réveille
la nuit ; j'écarte les oiseaux qui viennent becqueter
leurs yeux ; et pourtant, pas un seul jour je n'ai
désespéré de Carthage! Quand même j'aurais vu
contre elle toutes les armées de la terre, et les
flammes du siège dépasser la hauteur des temples,
j'aurais cru encore à son éternité! Mais, à présent,
tout est fini! tout est perdu! Les Dieux l'exècrent!
Malédiction sur toi qui as précipité sa ruine par
ton ignominie! »

Elle ouvrit ses lèvres.

— « Ah! j'étais là! » s'écria-t-il. « Je t'ai
entendue râler d'amour comme une prostituée ;
puis il te racontait son désir, et tu te laissais
baiser les mains! Mais, si la fureur de ton impudi-
cité te poussait, tu devais faire au moins comme
les bêtes fauves qui se cachent dans leurs accou-
plements, et ne pas étaler ta honte jusque sous
les yeux de ton père! »

— « Comment? » dit-elle.

— « Ah! tu ne savais pas que les deux retranchements sont à soixante coudées l'un de l'autre,
et que ton Mâtho, par excès d'orgueil, s'est établi
tout en face d'Hamilcar. Il est là, ton père, derrière toi ; et si je pouvais gravir le sentier qui mène
sur la plate-forme, je lui crierais : Viens donc voir
ta fille dans les bras du Barbare! Elle a mis pour
lui plaire le vêtement de la Déesse ; et, en abandonnant son corps, elle livre, avec la gloire de ton
nom, la majesté des Dieux, la vengeance de la
patrie, le salut même de Carthage! » Le mouvement

de sa bouche édentée remuait sa barbe tout du long;
ses yeux, tendus sur elle, la dévoraient; et il
répétait en haletant dans la poussière :

— « Ah! sacrilège! Maudite sois-tu! maudite!
maudite!

Salammbô avait écarté la toile, elle la tenait
soulevée au bout de son bras, et, sans lui répondre, elle regardait du côté d'Hamilcar.

— « C'est par ici, n'est-ce pas? » dit-elle.

— « Que t'importe! Détourne-toi! Va-t'en!
Écrase plutôt ta face contre la terre! C'est un
lieu saint que ta vue souillerait. »

Elle jeta le zaïmph autour de sa taille, ramassa
vivement ses voiles, son manteau, son écharpe. —
« J'y cours! » s'écria-t-elle; et, s'échappant, Salammbô disparut.

D'abord, elle marcha dans les ténèbres sans
rencontrer personne, car tous se portaient vers
l'incendie; et la clameur redoublait, de grandes
flammes empourpraient le ciel par-derrière; une
longue terrasse l'arrêta.

Elle tourna sur elle-même, de droite et de
gauche au hasard, cherchant une échelle, une
'corde, une pierre, quelque chose enfin pour l'aider.
Elle avait peur de Giscon, et il lui semblait que
des cris et des pas la poursuivaient. Le jour commençait à blanchir. Elle aperçut un sentier dans
l'épaisseur du retranchement. Elle prit avec ses
dents le bas de sa robe qui la gênait, et, en trois
bonds, elle se trouva sur la plate-forme.

Un cri sonore éclata sous elle, dans l'ombre, le
même qu'elle avait entendu au bas de l'escalier
des galères; et, en se penchant, elle reconnut

l'homme de Schahabarim avec ses chevaux accouplés.

Il avait erré toute la nuit entre les deux retranchements ; puis, inquiété par l'incendie, il était revenu en arrière, tâchant d'apercevoir ce qui se passait dans le camp de Mâtho ; et, comme il savait que cette place était la plus voisine de sa tente, pour obéir au prêtre, il n'en avait pas bougé.

Il monta debout sur un des chevaux. Salammbô se laissa glisser jusqu'à lui ; et ils s'enfuirent au grand galop en faisant le tour du camp punique, pour trouver une porte quelque part.

Mâtho était rentré dans sa tente. La lampe toute fumeuse éclairait à peine, et même il crut que Salammbô dormait. Alors, il palpa délicatement la peau du lion, sur le lit de palmier. Il appela, elle ne répondit pas ; il arracha vivement un lambeau de la toile pour faire venir du jour ; le zaïmph avait disparu.

La terre tremblait sous des pas multipliés. De grands cris, des hennissements, des chocs d'armures s'élevaient dans l'air, et les fanfares des clairons sonnaient la charge. C'était comme un ouragan tourbillonnant autour de lui. Une fureur désordonnée le fit bondir sur ses armes, il se lança dehors.

Les longues files des Barbares descendaient en courant la montagne, et les carrés puniques s'avançaient contre eux, avec une oscillation lourde et régulière. Le brouillard, déchiré par les rayons du soleil, formait de petits nuages qui se balançaient,

et peu à peu, en s'élevant, ils découvraient les
étendards, les casques et la pointe des piques. Sous
les évolutions rapides, des portions de terrain
encore dans l'ombre semblaient se déplacer d'un
seul morceau ; ailleurs, on aurait dit des torrents
qui s'entrecroisaient, et, entre eux, des masses
épineuses restaient immobiles. Mâtho distinguait
les capitaines, les soldats, les hérauts et jusqu'aux
valets par-derrière, qui étaient montés sur des ânes.
Mais au lieu de garder sa position pour couvrir
les fantassins, Narr'Havas tourna brusquement
à droite, comme s'il voulait se faire écraser par
Hamilcar.

Ses cavaliers dépassèrent les éléphants qui se
ralentissaient ; et tous les chevaux, allongeant leur
tête sans bride, galopaient d'un train si furieux
que leur ventre paraissait frôler la terre. Puis,
tout à coup, Narr'Havas marcha résolument vers
une sentinelle. Il jeta son épée, sa lance, ses javelots, et disparut au milieu des Carthaginois.

Le roi des Numides arriva dans la tente d'Hamilcar ; et il dit, en lui montrant ses hommes qui se
tenaient au loin arrêtés :

— « Barca ! je te les amène. Ils sont à toi. »

Alors il se prosterna en signe d'esclavage, et,
comme preuve de sa fidélité, il rappela toute sa
conduite depuis le commencement de la guerre.

D'abord il avait empêché le siège de Carthage
et le massacre des captifs ; puis, il n'avait point
profité de la victoire contre Hannon après la
défaite d'Utique. Quant aux villes tyriennes, c'est
qu'elles se trouvaient sur les frontières de son
royaume. Enfin, il n'avait pas participé à la bataille

de Macar ; et même il s'était absenté tout exprès
pour fuir l'obligation de combattre le Suffète.

Narr'Havas, en effet, avait voulu s'agrandir
par des empiètements sur les provinces puniques,
et, selon les chances de la victoire, tour à tour
secouru et délaissé les Mercenaires. Mais voyant
que le plus fort serait définitivement Hamilcar,
il s'était tourné vers lui ; et peut-être y avait-il
dans sa défection une rancune contre Mâtho, soit à
cause du commandement ou de son ancien amour.

Le Suffète l'écouta sans l'interrompre. L'homme
qui se présentait ainsi dans une armée où on lui
devait des vengeances n'était pas un auxiliaire
à dédaigner ; Hamilcar devina tout de suite
l'utilité d'une telle alliance pour ses grands projets.
Avec les Numides, il se débarrasserait des Libyens.
Puis il entraînerait l'Occident à la conquête de
l'Ibérie ; et, sans lui demander pourquoi il n'était
pas venu plus tôt, ni relever aucun de ses mensonges, il baisa Narr'Havas, en heurtant trois fois
sa poitrine contre la sienne.

C'était pour en finir, et par désespoir, qu'il
avait incendié le camp des Libyens. Cette armée
lui arrivait comme un secours des Dieux ; en dissimulant sa joie, il répondit :

— « Que les Baals te favorisent ! J'ignore ce
que fera pour toi la République, mais Hamilcar
n'a pas d'ingratitude. »

Le tumulte redoublait ; des capitaines entraient.
Il s'armait tout en parlant :

— « Allons, retourne ! Avec les cavaliers, tu
rabattras leur infanterie entre tes éléphants et les
miens ! Courage ! extermine ! »

Et Narr'Havas se précipitait, quand Salammbô
parut.

Elle sauta vite à bas de son cheval. Elle ouvrit
son large manteau, et, en écartant les bras, elle
déploya le zaïmph.

La tente de cuir, relevée dans les coins, laissait
voir le tour entier de la montagne couverte de
soldats, et comme elle se trouvait au centre, de
tous les côtés on apercevait Salammbô. Une
clameur immense éclata, un long cri de triomphe
et d'espoir. Ceux qui étaient en marche s'arrêtèrent ; les moribonds, s'appuyant sur le coude,
se retournaient pour la bénir. Tous les Barbares
savaient maintenant qu'elle avait repris le zaïmph ;
de loin ils la voyaient, ils croyaient la voir ; et
d'autres cris, mais de rage et de vengeance, retentissaient, malgré les applaudissements des Carthaginois ; les cinq armées, s'étageant sur la montagne,
trépignaient et hurlaient ainsi tout autour de
Salammbô.

Hamilcar, sans pouvoir parler, la remerciait
par des signes de tête. Ses yeux se portaient
alternativement sur le zaïmph et sur elle, et il
remarqua que sa chaînette était rompue [1]. Alors
il frissonna, saisi par un soupçon terrible. Mais
reprenant vite son impassibilité, il considéra
Narr'Havas obliquement, sans tourner la figure.

Le roi des Numides se tenait à l'écart dans une
attitude discrète ; il portait au front un peu de la
poussière qu'il avait touchée en se prosternant.
Enfin le Suffète s'avança vers lui et, avec un air
plein de gravité :

— « En récompense des services que tu m'as

rendus, Narr'Havas, je te donne ma fille. » Il
ajouta : « Sois mon fils et défends ton père! »

Narr'Havas eut un grand geste de surprise, puis
se jeta sur ses mains qu'il couvrit de baisers.

Salammbô, calme comme une statue, semblait
ne pas comprendre. Elle rougissait un peu, tout en
baissant les paupières ; ses longs cils recourbés
faisaient des ombres sur ses joues.

Hamilcar voulut immédiatement les unir par
des fiançailles indissolubles. On mit entre les
mains de Salammbô une lance qu'elle offrit à
Narr'Havas ; on attacha leurs pouces l'un contre
l'autre avec une lanière de bœuf, puis on leur
versa du blé sur la tête, et les grains qui tombaient
autour d'eux sonnèrent comme de la grêle en
rebondissant.

XII

L'AQUEDUC

Douze heures après, il ne restait plus des Mercenaires qu'un tas de blessés, de morts et d'agonisants.

Hamilcar, sorti brusquement du fond de la gorge, était redescendu sur la pente occidentale qui regarde Hippo-Zaryte, et, l'espace étant plus large en cet endroit, il avait eu soin d'y attirer les Barbares. Narr'Havas les avait enveloppés avec ses chevaux ; le Suffète, pendant ce temps-là, les refoulait, les écrasait ; puis ils étaient vaincus d'avance par la perte du zaïmph ; ceux mêmes qui ne s'en souciaient avaient senti une angoisse et comme un affaiblissement. Hamilcar, ne mettant pas son orgueil à garder pour lui le champ de bataille, s'était retiré un peu plus loin, à gauche, sur des hauteurs d'où il les dominait.

On reconnaissait la forme des camps à leurs palissades inclinées. Un long amas de cendres noires fumait sur l'emplacement des Libyens ; le sol bouleversé avait des ondulations comme la mer, et les tentes, avec leurs toiles en lambeaux, semblaient de vagues navires à demi perdus dans les

écueils. Des cuirasses, des fourches, des clairons,
des morceaux de bois, de fer et d'airain, du blé,
de la paille et des vêtements s'éparpillaient au
milieu des cadavres ; çà et là quelque phalarique
prête à s'éteindre brûlait contre un monceau de
bagages ; la terre, en de certains endroits, disparaissait sous les boucliers ; des charognes de chevaux se suivaient comme une série de monticules ;
on apercevait des jambes, des sandales, des bras,
des cottes de mailles et des têtes dans leurs
casques, maintenues par la mentonnière et qui
roulaient comme des boules ; des chevelures pendaient aux épines ; dans des mares de sang, des
éléphants, les entrailles ouvertes, râlaient couchés
avec leurs tours ; on marchait sur des choses
gluantes et il y avait des flaques de boue, bien
que la pluie n'eût pas tombé.

Cette confusion de cadavres occupait, du haut en
bas, la montagne tout entière.

Ceux qui survivaient ne bougeaient pas plus que
les morts. Accroupis par groupes inégaux, ils se
regardaient, effarés, et ne parlaient pas.

Au bout d'une longue prairie, le lac d'Hippo-
Zaryte resplendissait sous le soleil couchant. A
droite, de blanches maisons agglomérées dépassaient
une ceinture de murailles ; puis la mer s'étalait,
indéfiniment ; — et, le menton dans la main, les
Barbares soupiraient en songeant à leurs patries.
Un nuage de poudre grise retombait.

Le vent du soir souffla ; alors toutes les poitrines
se dilatèrent ; et, à mesure que la fraîcheur augmentait, on pouvait voir la vermine abandonner
les morts qui se refroidissaient, et courir sur le

sable chaud. Au sommet des grosses pierres, des corbeaux immobiles restaient tournés vers les agonisants.

Quand la nuit fut descendue, des chiens à poil jaune, de ces bêtes immondes qui suivaient les armées, arrivèrent tout doucement au milieu des Barbares. D'abord ils léchèrent les caillots de sang sur les moignons encore tièdes ; et bientôt ils se mirent à dévorer les cadavres, en les entamant par le ventre.

Les fugitifs reparaissaient un à un, comme des ombres ; les femmes aussi se hasardèrent à revenir, car il en restait encore, chez les Libyens surtout, malgré le massacre effroyable que les Numides en avaient fait.

Quelques-uns prirent des bouts de corde qu'ils allumèrent pour servir de flambeaux. D'autres tenaient des piques entrecroisées. On plaçait dessus les cadavres et on les transportait à l'écart.

Ils se trouvaient étendus par longues lignes, sur le dos, la bouche ouverte, avec leurs lances auprès d'eux ; ou bien ils s'entassaient pêle-mêle, et souvent, pour découvrir ceux qui manquaient, il fallait creuser tout un monceau. Puis on promenait la torche sur leur visage, lentement. Des armes hideuses leur avaient fait des blessures compliquées. Des lambeaux verdâtres leur pendaient du front ; ils étaient tailladés en morceaux, écrasés jusqu'à la moelle, bleuis sous des strangulations, ou largement fendus par l'ivoire des éléphants. Bien qu'ils fussent morts presque en même temps, des différences existaient dans leur corruption. Les hommes du Nord étaient gonflés d'une bouffissure livide, tandis que les Africains, plus nerveux, avaient l'air enfumés, et déjà se desséchaient. On reconnaissait les Mercenaires aux tatouages de leurs mains : les vieux soldats d'Antiochus portaient un épervier ; ceux qui avaient servi en Égypte, la tête d'un cynocéphale ; chez les princes de l'Asie, une hache, une grenade, un marteau ; dans les Républiques grecques, le profil d'une citadelle ou le nom d'un archonte ; et on en voyait dont les bras étaient couverts entièrement par ces symboles multipliés, qui se mêlaient à leurs cicatrices et aux blessures nouvelles.

Pour les hommes de race latine, les Samnites, les Étrusques, les Campaniens et les Brutiens, on établit quatre grands bûchers.

Les Grecs, avec la pointe de leurs glaives, creusèrent des fosses. Les Spartiates, retirant leurs manteaux rouges, en enveloppèrent les morts ; les Athéniens les étendaient la face vers le soleil levant ; les Cantabres les enfouissaient sous un monceau de cailloux ; les Nasamons les pliaient en deux avec des courroies de bœufs, et les Garamantes allèrent les ensevelir sur la plage, afin qu'ils fussent perpétuellement arrosés par les flots. Mais les Latins se désolaient de ne pas recueillir leurs cendres dans les urnes ; les Nomades regrettaient la chaleur des sables où les corps se momifient, et les Celtes, trois pierres brutes, sous un ciel pluvieux, au fond d'un golfe plein d'îlots.

Des vociférations s'élevaient, suivies d'un long silence. C'était pour forcer les âmes à revenir. Puis la clameur reprenait, à intervalles réguliers, obstinément.

On s'excusait près des morts de ne pouvoir les honorer comme le prescrivaient les rites : car ils allaient, par cette privation, circuler, durant des périodes infinies, à travers toutes sortes de hasards et de métamorphoses ; on les interpellait, on leur demandait ce qu'ils désiraient ; d'autres les accablaient d'injures pour s'être laissé vaincre.

La lueur des grands bûchers apâlissait [1] les figures exsangues, renversées de place en place sur les débris d'armures ; et les larmes excitaient les larmes, les sanglots devenaient plus aigus, les reconnaissances et les étreintes plus frénétiques. Des femmes s'étalaient sur les cadavres, bouche contre bouche, front contre front ; il fallait les battre pour qu'elles se retirassent, quand on jetait la terre. Ils se noircissaient les joues ; ils se coupaient les cheveux ; ils se tiraient du sang et le versaient dans les fosses ; ils se faisaient des entailles à l'imitation des blessures qui défiguraient les morts. Des rugissements éclataient à travers le tapage des cymbales. Quelques-uns arrachaient leurs amulettes, crachaient dessus. Les moribonds se roulaient dans la boue sanglante en mordant de rage leurs poings mutilés ; et quarante-trois Samnites, tout un printemps sacré, s'entr'égorgèrent comme des gladiateurs. Bientôt le bois manqua pour les bûchers, les flammes s'éteignirent, toutes les places étaient prises ; — et, las d'avoir crié, affaiblis, chancelants, ils s'endormirent auprès de leurs frères morts, ceux qui tenaient à vivre pleins d'inquiétudes, et les autres désirant ne pas se réveiller.

Aux blancheurs de l'aube, il parut sur les limites des Barbares des soldats qui défilaient avec des casques levés au bout des piques ; en saluant les Mercenaires, ils leur demandaient s'ils n'avaient rien à faire dire dans leurs patries.

D'autres se rapprochèrent, et les Barbares reconnurent quelques-uns de leurs anciens compagnons.

Le Suffète avait proposé à tous les captifs de servir dans ses troupes. Plusieurs avaient intrépidement refusé ; et, bien résolu à ne point les nourrir ni à les abandonner au Grand-Conseil, il les avait renvoyés, en leur ordonnant de ne plus combattre Carthage. Quant à ceux que la peur des supplices rendait dociles, on leur avait distribué les armes de l'ennemi ; et maintenant ils se présentaient aux vaincus, moins pour les séduire que par un mouvement d'orgueil et de curiosité.

D'abord ils racontèrent les bons traitements du Suffète ; les Barbares les écoutaient tout en les jalousant, bien qu'ils les méprisassent. Puis, aux premières paroles de reproche, les lâches s'emportèrent ; de loin ils leur montraient leurs propres épées, leurs cuirasses, et les conviaient avec des injures à venir les prendre. Les Barbares ramassèrent des cailloux ; tous s'enfuirent ; et l'on ne vit plus au sommet de la montagne que les pointes des lances dépassant le bord des palissades.

Alors une douleur, plus lourde que l'humiliation de la défaite, accabla les Barbares. Ils songeaient à l'inanité de leur courage. Ils restaient les yeux fixes en grinçant des dents.

La même idée leur vint. Ils se précipitèrent en

tumulte sur les prisonniers carthaginois. Les soldats du Suffète, par hasard, n'avaient pu les découvrir, et comme il s'était retiré du champ de
bataille, ils se trouvaient encore dans la fosse
profonde.

On les rangea par terre, dans un endroit aplati.
Des sentinelles firent un cercle autour d'eux, et on
laissa les femmes entrer, par trente ou quarante
successivement. Voulant profiter du peu de temps
qu'on leur donnait, elles couraient de l'un à
l'autre, incertaines, palpitantes ; puis, inclinées
sur ces pauvres corps, elles les frappaient à tour
de bras comme des lavandières qui battent des
linges ; en hurlant le nom de leurs époux, elles les
déchiraient sous leurs ongles ; elles leur crevèrent
les yeux avec les aiguilles de leurs chevelures. Les
hommes y vinrent ensuite, et ils les suppliciaient
depuis les pieds, qu'ils coupaient aux chevilles,
jusqu'au front, dont ils levaient des couronnes de
peau pour se mettre sur la tête. Les Mangeurs-de-
choses-immondes furent atroces dans leurs imaginations. Ils envenimaient les blessures en y versant
de la poussière, du vinaigre, des éclats de poterie :
d'autres attendaient derrière eux ; le sang coulait
et ils se réjouissaient comme font les vendangeurs
autour des cuves fumantes.

Cependant Mâtho était assis par terre, à la place
même où il se trouvait quand la bataille avait fini,
les coudes sur les genoux, les tempes dans les
mains ; il ne voyait rien, n'entendait rien, ne pensait
plus.

Aux hurlements de joie que la foule poussait, il
releva la tête. Devant lui, un lambeau de toile

accroché à une perche, et qui traînait par le bas,
abritait confusément des corbeilles, des tapis, une
peau de lion. Il reconnut sa tente ; et ses yeux
s'attachaient contre le sol comme si la fille d'Hamilcar, en disparaissant, se fût enfoncée sous la
terre.

La toile déchirée battait au vent ; quelquefois
ses longues bribes lui passaient devant la bouche,
et il aperçut une marque rouge, pareille à l'em-
preinte d'une main. C'était la main de Narr'Havas,
le signe de leur alliance. Alors Mâtho se leva. Il
prit un tison qui fumait encore, et il le jeta sur les
débris de sa tente, dédaigneusement. Puis, du
bout de son cothurne, il repoussait vers la flamme
des choses qui débordaient, pour que rien n'en
subsistât.

Tout à coup, et sans qu'on pût deviner de quel
point il surgissait, Spendius parut.

L'ancien esclave s'était attaché contre la cuisse
deux éclats de lance ; il boitait d'un air piteux, tout
en exhalant des plaintes.

— « Retire donc cela », lui dit Mâtho, « je sais
que tu es un brave ! » Car il était si écrasé par
l'injustice des Dieux qu'il n'avait plus assez de
force pour s'indigner contre les hommes.

Spendius lui fit un signe, et il le mena dans le
creux d'un mamelon, où Zarxas et Autharite se
tenaient cachés.

Ils avaient fui comme l'esclave, l'un bien qu'il
fût cruel, et l'autre malgré sa bravoure. Mais qui
aurait pu s'attendre, disaient-ils, à la trahison de
Narr'Havas, à l'incendie des Libyens, à la perte du
zaïmph, à l'attaque soudaine d'Hamilcar, et sur-

tout à ses manœuvres les forçant à revenir dans le
fond de la montagne sous les coups immédiats des
Carthaginois ? Spendius n'avouait point sa terreur
et persistait à soutenir qu'il avait la jambe cassée.

Enfin, les trois chefs et le shalischim se demandèrent ce qu'il fallait maintenant décider.

Hamilcar leur fermait la route de Carthage ;
on était pris entre ses soldats et les provinces de
Narr'Havas ; les villes tyriennes se joindraient
aux vainqueurs ; ils allaient se trouver acculés au
bord de la mer, et toutes ces forces réunies les
écraseraient. Voilà ce qui arriverait immanqua-
blement.

Ainsi pas un moyen ne s'offrait d'éviter la
guerre. Donc, ils devaient la poursuivre à outrance.
Mais comment faire comprendre la nécessité d'une
interminable bataille à tous ces gens découragés
et saignant encore de leurs blessures ?

— « Je m'en charge ! » dit Spendius.

Deux heures après, un homme, qui arrivait du
côté d'Hippo-Zaryte, gravit en courant la montagne. Il agitait des tablettes au bout de son bras,
et, comme il criait très fort, les Barbares l'entourèrent.

Elles étaient expédiées par les soldats grecs de
la Sardaigne. Ils recommandaient à leurs compagnons d'Afrique de surveiller Giscon avec les
autres captifs. Un marchand de Samos, un certain
Hipponax, venant de Carthage, leur avait appris
qu'un complot s'organisait pour les faire évader,
et on engageait les Barbares à tout prévoir ; la
République était puissante.

Le stratagème de Spendius ne réussit point

d'abord comme il l'avait espéré. Cette assurance
d'un péril nouveau, loin d'exciter de la fureur,
souleva des craintes ; et, se rappelant l'avertisse-
ment d'Hamilcar jeté naguère au milieu d'eux, ils
s'attendaient à quelque chose d'imprévu et qui
serait terrible. La nuit se passa dans une grande
angoisse ; plusieurs même se débarrassèrent de
leurs armes pour attendrir le Suffète quand il se
présenterait.

Mais le lendemain, à la troisième veille du jour,
un second coureur parut, encore plus haletant et
noir de poussière. Le Grec lui arracha des mains
un rouleau de papyrus chargé d'écritures phéniciennes. On y suppliait les Mercenaires de ne pas
se décourager ; les braves de Tunis allaient venir
avec de grands renforts.

Spendius lut d'abord la lettre trois fois de suite ;
et, soutenu par deux Cappadociens qui le tenaient
assis sur leurs épaules, il se faisait transporter de
place en place, et il la relisait. Pendant sept heures,
il harangua.

Il rappelait aux Mercenaires les promesses du
Grand-Conseil ; aux Africains, les cruautés des
intendants ; à tous les Barbares, l'injustice de
Carthage. La douceur du Suffète était un appât
pour les prendre. Ceux qui se livreraient, on les
vendrait comme des esclaves ; les vaincus péri-
raient suppliciés. Quant à s'enfuir, par quelles
routes ? Pas un peuple ne voudrait les recevoir.
Tandis qu'en continuant leurs efforts, ils obtien-
draient à la fois la liberté, la vengeance, de
l'argent ! Et ils n'attendraient pas longtemps,
puisque les gens de Tunis, la Libye entière se préci-

pitait à leur secours. Il montrait le papyrus dé-
roulé : — « Regardez donc! lisez! voilà leurs promesses! Je ne mens pas. »

Des chiens erraient, avec leur museau noir tout
plaqué de rouge. Le grand soleil chauffait les têtes
nues. Une odeur nauséabonde s'exhalait des cadavres mal enfouis. Quelques-uns même sortaient
de terre jusqu'au ventre. Spendius les appelait à
lui pour témoigner des choses qu'il disait ; puis il
levait ses poings du côté d'Hamilcar.

Mâtho l'observait d'ailleurs et, afin de couvrir
sa lâcheté, il étalait une colère où peu à peu il se
trouvait pris lui-même. En se dévouant aux Dieux,
il accumula des malédictions sur les Carthaginois.
Le supplice des captifs était un jeu d'enfants.
Pourquoi donc les épargner et traîner toujours
derrière soi ce bétail inutile! — « Non! il faut en
finir! leurs projets sont connus! un seul peut nous
perdre! pas de pitié! On reconnaîtra les bons
à la vitesse des jambes et à la force du coup. »

Alors ils se retournèrent [1] sur les captifs. Plusieurs râlaient encore ; on les acheva en leur enfonçant le talon dans la bouche, ou bien on les poi-
gnardait avec la pointe d'un javelot.

Ensuite ils songèrent à Giscon. Nulle part on ne
l'apercevait ; une inquiétude les troubla. Ils voulaient tout à la fois se convaincre de sa mort et y
participer. Enfin, trois pasteurs samnites le découvrirent à quinze pas de l'endroit où s'élevait naguère la tente de Mâtho. Ils le reconnurent à
sa longue barbe, et ils appelèrent les autres.

Étendu sur le dos, les bras contre les hanches et
les genoux serrés, il avait l'air d'un mort disposé

pour le sépulcre. Cependant, ses côtes maigres
s'abaissaient et remontaient, et ses yeux, largement ouverts au milieu de sa figure toute pâle,
regardaient d'une façon continue et intolérable.

Les Barbares le considérèrent, d'abord, avec un
grand étonnement. Depuis le temps qu'il vivait
dans la fosse, on l'avait presque oublié ; gênés
par de vieux souvenirs, ils se tenaient à distance et
n'osaient porter la main sur lui.

Mais ceux qui étaient par-derrière murmuraient
et se poussaient, quand un Garamante traversa la
foule ; il brandissait une faucille ; tous comprirent
sa pensée ; leurs visages s'empourprèrent, et, saisis
de honte, ils hurlaient : « Oui ! oui ! »

L'homme au fer recourbé s'approcha de Giscon.
Il lui prit la tête, et, l'appuyant sur son genou, il la
sciait à coups rapides ; elle tomba ; deux gros jets
de sang firent un trou dans la poussière. Zarxas
avait sauté dessus, et, plus léger qu'un léopard, il
courait vers les Carthaginois.

Puis, quand il fut aux deux tiers de la montagne, il retira de sa poitrine la tête de Giscon en
la tenant par la barbe, il tourna son bras rapidement plusieurs fois, — et la masse, enfin lancée,
décrivit une longue parabole et disparut derrière
le retranchement punique.

Bientôt se dressèrent au bord des palissades deux
étendards entre-croisés, signe convenu pour réclamer les cadavres.

Alors quatre hérauts, choisis sur la largeur de
leur poitrine, s'en allèrent avec de grands clairons,
et, parlant dans les tubes d'airain, ils déclarèrent
qu'il n'y avait plus désormais, entre les Carthagi-

nois et les Barbares, ni foi, ni pitié, ni dieux, qu'ils se refusaient d'avance à toutes les ouvertures et que l'on renverrait les parlementaires avec les mains coupées.

Immédiatement après, on députa Spendius à Hippo-Zaryte afin d'avoir des vivres ; la cité tyrienne leur en envoya le soir même. Ils mangèrent avidement. Puis, quand ils se furent réconfortés [1], ils ramassèrent bien vite les restes de leurs bagages et leurs armes rompues ; les femmes se tassèrent au centre, et, sans souci des blessés pleurant derrière eux, ils partirent par le bord du rivage, à pas rapides, comme un troupeau de loups qui s'éloignent.

Ils marchaient sur Hippo-Zaryte, décidés à la prendre, car ils avaient besoin d'une ville.

Hamilcar, en les apercevant au loin, eut un désespoir, malgré l'orgueil qu'il sentait à les voir fuir devant lui. Il aurait fallu les attaquer tout de suite avec des troupes fraîches. Encore une journée pareille, et la guerre était finie ! Si les choses traînaient, ils reviendraient plus forts ; les villes tyriennes se joindraient à eux ; sa clémence envers les vaincus n'avait servi de rien. Il prit la résolution d'être impitoyable.

Le soir même, il envoya au Grand-Conseil un dromadaire chargé de bracelets recueillis sur les morts, et, avec des menaces horribles, il ordonnait qu'on lui expédiât une autre armée.

Tous, depuis longtemps, le croyaient perdu ; si bien qu'en apprenant sa victoire, ils éprouvèrent une stupéfaction qui était presque de la terreur. Le

retour du zaïmph, annoncé vaguement, complétait
la merveille. Ainsi, les Dieux et la force de Carthage
semblaient maintenant lui appartenir.

Personne de ses ennemis ne hasarda une plainte
ou une récrimination. Par l'enthousiasme des uns
et la pusillanimité des autres, avant le délai
prescrit, une armée de cinq mille hommes fut
prête.

Elle gagna promptement Utique pour appuyer
le Suffète sur ses derrières, tandis que trois mille
des plus considérables montèrent sur des vaisseaux qui devaient les débarquer à Hippo-Zaryte,
d'où ils repousseraient les Barbares.

Hannon en avait accepté le commandement ;
mais il confia l'armée à son lieutenant Magdassan,
afin de conduire les troupes de débarquement lui-
même, car il ne pouvait plus endurer les secousses
de la litière. Son mal, en rongeant ses lèvres et ses
narines, avait creusé dans sa face un large trou ;
à dix pas, on lui voyait le fond de sa gorge, et il se
savait tellement hideux qu'il se mettait, comme
une femme, un voile sur la tête.

Hippo-Zaryte n'écouta point ses sommations,
ni celles des Barbares non plus ; mais chaque
matin les habitants leur descendaient des vivres
dans des corbeilles, et, en criant du haut des tours,
ils s'excusaient sur les exigences de la République
et les conjuraient de s'éloigner. Ils adressaient par
signes les mêmes protestations aux Carthaginois
qui stationnaient dans la mer.

Hannon se contentait de bloquer le port sans
risquer une attaque. Cependant, il persuada aux
juges d'Hippo-Zaryte de recevoir chez eux trois

cents soldats. Puis il s'en alla vers le cap des
Raisins et il fit un long détour afin de cerner les
Barbares, opération inopportune et même dangereuse. Sa jalousie l'empêchait de secourir le Suffète ; il arrêtait ses espions, le gênait dans tous
ses plans, compromettait l'entreprise. Enfin,
Hamilcar écrivit au Grand-Conseil de l'en débarrasser, et Hannon rentra dans Carthage, furieux
contre la bassesse des Anciens et la folie de son
collègue. Donc, après tant d'espérances, on se
retrouvait dans une situation encore plus déplorable ; mais on tâchait de n'y pas réfléchir et
même de n'en point parler.

Comme si ce n'était pas assez d'infortunes à la
fois, on apprit que les Mercenaires de la Sardaigne
avaient crucifié leur général, saisi les places
fortes et partout égorgé les hommes de la race
chananéenne. Le peuple romain menaça la République d'hostilités immédiates, si elle ne donnait
douze cents talents avec l'île de Sardaigne tout
entière. Il avait accepté l'alliance des Barbares,
et il leur expédia des bateaux plats chargés de
farine et de viandes sèches. Les Carthaginois les
poursuivirent, capturèrent cinq cents hommes ;
mais, trois jours après, une flotte qui venait de la
Bysacène, apportant des vivres à Carthage, sombra
dans une tempête. Les Dieux évidemment se
déclaraient contre elle.

Alors, les citoyens d'Hippo-Zaryte, prétextant
une alarme, firent monter sur leurs murailles
les trois cents hommes d'Hannon ; puis, survenant
derrière eux, ils les prirent aux jambes et les
jetèrent par-dessus les remparts, tout à coup. Quel-

ques-uns qui n'étaient pas morts furent poursuivis
et allèrent se noyer dans la mer.

Utique endurait [1] des soldats, car Magdassan
avait fait comme Hannon, et, d'après ses ordres,
il entourait la ville, sourd aux prières d'Hamilcar.
Pour ceux-là, on leur donna du vin mêlé de
mandragore, puis on les égorgea dans leur sommeil.
En même temps, les Barbares arrivèrent ; Magdassan s'enfuit, les portes s'ouvrirent, et dès lors
les deux villes tyriennes montrèrent à leurs
nouveaux amis un opiniâtre dévouement, et à
leurs anciens alliés une haine inconcevable.

Cet abandon de la cause punique était un
conseil, un exemple. Les espoirs de délivrance
se ranimèrent. Des populations, incertaines
encore, n'hésitèrent plus. Tout s'ébranla. Le Suffète l'apprit, et il n'attendait aucun secours ! Il
était maintenant irrévocablement perdu.

Aussitôt il congédia Narr'Havas, qui devait
garder les limites de son royaume. Quant à lui,
il résolut de rentrer à Carthage pour y prendre
des soldats et recommencer la guerre.

Les Barbares établis à Hippo-Zaryte aperçurent
son armée comme elle descendait la montagne.
Où donc les Carthaginois allaient-ils ? La faim
sans doute les poussait ; et, affolés par les souffrances, malgré leur faiblesse, ils venaient livrer
bataille. Mais ils tournèrent à droite : ils fuyaient.
On pouvait les atteindre, les écraser tous. Les Barbares s'élancèrent à leur poursuite.

Les Carthaginois furent arrêtés par le fleuve. Il
était large cette fois, et le vent d'ouest n'avait pas
soufflé. Les uns le passèrent à la nage, les autres

sur leurs boucliers. Ils se remirent en marche. La nuit tomba. On ne les vit plus.

Les Barbares ne s'arrêtèrent pas ; ils remontèrent plus loin, pour trouver une place plus étroite. Les gens de Tunis accoururent ; ils entraînèrent ceux d'Utique. A chaque buisson, leur nombre augmentait ; et les Carthaginois, en se couchant par terre, entendaient le battement de leurs pas dans les ténèbres. De temps à autre, pour les ralentir, Barca faisait lancer, derrière lui, des volées de flèches ; plusieurs en furent tués. Quand le jour se leva, on était dans les montagnes de l'Ariane, à cet endroit où le chemin fait un coude.

Alors Mâtho, qui marchait en tête, crut distinguer dans l'horizon quelque chose de vert, au sommet d'une éminence. Puis le terrain s'abaissa, et des obélisques, des dômes, des maisons parurent : c'était Carthage ! Il s'appuya contre un arbre pour ne pas tomber, tant son cœur battait vite.

Il songeait à tout ce qui était survenu dans son existence depuis la dernière fois qu'il avait passé par là ! C'était une surprise infinie, un étourdissement. Puis une joie l'emporta, à l'idée de revoir Salammbô. Les raisons qu'il avait de l'exécrer lui revinrent à la mémoire ; il les rejeta bien vite. Frémissant et les prunelles tendues, il contemplait, au-delà d'Eschmoûn, la haute terrasse d'un palais, par-dessus des palmiers ; un sourire d'extase illuminait sa figure, comme s'il fût arrivé jusqu'à lui quelque grande lumière ; il ouvrait les bras, il envoyait des baisers dans la brise et murmurait :

« Viens! viens! » un soupir lui gonfla la poitrine, et deux larmes, longues comme des perles, tombèrent sur sa barbe.

— « Qui te retient? » s'écria Spendius. « Hâte-toi donc! En marche! Le Suffète va nous échapper! Mais tes genoux chancellent et tu me regardes comme un homme ivre! »

Il trépignait d'impatience; il pressait Mâtho; et, avec des clignements d'yeux, comme à l'approche d'un but longuement visé :

— « Ah! nous y sommes! Nous y voilà! Je les tiens! »

Il avait l'air si convaincu et triomphant que Mâtho, surpris dans sa torpeur, se sentit entraîné. Ces paroles survenaient au plus fort de sa détresse, poussaient son désespoir à la vengeance, montraient une pâture à sa colère. Il bondit sur un des chameaux qui étaient dans les bagages, lui arracha son licou; avec la longue corde, il frappait à tour de bras les traînards; et il courait de droite et de gauche, alternativement, sur le derrière de l'armée, comme un chien qui pousse un troupeau.

A sa voix tonnante, les lignes d'hommes se resserrèrent; les boiteux mêmes précipitèrent leurs pas; au milieu de l'isthme, l'intervalle diminua. Les premiers des Barbares marchaient dans la poussière des Carthaginois. Les deux armées se rapprochaient, allaient se toucher. Mais la porte de Malqua, la porte de Tagaste et la grande porte de Khamon déployèrent leurs battants. Le carré punique se divisa; trois colonnes s'y engloutirent, elles tourbillonnaient sous les porches. Bientôt,

la masse, trop serrée sur elle-même, n'avança plus ;
les piques en l'air se heurtaient, et les flèches des
Barbares éclataient contre les murs.

Sur le seuil de Khamon, on aperçut Hamilcar.
Il se retourna en criant à ses hommes de s'écarter.
Il descendit de son cheval ; et, du glaive qu'il
tenait, en le piquant à la croupe, il l'envoya sur
les Barbares.

C'était un étalon orynge qu'on nourrissait avec
des boulettes de farine, et qui pliait les genoux
pour laisser monter son maître. Pourquoi donc le
renvoyait-il ? Était-ce un sacrifice ?

Le grand cheval galopait au milieu des lances,
renversait les hommes, et, s'embarrassant les
pieds dans ses entrailles [1], tombait, puis se relevait
avec des bonds furieux ; et pendant qu'ils s'écartaient [2], tâchaient de l'arrêter ou regardaient tout
surpris, les Carthaginois s'étaient rejoints ; ils
entrèrent ; la porte énorme se referma derrière
eux, en retentissant.

Elle ne céda pas. Les Barbares vinrent s'écraser
contre elle ; — et, durant quelques minutes, sur
toute la longueur de l'armée, il y eut une oscillation de plus en plus molle et qui enfin s'arrêta.

Les Carthaginois avaient mis des soldats sur
l'aqueduc ; ils commençaient à lancer des pierres,
des balles, des poutres. Spendius représenta qu'il
ne fallait point s'obstiner. Ils allèrent s'établir plus
loin, tous bien résolus à faire le siège de Carthage.

Cependant la rumeur de la guerre avait dépassé
les confins de l'empire punique ; et, des colonnes
d'Hercule jusqu'au-delà de Cyrène, les pasteurs

en rêvaient en gardant leurs troupeaux, et les
caravanes en causaient la nuit, à la lueur des
étoiles. Cette grande Carthage, dominatrice des
mers, splendide comme le soleil et effrayante
comme un dieu, il se trouvait des hommes qui
l'osaient attaquer! On avait même plusieurs fois
affirmé sa chute ; et tous y avaient cru, car tous la
souhaitaient : les populations soumises, les
villages tributaires, les provinces alliées, les hordes
indépendantes, ceux qui l'exécraient pour sa
tyrannie, ou qui jalousaient sa puissance, ou qui
convoitaient sa richesse. Les plus braves s'étaient
joints bien vite aux Mercenaires. La défaite du
Macar avait arrêté tous les autres. Enfin, ils
avaient repris confiance, peu à peu s'étaient avan-
cés, rapprochés ; et maintenant, les hommes des
régions orientales se tenaient dans les dunes de
Clypea, de l'autre côté du golfe. Dès qu'ils aperçurent les Barbares, ils se montrèrent.

Ce n'étaient pas les Libyens des environs de
Carthage ; depuis longtemps, ils composaient la
troisième armée ; mais les nomades du plateau de
Barca, les bandits du cap Phiscus et du promontoire de Derné, ceux du Phazzana et de la Marmarique. Ils avaient traversé le désert en buvant
aux puits saumâtres maçonnés avec des ossements
de chameau ; les Zuaèces, couverts de plumes
d'autruche, étaient venus sur des quadriges ;
les Garamantes, masqués d'un voile noir, assis
en arrière sur leurs cavales peintes ; d'autres sur
des ânes, sur des onagres, sur des zèbres, sur des
buffles ; et quelques-uns traînaient avec leurs
familles et leurs idoles le toit de leur cabane en

forme de chaloupe. Il y avait des Ammoniens aux membres ridés par l'eau chaude des fontaines ; des Atarantes, qui maudissent le soleil ; des Troglodytes, qui enterrent en riant leurs morts sous des branches d'arbres ; et les hideux Auséens, qui mangent des sauterelles ; les Achyrmachides, qui mangent des poux, et les Gysantes, peints de vermillon, qui mangent des singes.

Tous s'étaient rangés sur le bord de la mer, en une grande ligne droite. Ils s'avancèrent ensuite comme des tourbillons de sable soulevés par le vent. Au milieu de l'isthme, leur foule s'arrêta, les Mercenaires établis devant eux, près des murailles, ne voulant point bouger.

Puis, du côté de l'Ariane, apparurent les hommes de l'Occident, le peuple des Numides. En effet, Narr'Havas ne gouvernait que les Massyliens ; et d'ailleurs, une coutume leur permettant après les revers d'abandonner le roi, ils s'étaient rassemblés sur le Zaïne, puis l'avaient franchi au premier mouvement d'Hamilcar. On vit d'abord accourir tous les chasseurs du Malethut-Baal et du Garaphos, habillés de peaux de lion, et qui conduisaient avec la hampe de leurs piques de petits chevaux maigres à longue crinière ; puis marchaient les Gétules dans des cuirasses en peau de serpent ; puis les Pharusiens, portant de hautes couronnes faites de cire et de résine ; et les Caunes, les Macares, les Tillabares, chacun tenant deux javelots et un bouclier rond en cuir d'hippopotame. Ils s'arrêtèrent au bas des Catacombes, dans les premières flaques de la Lagune.

Mais quand les Libyens se furent déplacés, on

aperçut à l'endroit qu'ils occupaient, et comme
un nuage à ras du sol, la multitude des Nègres.
Il en était venu du Harousch-blanc, du Harousch-
noir, du désert d'Augyles et même de la grande
contrée d'Agazymba, qui est à quatre mois au sud
des Garamantes, et de plus loin encore! Malgré
leurs joyaux de bois rouge, la crasse de leur peau
noire les faisait ressembler à des mûres longtemps
roulées dans la poussière. Ils avaient des caleçons
en fils d'écorce, des tuniques d'herbes desséchées,
des mufles de bêtes fauves sur la tête, et, hurlant
comme des loups, ils secouaient des tringles garnies
d'anneaux et brandissaient des queues de vache
au bout d'un bâton, en manière d'étendards.

Puis derrière les Numides, les Maurusiens et
les Gétules, se pressaient les hommes jaunâtres
répandus au-delà de Taggir dans les forêts de
cèdres. Des carquois en poils de chat leur battaient sur les épaules, et ils menaient en laisse
des chiens énormes, aussi hauts que des ânes, et qui
n'aboyaient pas.

Enfin, comme si l'Afrique ne s'était point suffi-
samment vidée, et que, pour recueillir plus de
fureurs, il eût fallu prendre jusqu'au bas des
races, on voyait, derrière tous les autres, des hommes
à profil de bête et ricanant d'un rire idiot ; — misérables ravagés par de hideuses maladies, pygmées difformes, mulâtres d'un sexe ambigu,
albinos dont les yeux rouges clignotaient au
soleil ; tout en bégayant des sons inintelligibles,
ils mettaient un doigt dans leur bouche pour faire
voir qu'ils avaient faim.

La confusion des armes n'était pas moindre

que celle des vêtements et des peuples. Pas une
invention de mort qui n'y fût, depuis les poignards
de bois, les haches de pierre et les tridents d'ivoire,
jusqu'à de longs sabres dentelés comme des scies,
minces, et faits d'une lame de cuivre qui pliait.
Ils maniaient des coutelas, se bifurquant en plusieurs branches pareilles à des ramures d'antilopes,
des serpes attachées au bout d'une corde, des
triangles de fer, des massues, des poinçons. Les
Éthiopiens du Bambotus cachaient dans leurs
cheveux de petits dards empoisonnés. Plusieurs
avaient apporté des cailloux dans des sacs.
D'autres, les mains vides, faisaient claquer leurs
dents.

Une houle continuelle agitait cette multitude.
Des dromadaires, tout barbouillés de goudron
comme des navires, renversaient les femmes qui
portaient leurs enfants sur la hanche. Les provisions
dans les couffes se répandaient ; on écrasait en
marchant des morceaux de sel, des paquets de
gomme, des dattes pourries, des noix de gourou ;
— et parfois, sur des seins couverts de vermine,
pendait à un mince cordon quelque diamant
qu'avaient cherché les Satrapes, une pierre
presque fabuleuse et suffisante pour acheter un
empire. Ils ne savaient même pas, la plupart, ce
qu'ils désiraient. Une fascination, une curiosité les
poussait ; des Nomades qui n'avaient jamais vu
de ville étaient effrayés par l'ombre des murailles.

L'isthme disparaissait maintenant sous les
hommes ; et cette longue surface, où les tentes
faisaient comme des cabanes dans une inondation,
s'étalait jusqu'aux premières lignes des autres

Barbares, toutes ruisselantes de fer et symétriquement établies sur les deux flancs de l'aqueduc.

.. Les Carthaginois se trouvaient encore dans
l'effroi de leur arrivée, quand ils aperçurent, venant
droit vers eux, comme des monstres et comme des
édifices, — avec leurs mâts, leurs bras, leurs
cordages, leurs articulations, leurs chapiteaux et
leurs carapaces, — les machines de siège qu'envoyaient les villes tyriennes : soixante carrobalistes, quatre-vingts onagres, trente scorpions,
cinquante tollénones, douze béliers et trois
gigantesques catapultes qui lançaient des morceaux de roche du poids de quinze talents. Des
masses d'hommes les poussaient cramponnés à
leur base ; à chaque pas un frémissement les
secouait ; elles arrivèrent ainsi jusqu'en face des
murs.

Mais il fallait plusieurs jours encore pour finir
les préparatifs du siège. Les Mercenaires, instruits
par leurs défaites, ne voulaient point se risquer
dans des engagements inutiles ; — et, de part et
d'autre, on n'avait aucune hâte, sachant bien
qu'une action terrible allait s'ouvrir et qu'il en
résulterait une victoire ou une extermination
complète.

Carthage pouvait longtemps résister ; ses
larges murailles offraient une série d'angles ren-
trants et sortants, disposition avantageuse pour
repousser les assauts.

Cependant, du côté des Catacombes, une
portion s'était écroulée, — et, par les nuits obscures, entre les blocs disjoints, on apercevait des
lumières dans les bouges de Malqua. Ils dominaient

en de certains endroits la hauteur des remparts.
C'était là que vivaient, avec leurs nouveaux
époux, les femmes des Mercenaires chassées par
Mâtho. En les revoyant, leur cœur n'y tint plus.
Elles agitèrent de loin leurs écharpes ; puis elles
venaient, dans les ténèbres, causer avec les soldats
par la fente du mur, et le Grand-Conseil apprit un
matin que toutes s'étaient enfuies. Les unes avaient
passé entre les pierres : d'autres, plus intrépides,
étaient descendues avec des cordes.

Enfin, Spendius résolut d'accomplir son projet.

La guerre, en le retenant au loin, l'en avait
jusqu'alors empêché ; et depuis qu'on était revenu
devant Carthage, il lui semblait que les habitants
soupçonnaient son entreprise. Mais bientôt ils
diminuèrent les sentinelles de l'aqueduc. On n'avait
pas trop de monde pour la défense de l'enceinte.

L'ancien esclave s'exerça pendant plusieurs
jours à tirer des flèches contre les phénicoptères
du Lac. Puis, un soir que la lune brillait, il pria
Mâtho d'allumer au milieu de la nuit un grand feu
de paille, en même temps que tous ses hommes
pousseraient des cris ; et, prenant avec lui Zarxas,
il s'en alla par le bord du golfe, dans la direction
de Tunis.

A la hauteur des dernières arches, ils revinrent
droit vers l'aqueduc ; la place était découverte :
ils s'avancèrent en rampant jusqu'à la base des
piliers.

Les sentinelles de la plate-forme se promenaient
tranquillement.

De hautes flammes parurent ; des clairons retentirent ; les soldats en vedette, croyant à un assaut, se précipitèrent du côté de Carthage.

Un homme était resté. Il apparaissait en noir sur le fond du ciel. La lune donnait derrière lui, et son ombre démesurée faisait au loin sur la plaine comme un obélisque qui marchait.

Ils attendirent qu'il fût bien placé devant eux [1]. Zarxas saisit sa fronde ; par prudence ou par férocité, Spendius l'arrêta. — « Non, le ronflement de la balle ferait du bruit ! A moi ! »

Alors, il banda son arc de toutes ses forces, en l'appuyant par le bas contre l'orteil de son pied gauche ; il visa, et la flèche partit.

L'homme ne tomba point. Il disparut.

— « S'il était blessé, nous l'entendrions ! » dit Spendius ; et il monta vivement d'étage en étage, comme il avait fait la première fois, en s'aidant d'une corde et d'un harpon. Puis, quand il fut en haut, près du cadavre, il la laissa retomber. Le Baléare y attacha un pic avec un maillet et s'en retourna.

Les trompettes ne sonnaient plus. Tout maintenant était tranquille. Spendius avait soulevé une des dalles, était entré dans l'eau, et l'avait refermée sur lui.

En calculant la distance d'après le nombre de ses pas, il arriva juste à l'endroit où il avait remarqué une fissure oblique ; et, pendant trois heures, jusqu'au matin, il travailla d'une façon continue, furieuse, respirant à peine par les interstices des dalles supérieures, assailli d'angoisses et vingt fois croyant mourir. Enfin, on entendit un craquement ; une pierre énorme, en ricochant sur

les arcs inférieurs, roula jusqu'en bas, — et, tout
à coup, une cataracte, un fleuve entier tomba du
ciel dans la plaine. L'aqueduc, coupé par le milieu,
se déversait. C'était la mort pour Carthage, et la
victoire pour les Barbares.

En un instant, les Carthaginois réveillés apparurent sur les murailles, sur les maisons, sur les
temples. Les Barbares se poussaient, criaient. Ils
dansaient en délire autour de la grande chute d'eau,
et, dans l'extravagance de leur joie, venaient s'y
mouiller la tête.

On aperçut au sommet de l'aqueduc un homme
avec une tunique brune, déchirée. Il se tenait
penché tout au bord, les deux mains sur les hanches,
et il regardait en bas, sous lui, comme étonné de
son œuvre.

Puis il se redressa. Il parcourut l'horizon d'un
air superbe qui semblait dire : « Tout cela maintenant est à moi! » Les applaudissements des Barbares éclatèrent ; les Carthaginois, comprenant
enfin leur désastre, hurlaient de désespoir. Alors,
il se mit à courir sur la plate-forme, d'un bout à
l'autre, — et, comme un conducteur de char
triomphant aux jeux Olympiques, Spendius, éperdu
d'orgueil, levait les bras.

XIII

MOLOCH

Les Barbares n'avaient pas besoin d'une circonvallation du côté de l'Afrique : elle leur appartenait. Mais, pour rendre plus facile l'approche des murailles, on abattit le retranchement qui bordait le fossé. Ensuite, Mâtho divisa l'armée par grands demi-cercles, de façon à envelopper mieux Carthage. Les hoplites des Mercenaires furent placés au premier rang ; derrière eux, les frondeurs et les cavaliers ; tout au fond, les bagages, les chariots, les chevaux ; en deçà de cette multitude, à trois cents pas des tours, se hérissaient les machines.

Sous la variété infinie de leurs appellations (qui changèrent plusieurs fois dans le cours des siècles), elles pouvaient se réduire à deux systèmes : les unes agissant comme des frondes et les autres comme des arcs.

Les premières, les catapultes, se composaient d'un châssis carré, avec deux montants verticaux et une barre horizontale. A sa partie antérieure, un cylindre, muni de câbles, retenait un gros timon portant une cuillère pour recevoir les projectiles ; la base en était prise dans un écheveau de fils tordus, et, quand on lâchait les cordes, il se relevait et venait frapper contre la barre, ce qui, l'arrêtant par une secousse, multipliait sa vigueur.

Les secondes offraient un mécanisme plus compliqué : sur une petite colonne, une traverse était fixée par son milieu où aboutissait à angle droit une espèce de canal ; aux extrémités de la traverse s'élevaient deux chapiteaux qui contenaient un entortillage de crins ; deux poutrelles s'y trouvaient prises pour maintenir les bouts d'une corde que l'on amenait jusqu'au bas du canal, sur une tablette de bronze. Par un ressort, cette plaque de métal se détachait, et, glissant sur des rainures, poussait les flèches.

Les catapultes s'appelaient également des onagres, comme les ânes sauvages qui lancent des cailloux avec leurs pieds, et les balistes des scorpions, à cause d'un crochet dressé sur la tablette, et qui, s'abaissant d'un coup de poing, faisait partir le ressort.

Leur construction exigeait de savants calculs ; leurs bois devaient être choisis dans les essences les plus dures, leurs engrenages, tous d'airain ; elles se bandaient avec des leviers, des moufles, des cabestans ou des tympans ; de forts pivots variaient la direction de leur tir, des cylindres les faisaient s'avancer, et les plus considérables, que l'on apportait pièce à pièce, étaient remontées en face de l'ennemi.

Spendius disposa les trois grandes catapultes vers les trois angles principaux ; devant chaque porte, il plaça un bélier, devant chaque tour une baliste, et des carrobalistes circuleraient par-derrière. Mais il fallait les garantir contre les feux des assiégés et combler d'abord le fossé qui les séparait des murailles.

On avança des galeries en claies de joncs verts et des cintres en chêne, pareils à d'énormes boucliers glissant sur trois roues ; de petites cabanes couvertes de peaux fraîches et rembourrées de varech abritaient les travailleurs ; les catapultes [1] et les balistes furent défendues par des rideaux de cordages que l'on avait trempés dans du vinaigre pour les rendre incombustibles. Les femmes et les enfants allaient prendre des cailloux sur la grève, ramassaient de la terre avec leurs mains et l'apportaient aux soldats.

Les Carthaginois se préparaient aussi.

Hamilcar les avait bien vite rassurés en déclarant qu'il restait de l'eau dans les citernes pour cent vingt-trois jours. Cette affirmation, sa présence au milieu d'eux, et celle du zaïmph surtout, leur donnèrent bon espoir. Carthage se releva de son accablement ; ceux qui n'étaient pas d'origine chananéenne furent emportés dans la passion des autres.

On arma les esclaves, on vida les arsenaux ; les citoyens eurent chacun leur poste et leur emploi. Douze cents hommes survivaient des transfuges, le Suffète les fit tous capitaines ; et les charpentiers, les armuriers, les forgerons et les orfèvres furent préposés aux machines. Les Carthaginois en avaient gardé quelques-unes, malgré les conditions de la paix romaine. On les répara. Ils s'entendaient à ces ouvrages.

Les deux côtés, septentrional et oriental, dé-

fendus par la mer et par le golfe, restaient inaccessibles. Sur la muraille faisant face aux Barbares,
on monta des troncs d'arbre, des meules de moulin,
des vases pleins de soufre, des cuves pleines d'huile,
et l'on bâtit des fourneaux. On entassa des pierres
sur la plate-forme des tours, et les maisons qui
touchaient immédiatement au rempart furent
bourrées avec du sable pour l'affermir et augmenter son épaisseur.

Devant ces dispositions, les Barbares s'irritèrent.
Ils voulurent combattre tout de suite. Les poids
qu'ils mirent dans les catapultes étaient d'une
pesanteur si exorbitante, que les timons se rompirent ; l'attaque fut retardée.

Enfin, le treizième jour du mois de Schabar, —
au soleil levant, — on entendit contre la porte de
Khamon un grand coup.

Soixante-quinze soldats tiraient des cordes, disposées à la base d'une poutre gigantesque, hori-
zontalement suspendue par des chaînes descendant
d'une potence, et une tête de bélier, tout en airain,
la terminait. On l'avait emmaillotée de peaux de
bœuf ; des bracelets en fer la cerclaient de place en
place ; elle était trois fois grosse comme le corps
d'un homme, longue de cent vingt coudées, et, sous
la foule des bras nus la poussant et la ramenant,
elle avançait et reculait avec une oscillation régulière.

Les autres béliers devant les autres portes
commencèrent à se mouvoir. Dans les roues creuses
des tympans, on aperçut des hommes qui montaient
d'échelon en échelon. Les poulies, les chapiteaux
grincèrent, les rideaux de cordages s'abattirent, et

des volées de pierres et des volées de flèches
s'élancèrent à la fois ; tous les frondeurs éparpillés
couraient. Quelques-uns s'approchaient du rempart, en cachant sous leurs boucliers des pots de
résine ; puis ils les lançaient à tour de bras. Cette
grêle de balles, de dards et de feux passait par-
dessus les premiers rangs et faisait une courbe
qui retombait derrière les murs. Mais, à leur
sommet, de longues grues à mâter les vaisseaux
se dressèrent ; et il en descendit de ces pinces
énormes qui se terminaient par deux demi-cercles
dentelés à l'intérieur. Elles mordirent les béliers.
Les soldats, se cramponnant à la poutre, tiraient
en arrière. Les Carthaginois halaient pour la faire
monter ; et l'engagement se prolongea jusqu'au
soir.

Quand les Mercenaires, le lendemain, reprirent
leur besogne, le haut des murailles se trouvait
entièrement tapissé par des balles de coton, des
toiles, des coussins ; les créneaux étaient bouchés
avec des nattes ; et, sur le rempart, entre les grues,
on distinguait un alignement de fourches et de
tranchoirs emmanchés à des bâtons. Aussitôt, une
résistance furieuse commença.

Des troncs d'arbres, tenus par des câbles, tombaient et retombaient alternativement en battant
les béliers ; des crampons, lancés par des balistes,
arrachaient le toit des cabanes ; et, de la plate-
forme des tours, des ruisseaux de silex et de galets
se déversaient.

Enfin, les béliers rompirent la porte de Khamon
et la porte de Tagaste. Mais les Carthaginois
avaient entassé à l'intérieur une telle abondance

de matériaux que leurs battants ne s'ouvrirent
pas. Ils restèrent debout.

Alors, on poussa contre les murailles des tarières,
qui, s'appliquant aux joints des blocs, les descelle-
raient. Les machines furent mieux gouvernées,
leurs servants répartis par escouades ; du matin
au soir, elles fonctionnaient, sans s'interrompre,
avec la monotone précision d'un métier de tisse-
rand.

Spendius ne se fatiguait pas de les conduire.
C'était lui-même qui bandait les écheveaux des
balistes. Pour qu'il y eût, dans leurs tensions
jumelles, une parité complète, on serrait leurs
cordes en frappant tour à tour de droite et de
gauche, jusqu'au moment où les deux côtés rendaient un son égal. Spendius montait sur leur
membrure. Avec le bout de son pied, il les battait
tout doucement, — et il tendait l'oreille comme
un musicien qui accorde une lyre. Puis, quand le
timon de la catapulte se relevait, quand la colonne
de la baliste tremblait à la secousse du ressort,
que les pierres s'élançaient en rayons et que les
dards couraient en ruisseau, il se penchait le corps
tout entier et jetait ses bras dans l'air, comme
pour les suivre.

Les soldats, admirant son adresse, exécutaient
ses ordres. Dans la gaieté de leur travail, ils débi-
taient des plaisanteries sur les noms des machines.
Ainsi, les tenailles à prendre les béliers s'appelant
des *loups*, et les galeries couvertes des *treilles*, on
était des agneaux, on allait faire la vendange ;
et, en armant leurs pièces, ils disaient aux onagres :
« Allons, rue bien ! », et aux scorpions : « Traverse-

les jusqu'au cœur! » Ces facéties, toujours les
mêmes, soutenaient leur courage.

Cependant, les machines ne démolissaient point
le rempart. Il était formé par deux murailles et
tout rempli de terre ; elles abattaient leurs parties
supérieures. Mais les assiégés, chaque fois, les
relevaient. Mâtho ordonna de construire des tours
en bois qui devaient être aussi hautes que les tours
de pierre. On jeta, dans le fossé, du gazon, des
pieux, des galets et des chariots avec leurs roues
afin de l'emplir plus vite ; avant qu'il fût comblé,
l'immense foule des Barbares ondula sur la plaine
d'un seul mouvement, et vint battre le pied des
murs, comme une mer débordée.

On avança les échelles de corde, les échelles
droites et les sambuques, c'est-à-dire deux mâts
d'où s'abaissaient, par des palans, une série de
bambous que terminait un pont mobile. Elles
formaient de nombreuses lignes droites appuyées
contre le mur, et les Mercenaires, à la file les uns
des autres, montaient en tenant leurs armes à la
main. Pas un Carthaginois ne se montrait ; déjà,
ils touchaient aux deux tiers du rempart. Les créneaux s'ouvrirent, en vomissant, comme des
gueules de dragon, des feux et de la fumée ; le
sable s'éparpillait, entrait par le joint des armures ; le pétrole s'attachait aux vêtements ; le
plomb liquide sautillait sur les casques, faisait des
trous dans les chairs ; une pluie d'étincelles s'écla-
boussait contre les visages, — et des orbites sans
yeux semblaient pleurer des larmes grosses comme
des amandes. Des hommes, tout jaunes d'huile,
brûlaient par la chevelure. Ils se mettaient à courir,

enflammaient les autres. On les étouffait en leur
jetant, de loin, sur la face, des manteaux trempés
de sang. Quelques-uns qui n'avaient pas de blessure restaient immobiles, plus raides que des
pieux, la bouche ouverte et les deux bras écartés.

L'assaut, pendant plusieurs jours de suite, recommença, — les Mercenaires espérant triompher
par un excès de force et d'audace.

Quelquefois un homme sur les épaules d'un
autre enfonçait une fiche entre les pierres, puis s'en
servait comme d'un échelon pour atteindre au-
delà, en plaçait une seconde, une troisième ; et,
protégés par le bord des créneaux dépassant la
muraille, peu à peu, ils s'élevaient ainsi ; mais,
toujours, à une certaine hauteur, ils retombaient.
Le grand fossé trop plein débordait ; sous les pas
des vivants, les blessés pêle-mêle s'entassaient
avec les cadavres et les moribonds. Au milieu des
entrailles ouvertes, des cervelles épandues et des
flaques de sang, les troncs calcinés faisaient des
taches noires ; et des bras et des jambes à moitié
sortis d'un monceau se tenaient tout debout,
comme des échalas dans un vignoble incendié.

Les échelles se trouvant insuffisantes, on employa
les tollénones, — instruments composés d'une
longue poutre établie transversalement sur une
autre, et portant à son extrémité une corbeille
quadrangulaire où trente fantassins pouvaient se
tenir avec leurs armes.

Mâtho voulut monter dans la première qui fut
prête. Spendius l'arrêta.

Des hommes se courbèrent sur un moulinet ;
la grande poutre se leva, devint horizontale, se

dressa presque verticalement, et, trop chargée par
le bout, elle pliait comme un immense roseau. Les
soldats cachés jusqu'au menton se tassaient ; on
n'apercevait que les plumes des casques. Enfin,
quand elle fut à cinquante coudées dans l'air, elle
tourna de droite et de gauche plusieurs fois, puis
s'abaissa ; et, comme un bras de géant qui tiendrait
sur sa main une cohorte de pygmées, elle déposa
au bord du mur la corbeille pleine d'hommes.
Ils sautèrent dans la foule et jamais ils ne revinrent.

Tous les autres tollénones furent bien vite disposés. Mais il en aurait fallu cent fois davantage
pour prendre la ville. On les utilisa d'une façon
meurtrière : des archers éthiopiens se plaçaient
dans les corbeilles ; puis, les câbles étant assujettis,
ils restaient suspendus et tiraient des flèches
empoisonnées. Les cinquante tollénones, domi-
nant les créneaux, entouraient ainsi Carthage,
comme de monstrueux vautours ; et les Nègres
riaient de voir les gardes sur le rempart mourir
dans des convulsions atroces.

Hamilcar y envoya des hoplites ; il leur faisait
boire chaque matin le jus de certaines herbes qui
les gardait du poison.

Un soir, par un temps obscur, il embarqua les
meilleurs de ses soldats sur des gabares, des
planches, et, tournant à la droite du port, il vint
débarquer à la Tænia. Puis ils s'avancèrent jusqu'aux premières lignes des Barbares, et, les prenant par le flanc, ils en firent un grand carnage.
Des hommes suspendus à des cordes descendaient
la nuit du haut des murs avec des torches à la

main, brûlaient les ouvrages des Mercenaires, et
remontaient.

Mâtho était acharné ; chaque obstacle renforçait sa colère ; il en arrivait à des choses terribles
et extravagantes. Il convoqua Salammbô, menta-
lement, à un rendez-vous ; puis il l'attendit. Elle
ne vint pas ; cela lui parut une trahison nouvelle,
— et, désormais, il l'exécra. S'il avait vu son
cadavre, il se serait peut-être en allé. Il doubla
les avant-postes, il planta des fourches au bas du
rempart, il enfouit des chausse-trapes dans la
terre, et il commanda aux Libyens de lui apporter
toute une forêt pour y mettre le feu et brûler
Carthage, comme une tanière de renards.

Spendius s'obstinait au siège. Il cherchait à
inventer des machines épouvantables et comme
jamais on n'en avait construit.

Les autres Barbares, campés au loin sur l'isthme,
s'ébahissaient de ces lenteurs ; ils murmuraient ;
on les lâcha.

Alors, ils se précipitèrent avec leurs coutelas et
leurs javelots, dont ils battaient les portes. Mais
la nudité de leurs corps facilitant leurs blessures,
les Carthaginois les massacraient [1] abondamment ; et les Mercenaires s'en réjouirent, sans
doute par jalousie du pillage. Il en résulta des querelles, des combats entre eux. Puis, la campagne
étant ravagée, bientôt on s'arracha les vivres. Ils
se décourageaient. Des hordes nombreuses s'en
allèrent. La foule était si grande qu'il n'y parut
pas.

Les meilleurs tentèrent de creuser des mines ;
le terrain mal soutenu s'éboula. Ils les recommen-

cèrent en d'autres places ; Hamilcar devinait
toujours leur direction en appliquant son oreille
contre un bouclier de bronze. Il perça des contre-
mines sous le chemin que devaient parcourir les
tours de bois ; quand on voulut les pousser, elles
s'enfoncèrent dans des trous.

Enfin, tous reconnurent que la ville était impre-
nable, tant que l'on n'aurait pas élevé jusqu'à la
hauteur des murailles une longue terrasse qui per-
mettrait de combattre sur le même niveau, on en
paverait le sommet pour faire rouler dessus les
machines. Alors, il serait bien impossible à Carthage de résister.

Elle commençait à souffrir de la soif. L'eau, qui
valait au début du siège deux késitah le bât, se
vendait maintenant un shekel d'argent ; les provisions de viande et de blé s'épuisaient aussi ; on
avait peur de la faim ; quelques-uns même parlaient
de bouches inutiles, ce qui effrayait tout le monde.
Depuis la place de Khamon jusqu'au temple de
Melkarth, des cadavres encombraient les rues ; et,
comme on était à la fin de l'été, de grosses mouches
noires harcelaient les combattants. Des vieillards
transportaient les blessés, et les gens dévots continuaient les funérailles fictives de leurs proches
et de leurs amis, défunts au loin pendant la guerre.
Des statues de cire avec des cheveux et des vêtements s'étalaient en travers des portes. Elles se
fondaient à la chaleur des cierges brûlant près
d'elles ; la peinture coulait sur leurs épaules, et
des pleurs ruisselaient sur la face des vivants, qui
psalmodiaient à côté des chansons lugubres. La

foule, pendant ce temps-là, courait ; des bandes
armées passaient [1] ; les capitaines criaient des
ordres, et l'on entendait toujours le heurt des
béliers qui battaient le rempart.

La température devint si lourde que les corps,
se gonflant, ne pouvaient plus entrer dans les
cercueils. On les brûlait au milieu des cours. Mais
les feux, trop à l'étroit, incendiaient les murailles
voisines, et de longues flammes, tout à coup,
s'échappaient des maisons comme du sang qui
jaillit d'une artère. Ainsi Moloch possédait Carthage ; il étreignait les remparts, il se roulait dans
les rues, il dévorait jusqu'aux cadavres.

Des hommes qui portaient, en signe de désespoir, des manteaux faits de haillons ramassés,
s'établirent [2] au coin des carrefours. Ils décla-
maient contre les Anciens, contre Hamilcar, prédi-
saient au peuple une ruine entière et l'engageaient
à tout détruire et à tout se permettre. Les plus
dangereux étaient les buveurs de jusquiame ;
dans leurs crises, ils se croyaient des bêtes féroces
et sautaient sur les passants qu'ils déchiraient.
Des attroupements se faisaient autour d'eux ;
on en oubliait la défense de Carthage. Le Suffète
imagina d'en payer d'autres pour soutenir sa
politique.

Afin de retenir dans la ville le génie des Dieux,
on avait couvert de chaînes leurs simulacres. On
posa des voiles noirs sur les Patæques et des cilices
autour des autels ; on tâchait d'exciter l'orgueil
et la jalousie des Baals en leur chantant à l'oreille :
« Tu vas te laisser vaincre ! les autres sont plus
forts, peut-être ? Montre-toi ! aide-nous ! afin que

les peuples ne disent pas : Où sont maintenant leurs Dieux ? »

Une anxiété permanente agitait les collèges des pontifes. Ceux de la Rabbetna surtout avaient peur, — le rétablissement du zaïmph n'ayant pas servi. Ils se tenaient enfermés dans la troisième enceinte, inexpugnable comme une forteresse. Un seul d'entre eux se hasardait à sortir, le grand-prêtre Schahabarim.

Il venait chez Salammbô. Mais il restait tout silencieux, la contemplant, les prunelles fixes, ou bien il prodiguait les paroles, et les reproches qu'il lui faisait étaient plus durs que jamais.

Par une contradiction inconcevable, il ne pardonnait pas à la jeune fille d'avoir suivi ses ordres ; — Schahabarim avait tout deviné, — et l'obsession de cette idée avivait les jalousies de son impuissance. Il l'accusait d'être la cause de la guerre. Mâtho, à l'en croire, assiégeait Carthage pour reprendre le zaïmph ; et il déversait des imprécations et des ironies sur ce Barbare, qui prétendait posséder des choses saintes. Ce n'était pas cela pourtant que le prêtre voulait dire.

Mais, à présent, Salammbô [1] n'éprouvait pour lui aucune terreur. Les angoisses dont elle souffrait autrefois l'avaient abandonnée. Une tranquillité singulière l'occupait. Ses regards, moins errants, brillaient d'une flamme limpide.

Cependant, le python était redevenu malade ; et, comme Salammbô paraissait au contraire se guérir, la vieille Taanach s'en réjouissait, convaincue qu'il prenait par ce dépérissement la langueur de sa maîtresse.

Un matin, elle le trouva derrière le lit de peaux
de bœuf, tout enroulé sur lui-même, plus froid
qu'un marbre, et la tête disparaissant sous un
amas de vers. A ses cris, Salammbô survint.
Elle le retourna quelque temps avec le bout de sa
sandale, et l'esclave fut ébahie de son insensibilité.

La fille d'Hamilcar ne prolongeait plus ses
jeûnes avec tant de ferveur. Elle passait des journées au haut de sa terrasse, les deux coudes contre
la balustrade, s'amusant à regarder devant elle.
Le sommet des murailles au bout de la ville
découpait sur le ciel des zigzags inégaux, et les
lances des sentinelles y faisaient, tout du long,
comme une bordure d'épis. Elle apercevait au-
delà, entre les tours, les manœuvres des Barbares ;
les jours que le siège était interrompu, elle pouvait
même distinguer leurs occupations. Ils raccom-
modaient leurs armes, se graissaient la chevelure,
ou bien lavaient dans la mer leurs bras sanglants ;
les tentes étaient closes ; les bêtes de somme mangeaient ; et, au loin, les faux des chars, tous rangés
en demi-cercle, semblaient un cimeterre d'argent
étendu à la base des monts. Les discours de Schahabarim revenaient à sa mémoire. Elle attendait
son fiancé Narr'Havas. Elle aurait voulu, malgré
sa haine, revoir Mâtho. De tous les Carthaginois,
elle était la seule personne, peut-être, qui lui eût
parlé sans peur.

Souvent son père arrivait dans sa chambre. Il
s'asseyait en haletant [1] sur les coussins et il la
considérait d'un air presque attendri, comme s'il
eût trouvé dans ce spectacle un délassement à ses
fatigues. Il l'interrogeait quelquefois sur son

voyage au camp des Mercenaires. Il lui demanda même si personne, par hasard, ne l'y avait poussée ; et, d'un signe de tête, elle répondit que non, tant Salammbô était fière d'avoir sauvé le zaïmph.

Mais le Suffète revenait toujours à Mâtho, sous prétexte de renseignements militaires. Il ne comprenait rien à l'emploi des heures qu'elle avait passées dans la tente. En effet, Salammbô ne parlait pas de Giscon ; car, les mots ayant par eux-mêmes un pouvoir effectif, les malédictions que l'on rapportait à quelqu'un pouvaient se tourner contre lui ; et elle taisait son envie d'assassinat, de peur d'être blâmée de n'y avoir point cédé. Elle disait que le shalischim paraissait furieux, qu'il avait crié beaucoup, puis qu'il s'était endormi. Salammbô n'en racontait pas davantage, par honte peut-être, ou bien par un excès de candeur faisant qu'elle n'attachait guère d'importance aux baisers du soldat. Tout cela, du reste, flottait dans sa tête, mélancolique et brumeux comme le souvenir d'un rêve accablant ; et elle n'aurait su de quelle manière, par quels discours l'exprimer.

Un soir qu'ils se trouvaient ainsi l'un en face de l'autre, Taanach tout effarée survint. Un vieillard avec un enfant était là, dans les cours, et voulait voir le Suffète.

Hamilcar pâlit, puis répliqua vivement :

— « Qu'il monte ! »

Iddibal entra, sans se prosterner. Il tenait par la main un jeune garçon couvert d'un manteau en poil de bouc ; et aussitôt relevant le capuchon qui abritait sa figure :

— « Le voilà, Maître! Prends-le! »

Le Suffète et l'esclave s'enfoncèrent dans un coin de la chambre.

L'enfant était resté au milieu, tout debout ; et, d'un regard plus attentif qu'étonné, il parcourait le plafond, les meubles, les colliers de perles traînant sur les draperies de pourpre, et cette majestueuse jeune femme inclinée vers lui.

Il avait dix ans peut-être, et n'était pas plus haut qu'un glaive romain. Ses cheveux crépus ombrageaient son front bombé. On aurait dit que ses prunelles cherchaient des espaces. Les narines de son nez mince palpitaient largement ; sur toute sa personne s'étalait l'indéfinissable splendeur de ceux qui sont destinés aux grandes entreprises. Quand il eut rejeté son manteau trop lourd, il resta revêtu d'une peau de lynx attachée autour de sa taille, et il appuyait résolument sur les dalles ses petits pieds nus tout blancs de poussière. Mais, sans doute, il devina que l'on agitait des choses importantes, car il se tenait immobile, une main derrière le dos et le menton baissé, avec un doigt dans la bouche.

Enfin Hamilcar, d'un signe, attira Salammbô et il lui dit à voix basse :

— « Tu le garderas chez toi, entends-tu! Il faut que personne, même de la maison, ne connaisse son existence! »

Puis, derrière la porte, il demanda encore une fois à Iddibal s'il était bien sûr qu'on ne les eût pas remarqués.

— « Non! » fit l'esclave ; « les rues étaient vides. »

La guerre emplissant toutes les provinces, il avait eu peur pour le fils de son maître. Alors ne sachant où le cacher, il était venu le long des côtes, sur une chaloupe : et, depuis trois jours Iddibal louvoyait dans le golfe, en observant les remparts. Enfin ce soir-là, comme les alentours de Khamon semblaient déserts, il avait franchi la passe lestement et débarqué près de l'arsenal, l'entrée du port étant libre.

Mais bientôt les Barbares établirent, en face, un immense radeau pour empêcher les Carthaginois d'en sortir. Ils relevaient les tours de bois, et, en même temps, la terrasse montait.

Les communications avec le dehors étant interceptées, une famine intolérable commença.

On tua tous les chiens, tous les mulets, tous les ânes, puis les quinze éléphants que le Suffète avait ramenés. Les lions du temple de Moloch étaient devenus furieux et les hiérodoules n'osaient plus s'en approcher. On les nourrit d'abord avec les blessés des Barbares ; ensuite on leur jeta des cadavres encore tièdes ; ils les refusèrent et tous moururent. Au crépuscule, des gens erraient le long des vieilles enceintes, et cueillaient entre les pierres des herbes et des fleurs qu'ils faisaient bouillir dans du vin ; — le vin coûtait moins cher que l'eau. D'autres se glissaient jusqu'aux avant-postes de l'ennemi et venaient sous les tentes voler de la nourriture ; les Barbares, pris de stupéfaction, quelquefois les laissaient s'en retourner. Enfin un jour arriva où les Anciens résolurent d'égorger, entre eux, les chevaux d'Eschmoûn. C'étaient des bêtes saintes, dont les pontifes tres-

saient les crinières avec des rubans d'or, et qui
signifiaient par leur existence le mouvement du
soleil, l'idée du feu sous la forme la plus haute. Leurs
chairs, coupées en portions égales, furent enfouies
derrière l'autel. Puis, tous les soirs, alléguant
quelque dévotion, les Anciens montaient vers le
temple, se régalaient en cachette ; et ils rempor-
taient sous leur tunique un morceau pour leurs
enfants. Dans les quartiers déserts, loin des murs,
les habitants moins misérables, par peur des autres,
s'étaient barricadés.

Les pierres des catapultes et les démolitions
ordonnées pour la défense avaient accumulé des
tas de ruines au milieu des rues. Aux heures les
plus tranquilles, tout à coup des masses de peuple
se précipitaient en criant ; et, du haut de l'Acropole, les incendies faisaient comme des haillons de
pourpre dispersés sur les terrasses, et que le vent
tordait.

Les trois grandes catapultes, malgré tous ces
travaux [1], ne s'arrêtaient pas. Leurs ravages étaient
extraordinaires ; ainsi, la tête d'un homme alla
rebondir sur le fronton des Syssites ; dans la rue
de Kinisdo, une femme qui accouchait fut écrasée
par un bloc de marbre, et son enfant avec le lit
emporté jusqu'au carrefour de Cinasyn où l'on
retrouva la couverture.

Ce qu'il y avait de plus irritant, c'était les balles
des frondeurs. Elles tombaient sur les toits, dans
les jardins et au milieu des cours, tandis que l'on
mangeait attablé devant un maigre repas et le
cœur gros de soupirs. Ces atroces projectiles
portaient des lettres gravées qui s'imprimaient

dans les chairs ; et, sur les cadavres, on lisait des
injures, telles que *pourceau, chacal, vermine*, et
parfois des plaisanteries : *attrapé!* ou : *je l'ai bien
mérité*.

La partie du rempart qui s'étendait depuis
l'angle des ports jusqu'à la hauteur des citernes
fut enfoncée. Alors les gens de Malqua se trouvèrent pris entre la vieille enceinte de Byrsa par-
derrière et les Barbares par-devant. Mais on avait
assez que d'épaissir la muraille et de la rendre le
plus haut possible sans s'occuper d'eux ; on les
abandonna ; tous périrent, et, bien qu'ils fussent
haïs généralement, on en conçut pour [1] Hamilcar
une grande horreur.

Le lendemain, il ouvrit les fosses où il gardait
du blé ; ses intendants le donnèrent au peuple.
Pendant trois jours on se gorgea.

La soif n'en devint que plus intolérable ; et toujours ils voyaient devant eux la longue cascade
que faisait en tombant l'eau claire de l'aqueduc.
Sous les rayons du soleil, une vapeur fine remontait
de sa base, avec un arc-en-ciel à côté, et un petit
ruisseau, formant des courbes sur la plage, se
déversait dans le golfe [2].

Hamilcar ne faiblissait pas. Il comptait sur un
événement, sur quelque chose de décisif, d'extraordinaire.

Ses propres esclaves arrachèrent les lames
d'argent du temple de Melkarth, on tira du port
quatre longs bateaux, avec des cabestans, on les
amena jusqu'au bas des Mappales, le mur qui
donnait sur le rivage fut troué ; et ils partirent pour
les Gaules afin d'y acheter, n'importe à quel prix,

des Mercenaires. Cependant Hamilcar se désolait
de ne pouvoir communiquer avec le roi des Numides, car il le savait derrière les Barbares et prêt
à tomber sur eux. Mais Narr'Havas, trop faible,
n'allait pas se risquer seul ; et le Suffète fit rehausser le rempart de douze palmes, entasser dans
l'Acropole tout le matériel des arsenaux et encore
une fois réparer les machines.

On se servait, pour les entortillages des catapultes, de tendons pris au cou des taureaux ou
bien aux jarrets des cerfs. Cependant, il n'existait
dans Carthage ni cerfs ni taureaux. Hamilcar
demanda aux Anciens les cheveux de leurs femmes ;
toutes les sacrifièrent ; la quantité ne fut pas suffisante. On avait, dans les bâtiments des Syssites,
douze cents esclaves nubiles, de celles que l'on
destinait aux prostitutions de la Grèce et de l'Italie,
et leurs cheveux, rendus élastiques par l'usage des
onguents, se trouvaient merveilleux pour les
machines de guerre. Mais la perte plus tard serait
trop considérable. Donc, il fut décidé qu'on choi-
sirait, parmi les épouses des plébéiens, les plus
belles chevelures. Sans aucun souci des besoins
de la patrie, elles crièrent en désespérées quand
les serviteurs des Cent vinrent, avec des ciseaux,
mettre la main sur elles.

Un redoublement de fureur animait les Barbares. On les voyait au loin prendre la graisse
des morts pour huiler leurs machines, et d'autres
en arrachaient les ongles qu'ils cousaient bout à
bout afin de se faire des cuirasses. Ils imaginèrent
de mettre dans les catapultes des vases pleins de
serpents apportés par les Nègres ; les pots d'argile

se cassaient sur les dalles, les serpents couraient,
semblaient pulluler, et, tant ils étaient nombreux,
sortir des murs naturellement. Puis, les Barbares,
mécontents de leur invention, la perfection-
nèrent ; ils lançaient toutes sortes d'immondices,
des excréments humains, des morceaux de charo-
gne, des cadavres. La peste reparut. Les dents
des Carthaginois leur tombaient de la bouche, et
ils avaient les gencives décolorées comme celles
des chameaux après un voyage trop long.

Les machines furent dressées sur la terrasse,
bien qu'elle n'atteignît pas encore partout à la
hauteur [1] du rempart. Devant les vingt-trois tours
des fortifications se dressaient vingt-trois autres
tours de bois. Tous les tollénones étaient remontés, et au milieu, un peu plus en arrière, apparaissait la formidable hélépole de Démétrius Polior-
cète, que Spendius, enfin, avait reconstruite.
Pyramidale comme le phare d'Alexandrie, elle
était haute de cent trente coudées et large de vingt-
trois, avec neuf étages allant tous en diminuant
vers le sommet et qui étaient défendus par des
écailles d'airain, percés de portes nombreuses,
remplis de soldats ; sur la plate-forme supérieure
se dressait une catapulte flanquée de deux balistes.

Alors Hamilcar fit plànter des croix pour ceux
qui parleraient de se rendre ; les femmes mêmes
furent embrigadées. Ils couchaient dans les rues
et l'on attendait plein d'angoisses.

Puis un matin, un peu avant le lever du soleil
(c'était le septième jour du mois de Nyssan), ils
entendirent un grand cri poussé par tous les

Barbares à la fois ; les trompettes à tube de plomb ronflaient, les grandes cornes paphlagoniennes mugissaient comme des taureaux. Tous se levèrent et coururent au rempart.

Une forêt de lances, de piques et d'épées se hérissait à sa base. Elle sauta contre les murailles, les échelles s'y accrochèrent ; et, dans la baie des créneaux, des têtes de Barbares parurent.

Des poutres soutenues par de longues files d'hommes battaient les portes ; et, aux endroits où la terrasse manquait, les Mercenaires, pour démolir le mur, arrivaient en cohortes serrées, la première ligne se tenant accroupie, la seconde pliant le jarret, et les autres successivement se dressaient jusqu'aux derniers qui restaient tout droits : tandis qu'ailleurs, pour monter dessus, les plus hauts s'avançaient en tête, les plus bas à la queue, et tous, du bras gauche, appuyaient sur leurs casques leurs boucliers en les réunissant par le bord si étroitement, qu'on aurait dit un assemblage de grandes tortues. Les projectiles glissaient sur ces masses obliques.

Les Carthaginois jetaient des meules de moulin, des pilons, des cuves, des tonneaux, des lits, tout ce qui pouvait faire un poids et assommer. Quelques-uns guettaient dans les embrasures avec un filet de pêcheur, et quand arrivait le Barbare, il se trouvait pris sous les mailles et se débattait comme un poisson. Ils démolissaient eux-mêmes leurs créneaux ; des pans de mur s'écroulaient en soulevant une grande poussière ; et, les catapultes de la terrasse tirant les unes contre les autres, leurs pierres se heurtaient, et éclataient en mille

24

morceaux qui faisaient sur les combattants une
large pluie.

Bientôt les deux foules ne formèrent plus qu'une
grosse chaîne de corps humains ; elle débordait
dans les intervalles de la terrasse, et, un peu plus
lâche aux deux bouts, se roulait sans avancer
perpétuellement. Ils s'étreignaient couchés à
plat ventre comme des lutteurs. On s'écrasait [1].
Les femmes penchées sur les créneaux hurlaient.
On les tirait par leurs voiles, et la blancheur de
leurs flancs, tout à coup découverts, brillait entre
les bras des nègres y enfonçant des poignards.
Des cadavres, trop pressés dans la foule, ne
tombaient pas ; soutenus par les épaules de leurs
compagnons, ils allaient quelques minutes tout
debout et les yeux fixes. Quelques-uns, les deux
tempes traversées par une javeline, balançaient
leur tête comme des ours. Des bouches ouvertes
pour crier restaient béantes ; des mains s'envolaient
coupées. Il y eut là de grands coups, et dont
parlèrent pendant longtemps ceux qui survécurent.

Cependant, des flèches jaillissaient du sommet
des tours de bois et des tours de pierre. Les tollénones faisaient aller rapidement leurs longues an-
tennes ; et comme les Barbares avaient saccagé
sous les Catacombes le vieux cimetière des autochtones, ils lançaient sur les Carthaginois des dalles
de tombeaux. Sous le poids des corbeilles trop
lourdes, quelquefois les câbles se coupaient, et des
masses d'hommes, tous levant les bras, tombaient
du haut des airs.

Jusqu'au milieu du jour, les vétérans des
hoplites s'étaient acharnés contre la Tænia pour

pénétrer dans le port et détruire la flotte. Hamilcar
fit allumer sur la toiture de Khamon un feu de
paille humide ; et la fumée les aveuglant, ils se
rabattirent à gauche et vinrent augmenter l'horrible cohue qui se poussait dans Malqua. Des
syntagmes, composés d'hommes robustes, choisis
tout exprès, avaient enfoncé trois portes. De hauts
barrages, faits avec des planches garnies de clous,
les arrêtèrent ; une quatrième céda facilement ;
ils s'élancèrent par-dessus en courant, et roulèrent
dans une fosse où l'on avait caché des pièges. A
l'angle sud-est, Autharite et ses hommes abattirent
le rempart, dont la fissure était bouchée avec des
briques. Le terrain par-derrière montait ; ils le
gravirent lestement. Mais ils trouvèrent en haut
une seconde muraille, composée de pierres et de
longues poutres étendues tout à plat et qui alternaient comme les pièces d'un échiquier. C'était
une mode gauloise adaptée par le Suffète au besoin
de la situation ; les Gaulois se crurent devant une
ville de leur pays. Ils attaquèrent avec mollesse
et furent repoussés.

Depuis la rue de Khamon jusqu'au Marché-aux-
herbes, tout le chemin de ronde appartenait maintenant aux Barbares, et les Samnites achevaient à
coups d'épieux les moribonds ; ou bien, un pied
sur le mur, ils contemplaient en bas, sous eux, les
ruines fumantes, et au loin la bataille qui recommençait.

Les frondeurs, distribués par-derrière, tiraient
toujours. Mais à force d'avoir servi, le ressort des
frondes acarnaniennes était brisé, et plusieurs,
comme des pâtres, envoyaient des cailloux avec

la main : les autres lançaient des boules de plomb
avec le manche d'un fouet. Zarxas, les épaules
couvertes de ses longs cheveux noirs, se portait
partout en bondissant et entraînait les Baléares.
Deux panetières étaient suspendues à ses hanches ;
il y plongeait continuellement la main gauche et
son bras droit tournoyait, comme la roue d'un char.

Mâtho s'était d'abord retenu de combattre, pour
mieux commander tous les Barbares à la fois. On
l'avait vu le long du golfe avec les Mercenaires,
près de la lagune avec les Numides, sur les bords
du lac entre les Nègres, et du fond de la plaine il
poussait les masses de soldats qui arrivaient incessamment contre les lignes de fortifications. Peu à
peu il s'était rapproché ; l'odeur du sang, le spectacle du carnage et le vacarme des clairons avaient
fini par lui faire bondir le cœur. Alors il était rentré
dans sa tente, et, jetant sa cuirasse, avait pris sa
peau de lion, plus commode pour la bataille. Le
mufle s'adaptait sur la tête en bordant le visage
d'un cercle de crocs ; les deux pattes antérieures
se croisaient sur la poitrine, et celles de derrière
avançaient leurs ongles jusqu'au bas de ses genoux.

Il avait gardé son fort ceinturon, où luisait une
hache à double tranchant, et avec sa grande épée
dans les deux mains [1] il s'était précipité par la
brèche, impétueusement. Comme un émondeur
qui coupe des branches de saule, et qui tâche d'en
abattre le plus possible afin de gagner plus d'argent,
il marchait en fauchant autour de lui les Carthaginois. Ceux qui tentaient de le saisir par les
flancs, il les renversait à coups de pommeau ;
quand ils l'attaquaient en face, il les perçait ;

s'ils fuyaient, il les fendait. Deux hommes à la fois
sautèrent sur son dos ; il recula d'un bond contre
une porte et les écrasa. Son épée s'abaissait, se
relevait. Elle éclata sur l'angle d'un mur. Alors
il prit sa lourde hache, et par-devant, par-derrière,
il éventrait les Carthaginois comme un troupeau
de brebis. Ils s'écartaient de plus en plus, et il
arriva tout seul [1] devant la seconde enceinte, au
bas de l'Acropole. Les matériaux lancés du sommet
encombraient les marches et débordaient par-
dessus la muraille. Mâtho, au milieu des ruines,
se retourna pour appeler ses compagnons.

Il aperçut leurs aigrettes disséminées sur la
multitude ; elles s'enfonçaient, ils allaient périr ;
il s'élança vers eux ; alors, la vaste couronne de
plumes rouges se resserrant, bientôt ils se rejoignirent et l'entourèrent. Mais des rues latérales
une foule énorme se dégorgeait. Il fut pris aux
hanches, soulevé, et entraîné jusqu'en dehors du
rempart, dans un endroit où la terrasse était haute.

Mâtho cria un commandement : tous les boucliers se rabattirent sur les casques ; il sauta
dessus, pour s'accrocher quelque part afin de
rentrer dans Carthage ; et, tout en brandissant la
terrible hache, il courait sur les boucliers, pareils
à des vagues de bronze, comme un dieu marin
sur des flots et qui secoue son trident [2].

Cependant un homme en robe blanche se promenait au bord du rempart, impassible et indiffé-
rent à la mort qui l'entourait. Parfois il étendait
sa main droite contre ses yeux pour découvrir
quelqu'un. Mâtho vint à passer sous lui. Tout à
coup ses prunelles flamboyèrent, sa face livide se

crispa ; et en levant ses deux bras maigres il lui
criait des injures.

Mâtho ne les entendit pas ; mais il sentit entrer
dans son cœur un regard si cruel et furieux qu'il
en poussa un rugissement. Il lança vers lui la
longue hache ; des gens se jetèrent sur Shahabarim ; et Mâtho, ne le voyant plus, tomba à la renverse, épuisé.

Un craquement épouvantable se rapprochait,
mêlé au rythme de voix rauques qui chantaient
en cadence.

C'était la grande hélépole, entourée par une
foule de soldats. Ils la tiraient à deux mains,
halaient avec des cordes et poussaient de l'épaule,
— car le talus, montant de la plaine sur la terre,
bien qu'il fût extrêmement doux, se trouvait
impraticable pour des machines d'un poids prodi-
gieux. Elle avait cependant huit roues cerclées
de fer, et depuis le matin elle avançait ainsi, lentement, pareille à une montagne qui se fût élevée
sur une autre. Puis il sortit de sa base un immense
bélier ; le long des trois faces regardant la ville
les portes [1] s'abattirent, et dans l'intérieur apparurent, comme des colonnes de fer, des soldats
cuirassés. On en voyait qui grimpaient et descendaient les deux escaliers traversant ses étages.
Quelques-uns attendaient pour s'élancer que les
crampons des portes touchassent le mur ; au milieu
de la plate-forme supérieure, les écheveaux des
balistes tournaient, et le grand timon de la catapulte s'abaissait.

Hamilcar était, à ce moment-là, debout sur le
toit de Melkarth. Il avait jugé qu'elle devait venir

directement vers lui, contre l'endroit de la muraille
le plus invulnérable, et, à cause de cela même,
dégarni de sentinelles. Depuis longtemps déjà
ses esclaves apportaient des outres sur le chemin
de ronde, où ils avaient élevé, avec de l'argile,
deux cloisons transversales formant une sorte de
bassin. L'eau coulait insensiblement sur la terrasse,
et Hamilcar, chose extraordinaire, ne semblait
point s'en inquiéter.

Mais, quand l'hélépole fut à trente pas environ,
il commanda d'établir des planches par-dessus les
rues, entre les maisons, depuis les citernes jusqu'au
rempart ; et des gens à la file se passaient, de main
en main, des casques et des amphores qu'ils vidaient
continuellement. Les Carthaginois cependant s'indignaient de cette eau perdue. Le bélier démolissait
la muraille ; tout à coup, une fontaine s'échappa des
pierres disjointes. Alors la haute masse d'airain, à
neuf étages et qui contenait et occupait plus de
trois mille soldats, commença doucement à osciller
comme un navire. En effet, l'eau pénétrant la
terrasse avait devant elle [1] effondré le chemin ;
ses roues s'embourbèrent ; au premier étage, entre
des rideaux de cuir, la tête de Spendius apparut
soufflant à pleines joues dans un cornet d'ivoire.
La grande machine, comme soulevée convulsive-
ment, avança de dix pas peut-être ; mais le terrain
de plus en plus s'amollissait, la fange gagnait les
essieux et l'hélépole s'arrêta en penchant effroyablement d'un seul côté. La catapulte roula jusqu'au
bord de la plate-forme ; et, emportée par la charge
de son timon, elle tomba, fracassant sous elle
les étages inférieurs. Les soldats, debout sur les

portes, glissèrent dans l'abîme, ou bien ils se retenaient à l'extrémité des longues poutres, et augmentaient, par leur poids, l'inclinaison de l'hélépole
— qui se démembrait en craquant dans toutes ses
jointures.

Les autres Barbares s'élancèrent pour les secourir. Ils se tassaient en foule compacte. Les Carthaginois descendirent le rempart, et, les assaillant
par-derrière, ils les tuèrent tout à leur aise. Mais
les chars garnis de faux accoururent. Ils galopaient sur le contour de cette multitude ; elle
remonta la muraille ; la nuit survint ; peu à peu
les Barbares se retirèrent.

On ne voyait plus, sur la plaine, qu'une sorte de
fourmillement tout noir, depuis le golfe bleuâtre
jusqu'à la lagune toute blanche ; et le lac, où du
sang avait coulé, s'étalait, plus loin, comme une
grande mare pourpre.

La terrasse était maintenant si chargée de cadavres qu'on l'aurait crue construite avec des corps
humains. Au milieu se dressait l'hélépole couverte
d'armures ; et, de temps à autre, des fragments
énormes s'en détachaient comme les pierres d'une
pyramide qui s'écroule. On distinguait sur les
murailles de larges traînées faites par les ruisseaux
de plomb. Une tour de bois abattue, çà et là, brûlait ; et les maisons apparaissaient vaguement,
comme les gradins d'un amphithéâtre en ruine.

De lourdes fumées montaient, en roulant des
étincelles qui se perdaient dans le ciel noir.

Cependant, les Carthaginois, que la soif dévorait,
s'étaient précipités vers les citernes. Ils en rompi-

rent les portes. Une flaque bourbeuse s'étalait au
fond.

Que devenir à présent ? D'ailleurs les Barbares
étaient innombrables, et, leur fatigue passée, ils
recommenceraient.

Le peuple, toute la nuit, délibéra par sections,
au coin des rues. Les uns disaient qu'il fallait renvoyer les femmes, les malades et les vieillards ;
d'autres proposèrent d'abandonner la ville pour
s'établir au loin dans une colonie. Mais les vaisseaux manquaient, et le soleil parut qu'on n'avait
rien décidé.

On ne se battit point ce jour-là, tous étant trop
accablés. Les gens qui dormaient avaient l'air de
cadavres.

Alors les Carthaginois, en réfléchissant sur la
cause de leurs désastres, se rappelèrent qu'ils
n'avaient point expédié en Phénicie l'offrande
annuelle due à Melkarth-Tyrien ; et une immense
terreur les prit. Les Dieux, indignés contre la République, allaient sans doute poursuivre leur vengeance.

On les considérait comme des maîtres cruels,
que l'on apaisait avec des supplications et qui se
laissaient corrompre à force de présents. Tous
étaient faibles près de Moloch-le-dévorateur. L'existence, la chair même des hommes lui appartenaient ;
— aussi, pour la sauver, les Carthaginois avaient
coutume de lui en offrir une portion qui calmait
sa fureur. On brûlait les enfants au front ou à la
nuque avec des mèches de laine ; et cette façon
de satisfaire le Baal rapportant aux prêtres beaucoup d'argent, ils ne manquaient pas de la

recommander comme plus facile et plus douce.

Mais cette fois, il s'agissait de la République elle-même. Or, tout profit devant être racheté par une perte quelconque, toute transaction se réglant d'après le besoin du plus faible et l'exigence du plus fort, il n'y avait pas de douleur trop considérable pour le Dieu, puisqu'il se délectait dans les plus horribles et que l'on était maintenant à sa discrétion. Il fallait donc l'assouvir complètement [1]. Les exemples prouvaient que ce moyen-là contraignait le fléau à disparaître. D'ailleurs, ils croyaient qu'une immolation par le feu purifierait Carthage. La férocité du peuple en était d'avance alléchée. Puis, le choix devait exclusivement tomber sur les grandes familles.

Les Anciens s'assemblèrent. La séance fut longue. Hannon y était venu. Comme il ne pouvait plus s'asseoir, il resta couché près de la porte, à demi perdu dans les franges de la haute tapisserie ; et quand le pontife de Moloch leur demanda s'ils consentiraient à livrer leurs enfants, sa voix, tout à coup, éclata dans l'ombre comme le rugissement d'un Génie au fond d'une caverne. Il regrettait, disait-il, de n'avoir pas à en donner de son propre sang ; et il contemplait Hamilcar, en face de lui à l'autre bout de la salle. Le Suffète fut tellement troublé par ce regard qu'il en baissa les yeux. Tous approuvèrent en opinant de la tête successivement ; et, d'après les rites, il dut répondre au grand prêtre : « Oui, que cela soit. » Alors les Anciens décrétèrent le sacrifice par une périphrase traditionnelle, — parce qu'il y a des choses plus gênantes à dire qu'à exécuter.

La décision, presque immédiatement [1], fut
connue dans Carthage ; des lamentations retentirent. Partout on entendait les femmes crier ; leurs
époux les consolaient ou les invectivaient en leur
faisant des remontrances.

Mais trois heures après, une nouvelle plus extraordinaire se répandit : le Suffète avait trouvé des
sources au bas de la falaise. On y courut. Des trous
creusés dans le sable laissaient voir de [2] l'eau ;
et déjà quelques-uns étendus à plat ventre y
buvaient.

Hamilcar ne savait pas lui-même si c'était par
un conseil des Dieux ou le vague souvenir d'une
révélation que son père autrefois lui aurait faite ;
mais, en quittant les Anciens, il était descendu sur
la plage, et, avec ses esclaves, il s'était mis à fouir
le gravier.

Il donna des vêtements, des chaussures et du
vin. Il donna tout le reste du blé qu'il gardait chez
lui. Il fit même entrer la foule dans son palais, et il
ouvrit les cuisines, les magasins et toutes les chambres, — celle de Salammbô exceptée. Il annonça
que six mille Mercenaires gaulois allaient venir, et
que le roi de Macédoine envoyait des soldats.

Mais, dès le second jour, les sources diminuèrent ;
le soir du troisième, elles étaient complètement
taries. Alors le décret des Anciens circula de nouveau sur toutes les lèvres et les prêtres de Moloch
commencèrent leur besogne.

Des hommes en robes noires se présentèrent
dans les maisons. Beaucoup d'avance les déser-
taient sous le prétexte d'une affaire ou d'une frian-
dise qu'ils allaient acheter ; les serviteurs de Moloch

survenaient et prenaient les enfants. D'autres
les livraient eux-mêmes, stupidement. Puis on
les emmenait dans le temple de Tanit, où les prêtresses étaient chargées jusqu'au jour solennel de
les amuser et de les nourrir.

Ils arrivèrent chez Hamilcar tout à coup et, le
trouvant dans ses jardins :

— « Barca ! nous venons pour la chose que tu
sais... ton fils ! » Ils ajoutèrent que des gens l'avaient
rencontré un soir de l'autre lune, au milieu des
Mappales, conduit par un vieillard.

Il fut d'abord comme suffoqué. Mais bien vite
comprenant que toute dénégation serait vaine,
Hamilcar s'inclina : et il les introduisit dans la
maison-de-commerce. Des esclaves accourus d'un
signe en surveillaient les alentours.

Il entra dans la chambre de Salammbô tout
éperdu. Il saisit d'une main Hannibal, arracha
de l'autre la ganse d'un vêtement qui traînait,
attacha ses pieds, ses mains, en passa l'extrémité
dans la bouche pour lui faire un bâillon et il le
cacha sous le lit de peaux de bœuf, en laissant
retomber jusqu'à terre une large draperie.

Ensuite il se promena de droite et de gauche ; il
levait les bras, il tournait sur lui-même, il se mordait les lèvres. Puis il resta les prunelles fixes et
haletant comme s'il allait mourir.

Mais il frappa trois fois dans ses mains. Giddenem
parut.

— « Écoute ! » dit-il, « tu vas prendre parmi les
esclaves un enfant mâle de huit à neuf ans avec les
cheveux noirs et le front bombé ! Amène-le ! hâte-
toi ! »

Bientôt, Giddenem rentra, en présentant un jeune garçon.

C'était un pauvre enfant, à la fois maigre et bouffi ; sa peau semblait grisâtre comme l'infect haillon suspendu à ses flancs ; il baissait la tête dans ses épaules, et, du revers de sa main, frottait ses yeux, tout remplis de mouches.

Comment pourrait-on jamais le confondre avec Hannibal ! et le temps manquait pour en choisir un autre ! Hamilcar regardait Giddenem ; il avait envie de l'étrangler.

— « Va-t'en ! » cria-t-il ; le maître-des-esclaves s'enfuit.

Donc le malheur qu'il redoutait depuis si long-temps était venu, et il cherchait avec des efforts démesurés s'il n'y avait pas une manière, un moyen d'y échapper.

Abdalonim, tout à coup, parla derrière la porte. On demandait le Suffète. Les serviteurs de Moloch s'impatientaient.

Hamilcar retint un cri, comme à la brûlure d'un fer rouge ; et il recommença de nouveau à parcourir la chambre tel qu'un insensé. Puis il s'affaissa au bord de la balustrade, et, les coudes sur ses genoux, il serrait son front dans ses deux poings fermés.

La vasque de porphyre contenait encore un peu d'eau claire pour les ablutions de Salammbô. Mal-gré sa répugnance et tout son orgueil, le Suffète y plongea l'enfant, et, comme un marchand d'es-claves, il se mit à le laver et à le frotter avec les strigiles et la terre rouge. Il prit ensuite dans les casiers autour de la muraille deux carrés de pour-pre, lui en posa un sur la poitrine, l'autre sur le dos,

et il les réunit contre ses clavicules par deux agrafes de diamants. Il versa un parfum sur sa tête ; il
passa autour de son cou un collier d'électrum, et
il le chaussa de sandales à talons de perles, — les
propres sandales de sa fille ! Mais il trépignait de
honte et d'irritation ; Salammbô, qui s'empressait
à le servir, était aussi pâle que lui. L'enfant
souriait, ébloui par ces splendeurs, et même, s'en-
hardissant, il commençait à battre des mains et à
sauter quand Hamilcar l'entraîna.

Il le tenait par le bras, fortement, comme s'il
avait eu peur de le perdre ; et l'enfant, auquel il
faisait mal, pleurait un peu tout en courant près de
lui.

A la hauteur de l'ergastule, sous un palmier, une
voix s'éleva, une voix lamentable et suppliante.
Elle murmurait : « Maître ! oh ! Maître ! »

Hamilcar se retourna, et il aperçut à ses côtés
un homme d'apparence abjecte, un de ces misérables vivant au hasard dans la maison.

— « Que veux-tu ? » dit le Suffète.

L'esclave, qui tremblait horriblement, balbutia :

— « Je suis son père ! »

Hamilcar marchait toujours ; l'autre le suivait,
les reins courbés, les jarrets fléchis, la tête en avant.
Son visage était convulsé par une angoisse indicible, et les sanglots qu'il retenait l'étouffaient, tant
il avait envie tout à la fois de le questionner et de
lui crier : « Grâce ! »

Enfin il osa le toucher d'un doigt, sur le coude,
légèrement.

— « Est-ce que tu vas le ?... » Il n'eut pas la

force d'achever, et Hamilcar s'arrêta, tout ébahi de cette douleur.

Il n'avait jamais pensé, — tant l'abîme les séparant l'un de l'autre se trouvait immense, — qu'il pût y avoir entre eux rien de commun. Cela même lui parut [1] une sorte d'outrage et comme un empiètement sur ses privilèges. Il répondit par un regard plus froid et plus lourd que la hache d'un bourreau ; l'esclave, s'évanouissant, tomba dans la poussière, à ses pieds. Hamilcar enjamba par-dessus.

Les trois hommes en robes noires l'attendaient dans la grande salle, debout contre le disque de pierre. Tout de suite, il déchira ses vêtements et il se roulait sur les dalles en poussant des cris aigus :

— « Ah ! pauvre petit Hannibal ! oh ! mon fils ! ma consolation ! mon espoir ! ma vie ! Tuez-moi aussi ! emportez-moi ! Malheur ! malheur ! » Il se labourait la face avec ses ongles, s'arrachait les cheveux et hurlait comme les pleureuses des funérailles. « Emmenez-le donc ! je souffre trop ! allez-vous-en ! tuez-moi comme lui. » Les serviteurs de Moloch s'étonnaient que le grand Hamilcar eût le cœur si faible. Ils en étaient presque attendris.

On entendit un bruit de pieds nus avec un râle saccadé, pareil à la respiration d'une bête féroce qui accourt ; et, sur le seuil de la troisième galerie, entre les montants d'ivoire, un homme apparut, blême, terrible, les bras écartés ; il s'écria :

— « Mon enfant ! »

Hamilcar, d'un bond, s'était jeté sur l'esclave ; et, en lui couvrant la bouche de ses mains, il criait encore plus haut :

— « C'est le vieillard qui l'a élevé ! il l'appelle

mon enfant! il en deviendra fou! assez! assez! »
Et, chassant par les épaules les trois prêtres et
leur victime, il sortit avec eux, et, d'un grand coup
de pied, referma la porte derrière lui.

Hamilcar tendit l'oreille pendant quelques
minutes, craignant toujours de les voir revenir. Il
songea ensuite à se défaire de l'esclave pour être
bien sûr qu'il ne parlerait pas ; mais le péril n'était
point complètement disparu, et cette mort, si les
Dieux s'en irritaient, pouvait se retourner contre
son fils. Alors, changeant d'idée, il lui envoya par
Taanach les meilleures choses des cuisines : un
quartier de bouc, des fèves et des conserves de
grenades. L'esclave, qui n'avait pas mangé depuis
longtemps, se rua dessus ; ses larmes tombaient
dans les plats.

Hamilcar, revenu enfin près de Salammbô,
dénoua les cordes d'Hannibal. L'enfant, exaspéré,
le mordit à la main jusqu'au sang. Il le repoussa
d'une caresse.

Pour le faire se tenir paisible, Salammbô voulut
l'effrayer avec Lamia, une ogresse de Cyrène.

— « Où donc est-elle! » demanda-t-il.

On lui conta que les brigands allaient venir pour
le mettre en prison. Il reprit : — « Qu'ils viennent,
et je les tue! »

Hamilcar lui dit alors l'épouvantable vérité.
Mais il s'emporta contre son père, prétendant qu'il
pouvait bien anéantir tout le peuple, puisqu'il
était le maître de Carthage.

Enfin, épuisé d'efforts et de colère, il s'endormit,
d'un sommeil farouche. Il parlait en rêvant, le
dos appuyé contre un coussin d'écarlate ; sa tête

retombait un peu en arrière, et son petit bras, écarté de son corps, restait tout droit dans une attitude impérative.

Quand la nuit fut noire, Hamilcar l'enleva doucement et descendit sans flambeau l'escalier des galères. En passant par la maison-de-commerce, il prit une couffe de raisins avec une buire d'eau pure ; l'enfant se réveilla devant la statue d'Alètes, dans le caveau des pierreries ; et il souriait, — comme l'autre, — sur le bras de son père, à la lueur des clartés qui l'environnaient.

Hamilcar était bien sûr qu'on ne pouvait lui prendre son fils. C'était un endroit impénétrable, communiquant avec le rivage par un souterrain que lui seul connaissait, et, en jetant les yeux à l'entour, il aspira une large bouffée d'air. Puis il le déposa sur un escabeau, près des boucliers d'or.

Personne, à présent, ne le voyait ; il n'avait plus rien à observer ; alors, il se soulagea. Comme une mère qui retrouve son premier-né perdu, il se jeta sur son fils; il l'étreignait contre sa poitrine, il riait et pleurait à la fois, l'appelait des noms les plus doux, le couvrait de baisers ; le petit Hannibal, effrayé par cette tendresse terrible, se taisait maintenant.

Hamilcar s'en revint à pas muets, en tâtant les murs autour de lui ; et il arriva dans la grande salle, où la lumière de la lune entrait par une des fentes du dôme ; au milieu, l'esclave, repu, dormait, couché de tout son long sur les pavés de marbre. Il le regarda, et une sorte de pitié l'émut. Du bout de son cothurne, il lui avança un tapis sous la tête. Puis il releva les yeux et considéra Tanit, dont le mince croissant brillait dans le ciel, et il se sentit plus fort que les Baals et plein de mépris pour eux.

Les dispositions du sacrifice étaient déjà commencées.

On abattit dans le temple de Moloch un pan de mur pour en tirer le dieu d'airain, sans toucher aux cendres de l'autel. Puis, dès que le soleil se montra, les hiérodoules le poussèrent vers la place de Khamon.

Il allait à reculons, en glissant sur des cylindres ; ses épaules dépassaient la hauteur des murailles ; du plus loin qu'ils l'apercevaient, les Carthaginois s'enfuyaient bien vite, car on ne pouvait contempler impunément le Baal que dans l'exercice de sa colère.

Une senteur d'aromates se répandit par les rues. Tous les temples à la fois venaient de s'ouvrir ; il en sortit des tabernacles montés sur des chariots ou sur des litières que des pontifes portaient. De gros panaches de plumes se balançaient à leurs angles, et des rayons s'échappaient de leurs faîtes aigus, terminés par des boules de cristal, d'or, d'argent ou de cuivre.

C'étaient les Baalim chananéens, dédoublements du Baal suprême, qui retournaient vers leur principe, pour s'humilier devant sa force et s'anéantir devant sa splendeur.

Le pavillon de Melkarth, en pourpre fine, abritait une flamme de pétrole ; sur celui de Khamon, couleur d'hyacinthe, se dressait un phallus d'ivoire, bordé d'un cercle de pierreries ; entre les rideaux d'Eschmoûn, bleus comme l'éther, un python endormi faisait un cercle avec sa queue ; et les Dieux-Patæques, tenus dans les bras de leurs prêtres, semblaient de grands enfants emmaillotés, dont les talons frôlaient la terre.

Ensuite venaient toutes les formes inférieures de la divinité : Baal-Samin, dieu des espaces célestes ; Baal-Peor, dieu des monts sacrés ; Baal-Zeboub, dieu de la corruption et ceux des pays voisins et des races congénères ; l'Iarbal de la Libye, l'Adrammelech de la Chaldée, le Kijun des Syriens ; Derceto, à figure de vierge, rampait sur ses nageoires, et le cadavre de Tammouz était traîné au milieu d'un catafalque, entre des flambeaux et des chevelures. Pour asservir les rois du firmament au Soleil et empêcher que leurs influences particulières ne gênassent la sienne, on brandissait au bout de longues perches des étoiles en métal diversement coloriées ; et tous s'y trouvaient, depuis le noir Nebo, génie de Mercure, jusqu'au hideux Rahab, qui est la constellation du Crocodile. Les Abaddirs, pierres tombées de la lune, tournaient dans des frondes en fils d'argent ; de petits pains, reproduisant le sexe d'une femme, étaient portés sur des corbeilles par les prêtres de Cérès ; d'autres amenaient leurs fétiches, leurs amulettes ; des idoles oubliées reparurent ; et même on avait pris aux vaisseaux leurs symboles mystiques, comme si Carthage eût voulu se recueillir tout entière dans une pensée de mort et de désolation.

Devant chacun des tabernacles, un homme tenait en équilibre, sur sa tête, un large vase où fumait de l'encens. Des nuages çà et là planaient, et l'on distinguait, dans ces grosses vapeurs, les tentures,

les pendeloques et les broderies des pavillons sacrés.
Ils avançaient lentement, à cause de leur poids
énorme. L'essieu des chars quelquefois s'accrochait dans les rues, alors les dévots profitaient de
l'occasion pour toucher les Baalim avec leurs vêtements, qu'ils gardaient ensuite comme des choses
saintes.

La statue d'airain continuait à s'avancer vers la
place de Khamon. Les Riches, portant des sceptres
à pomme d'émeraude, partirent du fond de Mégara ; les Anciens, coiffés de diadèmes, s'étaient
assemblés dans Kinisdo, et les maîtres des finances,
les gouverneurs des provinces, les marchands, les
soldats, les matelots et la horde nombreuse employée
aux funérailles, tous, avec les insignes de leur
magistrature ou les instruments de leur métier,
se dirigeaient vers les tabernacles qui descendaient
de l'Acropole, entre les collèges des pontifes.

Par déférence pour Moloch, ils s'étaient ornés
de leurs joyaux les plus splendides. Des diamants
étincelaient sur les vêtements noirs, mais les
anneaux trop larges tombaient des mains amai-
gries, — et rien n'était lugubre comme cette foule
silencieuse où les pendants d'oreilles battaient
contre des faces pâles, où les tiares d'or serraient
des fronts crispés par un désespoir atroce.

Enfin le Baal arriva juste au milieu de la place.
Ses pontifes, avec des treillages, disposèrent une
enceinte pour écarter la multitude, et ils restèrent
à ses pieds, autour de lui.

Les prêtres de Khamon, en robes de laine fauve,
s'alignèrent devant leur temple, sous les colonnes
du portique ; ceux d'Eschmoûn, en manteaux de

lin, avec des colliers à tête de coucoupha et des
tiares pointues, s'établirent sur les marches de
l'Acropole ; les prêtres de Melkarth, en tuniques
violettes, prirent pour eux le côté de l'Occident ; les
prêtres des Abaddirs, serrés dans des bandes
d'étoffes phrygiennes, se placèrent à l'Orient ; et
l'on rangea sur le côté du Midi, avec les nécro-
manciens tout couverts de tatouages, les hurleurs
en manteaux rapiécés, les desservants des Patæques et les Yidonim qui, pour connaître l'avenir,
se mettaient dans la bouche un os de mort. Les
prêtres de Cérès, habillés de robes bleues, s'étaient
arrêtés, prudemment, dans la rue de Satheb, et
psalmodiaient à voix basse un thesmophorion
en dialecte mégarien.

De temps en temps, il arrivait des files d'hommes
complètement nus, les bras écartés et tous se
tenant par les épaules. Ils tiraient, des profondeurs
de leur poitrine, une intonation rauque et caver-
neuse ; leurs prunelles, tendues vers le colosse,
brillaient dans la poussière, et ils se balançaient
le corps à intervalles égaux, tous à la fois, comme
ébranlés par un seul mouvement. Ils étaient si
furieux que, pour établir l'ordre, les hiérodoules,
à coups de bâton, les firent se coucher sur le ventre,
la face posée contre les treillages d'airain.

Ce fut alors que, du fond de la Place, un homme
en robe blanche s'avança. Il perça lentement la
foule et l'on reconnut un prêtre de Tanit, — le
grand-prêtre Schahabarim. Des huées s'élevèrent,
car la tyrannie du principe mâle prévalait ce jour-
là dans toutes les consciences, et la Déesse était
même tellement oubliée, que l'on n'avait pas re-

marqué l'absence de ses pontifes. Mais l'ébahissement redoubla quand on l'aperçut ouvrant dans les treillages une des portes destinées à ceux qui entreraient pour offrir les victimes. C'était, croyaient les prêtres de Moloch, un outrage qu'il venait faire à leur dieu ; avec de grands gestes, ils essayaient de le repousser. Nourris par les viandes des holocaustes, vêtus de pourpre comme des rois et portant des couronnes [1] à triple étage, ils conspuaient ce pâle eunuque exténué de macérations, et des rires de colère secouaient sur leur poitrine leur barbe noire étalée en soleil.

Schahabarim, sans répondre, continuait à marcher ; et, traversant pas à pas toute l'enceinte, il arriva sous les jambes du colosse, puis il le toucha des deux côtés en écartant les deux bras [2], ce qui était une formule solennelle d'adoration. Depuis trop longtemps, la Rabbet le torturait ; et, par désespoir, ou peut-être à défaut d'un dieu satisfaisant complètement sa pensée, il se déterminait enfin pour celui-là.

La foule, épouvantée par cette apostasie, poussa un long murmure. On sentait se rompre le dernier lien qui attachait les âmes à une divinité clémente.

Mais Schahabarim, à cause de sa mutilation, ne pouvait participer au culte du Baal. Les hommes en manteaux rouges l'exclurent de l'enceinte ; puis, quand il fut dehors, il tourna autour de tous les collèges, successivement, et le prêtre, désormais sans dieu, disparut dans la foule. Elle s'écartait à son approche.

Cependant, un feu d'aloès, de cèdre et de laurier

brûlait entre les jambes du colosse. Ses longues ailes
enfonçaient leur pointe dans la flamme ; les
onguents dont il était frotté coulaient comme de la
sueur sur ses membres d'airain. Autour de la dalle
ronde où il appuyait ses pieds, les enfants, enveloppés de voiles noirs, formaient un cercle immobile ;
et ses bras démesurément longs abaissaient leurs
paumes jusqu'à eux, comme pour saisir cette
couronne et l'emporter dans le ciel.

Les Riches, les Anciens, les femmes, toute la
multitude se tassait derrière les prêtres et sur les
terrasses des maisons. Les grandes étoiles peintes
ne tournaient plus : les tabernacles étaient posés
par terre ; et les fumées des encensoirs montaient
perpendiculairement, telles que des arbres gigantesques étalant au milieu de l'azur leurs rameaux
bleuâtres.

Plusieurs s'évanouirent ; d'autres devenaient
inertes et pétrifiés dans leur extase. Une angoisse
infinie pesait sur les poitrines. Les dernières clameurs une à une s'éteignaient, — et le peuple de
Carthage haletait, absorbé dans le désir de sa
terreur.

Enfin, le grand-prêtre de Moloch passa la main
gauche sous les voiles des enfants, et il leur
arracha du front une mèche de cheveux qu'il jeta
sur les flammes. Alors, les hommes en manteaux
rouges entonnèrent l'hymne sacré.

— « Hommage à toi, Soleil ! roi des deux zones,
créateur qui s'engendre, Père et Mère, Père et Fils,
Dieu et Déesse, Déesse et Dieu ! » Et leur voix se
perdit dans l'explosion des instruments sonnant
tous à la fois, pour étouffer les cris des victimes.

Les schéminith à huit cordes, les kinnor, qui en
avaient dix, et les nebal, qui en avaient douze,
grinçaient, sifflaient, tonnaient. Des outres énormes
hérissées de tuyaux faisaient un clapotement aigu ;
les tambourins, battus à tour de bras, retentissaient
de coups sourds et rapides ; et, malgré la fureur
des clairons, les salsalim claquaient, comme des
ailes de sauterelle.

Les hiérodoules, avec un long crochet, ouvrirent
les sept compartiments étagés sur le corps du Baal.
Dans le plus haut, on introduisit de la farine ;
dans le second, deux tourterelles ; dans le troisième,
un singe ; dans le quatrième, un bélier ; dans le
cinquième, une brebis ; et, comme on n'avait pas
de bœufs pour le sixième, on y jeta une peau
tannée prise au sanctuaire. La septième case restait
béante.

Avant de rien entreprendre, il était bon d'essayer
les bras du Dieu. De minces chaînettes partant de
ses doigts gagnaient ses épaules et redescendaient
par-derrière, où des hommes, tirant dessus, faisaient monter, jusqu'à la hauteur de ses coudes,
ses deux mains ouvertes qui, en se rapprochant,
arrivaient contre son ventre ; elles remuèrent
plusieurs fois de suite, à petits coups saccadés.
Puis les instruments se turent. Le feu ronflait.

Les pontifes de Moloch se promenaient sur la
grande dalle, en examinant la multitude.

Il fallait un sacrifice individuel, une oblation
toute volontaire et qui était considérée comme en-
traînant les autres. Mais personne, jusqu'à présent,
ne se montrait, et les sept allées conduisant des
barrières au colosse étaient complètement vides.

Alors, pour encourager le peuple, les prêtres tirèrent
de leurs ceintures des poinçons et ils se balafraient
le visage. On fit entrer dans l'enceinte les Dévoués,
étendus sur terre, en dehors. On leur jeta un
paquet d'horribles ferrailles et chacun choisit
sa torture. Ils se passaient des broches entre les
seins ; ils se fendaient les joues ; ils se mirent des
couronnes d'épines sur la tête ; puis ils s'enlacèrent
par les bras, et, entourant les enfants, ils formaient
un autre grand cercle qui se contractait et s'élar-
gissait. Ils arrivaient contre la balustrade, se reje-
taient en arrière et recommençaient toujours,
attirant à eux la foule par le vertige de ce mouvement tout plein de sang et de cris.

Peu à peu, des gens entrèrent jusqu'au fond des
allées ; ils lançaient dans la flamme des perles,
des vases d'or, des coupes, des flambeaux, toutes
leurs richesses ; les offrandes, de plus en plus,
devenaient splendides et multipliées. Enfin, un
homme qui chancelait, un homme pâle et hideux
de terreur, poussa un enfant ; puis on aperçut
entre les mains du colosse une petite masse noire ;
elle s'enfonça dans l'ouverture ténébreuse. Les
prêtres se penchèrent au bord de la grande dalle,
— et un chant nouveau éclata, célébrant les joies
de la mort et les renaissances de l'éternité.

Ils montaient lentement, et, comme la fumée
en s'envolant faisait de hauts tourbillons, ils semblaient de loin disparaître dans un nuage. Pas un
ne bougeait. Ils étaient liés aux poignets et aux
chevilles, et la sombre draperie les empêchait de
rien voir et d'être reconnus.

Hamilcar, en manteau rouge comme les prêtres

de Moloch, se tenait auprès du Baal, debout devant
l'orteil de son pied droit. Quand on amena le
quatorzième enfant, tout le monde put s'apercevoir
qu'il eut un grand geste d'horreur. Mais bientôt,
reprenant son attitude, il croisa ses bras et il
regardait par terre. De l'autre côté de la statue,
le Grand-Pontife restait immobile comme lui.
Baissant sa tête chargée d'une mitre assyrienne,
il observait sur sa poitrine la plaque d'or recouverte
de pierres fatidiques, et où la flamme se mirant
faisait des lueurs irisées. Il pâlissait, éperdu.
Hamilcar inclinait son front ; et ils étaient tous
les deux si près du bûcher que le bas de leurs manteaux, se soulevant, de temps à autre l'effleurait.

Les bras d'airain allaient plus vite. Ils ne s'arrêtaient plus. Chaque fois que l'on y posait un enfant,
les prêtres de Moloch étendaient la main sur lui,
pour le charger des crimes du peuple, en vociférant : « Ce ne sont pas des hommes, mais des
bœufs ! » et la multitude à l'entour répétait : « Des
bœufs ! des bœufs ! » Les dévots criaient : « Seigneur !
mange ! » et les prêtres de Proserpine, se conformant par la terreur au besoin de Carthage, mar-
mottaient la formule éleusiaque : « Verse la pluie !
enfante ! »

Les victimes, à peine au bord de l'ouverture,
disparaissaient comme une goutte d'eau sur une
plaque rougie, et une fumée blanche montait dans
la grande couleur écarlate.

Cependant, l'appétit du Dieu ne s'apaisait pas.
Il en voulait toujours. Afin de lui en fournir davantage, on les empila sur ses mains avec une grosse
chaîne par-dessus, qui les retenait. Des dévots

au commencement avaient voulu les compter,
pour voir si leur nombre correspondait aux jours
de l'année solaire ; mais on en mit d'autres, et
il était impossible de les distinguer dans le mouvement vertigineux des horribles bras. Cela dura
longtemps, indéfiniment jusqu'au soir. Puis les
parois intérieures prirent un éclat plus sombre.
Alors, on aperçut des chairs qui brûlaient. Quelques-uns même croyaient reconnaître des cheveux,
des membres, des corps entiers.

Le jour tomba ; des nuages s'amoncelèrent au-
dessus du Baal. Le bûcher, sans flammes à présent,
faisait une pyramide de charbons jusqu'à ses
genoux ; complètement rouge comme un géant
tout couvert de sang, il semblait, avec sa tête qui
se renversait, chanceler sous le poids de son
ivresse.

A mesure que les prêtres se hâtaient, la frénésie
du peuple augmentait ; le nombre des victimes
diminuant, les uns criaient de les épargner, les
autres qu'il en fallait encore. On aurait dit que les
murs chargés de monde s'écroulaient sous les hurlements d'épouvante et de volupté mystique. Puis
des fidèles arrivèrent dans les allées, traînant leurs
enfants qui s'accrochaient à eux ; et ils les battaient
pour leur faire lâcher prise et les remettre aux
hommes rouges. Les joueurs d'instruments quelquefois s'arrêtaient, épuisés ; alors, on entendait
les cris des mères et le grésillement de la graisse
qui tombait sur les charbons. Les buveurs de
jusquiame, marchant à quatre pattes, tournaient
autour du colosse et rugissaient comme des tigres,
les Yidonim vaticinaient, les Dévoués chantaient

avec leurs lèvres fendues ; on avait rompu les
grillages, tous voulaient leur part du sacrifice ;
— et les pères dont les enfants étaient morts autrefois jetaient dans le feu leurs effigies, leurs jouets,
leurs ossements conservés. Quelques-uns qui avaient
des couteaux se précipitèrent sur les autres. On
s'entr'égorgea. Avec des vans de bronze, les
hiérodoules prirent au bord de la dalle les cendres
tombées ; et ils les lançaient dans l'air, afin que le
sacrifice s'éparpillât sur la ville et jusqu'à la région
des étoiles.

Ce grand bruit et cette grande lumière avaient
attiré les Barbares au pied des murs ; se cramponnant pour mieux voir sur les débris de l'hélépole, ils regardaient, béants d'horreur.

XIV

LE DÉFILÉ DE LA HACHE

Les Carthaginois n'étaient pas rentrés dans leurs maisons que les nuages s'amoncelèrent plus épais ; ceux qui levaient la tête vers le colosse sentirent sur leur front de grosses gouttes, et la pluie tomba.

Elle tomba toute la nuit, abondamment, à flots ; le tonnerre grondait ; c'était la voix de Moloch ; il avait vaincu Tanit ; — et, maintenant fécondée, elle ouvrait du haut du ciel son vaste sein. Parfois on l'apercevait dans une éclaircie lumineuse étendue sur des coussins de nuages ; puis les ténèbres se refermaient comme si, trop lasse encore, elle voulait se rendormir ; les Carthaginois, — croyant tous que l'eau est enfantée par la lune, — criaient pour faciliter son travail.

La pluie battait les terrasses et débordait par-dessus, formait des lacs dans les cours, des cascades sur les escaliers, des tourbillons au coin des rues. Elle se versait en lourdes masses tièdes et en rayons pressés ; des angles de tous les édifices de gros jets écumeux sautaient ; contre les murs il y avait comme des nappes blanchâtres vaguement suspendues, et les toits des temples, lavés,

brillaient en noir à la lueur des éclairs. Par mille
chemins des torrents descendaient de l'Acropole ;
des maisons s'écroulaient tout à coup ; et des poutrelles, des plâtras, des meubles passaient dans les
ruisseaux, qui couraient sur les dalles impétueusement.

On avait exposé des amphores, des buires, des
toiles ; mais les torches s'éteignaient ; on prit des
brandons au bûcher du Baal, et les Carthaginois,
pour boire, se tenaient le cou renversé, la bouche
ouverte. D'autres, au bord des flaques bourbeuses,
y plongeaient leurs bras jusqu'à l'aisselle, et se
gorgeaient d'eau si abondamment qu'ils la vomis-
saient comme des buffles. La fraîcheur peu à peu
se répandait ; ils aspiraient l'air humide en faisant
jouer leurs membres, et, dans le bonheur de cette
ivresse, bientôt un immense espoir surgit. Toutes
les misères furent oubliées. La patrie encore une
fois renaissait.

Ils éprouvaient comme le besoin de rejeter sur
d'autres l'excès de la fureur qu'ils n'avaient pu
employer contre eux-mêmes. Un tel sacrifice ne
devait pas être inutile ; — bien qu'ils n'eussent
aucun remords, ils se trouvaient emportés par
cette frénésie que donne la complicité des crimes
irréparables.

Les Barbares avaient reçu l'orage dans leurs
tentes mal closes ; et, tout transis encore le lendemain, ils pataugeaient au milieu de la boue, en
cherchant leurs munitions et leurs armes, gâtées,
perdues.

Hamilcar, de lui-même, alla trouver Hannon ;
et, suivant ses pleins pouvoirs, il lui confia le com-

mandement. Le vieux Suffète hésita quelques
minutes entre sa rancune et son appétit de l'autorité. Il accepta cependant.

Ensuite Hamilcar fit sortir une galère armée
d'une catapulte à chaque bout. Il la plaça dans le
golfe en face du radeau ; puis il embarqua sur les
vaisseaux disponibles ses troupes les plus robustes.
Il s'enfuyait donc ; et, cinglant vers le nord, il disparut dans la brume.

Mais trois jours après (on allait recommencer
l'attaque), des gens de la côte libyque arrivèrent
tumultueusement. Barca était entré chez eux. Il
avait partout levé des vivres et il s'étendait dans
le pays.

Alors les Barbares furent indignés comme s'il
les trahissait. Ceux qui s'ennuyaient le plus du
siège, les Gaulois surtout, n'hésitèrent pas à quitter les murs pour tâcher de le rejoindre. Spendius
voulait reconstruire l'hélépole ; Mâtho s'était tracé
une ligne idéale depuis sa tente jusqu'à Mégara, il
s'était juré de la suivre ; et aucun de leurs hommes ne bougea. Mais les autres, commandés par
Autharite, s'en allèrent, abandonnant la portion
occidentale du rempart. L'incurie était si profonde
que l'on ne songea même pas à les remplacer.

Narr'Havas les épiait de loin dans les montagnes.
Il fit, pendant la nuit, passer tout son monde sur
le côté extérieur de la Lagune, par le bord de la
mer, et il entra dans Carthage.

Il s'y présenta comme un sauveur, avec six mille
hommes, tous portant de la farine sous leurs manteaux, et quarante éléphants chargés de fourrages
et de viandes sèches. On s'empressa vite autour

d'eux ; on leur donna des noms. L'arrivée d'un pareil secours réjouissait encore moins les Carthaginois que le spectacle même de ces forts animaux consacrés au Baal ; c'était un gage de sa tendresse, une preuve qu'il allait enfin, pour les défendre, se mêler de la guerre.

Narr'Havas reçut les compliments des Anciens. Puis il monta vers le palais de Salammbô.

Il ne l'avait pas revue depuis cette fois où, dans la tente d'Hamilcar, entre les cinq armées, il avait senti sa petite main froide et douce attachée contre la sienne ; après les fiançailles, elle était partie pour Carthage. Son amour, détourné par d'autres ambitions, lui était revenu ; et maintenant, il comptait jouir de ses droits, l'épouser, la prendre.

Salammbô ne comprenait pas comment ce jeune homme pourrait jamais devenir son maître! Bien qu'elle demandât, tous les jours, à Tanit la mort de Mâtho, son horreur pour le Libyen diminuait. Elle sentait confusément que la haine dont il l'avait persécutée était une chose presque religieuse, — et elle aurait voulu voir dans la personne de Narr'-Havas comme un reflet de cette violence qui la tenait encore éblouie. Elle souhaitait le connaître davantage et cependant sa présence l'eût embarrassée. Elle lui fit répondre qu'elle ne devait pas le recevoir.

D'ailleurs, Hamilcar avait défendu à ses gens d'admettre chez elle le roi des Numides ; en reculant jusqu'à la fin de la guerre cette récompense, il espérait entretenir son dévouement; et Narr'Havas, par crainte du Suffète, se retira.

Mais il se montra hautain envers les Cent. Il

changea leurs dispositions. Il exigea des prérogatives pour ses hommes et les établit dans les postes
importants ; aussi les Barbares ouvrirent tous de
grands yeux en apercevant les Numides sur les
tours.

La surprise des Carthaginois fut encore plus forte
lorsque arrivèrent, sur une vieille trirème punique,
quatre cents des leurs, faits prisonniers pendant la
guerre de Sicile. En effet, Hamilcar avait secrètement renvoyé aux Quirites les équipages des vaisseaux latins pris avant la défection des villes tyriennes ; et Rome, par échange de bons procédés, lui
rendait maintenant ses captifs. Elle dédaigna les
ouvertures des Mercenaires dans la Sardaigne, et
même elle ne voulut point reconnaître comme
sujets les habitants d'Utique.

Hiéron, qui gouvernait à Syracuse, fut entraîné
par cet exemple. Il lui fallait, pour conserver ses
États, un équilibre entre les deux peuples ; il avait
donc intérêt au salut des Chananéens, et il se déclara
leur ami en leur envoyant douze cents bœufs avec
cinquante-trois mille nebel de pur froment.

Une raison plus profonde faisait secourir Carthage : on sentait bien que si les Mercenaires triomphaient, depuis le soldat jusqu'au laveur d'écuelles,
tout s'insurgerait, et qu'aucun gouvernement,
aucune maison ne pourrait y résister.

Hamilcar, pendant ce temps-là, battait les campagnes orientales. Il refoula les Gaulois et tous les
Barbares se trouvèrent eux-mêmes comme assiégés.

Alors il se mit à les harceler. Il arrivait, s'éloignait, et, renouvelant toujours cette manœuvre,

peu à peu, il les détacha de leurs campements.
Spendius fut obligé de les suivre ; Mâtho, à la fin,
céda comme lui.

Il ne dépassa point Tunis. Il s'enferma dans ses
murs. Cette obstination était pleine de sagesse ;
car bientôt on aperçut Narr'Havas qui sortait par
la porte de Khamon avec ses éléphants et ses soldats ; Hamilcar le rappelait. Mais déjà les autres
Barbares erraient dans les provinces à la poursuite
du Suffète.

Il avait reçu à Clypea trois mille Gaulois. Il fit
venir des chevaux de la Cyrénaïque, des armures
du Brutium, et il recommença la guerre.

Jamais son génie ne fut aussi impétueux et fertile. Pendant cinq lunes il les traîna derrière lui. Il
avait un but où il voulait les conduire.

Les Barbares avaient tenté d'abord de l'envelopper par de petits détachements ; il leur échappait toujours. Ils ne se quittèrent plus. Leur armée
était de quarante mille hommes environ, et plusieurs fois ils eurent la jouissance de voir les Carthaginois reculer.

Ce qui les tourmentait, c'était les cavaliers de
Narr'Havas ! Souvent, aux heures les plus lourdes,
quand on avançait par les plaines en sommeillant
sous le poids des armes, tout à coup une grosse ligne
de poussière montait à l'horizon ; des galops accouraient, et du sein d'un nuage plein de prunelles
flamboyantes, une pluie de dards se précipitait.
Les Numides, couverts de manteaux blancs, poussaient de grands cris, levaient les bras en serrant
des genoux leurs étalons cabrés, les faisaient tour-

ner brusquement, puis disparaissaient. Ils avaient
toujours à quelque distance, sur les dromadaires,
des provisions de javelots, et ils revenaient plus
terribles, hurlaient comme des loups, s'enfuyaient
comme des vautours. Ceux des Barbares placés
au bord des files tombaient un à un, — et l'on
continuait ainsi jusqu'au soir, où l'on tâchait d'entrer dans les montagnes.

Bien qu'elles fussent périlleuses pour les éléphants, Hamilcar s'y engagea. Il suivit la longue
chaîne qui s'étend depuis le promontoire Hermæum jusqu'au sommet du Zagouan. C'était,
croyaient-ils, un moyen de cacher l'insuffisance
de ses troupes. Mais l'incertitude continuelle où il
les maintenait finissait par les exaspérer plus
qu'aucune défaite. Ils ne se décourageaient pas, et
marchaient derrière lui.

Enfin, un soir, entre la Montagne-d'Argent et la
Montagne-de-Plomb, au milieu de grosses roches, à
l'entrée d'un défilé, ils surprirent un corps de vélites ; et l'armée entière était certainement devant
ceux-là, car on entendait un bruit de pas avec des
clairons ; aussitôt les Carthaginois s'enfuirent par
la gorge. Elle dévalait dans une plaine ayant la
forme d'un fer de hache et environnée de hautes
falaises. Pour atteindre les vélites, les Barbares s'y
élancèrent ; tout au fond, parmi des bœufs qui
galopaient, d'autres Carthaginois couraient tumultueusement. On aperçut un homme en manteau
rouge, c'était le Suffète, on se le criait [1] ; un redoublement de fureur et de joie les emporta. Plusieurs,
soit paresse ou prudence, étaient restés au seuil
du défilé. Mais de la cavalerie, débouchant d'un

bois, à coups de pique et de sabre, les rabattit sur
les autres ; et bientôt tous les Barbares furent en
bas, dans la plaine.

Puis, cette grande masse d'hommes ayant oscillé
quelque temps, s'arrêta ; ils ne découvraient aucune
issue.

Ceux qui étaient le plus près du défilé revinrent
en arrière [1] ; mais le passage avait entièrement disparu. On héla ceux de l'avant pour les faire continuer ; ils s'écrasaient contre la montagne, et de
loin ils invectivèrent leurs compagnons qui ne
savaient pas retrouver la route.

En effet, à peine les Barbares étaient-ils descen-
dus, que des hommes, tapis derrière les roches, en
les soulevant avec des poutres, les avaient renversées ; et comme la pente était rapide, ces blocs
énormes, roulant pêle-mêle, avaient bouché l'étroit
orifice, complètement.

A l'autre extrémité de la plaine s'étendait un
long couloir, çà et là fendu par des crevasses, et qui
conduisait à un ravin montant vers le plateau supérieur où se tenait l'armée punique. Dans ce couloir,
contre la paroi de la falaise, on avait d'avance disposé des échelles ; et, protégés par les détours des
crevasses, les vélites, avant d'être rejoints, purent
les saisir et remonter. Plusieurs même s'engagèrent
jusqu'au bas de la ravine ; on les tira avec des
câbles, car le terrain en cet endroit était un sable
mouvant et d'une telle inclinaison que, même sur
les genoux, il eût été impossible de le gravir. Les
Barbares, presque immédiatement, y arrivèrent.
Mais une herse, haute de quarante coudées, et
faite à la mesure exacte de l'intervalle, s'abaissa

devant eux tout à coup, comme un rempart qui
serait tombé du ciel.

Donc les combinaisons du Suffète avaient réussi.
Aucun des Mercenaires ne connaissait la montagne,
et, marchant à la tête des colonnes, ils avaient
entraîné les autres. Les roches, un peu étroites par
la base, s'étaient facilement abattues, et, tandis
que tous couraient, son armée, dans l'horizon, avait
crié comme en détresse. Hamilcar, il est vrai, pouvait perdre ses vélites, la moitié seulement y resta.
Il en eût sacrifié vingt fois davantage pour le
succès d'une pareille entreprise.

Jusqu'au matin, les Barbares se poussèrent en
files compactes d'un bout à l'autre de la plaine. Ils
tâtaient la montagne avec leurs mains, cherchant à
découvrir un passage.

Enfin le jour se leva ; ils aperçurent partout
autour d'eux une grande muraille blanche, taillée
à pic. Et pas un moyen de salut, pas un espoir ! Les
deux sorties naturelles de cette impasse étaient
fermées par la herse et par l'amoncellement des
roches.

Alors, tous se regardèrent sans parler. Ils s'affaissèrent sur eux-mêmes, en se sentant un froid de
glace dans les reins, et aux paupières une pesanteur accablante.

Ils se relevèrent, et bondirent contre les roches.
Mais les plus basses, pressées par le poids des
autres, étaient inébranlables. Ils tâchèrent de s'y
cramponner pour atteindre au sommet ; la forme
ventrue de ces grosses masses repoussait toute
prise. Ils voulurent fendre le terrain des deux côtés
de la gorge : leurs instruments se brisèrent. Avec

les mâts des tentes, ils firent un grand feu ;
le feu ne pouvait pas brûler la montagne.

Ils revinrent sur la herse ; elle était garnie de
longs clous, épais comme des pieux, aigus comme
les dards d'un porc-épic et plus serrés que les crins
d'une brosse. Mais tant de rage les animait qu'ils
se précipitèrent contre elle. Les premiers y entrèrent jusqu'à l'échine, les seconds refluèrent par-dessus ; et tout retomba, en laissant à ces horribles
branches des lambeaux humains et des chevelures
ensanglantées.

Quand le découragement se fut un peu calmé, on
examina ce qu'il y avait de vivres. Les Mercenaires,
dont les bagages étaient perdus, en possédaient à
peine pour deux jours ; et tous les autres s'en trouvaient dénués, — car ils attendaient un convoi
promis par les villages du Sud.

Cependant des taureaux vagabondaient, ceux
que les Carthaginois avaient lâchés dans la gorge
afin d'attirer les Barbares. Ils les tuèrent à coups
de lance ; on les mangea, et, les estomacs étant
remplis, les pensées furent moins lugubres.

Le lendemain, ils égorgèrent tous les mulets,
une quarantaine environ, puis on racla leurs peaux,
on fit bouillir leurs entrailles, on pila les ossements,
et ils ne désespéraient pas encore ; l'armée de
Tunis, prévenue sans doute, allait venir.

Mais le soir du cinquième jour, la faim redoubla[1] ;
ils rongèrent les baudriers des glaives et les petites
éponges bordant le fond des casques.

Ces quarante mille hommes étaient tassés dans
l'espèce d'hippodrome que formait autour d'eux la
montagne. Quelques-uns restaient devant la herse

ou à la base des roches ; les autres couvraient la plaine confusément. Les forts s'évitaient, et les timides recherchaient les braves, qui ne pouvaient pourtant les sauver.

On avait, à cause de leur infection, enterré vivement les cadavres des vélites ; la place des fosses ne s'apercevait plus.

Tous les Barbares languissaient, couchés par terre. Entre leurs lignes, çà et là, un vétéran passait ; et ils hurlaient des malédictions contre les Carthaginois, contre Hamilcar — et contre Mâtho, bien qu'il fût innocent de leur désastre ; mais il leur semblait que leurs douleurs eussent été moindres s'il les avait partagées. Puis ils gémissaient ; quelques-uns pleuraient tout bas, comme de petits enfants.

Ils venaient vers les capitaines et ils les suppliaient de leur accorder quelque chose qui apaisât leurs souffrances. Les autres ne répondaient rien, — ou, saisis de fureur, ils ramassaient une pierre et la leur jetaient au visage.

Plusieurs, en effet, conservaient soigneusement, dans un trou en terre, une réserve de nourriture, quelques poignées de dattes, un peu de farine ; et on mangeait cela pendant la nuit, en baissant la tête sous son manteau. Ceux qui avaient des épées les gardaient nues dans leurs mains ; les plus défiants se tenaient debout, adossés contre la montagne.

Ils accusaient leurs chefs et les menaçaient. Autharite ne craignait pas de se montrer. Avec cette obstination de Barbare que rien ne rebute, vingt fois par jour il s'avançait jusqu'au fond,

vers les roches, espérant chaque fois les trouver
peut-être déplacées ; et balançant ses lourdes
épaules couvertes de fourrures, il rappelait à ses
compagnons un ours qui sort de sa caverne, au
printemps, pour voir si les neiges sont fondues.

Spendius, entouré de Grecs, se cachait dans une
des crevasses ; comme il avait peur, il fit répandre
le bruit de sa mort.

Ils étaient maintenant d'une maigreur hideuse ;
leur peau se plaquait de marbrures bleuâtres. Le
soir du neuvième jour, trois Ibériens moururent.

Leurs compagnons, effrayés, quittèrent la place.
On les dépouilla ; et ces corps nus et blancs restèrent sur le sable, au soleil.

Alors des Garamantes se mirent lentement à rôder
tout autour. C'étaient des hommes accoutumés à
l'existence des solitudes et qui ne respectaient
aucun dieu. Enfin le plus vieux de la troupe fit
un signe, et se baissant vers les cadavres, avec
leurs couteaux, ils en prirent des lanières ; puis,
accroupis sur les talons, ils mangeaient. Les autres
regardaient de loin ; on poussa des cris d'horreur ;
— beaucoup cependant, au fond de l'âme, jalousaient leur courage.

Au milieu de la nuit, quelques-uns de ceux-là se
rapprochèrent, et, dissimulant leur désir, ils en
demandaient une mince bouchée, seulement pour
essayer, disaient-ils. De plus hardis survinrent ;
leur nombre augmenta ; ce fut bientôt une foule.
Mais presque tous, en sentant cette chair froide au
bord des lèvres, laissaient leur main retomber ;
d'autres, au contraire, la dévoraient avec délices.

Afin d'être entraînés par l'exemple, ils s'exci-

taient mutuellement. Tel qui avait d'abord refusé
allait voir les Garamantes et ne revenait plus. Ils
faisaient cuire les morceaux sur des charbons à la
pointe d'une épée ; on les salait avec de la poussière
et l'on se disputait les meilleurs. Quand il ne resta
plus rien des trois cadavres, les yeux se portèrent sur toute la plaine pour en trouver d'autres.

Mais ne possédait-on pas des Carthaginois, vingt
captifs faits dans la dernière rencontre et que
personne, jusqu'à présent, n'avait remarqués ? Ils
disparurent ; c'était une vengeance, d'ailleurs. —
Puis, comme il fallait vivre, comme le goût de cette
nourriture s'était développé, comme on se mou-
rait, on égorgea les porteurs d'eau, les palefreniers,
tous les valets des Mercenaires. Chaque jour on en
tuait. Quelques-uns mangeaient beaucoup, reprenaient des forces et n'étaient plus tristes.

Bientôt cette ressource vint à manquer. Alors
l'envie se tourna sur les blessés et les malades.
Puisqu'ils ne pouvaient se guérir, autant les délivrer de leurs tortures ; et, sitôt qu'un homme chancelait, tous s'écriaient qu'il était maintenant perdu
et devait servir aux autres. Pour accélérer leur mort,
on employait des ruses ; on leur volait le dernier
reste de leur immonde portion ; comme par
mégarde, on marchait sur eux ; les agonisants,
pour faire croire à leur vigueur, tâchaient d'étendre
les bras, de se relever, de rire. Des gens évanouis
se réveillaient au contact d'une lame ébréchée qui
leur sciait un membre ; — et ils tuaient encore par
férocité, sans besoin, pour assouvir leur fureur.

Un brouillard lourd et tiède, comme il en arrive
dans ces régions à la fin de l'hiver, le quatorzième

jour, s'abattit sur l'armée. Ce changement de la
température amena des morts nombreuses, et la
corruption se développait effroyablement vite dans
la chaude humidité retenue par les parois de la
montagne. La bruine qui tombait sur les cadavres,
en les amollissant, fit bientôt de toute la plaine une
large pourriture. Des vapeurs blanchâtres flottaient
au-dessus ; elles piquaient les narines, pénétraient
la peau, troublaient les yeux ; et les Barbares
croyaient entrevoir les souffles exhalés, les âmes
de leurs compagnons. Un dégoût immense les
accabla. Ils n'en voulaient plus, ils aimaient mieux
mourir.

Deux jours après, le temps redevint pur et la
faim les reprit. Il leur semblait parfois qu'on leur
arrachait l'estomac avec des tenailles. Alors, ils
se roulaient saisis de convulsions, jetaient dans
leur bouche des poignées de terre, se mordaient
les bras et éclataient en rires frénétiques.

La soif les tourmentait encore plus, car ils
n'avaient pas une goutte d'eau, les outres, depuis
le neuvième jour, étant complètement taries. Pour
tromper le besoin, ils s'appliquaient sur la langue
les écailles métalliques des ceinturons, les pom-
meaux en ivoire, les fers des glaives. D'anciens
conducteurs de caravane se comprimaient le ventre
avec des cordes. D'autres suçaient un caillou. On
buvait de l'urine refroidie dans les casques d'airain.

Et ils attendaient toujours l'armée de Tunis !
La longueur du temps qu'elle mettait à venir,
d'après leurs conjectures, certifiait son arrivée
prochaine. D'ailleurs Mâtho, qui était un brave,

ne les abandonnerait pas. « Ce sera pour demain! »
se disaient-ils ; et demain se passait.

Au commencement, ils avaient fait des prières,
des vœux, pratiqué toutes sortes d'incantations.
A présent ils ne sentaient, pour leurs Divinités,
que de la haine, et, par vengeance, tâchaient de
ne plus y croire.

Les hommes de caractère violent périrent les
premiers ; les Africains résistèrent mieux que les
Gaulois. Zarxas, entre les Baléares, restait étendu
tout de son long, les cheveux par-dessus le bras,
inerte. Spendius trouva une plante à larges feuilles
emplies d'un suc abondant, et, l'ayant déclarée
vénéneuse afin d'en écarter les autres, il s'en
nourrissait.

On était trop faible pour abattre, d'un coup de
pierre, les corbeaux qui volaient. Quelquefois,
lorsqu'un gypaète, posé sur un cadavre, le déchi-
quetait depuis longtemps déjà, un homme se mettait à ramper vers lui avec un javelot entre les
dents. Il s'appuyait d'une main, et, après avoir
bien visé, il lançait son arme. La bête aux plumes
blanches, troublée par le bruit, s'interrompait,
regardait tout à l'entour d'un air tranquille, comme
un cormoran sur un écueil, puis elle replongeait
son hideux bec jaune ; et l'homme désespéré retombait à plat ventre dans la poussière. Quelques-uns
parvenaient à découvrir des caméléons, des serpents. Mais ce qui les faisait vivre, c'était l'amour
de la vie. Ils tendaient leur âme sur cette idée,
exclusivement, — et se rattachaient à l'existence
par un effort de volonté qui la prolongeait.

Les plus stoïques se tenaient les uns près des

autres, assis en rond, au milieu de la plaine, çà et
là, entre les morts ; et, enveloppés dans leurs manteaux, ils s'abandonnaient silencieusement à leur
tristesse.

Ceux qui étaient nés dans les villes se rappelaient des rues toutes retentissantes, des tavernes,
des théâtres, des bains, et les boutiques des bar-
biers où l'on écoute des histoires. D'autres re-
voyaient des campagnes au coucher du soleil, quand
les blés jaunes ondulent et que les grands bœufs
remontent les collines avec le soc des charrues sur
le cou. Les voyageurs rêvaient à des citernes, les
chasseurs à leurs forêts, les vétérans à des batailles ;
— et, dans la somnolence qui les engourdissait,
leurs pensées se heurtaient avec l'emportement
et la netteté des songes. Des hallucinations les
envahissaient tout à coup ; ils cherchaient dans la
montagne une porte pour s'enfuir et voulaient
passer au travers. D'autres, croyant naviguer par
une tempête, commandaient la manœuvre d'un
navire, ou bien ils se reculaient épouvantés, apercevant, dans les nuages, des bataillons puniques.
Il y en avait qui se figuraient être à un festin, et
ils chantaient.

Beaucoup, par une étrange manie, répétaient le
même mot ou faisaient continuellement le même
geste. Puis, quand ils venaient à relever la tête et à
se regarder, des sanglots les étouffaient en découvrant l'horrible ravage de leurs figures. Quelques-
uns ne souffraient plus, et, pour employer les heures,
ils se racontaient les périls auxquels ils avaient
échappé.

Leur mort à tous était certaine, imminente.

Combien de fois n'avaient-ils pas tenté de s'ouvrir un passage! Quant à implorer les conditions du vainqueur, par quel moyen? ils ne savaient même pas où se trouvait Hamilcar.

Le vent soufflait du côté de la ravine. Il faisait couler le sable par-dessus la herse en cascades, perpétuellement; et les manteaux et les chevelures des Barbares s'en recouvraient comme si la terre, montant sur eux, avait voulu les ensevelir. Rien ne bougeait; l'éternelle montagne, chaque matin, leur semblait encore plus haute.

Quelquefois des bandes d'oiseaux passaient à tire d'aile, en plein ciel bleu, dans la liberté de l'air. Ils fermaient les yeux pour ne pas les voir.

On sentait d'abord un bourdonnement dans les oreilles, les ongles noircissaient, le froid gagnait la poitrine, on se couchait sur le côté et l'on s'éteignait sans [1] un cri.

Le dix-neuvième jour, deux mille Asiatiques étaient morts, quinze cents de l'Archipel, huit mille de la Libye, les plus jeunes des Mercenaires et des tribus complètes; — en tout vingt mille soldats, la moitié de l'armée.

Autharite, qui n'avait plus que cinquante Gaulois, allait se faire tuer pour en finir, quand, au sommet de la montagne, en face de lui, il crut voir un homme.

Cet homme, à cause de l'élévation, ne paraissait pas plus grand qu'un nain. Cependant Autharite reconnut à son bras gauche un bouclier en forme de trèfle. Il s'écria : « Un Carthaginois! » Et, dans la plaine, devant la herse et sous les roches, immédiatement tous se levèrent. Le soldat se promenait au bord du précipice ; d'en bas, les Barbares le regardaient.

Spendius ramassa une tête de bœuf ; puis avec deux ceintures ayant composé un diadème, il le planta sur les cornes au bout d'une perche, en témoignage d'intentions pacifiques. Le Carthaginois disparut. Ils attendirent.

Enfin, le soir, comme une pierre se détachant de la falaise, tout à coup il tomba d'en haut un baudrier. Fait de cuir rouge et couvert de broderie avec trois étoiles de diamant, il portait empreint à son milieu la marque du Grand-Conseil : un cheval sous un palmier. C'était la réponse d'Hamilcar, le sauf-conduit qu'il envoyait.

Ils n'avaient rien à craindre ; tout changement de fortune amenait la fin de leurs maux. Une joie démesurée les agita, ils s'embrassaient, pleuraient. Spendius, Autharite et Zarxas, quatre Italiotes, un Nègre et deux Spartiates s'offrirent comme parlementaires. On les accepta tout de suite [1]. Ils ne savaient cependant par quel moyen s'en aller.

Mais un craquement retentit dans la direction des roches ; et la plus élevée, ayant oscillé sur elle-même, rebondit jusqu'en bas. En effet, si du côté des Barbares elles étaient inébranlables, car il aurait fallu leur faire remonter un plan oblique (et, d'ailleurs, elles se trouvaient tassées par l'étroitesse de la gorge), de l'autre, au contraire, il suffisait de les heurter fortement pour qu'elles descendissent. Les Carthaginois les poussèrent, et, au jour levant, elles s'avançaient dans la plaine comme les gradins d'un immense escalier [2] en ruine.

Les Barbares ne pouvaient encore les gravir. On

leur tendit des échelles ; tous s'y élancèrent. La décharge d'une catapulte les refoula ; les Dix seulement furent emmenés.

Ils marchaient entre les Clinabares, et appuyaient leur main sur la croupe des chevaux pour se soutenir.

Maintenant que leur première joie était passée, ils commençaient à concevoir des inquiétudes. Les exigences d'Hamilcar seraient cruelles. Mais Spendius les rassurait.

— « C'est moi qui parlerai ! » Et il se vantait de connaître les choses bonnes à dire pour le salut de l'armée.

Derrière tous les buissons, ils rencontraient des sentinelles en embuscade. Elles se prosternaient devant le baudrier que Spendius avait mis sur son épaule.

Quand ils arrivèrent dans le camp punique, la foule s'empressa autour d'eux, et ils entendaient comme des chuchotements, des rires. La porte d'une tente s'ouvrit.

Hamilcar était tout au fond, assis sur un escabeau, près d'une table basse où brillait un glaive nu. Des capitaines, debout, l'entouraient.

En apercevant ces hommes, il fit un geste en arrière, puis il se pencha pour les examiner.

Ils avaient les pupilles extraordinairement dilatées avec un grand cercle noir autour des yeux, qui se prolongeait jusqu'au bas de leurs oreilles ; leurs nez bleuâtres saillissaient entre leurs joues creuses, fendillées par des rides profondes ; la peau de leur corps, trop large pour leurs muscles, disparaissait sous une poussière de couleur ardoise ; leurs lèvres se collaient contre leurs dents jaunes ; ils exhalaient une infecte odeur ; on aurait dit des tombeaux entrouverts, des sépulcres vivants.

Au milieu de la tente, il y avait, sur une natte où les capitaines allaient s'asseoir, un plat de courges qui fumait. Les Barbares y attachaient leurs yeux en grelottant de tous les membres, et des larmes venaient à leurs paupières. Ils se contenaient, cependant.

Hamilcar se détourna pour parler à quelqu'un. Alors, ils se ruèrent dessus, tous, à plat ventre. Leurs visages trempaient dans la graisse, et le bruit de leur déglutition se mêlait aux sanglots de joie qu'ils poussaient. Plutôt par étonnement que par pitié, sans doute, on les laissa finir la gamelle. Puis, quand ils se furent relevés, Hamilcar commanda, d'un signe, à l'homme qui portait le baudrier de parler. Spendius avait peur ; il balbutiait.

Hamilcar, en l'écoutant, faisait tourner autour de son doigt une grosse bague d'or, celle qui avait empreint sur le baudrier le sceau de Carthage. Il la laissa tomber par terre : Spendius, tout de suite, la ramassa ; devant son maître, ses habitudes d'esclave le reprenaient. Les autres frémirent, indignés de cette bassesse.

Mais le Grec haussa la voix, et, rapportant les crimes d'Hannon, qu'il savait être l'ennemi de Barca, tâchant de l'apitoyer avec le détail de leurs misères et les souvenirs de leur dévouement, il parla pendant longtemps, d'une façon rapide, insidieuse, violente même ; à la fin, il s'oubliait, entraîné par la chaleur de son esprit.

Hamilcar répliqua qu'il acceptait leurs excuses.

Donc la paix allait se conclure, et maintenant elle serait définitive! Mais il exigeait qu'on lui livrât dix des Mercenaires, à son choix, sans armes et sans tunique.

Ils ne s'attendaient pas à cette clémence; Spendius s'écria :

— « Oh! vingt, si tu veux, Maître! »

— « Non! dix me suffisent », répondit doucement Hamilcar.

On les fit sortir de la tente afin qu'ils pussent délibérer. Dès qu'ils furent seuls, Autharite réclama pour les compagnons sacrifiés, et Zarxas dit à Spendius :

— « Pourquoi ne l'as-tu pas tué? son glaive était là, près de toi! »

— « Lui! » fit Spendius; et il répéta plusieurs fois : « Lui! lui! » comme si la chose eût été impossible et Hamilcar quelqu'un d'immortel.

Tant de lassitude les accablait qu'ils s'étendirent par terre, sur le dos, ne sachant à quoi se résoudre.

Spendius les engageait à céder. Enfin, ils y consentirent, et ils rentrèrent.

Alors le Suffète mit sa main dans les mains des dix Barbares tour à tour, en serrant leurs pouces; puis il la frotta sur son vêtement, car leur peau visqueuse causait au toucher une impression rude et molle, un fourmillement gras qui horripilait. Ensuite, il leur dit :

— « Vous êtes bien tous les chefs des Barbares et vous avez juré pour eux? »

— « Oui! » répondirent-ils.

— « Sans contrainte, du fond de l'âme,

avec l'intention d'accomplir vos promesses? »

Ils assurèrent qu'ils s'en retournaient vers les autres pour les exécuter.

— « Eh bien! » reprit le Suffète, « d'après la convention passée entre moi, Barca, et les ambassadeurs des Mercenaires, c'est vous que je choisis, et je vous garde! »

Spendius tomba évanoui sur la natte. Les Barbares, comme l'abandonnant, se resserrèrent les uns près des autres : et il n'y eut pas un mot, pas une plainte.

Leurs compagnons, qui les attendaient, ne les voyant pas revenir, se crurent trahis. Sans doute, les parlementaires s'étaient donnés au Suffète.

Ils attendirent encore deux jours : puis, le matin du troisième, leur résolution fut prise. Avec des cordes, des pics et des flèches disposées comme des échelons entre des lambeaux de toile, ils parvinrent à escalader les roches ; et, laissant derrière eux les plus faibles, trois mille environ, ils se mirent en marche pour rejoindre l'armée de Tunis.

Au haut de la gorge s'étalait une prairie clairsemée d'arbustes ; les Barbares en dévorèrent les bourgeons. Ensuite, ils trouvèrent un champ de fèves ; et tout disparut comme si un nuage de sauterelles eût passé par là. Trois heures après, ils arrivèrent sur un second plateau, que bordait une ceinture de collines vertes.

Entre les ondulations de ces monticules, des gerbes couleur d'argent brillaient, espacées les unes des autres ; les Barbares, éblouis par le soleil, apercevaient confusément, en dessous, de grosses

masses noires qui les supportaient. Elles se levèrent, comme si elles se fussent épanouies. C'étaient
des lances [1] dans des tours, sur des éléphants
effroyablement armés.

Outre l'épieu de leur poitrail, les poinçons de
leurs défenses, les plaques d'airain qui couvraient
leurs flancs, et les poignards tenus à leurs genouil-
lères, — ils avaient au bout de leurs trompes un
bracelet de cuir où était passé le manche d'un large
coutelas ; partis tous à la fois du fond de la plaine,
ils s'avançaient de chaque côté, parallèlement.

Une terreur sans nom glaça les Barbares. Ils ne
tentèrent même pas de s'enfuir. Déjà, ils se trouvaient enveloppés.

Les éléphants entrèrent dans cette masse d'hommes ; et les éperons de leur poitrail la divisaient,
les lances de leurs défenses la retournaient comme
des socs de charrues ; ils coupaient, taillaient,
hachaient avec les faux de leurs trompes ; les tours,
pleines de phalariques, semblaient des volcans en
marche ; on ne distinguait qu'un large amas où
les chairs humaines faisaient des taches blanches,
les morceaux d'airain des plaques grises, le sang
des fusées rouges ; les horribles animaux, passant
au milieu de tout cela, creusaient des sillons noirs.
Le plus furieux était conduit par un Numide
couronné d'un diadème de plumes. Il lançait des
javelots avec une vitesse effrayante, tout en
jetant par intervalles un long sifflement aigu ;
— les grosses bêtes, dociles comme des chiens,
pendant le carnage tournaient un œil de son côté.

Leur cercle peu à peu se rétrécissait ; les Barbares, affaiblis, ne résistaient pas ; bientôt, les

éléphants furent au centre de la plaine. L'espace
leur manquait ; ils se tassaient, à demi cabrés, les
ivoires s'entre-choquaient. Tout à coup, Narr'-
Havas les apaisa, et, tournant la croupe, ils s'en
revinrent au trot vers les collines.

Cependant, deux syntagmes s'étaient réfugiés
à droite dans un pli du terrain, avaient jeté leurs
armes, et, tous à genoux vers les tentes puniques,
ils levaient leurs bras pour implorer grâce.

On leur attacha les jambes et les mains ; puis,
quand ils furent étendus par terre les uns près des
autres, on ramena les éléphants.

Les poitrines craquaient comme des coffres que
l'on brise ; chacun de leurs pas en écrasait deux ;
leurs gros pieds enfonçaient dans les corps avec un
mouvement des hanches qui les faisait paraître
boiter. Ils continuaient, et allèrent jusqu'au bout.

Le niveau de la plaine redevint immobile. La
nuit tomba. Hamilcar se délectait devant le spectacle de sa vengeance ; mais soudain il tressaillit.

Il voyait, et tous voyaient à six cents pas de là,
sur la gauche, au sommet d'un mamelon, des Barbares encore ! En effet, quatre cents des plus solides, des Mercenaires Étrusques, Libyens et Spartiates, dès le commencement avaient gagné les
hauteurs, et jusque-là s'y étaient tenus incertains.
Après ce massacre de leurs compagnons, ils résolurent de traverser les Carthaginois ; déjà ils descendaient en colonnes serrées, d'une façon merveilleuse et formidable.

Un héraut leur fut immédiatement expédié. Le
Suffète avait besoin de soldats ; il les recevait sans
condition, tant il admirait leur bravoure. Ils pou-

vaient même, ajouta l'homme de Carthage, se rapprocher quelque peu, dans un endroit qu'il leur
désigna, et où ils trouveraient des vivres.

Les Barbares y coururent et passèrent la nuit à
manger. Alors, les Carthaginois éclatèrent en ru-
meurs contre la partialité du Suffète pour les Mercenaires.

Céda-t-il à ces expansions d'une haine irrassa-
siable, ou bien était-ce un raffinement de perfidie ?
Le lendemain, il vint lui-même sans épée, tête nue,
dans une escorte de Clinabares, et il leur déclara
qu'ayant trop de monde à nourrir, son intention
n'était pas de les conserver. Cependant, comme il
lui fallait des hommes et qu'il ne savait par quel
moyen choisir les bons, ils allaient se combattre à
outrance ; puis il admettrait les vainqueurs dans sa
garde particulière. Cette mort-là en valait bien
une autre ; — et alors, écartant ses soldats (car
les étendards puniques cachaient aux Mercenaires
l'horizon), il leur montra les cent quatre-vingt-
douze éléphants de Narr'Havas formant une seule
ligne droite et dont les trompes brandissaient de
larges fers, pareils à des bras de géant qui auraient
tenu des haches sur leurs têtes.

Les Barbares s'entre-regardèrent silencieusement. Ce n'était pas la mort qui les faisait pâlir,
mais l'horrible contrainte où ils se trouvaient
réduits.

La communauté de leur existence avait établi
entre ces hommes des amitiés profondes. Le camp,
pour la plupart, remplaçait la patrie ; vivant sans
famille, ils reportaient sur un compagnon leur
besoin de tendresse, et l'on s'endormait côte à

côte, sous le même manteau, à la clarté des étoiles.
Puis, dans ce vagabondage perpétuel à travers
toutes sortes de pays, de meurtres et d'aventures, il
s'était formé d'étranges amours, — unions obscènes
aussi sérieuses que des mariages, où le plus fort
défendait le plus jeune au milieu des batailles,
l'aidait à franchir les précipices, épongeait sur son
front la sueur des fièvres, volait pour lui de la
nourriture ; et l'autre, enfant ramassé au bord d'une
route, puis devenu Mercenaire [1], payait ce dévouement par mille soins délicats et des complaisances
d'épouse.

Ils échangèrent leurs colliers et leurs pendants
d'oreilles, cadeaux qu'ils s'étaient faits autrefois,
après un grand péril, dans des heures d'ivresse.
Tous demandaient à mourir, et aucun ne voulait
frapper. On en voyait un jeune, çà et là, qui disait
à un autre dont la barbe était grise : « Non! non,
tu es le plus robuste! Tu nous vengeras, tue-moi! »
et l'homme répondait : « J'ai moins d'années à
vivre! Frappe au cœur, et n'y pense plus! » Les
frères se contemplaient, les deux mains serrées, et
l'amant faisait à son amant des adieux éternels,
debout, en pleurant sur son épaule.

Ils retirèrent leurs cuirasses pour que la pointe
des glaives s'enfonçât plus vite. Alors, parurent les
marques des grands coups qu'ils avaient reçus pour
Carthage ; on aurait dit des inscriptions sur des
colonnes.

Ils se mirent sur quatre rangs égaux à la façon
des gladiateurs, et ils commencèrent par des engagements timides. Quelques-uns s'étaient bandé les
yeux, et leurs glaives ramaient dans l'air, douce-

ment, comme des bâtons d'aveugle. Les Carthaginois poussèrent des huées en leur criant qu'ils
étaient des lâches. Les Barbares s'animèrent, et
bientôt le combat fut général, précipité, terrible.

Parfois deux hommes s'arrêtaient tout sanglants,
tombaient dans les bras l'un de l'autre et mouraient en se donnant des baisers. Aucun ne reculait. Ils se ruaient contre les lames tendues. Leur
délire était si furieux que les Carthaginois, de loin,
avaient peur.

Enfin, ils s'arrêtèrent. Leurs poitrines faisaient
un grand bruit rauque, et l'on apercevait leurs
prunelles, entre leurs longs cheveux qui pendaient
comme s'ils fussent sortis d'un bain de pourpre.
Plusieurs tournaient sur eux-mêmes, rapidement,
tels que des panthères blessées au front. D'autres
se tenaient immobiles en considérant un cadavre
à leurs pieds ; puis, tout à coup, ils s'arrachaient le
visage avec les ongles, prenaient leur glaive à deux
mains et se l'enfonçaient dans le ventre.

Il en restait soixante encore. Ils demandèrent à
boire. On leur cria de jeter leurs glaives ; et, quand
ils les eurent jetés, on leur apporta de l'eau.

Pendant qu'ils buvaient, la figure enfoncée dans
les vases, soixante Carthaginois, sautant sur eux,
les tuèrent avec des stylets, dans le dos.

Hamilcar avait fait cela pour complaire aux ins-
tincts de son armée, et, par cette trahison, l'attacher à sa personne.

Donc, la guerre était finie ; du moins, il le
croyait ; Mâtho ne résisterait pas ; dans son impatience, le Suffète ordonna tout de suite le départ.

Ses éclaireurs vinrent lui dire que l'on avait dis-

tingué un convoi qui s'en allait vers la Montagne-
de-Plomb. Hamilcar ne s'en soucia. Une fois les
Mercenaires anéantis, les Nomades ne l'embarras-
seraient plus. L'important était de prendre Tunis.
A grandes journées, il marcha dessus.

Il avait envoyé Narr'Havas à Carthage porter la
nouvelle de la victoire ; et le roi des Numides, fier
de ses succès, se présenta chez Salammbô.

Elle le reçut dans ses jardins, sous un large sycomore, entre des oreillers de cuir jaune, avec Taanach auprès d'elle. Son visage était couvert d'une
écharpe blanche, qui, lui passant sur la bouche et
sur le front, ne laissait voir que les yeux ; mais ses
lèvres brillaient dans la transparence du tissu
comme les pierreries de ses doigts, — car Salammbô tenait ses deux mains enveloppées, et, tout
le temps qu'ils parlèrent, elle ne fit pas un geste.

Narr'Havas lui annonça la défaite des Barbares.
Elle le remercia par une bénédiction des services
qu'il avait rendus à son père. Alors il se mit à raconter toute la campagne.

Les colombes, sur les palmiers autour d'eux, rou-
coulaient doucement, et d'autres oiseaux vole-
taient parmi les herbes : des galéoles à collier, des
cailles de Tartessus et des pintades puniques. Le
jardin, depuis longtemps inculte, avait multiplié
ses verdures ; des coloquintes montaient dans le
branchage des canéficiers, des asclépias parsemaient les champs de roses, toutes sortes de végétations formaient des entrelacements, des berceaux ;
et des rayons de soleil, qui descendaient obliquement, marquaient çà et là, comme dans les bois,

l'ombre d'une feuille sur la terre. Les bêtes domestiques, redevenues sauvages, s'enfuyaient au moindre bruit. Parfois on apercevait une gazelle traînant à ses petits sabots noirs des plumes de paon, dispersées. Les clameurs de la ville, au loin, se perdaient dans le murmure des flots. Le ciel était tout bleu ; pas une voile n'apparaissait sur la mer.

Narr'Havas ne parlait plus ; Salammbô, sans lui répondre, le regardait. Il avait une robe de lin, où des fleurs étaient peintes, avec des franges d'or par le bas ; deux flèches d'argent retenaient ses cheveux tressés au bord de ses oreilles ; il s'appuyait de la main droite contre le bois d'une pique, orné par des cercles d'électrum et des touffes de poil.

En le considérant, une foule de pensées vagues l'absorbait. Ce jeune homme à voix douce et à taille féminine captivait ses yeux par la grâce de sa personne et lui semblait être comme une sœur aînée que les Baals envoyaient pour la protéger. Le souvenir de Mâtho la saisit ; elle ne résista pas au désir de savoir ce qu'il devenait.

Narr'Havas répondit que les Carthaginois s'avançaient vers Tunis, afin de le prendre. A mesure qu'il exposait leurs chances de réussite et la faiblesse de Mâtho, elle paraissait se réjouir dans un espoir extraordinaire. Ses lèvres tremblaient, sa poitrine haletait. Quand il promit enfin de le tuer lui-même, elle s'écria :

— « Oui ! tue-le, il le faut ! »

Le Numide répliqua qu'il souhaitait ardemment cette mort, puisque, la guerre terminée, il serait son époux.

Salammbô tressaillit, et elle baissa la tête.

Mais Narr'Havas, poursuivant, compara ses désirs à des fleurs qui languissent après la pluie, à des voyageurs perdus qui attendent le jour. Il lui dit encore qu'elle était plus belle que la lune, meilleure que le vent du matin et que le visage de l'hôte. Il ferait venir pour elle, du pays des Noirs, des choses comme il n'y en avait pas à Carthage, et les appartements de leur maison seraient sablés avec de la poudre d'or.

Le soir tombait, des senteurs de baume s'exhalaient. Pendant longtemps, ils se regardèrent en silence, — et les yeux de Salammbô, au fond de ses longues draperies, avaient l'air de deux étoiles dans l'ouverture d'un nuage. Avant que le soleil fût couché, il se retira.

Les Anciens se sentirent soulagés d'une grande inquiétude quand il partit de Carthage. Le peuple l'avait reçu avec des acclamations encore plus enthousiastes que la première fois. Si Hamilcar et le roi des Numides triomphaient seuls des Mercenaires, il serait impossible de leur résister. Donc ils résolurent, pour affaiblir Barca, de faire participer à la délivrance de la République celui qu'ils aimaient, le vieil Hannon.

Il se porta immédiatement vers les provinces occidentales, afin de se venger dans les lieux mêmes qui avaient vu sa honte. Mais les habitants et les Barbares étaient morts, cachés ou enfuis. Alors sa colère se déchargea sur la campagne. Il brûla les ruines des ruines, il ne laissa pas un seul arbre, pas un brin d'herbe ; les enfants et les infirmes que l'on rencontrait, on les suppliciait ; il donnait à ses soldats les femmes à violer avant leur égorgement ;

les plus belles étaient jetées dans sa litière, — car
son atroce maladie l'enflammait de désirs impétueux ; il les assouvissait avec toute la fureur d'un
homme désespéré.

Souvent, à la crête des collines, des tentes noires
s'abattaient comme renversées par le vent, et de
larges disques à bordure brillante, que l'on reconnaissait pour des roues de chariot, en tournant
avec un son plaintif, peu à peu s'enfonçaient dans
les vallées. Les tribus, qui avaient abandonné le
siège de Carthage, erraient ainsi par les provinces,
attendant une occasion, quelque victoire des Mercenaires pour revenir. Mais, soit terreur ou famine,
elles reprirent toutes le chemin de leurs contrées,
et disparurent.

Hamilcar ne fut point jaloux des succès d'Hannon. Cependant il avait hâte d'en finir ; il lui
ordonna de se rabattre sur Tunis ; et Hannon,
qui aimait sa patrie [1], au jour fixé se trouva sous
les murs de la ville.

Elle avait pour se défendre sa population d'autochtones, douze mille Mercenaires, puis tous les
Mangeurs-de-choses-immondes, car ils étaient
comme Mâtho rivés à l'horizon de Carthage, et la
plèbe et le Schalischim contemplaient de loin ses
hautes murailles, en rêvant par-derrière des jouis-
sances infinies. Dans cet accord de haines, la
résistance fut lestement organisée. On prit des
outres pour faire des casques, on coupa tous les
palmiers dans les jardins pour avoir des lances,
on creusa des citernes et, quant aux vivres, ils
pêchaient aux bords du lac de gros poissons blancs,
nourris de cadavres et d'immondices. Leurs rem-

parts, maintenus en ruine par la jalousie de Carthage, étaient si faibles, que l'on pouvait, d'un coup d'épaule, les abattre. Mâtho en boucha les trous avec les pierres des maisons. C'était la dernière lutte ; il n'espérait rien, et cependant il se disait que la fortune était changeante.

Les Carthaginois, en approchant, remarquèrent, sur le rempart, un homme qui dépassait les créneaux de toute la ceinture. Les flèches volant autour de lui n'avaient pas l'air de plus l'effrayer qu'un essaim d'hirondelles. Aucune, par extraordinaire, ne le toucha.

Hamilcar établit son camp sur le côté méridional ; Narr'Havas, à sa droite, occupait la plaine de Rhadès, Hannon le bord du Lac ; et les trois généraux devaient garder leur position respective pour attaquer l'enceinte, tous, en même temps.

Mais Hamilcar voulut d'abord montrer aux Mercenaires qu'il les châtierait comme des esclaves. Il fit crucifier les dix ambassadeurs, les uns près des autres, sur un monticule, en face de la ville.

A ce spectacle, les assiégés abandonnèrent le rempart.

Mâtho s'était dit que, s'il pouvait passer entre les murs et les tentes de Narr'Havas assez rapidement pour que les Numides n'eussent pas le temps de sortir, il tomberait sur les derrières de l'infanterie carthaginoise, qui se trouverait prise entre sa division et ceux de l'intérieur. Il s'élança dehors avec les vétérans.

Narr'Havas l'aperçut ; il franchit la plage du Lac et vint avertir Hannon d'expédier des hommes au secours d'Hamilcar. Croyait-il Barca trop faible

pour résister aux Mercenaires ? Était-ce une perfidie ou une sottise ? Nul jamais ne put le savoir.

Hannon, par désir d'humilier son rival, ne balança pas. Il cria de sonner les trompettes, et toute
son armée se précipita sur les Barbares. Ils se
retournèrent et coururent droit aux Carthaginois ; ils les renversaient, les écrasaient sous leurs
pieds, et, les refoulant ainsi, ils arrivèrent jusqu'à
la tente d'Hannon qui était alors, au milieu de
trente Carthaginois, les plus illustres des Anciens.

Il parut stupéfait de leur audace ; il appelait
ses capitaines. Tous avançaient leurs poings sous
sa gorge, en vociférant des injures. La foule se
poussait, et ceux qui avaient la main sur lui le
retenaient à grand'peine. Cependant, il tâchait de
leur dire à l'oreille : — « Je te donnerai tout ce que
tu veux ! Je suis riche ! Sauve-moi ! » Ils le tiraient ;
si lourd qu'il fût, ses pieds ne touchaient plus la
terre. On avait entraîné les Anciens. Sa terreur
redoubla. — « Vous m'avez battu ! Je suis votre
captif ! Je me rachète ! Écoutez-moi, mes amis ! »
Et, porté par toutes ces épaules qui le serraient
aux flancs, il répétait : « Qu'allez-vous faire ? Que
voulez-vous ? Je ne m'obstine pas, vous voyez
bien ! J'ai toujours été bon ! »

Une croix gigantesque était dressée à la porte.
Les Barbares hurlaient : « Ici ! ici ! » Mais il éleva
la voix encore plus haut ; et, au nom de leurs
Dieux, il les somma de le mener au Schalischim,
parce qu'il avait à lui confier une chose d'où leur
salut dépendait.

Ils s'arrêtèrent, quelques-uns prétendant qu'il
était sage d'appeler Mâtho. On partit à sa recherche.

Hannon tomba sur l'herbe ; et il voyait, autour de lui, encore d'autres croix, comme si le supplice dont il allait périr se fût d'avance multiplié, il faisait des efforts pour se convaincre qu'il se trompait, qu'il n'y en avait qu'une seule, et même pour croire qu'il n'y en avait pas du tout. Enfin on le releva.

— « Parle! » dit Mâtho.

Il offrit de livrer Hamilcar, puis ils entreraient dans Carthage et seraient rois tous les deux.

Mâtho s'éloigna, en faisant signe aux autres de se hâter. C'était, pensait-il, une ruse pour gagner du temps.

Le Barbare se trompait ; Hannon était dans une de ces extrémités où l'on ne considère plus rien, et d'ailleurs il exécrait tellement Hamilcar que, sur le moindre espoir de salut, il l'aurait sacrifié avec tous ses soldats.

A la base des trente croix, les Anciens languissaient par terre ; déjà des cordes étaient passées sous leurs aisselles. Alors le vieux Suffète, comprenant qu'il fallait mourir, pleura.

Ils arrachèrent ce qui lui restait de vêtements — et l'horreur de sa personne apparut. Des ulcères couvraient cette masse sans nom ; la graisse de ses jambes lui cachait les ongles des pieds ; il pendait à ses doigts comme des lambeaux verdâtres ; et les larmes qui ruisselaient entre les tubercules de ses joues donnaient à son visage quelque chose d'effroyablement triste, ayant l'air d'occuper plus de place que sur un autre visage humain. Son bandeau royal, à demi dénoué, traînait avec ses cheveux blancs dans la poussière.

Ils crurent n'avoir pas de cordes assez fortes
pour le grimper jusqu'au haut de la croix, et ils
le clouèrent dessus, avant qu'elle fût dressée, à la
mode punique. Mais son orgueil se réveilla dans
la douleur. Il se mit à les accabler d'injures. Il
écumait et se tordait, comme un monstre marin
que l'on égorge sur un rivage, en leur prédisant
qu'ils finiraient tous plus horriblement encore
et qu'il serait vengé.

Il l'était. De l'autre côté de la ville, d'où s'échappaient maintenant des jets de flammes avec des
colonnes de fumée, les ambassadeurs des Mercenaires agonisaient.

Quelques-uns, évanouis d'abord, venaient de se
ranimer sous la fraîcheur du vent ; mais ils restaient
le menton sur la poitrine, et leur corps descendait
un peu, malgré les clous de leurs bras fixés plus
haut que leur tête ; de leurs talons et de leurs
mains, du sang tombait par grosses gouttes, lentement, comme des branches d'un arbre tombent
des fruits mûrs, — et Carthage, le golfe, les montagnes et les plaines, tout leur paraissait tourner,
tel qu'une immense roue ; quelquefois, un nuage
de poussière montant du sol les enveloppait dans
ses tourbillons ; ils étaient brûlés par une soif
horrible, leur langue se retournait dans leur bouche,
et ils sentaient sur eux une sueur glaciale couler,
avec leur âme qui s'en allait.

Cependant, ils entrevoyaient à une profondeur
infinie des rues, des soldats en marche, des balancements de glaives ; et le tumulte de la bataille
leur arrivait vaguement, comme le bruit de la mer
à des naufragés qui meurent dans la mâture d'un

navire. Les Italiotes, plus robustes que les autres, criaient encore ; les Lacédémoniens, se taisant, gardaient leurs paupières fermées ; Zarxas, si vigoureux autrefois, penchait comme un roseau brisé ; l'Éthiopien, près de lui, avait la tête renversée en arrière par-dessus les bras de la croix ; Autharite, immobile, roulait des yeux ; sa grande chevelure, prise dans une fente de bois, se tenait droite sur son front, et le râle qu'il poussait semblait plutôt un rugissement de colère. Quant à Spendius, un étrange courage lui était venu ; maintenant il méprisait la vie, par la certitude qu'il avait d'un affranchissement presque immédiat et éternel, et il attendait la mort avec impassibilité.

Au milieu de leur défaillance, quelquefois ils tressaillaient à un frôlement de plumes, qui leur passait contre la bouche. De grandes ailes balançaient des ombres autour d'eux, des croassements claquaient dans l'air ; et comme la croix de Spendius était la plus haute, ce fut sur la sienne que le premier vautour s'abattit. Alors il tourna son visage vers Autharite, et lui dit lentement, avec un indéfinissable sourire :

— « Te rappelles-tu les lions sur la route de Sicca ? »

— « C'étaient nos frères ! » répondit le Gaulois en expirant.

Le Suffète, pendant ce temps-là, avait troué l'enceinte, et il était parvenu à la citadelle. Sous une rafale de vent, la fumée tout à coup s'envola, découvrant l'horizon jusqu'aux murailles de Carthage ; il crut même distinguer des gens qui regar-

daient sur la plate-forme d'Eschmoûn ; puis, en
ramenant ses yeux, il aperçut, à gauche, au bord
du Lac, trente croix démesurées.

En effet, pour les rendre plus effroyables, ils
les avaient construites avec les mâts de leurs
tentes attachés bout à bout ; et les trente cadavres
des Anciens apparaissaient tout en haut dans le
ciel. Il y avait sur leurs poitrines comme des
papillons blancs ; c'étaient les barbes des flèches
qu'on leur avait tirées d'en bas.

Au faîte de la plus grande, un large ruban d'or
brillait ; il pendait sur l'épaule, le bras manquait
de ce côté-là, et Hamilcar eut de la peine à reconnaître Hannon. Ses os spongieux ne tenant pas
sous les fiches de fer, des portions de ses membres
s'étaient détachées, — et il ne restait à la croix
que d'informes débris, pareils à ces fragments
d'animaux suspendus contre la porte des chasseurs.

Le Suffète n'avait rien pu savoir : la ville, devant
lui, masquait tout ce qui était au-delà, par-derrière;
et les capitaines envoyés successivement aux deux
généraux n'avaient pas reparu. Alors, des fuyards
arrivèrent, racontant la déroute ; et l'armée punique
s'arrêta. Cette catastrophe, tombant au milieu
de leur victoire, les stupéfiait. Ils n'entendaient
plus les ordres d'Hamilcar.

Mâtho en profitait pour continuer ses ravages
dans les Numides.

Le camp d'Hannon bouleversé, il était revenu
sur eux. Les éléphants sortirent. Mais les Mercenaires, avec des brandons arrachés aux murs,
s'avancèrent par la plaine en agitant des flammes,
et les grosses bêtes, effrayées, coururent se précipi-

ter dans le golfe, où elles se tuaient les unes les
autres en se débattant, et se noyèrent sous le poids
de leurs cuirasses. Déjà Narr'Havas avait lâché
sa cavalerie ; tous se jetèrent la face contre le sol ;
puis, quand les chevaux furent à trois pas d'eux,
ils bondirent sous leurs ventres qu'ils ouvraient
d'un coup de poignard, et la moitié des Numides
avait péri quand Barca survint.

Les Mercenaires, épuisés, ne pouvaient tenir
contre ses troupes. Ils reculèrent en bon ordre
jusqu'à la montagne des Eaux-Chaudes. Le Suffète
eut la prudence de ne pas les poursuivre. Il se
porta vers les embouchures du Macar.

Tunis lui appartenait ; mais elle ne faisait plus
qu'un amoncellement de décombres fumants. Les
ruines descendaient par les brèches des murs,
jusqu'au milieu de la plaine ; — tout au fond,
entre les bords du golfe, les cadavres des éléphants, poussés par la brise, s'entre-choquaient,
comme un archipel de rochers noirs flottant sur
l'eau.

Narr'Havas, pour soutenir cette guerre, avait
épuisé ses forêts, pris les jeunes et les vieux, les
mâles et les femelles, et la force militaire de son
royaume ne s'en releva pas. Le peuple, qui les avait
vus de loin périr, en fut désolé ; des hommes se
lamentaient dans les rues en les appelant par leurs
noms, comme des amis défunts : — « Ah ! l'Invincible ! la Victoire ! le Foudroyant ! l'Hirondelle ! »
Le premier jour même, on en parla plus que des
citoyens morts. Mais le lendemain on aperçut les
tentes des Mercenaires sur la montagne des Eaux-
Chaudes. Alors le désespoir fut si profond, que

beaucoup de gens, des femmes surtout, se précipitèrent, la tête en bas, du haut de l'Acropole.

On ignorait les desseins d'Hamilcar. Il vivait seul, dans sa tente, n'ayant près de lui qu'un jeune garçon, et jamais personne ne mangeait avec eux, pas même Narr'Havas. Cependant, il lui témoignait des égards extraordinaires depuis la défaite d'Hannon ; mais le roi des Numides avait trop d'intérêt à devenir son fils pour ne pas s'en méfier.

Cette inertie voilait des manœuvres habiles. Par toutes sortes d'artifices, Hamilcar séduisit les chefs des villages ; et les Mercenaires furent chassés, repoussés, traqués comme des bêtes féroces. Dès qu'ils entraient dans un bois, les arbres s'enflammaient autour d'eux ; quand ils buvaient à une source, elle était empoisonnée ; on murait les cavernes où ils se cachaient pour dormir. Les populations qui les avaient jusque-là défendus, leurs anciens complices, maintenant les poursuivaient ; ils reconnaissaient toujours dans ces bandes des armures carthaginoises.

Plusieurs étaient rongés au visage par des dartres rouges ; cela leur était venu, pensaient-ils, en touchant Hannon. D'autres s'imaginaient que c'était pour avoir mangé les poissons de Salammbô, et, loin de s'en repentir, ils rêvaient des sacrilèges encore plus abominables, afin que l'abaissement des Dieux puniques fût plus grand. Ils auraient voulu les exterminer.

Ils se traînèrent ainsi pendant trois mois le long de la côte orientale, puis derrière la montagne de

Selloum et jusqu'aux premiers sables du désert.
Ils cherchaient une place de refuge, n'importe
laquelle. Utique et Hippo-Zaryte seules ne les
avaient pas trahis ; mais Hamilcar enveloppait
ces deux villes. Puis ils remontèrent dans le nord,
au hasard, sans même connaître les routes. A force
de misères, leur tête était troublée.

Ils n'avaient plus que le sentiment d'une exaspération qui allait en se développant ; et ils se retrouvèrent un jour dans les gorges du Cobus, encore
une fois devant Carthage !

Alors les engagements se multiplièrent. La fortune se maintenait égale ; mais ils étaient, les uns
et les autres, tellement excédés, qu'ils souhaitaient,
au lieu de ces escarmouches, une grande bataille,
pourvu qu'elle fût bien la dernière.

Mâtho avait envie d'en porter lui-même la proposition au Suffète. Un de ses Libyens se dévoua.
Tous, en le voyant partir, étaient convaincus
qu'il ne reviendrait pas.

Il revint le soir même.

Hamilcar acceptait leur défi. On se rencontre-
rait le lendemain, au soleil levant, dans la plaine
de Rhadès.

Les Mercenaires voulurent savoir s'il n'avait
rien dit de plus, et le Libyen ajouta :

— « Comme je restais devant lui, il m'a demandé
ce que j'attendais ; j'ai répondu : « Qu'on me tue ! »
Alors il a repris : « Non ! va-t'en ! ce sera pour
demain avec les autres. »

Cette générosité étonna les Barbares ; quelques-
uns en furent terrifiés, et Mâtho regretta que le
parlementaire n'eût pas été tué.

Il lui restait encore trois mille Africains, douze cents Grecs, quinze cents Campaniens, deux cents Ibères, quatre cents Étrusques, cinq cents Samnites, quarante Gaulois et une troupe de Naffur, bandits nomades rencontrés dans la région-des-dattes, en tout, sept mille deux cent dix-neuf soldats, mais pas une syntagme complète. Ils avaient bouché les trous de leurs cuirasses avec des omoplates de quadrupèdes et remplacé leurs cothurnes d'airain par des sandales en chiffons. Des plaques de cuivre ou de fer alourdissaient leurs vêtements ; leurs cottes de mailles pendaient en guenilles autour d'eux et les balafres apparaissaient, comme des fils de pourpre, entre les poils de leurs bras et de leurs visages.

Les colères de leurs compagnons morts leur revenaient à l'âme et multipliaient leur vigueur ; ils sentaient confusément qu'ils étaient les desservants d'un dieu épandu dans les cœurs d'opprimés, et comme les pontifes de la vengeance universelle ! Puis la douleur d'une injustice exorbitante les enrageait et surtout la vue de Carthage à l'horizon. Ils firent le serment de combattre les uns pour les autres jusqu'à la mort.

On tua les bêtes de somme et l'on mangea le plus possible, afin de se donner des forces ; ensuite ils dormirent. Quelques-uns prièrent, tournés vers des constellations différentes.

Les Carthaginois arrivèrent dans la plaine avant eux. Ils frottèrent le bord des boucliers avec de l'huile pour faciliter le glissement des flèches ; les fantassins, qui portaient de longues chevelures, se les coupèrent sur le front, par prudence ; et Hamilcar, dès la cinquième heure, fit renverser toutes les gamelles, sachant qu'il est désavantageux de combattre l'estomac trop plein. Son armée montait à quatorze mille hommes, le double environ de l'armée barbare. Jamais il n'avait éprouvé, cependant, une pareille inquiétude ; s'il succombait, c'était l'anéantissement de la République et il périrait crucifié ; s'il triomphait au contraire, par les Pyrénées, les Gaules et les Alpes il gagnerait l'Italie, et l'empire des Barca deviendrait éternel. Vingt fois pendant la nuit il se releva pour surveiller tout, lui-même, jusque dans les détails les plus minimes. Quant aux Carthaginois, ils étaient exaspérés par leur longue épouvante.

Narr'Havas doutait de la fidélité de ses Numides. D'ailleurs les Barbares pouvaient les vaincre. Une faiblesse étrange l'avait pris ; à chaque moment, il buvait de larges coupes d'eau.

Mais un homme qu'il ne connaissait pas ouvrit sa tente, et déposa par terre une couronne de sel gemme, ornée de dessins hiératiques faits avec du soufre et des losanges de nacre ; on envoyait quelquefois au fiancé sa couronne de mariage ; c'était une preuve d'amour, une sorte d'invitation.

Cependant la fille d'Hamilcar n'avait point de tendresse pour Narr'Havas.

Le souvenir de Mâtho la gênait d'une façon intolérable ; il lui semblait que la mort de cet homme débarrasserait sa pensée, comme pour se guérir de la blessure des vipères, on les écrase sur la plaie. Le roi des Numides était dans sa dépendance ; il attendait impatiemment les noces, et

comme elles devaient suivre la victoire, Salammbô
lui faisait ce présent afin d'exciter son courage.
Alors ses angoisses disparurent, et il ne songea plus
qu'au bonheur de posséder une femme si belle.

La même vision avait assailli Mâtho ; mais il la
rejeta tout de suite, et son amour, qu'il refoulait,
se répandit sur ses compagnons d'armes. Il les
chérissait comme des portions de sa propre personne, de sa haine, — et il se sentait l'esprit plus
haut, les bras plus forts ; tout ce qu'il fallait exécuter lui apparut nettement. Si parfois des soupirs
lui échappaient, c'est qu'il pensait à Spendius.

Il rangea les Barbares sur six rangs égaux. Au
milieu, il établit les Étrusques, tous attachés par
une chaîne de bronze, les hommes de trait se
tenaient par-derrière, et sur deux ailes il distribua
des Naffur, montés sur des chameaux à poils ras,
couverts de plumes d'autruche.

Le Suffète disposa les Carthaginois dans un ordre
pareil. En dehors de l'infanterie, près des vélites, il
plaça les Clinabares, au-delà les Numides ; quand le
jour parut, ils étaient les uns et les autres ainsi
alignés face à face. Tous, de loin, se contemplaient
avec leurs grands yeux farouches. Il y eut d'abord
une hésitation. Enfin les deux armées s'ébranlèrent.

Les Barbares s'avançaient lentement, pour ne
point s'essouffler, en battant la terre avec leurs
pieds ; le centre de l'armée punique formait une
courbe convexe. Puis un choc terrible éclata,
pareil au craquement de deux flottes qui s'abor-
dent. Le premier rang des Barbares s'était vite
entrouvert, et les gens de trait, cachés derrière les
autres, lançaient leurs balles, leurs flèches, leurs

javelots. Cependant la courbe des Carthaginois
peu à peu s'aplatissait, elle devint toute droite,
puis s'infléchit ; alors les deux sections des vélites
se rapprochèrent parallèlement, comme les branches d'un compas qui se referme. Les Barbares,
acharnés contre la phalange, entraient dans sa
crevasse ; ils se perdaient. Mâtho les arrêta, — et
tandis que les ailes carthaginoises continuaient à
s'avancer, il fit écouler en dehors les trois rangs
intérieurs de sa ligne ; bientôt ils débordèrent ses
flancs, et son armée apparut sur une triple longueur.

Mais les Barbares placés aux deux bouts se trouvaient les plus faibles, ceux de la gauche surtout,
qui avaient épuisé leurs carquois, et la troupe des
vélites, enfin arrivée contre eux, les entamait largement.

Mâtho les tira en arrière. Sa droite contenait des
Campaniens armés de haches ; il la poussa sur la
gauche carthaginoise ; le centre attaquait l'ennemi
et ceux de l'autre extrémité, hors de péril, tenaient
les vélites en respect.

Alors Hamilcar divisa ses cavaliers par escadrons, mit entre eux des hoplites, et il les lâcha sur
les Mercenaires.

Ces masses en forme de cône présentaient un
front de chevaux, et leurs parois plus larges se
hérissaient toutes remplies de lances. Il était impossible aux Barbares de résister ; seuls, les fantassins
grecs avaient des armures d'airain ; tous les autres,
des coutelas au bout d'une perche, des faux prises
dans les métairies, des glaives fabriqués avec la
jante d'une roue ; les lames trop molles se tordaient

en frappant, et pendant qu'ils étaient à les redresser sous leurs talons, les Carthaginois, de droite et de gauche, les massacraient commodément.

Mais les Étrusques, rivés à leur chaîne, ne bougeaient pas ; ceux qui étaient morts, ne pouvant tomber, faisaient obstacle avec leurs cadavres ; et cette grosse ligne de bronze tour à tour s'écartait et se resserrait, souple comme un serpent, inébranlable comme un mur. Les Barbares venaient se reformer derrière elle, haletaient une minute, — puis ils repartaient, avec les tronçons de leurs armes à la main.

Beaucoup déjà n'en avaient plus, et ils sautaient sur les Carthaginois qu'ils mordaient au visage, comme des chiens. Les Gaulois, par orgueil, se dépouillèrent de leurs sayons ; ils montraient de loin leurs grands corps tout blancs ; pour épouvanter l'ennemi, ils élargissaient leurs blessures. Au milieu des syntagmes puniques on n'entendait plus la voix du crieur annonçant les ordres ; les étendards au-dessus de la poussière répétaient leurs signaux, et chacun allait, emporté dans l'oscillation de la grande masse qui l'entourait.

Hamilcar commanda aux Numides d'avancer. Mais les Naffur se précipitèrent à leur rencontre.

Habillés de vastes robes noires, avec une houppe de cheveux au sommet du crâne et un bouclier en cuir de rhinocéros, ils manœuvraient un fer sans manche retenu par une corde ; et leurs chameaux, tout hérissés de plumes, poussaient de longs gloussements rauques. Les lames tombaient à des places précises, puis remontaient d'un coup sec, avec un membre après elles. Les bêtes furieuses galopaient à travers les syntagmes. Quelques-unes, dont les jambes étaient rompues, allaient en sautillant, comme des autruches blessées.

L'infanterie punique tout entière revint sur les Barbares ; elle les coupa. Leurs manipules tournoyaient, espacées les unes des autres. Les armes des Carthaginois plus brillantes les encerclaient comme des couronnes d'or ; un fourmillement s'agitait au milieu, et le soleil, frappant dessus, mettait aux pointes des glaives des lueurs blanches qui voltigeaient. Cependant, des files de Clinabares restaient étendues sur la plaine ; des Mercenaires arrachaient leurs armures, s'en revêtaient, puis ils retournaient au combat. Les Carthaginois, trompés, plusieurs fois s'engagèrent au milieu d'eux. Une hébétude les immobilisait, ou bien ils refluaient, et de triomphantes clameurs s'élevant au loin avaient l'air de les pousser comme des épaves dans une tempête. Hamilcar se désespérait ; tout allait périr sous le génie de Mâtho et l'invincible courage des Mercenaires !

Mais un large bruit de tambourins éclata dans l'horizon. C'était une foule, des vieillards, des malades, des enfants de quinze ans et même des femmes qui, ne résistant plus à leur angoisse, étaient partis de Carthage, et, pour se mettre sous la protection d'une chose formidable, ils avaient pris, chez Hamilcar, le seul éléphant que possédait maintenant la République, — celui dont la trompe était coupée.

Alors il sembla aux Carthaginois que la Patrie, abandonnant ses murailles, venait leur commander de mourir pour elle. Un redoublement de fureur les saisit, et les Numides entraînèrent tous les autres.

Les Barbares, au milieu de la plaine, s'étaient adossés contre un monticule. Ils n'avaient aucune chance de vaincre, pas même de survivre ; mais c'étaient les meilleurs, les plus intrépides et les plus forts.

Les gens de Carthage se mirent à envoyer, par-dessus les Numides, des broches, des lardoires, des marteaux ; ceux dont les consuls avaient eu peur mouraient sous des bâtons lancés par des femmes ; la populace punique exterminait les Mercenaires.

Ils s'étaient réfugiés sur le haut de la colline. Leur cercle, à chaque brèche nouvelle, se refermait ; deux fois il descendit, une secousse le repoussait aussitôt ; et les Carthaginois, pêle-mêle, étendaient les bras ; ils allongeaient leurs piques entre les jambes de leurs compagnons et fouillaient, au hasard, devant eux. Ils glissaient dans le sang ; la pente du terrain trop rapide faisait rouler en bas les cadavres. L'éléphant qui tâchait de gravir le monticule en avait jusqu'au ventre ; et sa trompe écourtée, large du bout, de temps à autre se levait, comme une énorme sangsue.

Puis tous s'arrêtèrent. Les Carthaginois, en grinçant des dents, contemplaient le haut de la colline où les Barbares se tenaient debout.

Enfin, ils s'élancèrent brusquement, et la mêlée recommença. Souvent les Mercenaires les laissaient approcher en leur criant qu'ils voulaient se rendre ; puis avec un ricanement effroyable, d'un coup, ils se tuaient [1], et à mesure que les morts tombaient, les autres pour se défendre montaient dessus.

C'était comme une pyramide, qui peu à peu grandissait.

Bientôt ils ne furent que cinquante, puis que
vingt, que trois et que deux seulement, un Samnite armé d'une hache, et Mâtho qui avait encore
son épée.

Le Samnite, courbé sur ses jarrets, poussait alternativement sa hache de droite et de gauche, en
avertissant Mâtho des coups qu'on lui portait.
« Maître, par-ci! par-là! baisse-toi! »

Mâtho avait perdu ses épaulières, son casque, sa
cuirasse ; il était complètement nu, — plus livide
que les morts, les cheveux tout droits, avec deux
plaques d'écume au coin des lèvres, — et son épée
tournoyait si rapidement, qu'elle faisait une auréole
autour de lui. Une pierre la brisa près de la garde ;
le Samnite était tué et le flot des Carthaginois se
resserrait, ils le touchaient. Alors il leva vers le
ciel ses deux mains vides, puis il ferma les yeux, —
et ouvrant les bras, comme un homme du haut d'un
promontoire qui se jette à la mer, il se lança dans
les piques.

Elles s'écartèrent devant lui. Plusieurs fois il
courut contre les Carthaginois. Mais toujours ils
reculaient, en détournant leurs armes.

Son pied heurta un glaive. Mâtho voulut le saisir. Il se sentit lié par les poings et les genoux, et il
tomba.

C'était Narr'Havas qui le suivait depuis quelque
temps, pas à pas, avec un de ces larges filets à
prendre les bêtes farouches, et profitant du moment
qu'il se baissait, il l'en avait enveloppé.

Puis on l'attacha sur l'éléphant, les quatre membres en croix ; et tous ceux qui n'étaient pas blessés, l'escortant, se précipitèrent à grand tumulte vers Carthage.

La nouvelle de la victoire y était parvenue, chose inexplicable, dès la troisième heure de la nuit ; la clepsydre de Khamon avait versé la cinquième comme ils arrivaient à Malqua ; alors Mâtho ouvrit les yeux. Il y avait tant de lumières sur les maisons que la ville paraissait toute en flammes.

Une immense clameur venait à lui, vaguement, et, couché sur le dos, il regardait les étoiles.

Puis une porte se referma, et des ténèbres l'enveloppèrent.

Le lendemain, à la même heure, le dernier des hommes restés dans le défilé de la Hache expirait. Le jour que leurs compagnons étaient partis, les Zuaèces qui s'en retournaient avaient fait ébouler les roches, et ils les avaient nourris quelque temps.

Les Barbares s'attendaient toujours à voir paraître Mâtho [1], — et ils ne voulaient point quitter la montagne par découragement, par langueur, par cette obstination des malades qui se refusent à changer de place ; enfin, les provisions épuisées, les Zuaèces s'en allèrent. On savait qu'ils n'étaient plus que treize cents à peine, et l'on n'eut pas besoin, pour en finir, d'employer des soldats.

Les bêtes féroces, les lions surtout, depuis trois ans que la guerre durait, s'étaient multipliés. Narr'-Havas avait fait une grande battue, puis courant sur eux, après avoir attaché des chèvres de distance en distance, il les avait poussés vers le défilé de la Hache ; — et tous maintenant y vivaient, quand arriva l'homme envoyé par les Anciens pour savoir ce qui restait des Barbares.

Sur l'étendue de la plaine, des lions et des cadavres étaient couchés, et les morts se confondaient avec des vêtements et des armures. A presque tous le visage ou bien un bras manquait ; quelques-uns paraissaient intacts encore : d'autres étaient desséchés complètement et des crânes poudreux emplissaient des casques ; des pieds qui n'avaient plus de chair sortaient tout droit des cnémides, des squelettes gardaient leurs manteaux ; des ossements, nettoyés par le soleil, faisaient des taches luisantes au milieu du sable.

Les lions reposaient, la poitrine contre le sol et les deux pattes allongées, tout en clignant leurs paupières sous l'éclat du jour, exagéré par la réverbération des roches blanches. D'autres, assis sur leur croupe, regardaient fixement devant eux ; ou bien, à demi perdus dans leurs grosses crinières, ils dormaient roulés en boule, et tous avaient l'air repus, las, ennuyés. Ils étaient immobiles comme la montagne et comme les morts. La nuit descendait ; de larges bandes rouges rayaient le ciel à l'Occident.

Dans un de ces amas qui bosselaient irrégulièrement la plaine, quelque chose de plus vague qu'un spectre se leva. Alors un des lions se mit à marcher, découpant avec sa forme monstrueuse une ombre noire sur le fond du ciel pourpre ; — quand il fut tout près de l'homme, il le renversa, d'un seul coup de patte.

Puis étalé dessus à plat ventre, du bout de ses crocs, lentement, il étirait les entrailles.

Ensuite il ouvrit sa gueule toute grande, et durant quelques minutes il poussa un long rugissement, que les échos de la montagne répétèrent, et qui se perdit enfin dans la solitude.

Tout à coup, de petits graviers roulèrent d'en haut. On entendit un frôlement de pas rapides, — et du côté de la herse, du côté de la gorge, des museaux pointus, des oreilles droites parurent ; des prunelles fauves brillaient. C'étaient les chacals arrivant pour manger les restes.

Le Carthaginois, qui regardait penché au haut du précipice, s'en retourna.

XV

MÂTHO

Carthage était en joie, — une joie profonde, universelle, démesurée, frénétique ; on avait bouché les trous des ruines, repeint les statues des Dieux, des branches de myrte parsemaient les rues, au coin des carrefours, l'encens fumait, et la multitude sur les terrasses faisait avec ses vêtements bigarrés comme des tas de fleurs qui s'épanouissaient dans l'air.

Le continuel glapissement des voix était dominé par le cri des porteurs d'eau arrosant les dalles ; des esclaves d'Hamilcar offraient, en son nom, de l'orge grillée et des morceaux de viande crue ; on s'abordait ; on s'embrassait en pleurant ; les villes tyriennes étaient prises, les Nomades dispersés, tous les Barbares anéantis. L'Acropole disparaissait sous des velariums de couleur ; les éperons des trirèmes, alignés en dehors du môle, resplendissaient comme une digue de diamants ; partout on sentait l'ordre rétabli, une existence nouvelle qui recommençait, un vaste bonheur épandu : c'était le jour du mariage de Salammbô avec le roi des Numides.

Sur la terrasse du temple de Khamon, de gigantesques orfèvreries chargeaient trois longues tables où allaient s'asseoir les Prêtres, les Anciens et les Riches, et il y en avait une quatrième plus haute, pour Hamilcar, pour Narr'Havas et pour elle ; car Salammbô par la restitution du voile ayant sauvé la Patrie, le peuple faisait de ses noces une réjouissance nationale, et en bas, sur la place, il attendait qu'elle parût.

Mais un autre désir, plus âcre [1], irritait son impatience ; la mort de Mâtho était promise pour la cérémonie.

On avait proposé d'abord de l'écorcher vif, de lui couler du plomb dans les entrailles, de le faire mourir de faim ; on l'attacherait contre un arbre, et un singe, derrière lui, le frapperait sur la tête avec une pierre ; il avait offensé Tanit, les Cynocéphales de Tanit la vengeraient. D'autres étaient d'avis qu'on le promenât sur un dromadaire, après lui avoir passé en plusieurs endroits du corps des mèches de lin trempées d'huile ; — et ils se plaisaient à l'idée du grand animal vagabondant par les rues avec cet homme qui se tordrait sous les feux comme un candélabre agité par le vent.

Mais quels citoyens seraient chargés de son supplice et pourquoi en frustrer les autres ? On aurait voulu un genre de mort où la ville entière participât, et que toutes les mains, toutes les armes, toutes les choses carthaginoises, et jusqu'aux dalles des rues et aux flots du golfe pussent le déchirer, l'écraser, l'anéantir. Donc les Anciens décidèrent qu'il irait de sa prison à la place de Khamon, sans aucune escorte, les bras attachés

dans le dos ; et il était défendu de le frapper au
cœur, pour le faire vivre plus longtemps, de lui
crever les yeux, afin qu'il pût voir jusqu'au bout
sa torture, de rien lancer contre sa personne et de
porter sur elle plus de trois doigts d'un seul coup.

Bien qu'il ne dût paraître qu'à la fin du jour,
quelquefois on croyait l'apercevoir, et la foule se
précipitait vers l'Acropole, les rues se vidaient,
puis elle revenait avec un long murmure. Des
gens, depuis la veille, se tenaient debout à la
même place, et de loin ils s'interpellaient en se
montrant leurs ongles, qu'ils avaient laissés croître
pour les enfoncer mieux dans sa chair. D'autres
se promenaient agités ; quelques-uns étaient pâles
comme s'ils avaient attendu leur propre exécution.

Tout à coup, derrière les Mappales, de hauts
éventails de plumes se levèrent au-dessus des
têtes. C'était Salammbô qui sortait de son palais ;
un soupir d'allégement s'exhala.

Mais le cortège fut longtemps à venir ; il marchait pas à pas.

D'abord défilèrent les prêtres des Patæques,
puis ceux d'Eschmoûn, ceux de Melkarth et tous
les autres collèges successivement, avec les mêmes
insignes et dans le même ordre qu'ils avaient
observé lors du sacrifice. Les pontifes de Moloch
passèrent le front baissé, et la multitude, par une
espèce de remords, s'écartait d'eux. Mais les prêtres
de la Rabbetna s'avançaient d'un pas fier, avec des
lyres à la main ; les prêtresses les suivaient dans
des robes transparentes de couleur jaune ou noire,
en poussant des cris d'oiseau, en se tordant comme
des vipères ; ou bien au son des flûtes, elles tour-

naient pour imiter la danse des étoiles, et leurs
vêtements légers envoyaient dans les rues des
bouffées de senteurs molles. On applaudissait
parmi ces femmes les Kedeschim aux paupières
peintes, symbolisant l'hermaphrodisme de la Divinité, et parfumés et vêtus comme elles, ils leur
ressemblaient malgré leurs seins plats et leurs
hanches plus étroites. D'ailleurs le principe femelle,
ce jour-là, dominait, confondait tout : une lasci-
vité mystique circulait dans l'air pesant ; déjà les
flambeaux s'allumaient au fond des bois sacrés ;
il devait y avoir pendant la nuit une grande pros-
titution ; trois vaisseaux avaient amené de la
Sicile des courtisanes et il en était venu du désert.

Les collèges, à mesure qu'ils arrivaient, se ran-
geaient dans les cours du temple, sur les galeries
extérieures et le long des doubles escaliers qui montaient contre les murailles, en se rapprochant par
le haut. Des files de robes blanches apparaissaient
entre les colonnades, et l'architecture se peuplait
de statues de pierre.

Puis survinrent les maîtres des finances, les
gouverneurs des provinces et tous les Riches. Il se
fit en bas un large tumulte. Des rues avoisinantes
la foule se dégorgeait ; des hiérodoules la repous-
saient à coups de bâton ; et au milieu des Anciens,
couronnés de tiares d'or, sur une litière que sur-
montait un dais de pourpre, on aperçut Salammbô.

Alors s'éleva un immense cri ; les cymbales et
les crotales sonnèrent plus fort, les tambourins
tonnaient et le grand daï de pourpre s'enfonça
entre les deux pylônes.

Il reparut au premier étage. Salammbô mar-

chait dessous, lentement ; puis elle traversa la
terrasse pour aller s'asseoir au fond, sur une espèce
de trône taillé dans une carapace de tortue. On lui
avança sous les pieds un escabeau d'ivoire à trois
marches ; au bord de la première, deux enfants
nègres se tenaient à genoux, et quelquefois elle
appuyait sur leur tête ses deux bras, chargés d'anneaux trop lourds.

Des chevilles aux hanches, elle était prise dans
un réseau de mailles étroites imitant les écailles
d'un poisson et qui luisaient comme de la nacre :
une zone toute bleue serrant sa taille laissait voir
ses deux seins, par deux échancrures en forme de
croissant ; des pendeloques d'escarboucles en
cachaient les pointes. Elle avait une coiffure faite
avec des plumes de paon étoilées de pierreries ;
un large manteau, blanc comme de la neige, retombait derrière elle, — et les coudes au corps, les
genoux serrés, avec des cercles de diamants au
haut des bras, elle restait toute droite, dans une
attitude hiératique.

Sur deux sièges plus bas étaient son père et son
époux. Narr'Havas, habillé d'une simarre blonde,
portait sa couronne de sel gemme d'où s'échappaient deux tresses de cheveux, tordues comme
des cornes d'Ammon ; et Hamilcar, en tunique
violette brochée de pampres d'or, gardait à son
flanc un glaive de bataille.

Dans l'espace que les tables enfermaient, le
python du temple d'Eschmoûn, couché par terre,
entre des flaques d'huile rose, décrivait en se mordant la queue un grand cercle noir. Il y avait au
milieu du cercle une colonne de cuivre supportant

un œuf de cristal ; et, comme le soleil frappait dessus, des rayons de tous les côtés en partaient.

Derrière Salammbô se développaient les prêtres
de Tanit en robe de lin ; les Anciens, à sa droite,
formaient, avec leurs tiares, une grande ligne
d'or, et, de l'autre côté, les Riches, avec leurs
sceptres d'émeraude, une grande ligne verte, —
tandis que, tout au fond, où étaient rangés les
prêtres de Moloch, on aurait dit, à cause de leurs
manteaux, une muraille de pourpre. Les autres
collèges occupaient les terrasses inférieures. La
multitude encombrait les rues. Elle remontait sur
les maisons et allait par longues files jusqu'au
haut de l'Acropole. Ayant ainsi le peuple à ses
pieds, le firmament sur sa tête, et autour d'elle
l'immensité de la mer, le golfe, les montagnes et
les perspectives des provinces, Salammbô resplen-
dissante se confondait avec Tanit et semblait le
génie même de Carthage, son âme corporifiée.

Le festin devait durer toute la nuit, et des lampadaires à plusieurs branches étaient plantés,
comme des arbres, sur les tapis de laine peinte qui
enveloppaient les tables basses. De grandes buires
d'électrum, des amphores de verre bleu, des cuil-
lères d'écaille et des petits pains ronds se pressaient
dans la double série des assiettes à bordures de
perles ; des grappes de raisin avec leurs feuilles
étaient enroulées comme des thyrses à des ceps
d'ivoire ; des blocs de neige se fondaient sur des
plateaux d'ébène, et des limons, des grenades, des
courges et des pastèques faisaient des monticules
sous les hautes argenteries ; des sangliers, la gueule
ouverte, se vautraient dans la poussière des épices ;

des lièvres, couverts de leurs poils, paraissaient
bondir entre les fleurs ; des viandes composées
emplissaient des coquilles ; les pâtisseries avaient
des formes symboliques ; quand on retirait les
cloches des plats, il s'envolait des colombes.

Cependant les esclaves, la tunique retroussée,
circulaient sur la pointe des orteils ; de temps à
autre, les lyres sonnaient un hymne, ou bien un
chœur de voix s'élevait. La rumeur du peuple,
continue comme le bruit de la mer, flottait vaguement autour du festin et semblait le bercer dans
une harmonie plus large ; quelques-uns se rappelaient le banquet des Mercenaires ; on s'abandonnait à des rêves de bonheur ; le soleil commençait
à descendre, et le croissant de la lune se levait déjà
dans l'autre partie du ciel.

Mais Salammbô, comme si quelqu'un l'eût appe-
lée, tourna la tête ; le peuple, qui la regardait, suivit la direction de ses yeux.

Au sommet de l'Acropole, la porte du cachot,
taillé dans le roc au pied du temple, venait de s'ouvrir ; et dans ce trou noir, un homme sur le seuil
était debout.

Il en sortit courbé en deux, avec l'air effaré des
bêtes fauves quand on les rend libres tout à coup.

La lumière l'éblouissait ; il resta quelque temps
immobile. Tous l'avaient reconnu et ils retenaient
leur haleine.

Le corps de cette victime était pour eux une
chose particulière et décorée d'une splendeur presque religieuse. Ils se penchaient pour le voir, les
femmes surtout. Elles brûlaient de contempler celui
qui avait fait mourir leurs enfants et leurs époux ;

et du fond de leur âme, malgré elles, surgissait une
infâme curiosité, — le désir de le connaître complètement, envie mêlée de remords et qui se tournait
en un surcroît d'exécration.

Enfin il s'avança ; alors l'étourdissement de la
surprise s'évanouit. Quantité de bras se levèrent et
on ne le vit plus.

L'escalier de l'Acropole avait soixante marches.
Il les descendit comme s'il eût roulé dans un torrent,
du haut d'une montagne ; trois fois on l'aperçut qui
bondissait, puis en bas, il retomba sur les deux
talons.

Ses épaules saignaient, sa poitrine haletait à
larges secousses ; et il faisait pour rompre ses liens
de tels efforts que ses bras croisés sur ses reins nus
se gonflaient, comme des tronçons de serpent.

De l'endroit où il se trouvait, plusieurs rues partaient devant lui. Dans chacune d'elles, un triple
rang de chaînes en bronze, fixées au nombril des
Dieux Patæques, s'étendait d'un bout à l'autre,
parallèlement : la foule était tassée contre les maisons, et, au milieu des serviteurs, des Anciens se
promenaient en brandissant des lanières.

Un d'eux le poussa en avant, d'un grand coup ;
Mâtho se mit à marcher.

Ils allongeaient leurs bras par-dessus les chaînes,
en criant qu'on lui avait laissé le chemin trop
large ; et il allait, palpé, piqué, déchiqueté par
tous ces doigts ; lorsqu'il était au bout d'une rue,
une autre apparaissait, plusieurs fois il se jeta de
côté pour les mordre, on s'écartait bien vite, les
chaînes le retenaient, et la foule éclatait de rire.

Un enfant lui déchira l'oreille ; une jeune fille,

dissimulant sous sa manche la pointe d'un fuseau,
lui fendit la joue ; on lui enlevait des poignées de
cheveux, des lambeaux de chair ; d'autres avec des
bâtons où tenaient des éponges imbibées d'immondices lui tamponnaient le visage. Du côté droit de
sa gorge, un flot de sang jaillit : aussitôt le délire
commença. Ce dernier des Barbares leur représen-
tait tous les Barbares, toute l'armée ; ils se vengeaient sur lui de tous les désastres, de leurs terreurs, de leurs opprobres. La rage du peuple se
développait en s'assouvissant ; les chaînes trop
tendues se courbaient, allaient se rompre ; ils ne
sentaient pas les coups des esclaves frappant [1] sur
eux pour les refouler ; d'autres se cramponnaient
aux saillies des maisons ; toutes les ouvertures
dans les murailles étaient bouchées par des têtes ;
et le mal qu'ils ne pouvaient lui faire, ils le hurlaient.

C'étaient des injures atroces, immondes, avec
des encouragements ironiques et des imprécations ;
et comme ils n'avaient pas assez de sa douleur présente, ils lui en annonçaient d'autres plus terribles
encore pour l'éternité.

Ce vaste aboiement emplissait Carthage, avec
une continuité stupide. Souvent une seule syllabe,
— une intonation rauque, profonde, frénétique,
— était répétée durant quelques minutes par le
peuple entier. De la base au sommet les murs en
vibraient, et les deux parois de la rue semblaient à
Mâtho venir contre lui et l'enlever du sol, comme
deux bras immenses qui l'étouffaient dans l'air.

Cependant il se souvenait d'avoir, autrefois,
éprouvé quelque chose de pareil. C'était la même
foule sur les terrasses, les mêmes regards, la même

colère ; mais alors il marchait libre, tous s'écartaient, un Dieu le recouvrait ; — et ce souvenir,
peu à peu se précisant, lui apportait une tristesse
écrasante. Des ombres passaient devant ses yeux ;
la ville tourbillonnait dans sa tête, son sang ruisselait par une blessure de sa hanche, il se sentait
mourir ; ses jarrets plièrent, et il s'affaissa tout
doucement, sur les dalles.

Quelqu'un alla prendre, au péristyle du temple
de Melkarth, la barre d'un trépied rougie par des
charbons, et, la glissant sous la première chaîne, il
l'appuya contre sa plaie. On vit la chair fumer ;
les huées du peuple étouffèrent sa voix ; il était
debout.

Six pas plus loin, et une troisième, une quatrième
fois encore il tomba ; toujours un supplice nouveau
le relevait. On lui envoyait avec des tubes des gout-
telettes d'huile bouillante ; on sema sous ses pas
des tessons de verre ; il continuait à marcher. Au
coin de la rue de Sateb, il s'accota sous l'auvent
d'une boutique, le dos contre la muraille, et n'avança plus.

Les esclaves du Conseil le frappèrent avec leurs
fouets en cuir d'hippopotame, si furieusement et
pendant si longtemps que les franges de leur tunique étaient trempées de sueur. Mâtho paraissait
insensible ; tout à coup, il prit son élan et il se mit à
courir au hasard, en faisant avec ses lèvres le bruit
des gens qui grelottent par un grand froid. Il enfila
la rue de Boudès, la rue de Sœpo, traversa le Marché-aux-Herbes et arriva sur la place de Khamon.

Il appartenait aux prêtres, maintenant ; les
esclaves venaient d'écarter la foule ; il y avait plus

d'espace. Mâtho regarda autour de lui, et ses yeux rencontrèrent Salammbô.

Dès le premier pas qu'il avait fait, elle s'était levée ; puis, involontairement, à mesure qu'il se rapprochait, elle s'était avancée peu à peu jusqu'au bord de la terrasse ; et bientôt, toutes les choses extérieures s'effaçant, elle n'avait aperçu que Mâtho. Un silence s'était fait dans son âme, — un de ces abîmes où le monde entier disparaît sous la pression d'une pensée unique, d'un souvenir, d'un regard. Cet homme, qui marchait vers elle, l'attirait.

Il n'avait plus, sauf les yeux, d'apparence humaine ; c'était une longue forme complètement rouge ; ses liens rompus pendaient le long de ses cuisses, mais on ne les distinguait pas des tendons de ses poignets tout dénudés ; sa bouche restait grande ouverte ; de ses orbites sortaient deux flammes qui avaient l'air de monter jusqu'à ses cheveux ; — et le misérable marchait toujours !

Il arriva juste au pied de la terrasse. Salammbô était penchée sur la balustrade ; ces effroyables prunelles la contemplaient, et la conscience lui surgit de tout ce qu'il avait souffert pour elle. Bien qu'il agonisât, elle le revoyait dans sa tente, à genoux, lui entourant la taille de ses bras, balbutiant des paroles douces ; elle avait soif de les sentir encore, de les entendre ; elle ne voulait pas qu'il mourût ! A ce moment-là, Mâtho eut un grand tressaillement ; elle allait crier [1]. Il s'abattit à la renverse et ne bougea plus.

Salammbô, presque évanouie, fut rapportée sur son trône par les prêtres s'empressant autour d'elle. Ils la félicitaient ; c'était son œuvre. Tous battaient des mains et trépignaient, en hurlant son nom.

Un homme s'élança sur le cadavre. Bien qu'il fût sans barbe, il avait à l'épaule le manteau des prêtres de Moloch, et à la ceinture l'espèce de couteau leur servant à dépecer les viandes sacrées et que terminait, au bout du manche, une spatule d'or. D'un seul coup il fendit la poitrine de Mâtho, puis en arracha le cœur, le posa sur la cuiller, et Schahabarim, levant son bras, l'offrit au soleil.

Le soleil s'abaissait derrière les flots ; ses rayons arrivaient comme de longues flèches sur le cœur tout rouge. L'astre s'enfonçait dans la mer à mesure que les battements diminuaient ; à la dernière palpitation, il disparut.

Alors, depuis le golfe jusqu'à la lagune et de l'isthme jusqu'au phare, dans [1] toutes les rues, sur toutes les maisons et sur tous les temples, ce fut un seul cri ; quelquefois il s'arrêtait, puis recommençait ; les édifices en tremblaient ; Carthage était comme convulsée dans le spasme d'une joie titanique et d'un espoir sans bornes.

Narr'Havas, enivré d'orgueil, passa son bras gauche sous la taille de Salammbô, en signe de possession ; et, de la droite, prenant une patère d'or, il but au génie de Carthage.

Salammbô se leva comme son époux, avec une coupe à la main, afin de boire aussi. Elle retomba, la tête en arrière, par-dessus le dossier du trône, — blême, raidie, les lèvres ouvertes, — et ses cheveux dénoués pendaient jusqu'à terre.

Ainsi mourut la fille d'Hamilcar pour avoir touché au manteau de Tanit.

DOSSIER

VIE DE FLAUBERT

1821. *12 décembre.* Naissance de Gustave Flaubert à Rouen, où son père, chirurgien, dirige l'Hôtel-Dieu.

1824. Naissance de sa sœur Caroline.

1832. *En février* il entre dans la classe de huitième au Collège royal de Rouen, où il poursuivra des études normales.

1834-1837. Travaux de rédaction scolaires et extrascolaires où plus tard, et rétrospectivement, on pourra voir des débuts littéraires précoces.

1836. *Été.* Rencontre à Trouville de Mme Schlésinger, qui ne sera jamais (semble-t-il) sa maîtresse, et restera le grand amour de toute sa vie.

1837. Premières publications, dans un journal littéraire de Rouen.

1838-1839. Rédaction des *Mémoires d'un fou*, de *Smarh*, etc.

1840. *Été.* Reçu bachelier à l'issue de sa classe de philosophie, il voyage dans les Pyrénées et en Corse.

1841-1843. Il vit à Rouen et Paris, étudie le droit à Paris avec peu de goût et d'assiduité, écrit *Novembre* (achevé le 25 octobre 1842), entreprend la première *Éducation sentimentale* (février 1843), se lie avec le ménage Schlésinger, rencontre Maxime Du Camp.

1844. *Janvier.* Près de Pont-l'Évêque, il est victime d'une crise nerveuse, médicalement mal définie, qui met fin à ses études ainsi qu'à sa vie parisienne, l'amène à se retirer dans la propriété que son père achète à Croisset, au bord de la Seine, dans la banlieue aval de Rouen, et l'engage ou le confirme ainsi dans son caractère de solitaire. Croisset restera pour lui le point fixe d'une existence qui d'ailleurs comportera des vagabondages, des voyages prolongés et de grands séjours à Paris.

1845. *7 janvier.* Il achève la première *Éducation sentimentale*, qui ne paraîtra que trente ans après sa mort.

Avril-juin. Voyage en Provence, en Italie du Nord et en Suisse.

1846. Mort du père de Flaubert. Sa sœur meurt peu après avoir mis au monde une fille, également prénommée Caroline, qui restera pour lui une pupille tendrement chérie. Elle épousera Ernest Commanville en 1864, puis, devenue veuve, le docteur Franklin-Grout. La ruine des Commanville pèsera lourdement sur les dernières années de Flaubert ; et la dispersion de ses papiers gardés, après sa mort, par Caroline donnera lieu à de fâcheux commentaires.

Printemps. Excursion avec Maxime Du Camp à Caudebec-en-Caux, où ils voient, dans l'église, une statuette de saint Julien.

Juillet. Début de sa liaison avec Louise Colet, rencontrée le mois précédent. Interrompue en 1848, cette liaison reprendra trois ans plus tard pour cesser en 1854 ; elle sera sensuelle et décevante, chaleureuse et orageuse.

1847. *Mai-août.* Voyage avec Maxime Du Camp en Anjou, en Bretagne et en Normandie : les deux compagnons le relateront dans *Par les champs et par les grèves*, qu'ils laisseront inédit.

1848. *Février.* Flaubert assiste à Paris à la révolution.

24 mai. Il entreprend *La Tentation de saint Antoine* (première version), qu'il achèvera le 12 septembre 1849.

1849-1851. Voyage en Orient avec Maxime Du Camp. Départ de Paris le 29 octobre 1849 : Égypte, Palestine,

Syrie, Liban, Asie Mineure, Constantinople, Grèce,
Italie. La rencontre à Esneh avec Kuchouk-Hanem date
du 6 mars 1850 ; Flaubert en rapportera des souvenirs
éblouis et un souvenir cuisant. Retour en juin 1851 ;
raccommodement avec Louise Colet.

1851. *19 septembre*. Il entreprend *Madame Bovary*. Voyage à
Londres. Il est présent à Paris lors du coup d'État du
2 décembre.

1852. Refroidissement de son amitié avec Maxime Du Camp,
trop soucieux de la belle carrière qu'il va faire, et qui
désormais se montrera envers lui un peu sot et un peu
jaloux.

1854. Rupture, cette fois définitive, avec Louise Colet.
Diverses autres liaisons tinrent moins de place dans sa vie.

1856. *30 avril*. Achèvement de *Madame Bovary*, qui va
paraître du 1er octobre au 15 décembre dans la *Revue de
Paris* que dirige Maxime Du Camp, lequel y opère des
coupures mal tolérées par le romancier.
Mai-octobre. Rédaction de *La Tentation de saint Antoine*
(deuxième version), dont des fragments vont paraître
dans *L'Artiste* en décembre, janvier et février. Au début de
cette période, et simultanément, il commence à prendre des
notes pour un *Saint Julien* qu'il abandonne bientôt et ne
reprendra que dix-huit et dix-neuf ans plus tard.

1857. *Janvier-février*. Procès correctionnel de *Madame
Bovary* pour outrage à la morale publique et religieuse et
aux bonnes mœurs, malgré les prudentes coupures. Après
l'acquittement, le roman paraît en librairie au mois
d'avril.
1er septembre. Flaubert, qui a renoncé à publier son
deuxième *Saint Antoine*, entreprend *Salammbô*.

1858. *Avril-juin*. Voyage en Tunisie et en Algérie, pour le
roman en cours.

1862-1863. *Avril*. Achèvement de *Salammbô*, qui va paraître
en librairie le *24 novembre 1862*. Bien que discuté, le

roman est vite célèbre, et Flaubert cesse de s'obstiner dans sa vie écartée : désormais on le verra souvent à Paris, il est reçu chez la princesse Mathilde, il participe aux « dîners Magny » fondés par Gavarni, les Goncourt, Sainte-Beuve, etc.

Tandis qu'il songe déjà à *L'Éducation sentimentale* et à *Bouvard et Pécuchet*, il entreprend en collaboration le *Château des cœurs ;* cette « féerie », achevée en *décembre 1863*, ne sera jamais jouée, malgré ses interventions répétées jusqu'à la fin de sa vie.

1864. *1ᵉʳ septembre.* Il commence à rédiger *L'Éducation sentimentale*, dont il a préalablement amassé la documentation et arrêté le plan.

Novembre. Il est invité à Compiègne chez l'empereur.

1865. *Juillet.* Voyage à Baden-Baden.

1866. *Juillet.* Voyage en Angleterre.

15 août. Il est nommé chevalier de la Légion d'honneur.

1869. *16 mai.* Achèvement de *L'Éducation sentimentale*, qui va paraître en librairie le *17 novembre ;* le succès est maigre. Entre-temps, Bouilhet puis Sainte-Beuve sont morts ; dans les années qui vont suivre, Flaubert s'épuisera à essayer de sauver de l'oubli le souvenir et l'œuvre de Bouilhet.

1870. Mort de Jules Duplan, de Jules de Goncourt. Flaubert travaille à la troisième version de *La Tentation de saint Antoine*. La guerre : il est infirmier, lieutenant de la garde nationale ; les Prussiens occupent Croisset.

1871. *Mars.* Fidèle, il visite la princesse Mathilde à Bruxelles, puis voyage en Angleterre.

1872. *6 avril.* Mort de sa mère.

20 juin. Il achève la troisième version de *La Tentation de saint Antoine*.

Août. Il entreprend *Bouvard et Pécuchet ;* il y songeait depuis vingt ans au moins.

Octobre. Mort de Théophile Gautier.

1873. Mort d'Ernest Feydeau.

Juillet-novembre. Composition du *Candidat*, comédie en
quatre actes, qui n'aura que quelques représentations au
Vaudeville en *mars 1874*, et paraîtra en librairie aussitôt
après.

1874. *Avril.* Publication en librairie de *La Tentation de
saint Antoine.*

Juillet. Voyage de cure en Suisse, à Kaltbad, au pied du
Righi. Comme il s'ennuie, il se documente en vue du
Saint Julien auquel il songe toujours.

1875. *Janvier-septembre.* La situation financière d'Ernest
Commanville, mari de Caroline, devient alarmante. En
vendant des biens-fonds, en réduisant son train de vie,
en faisant appel à ses propres amis, en intervenant auprès
de diverses personnes, Flaubert parvient à le sauver de la
faillite. De justesse on évite de vendre aussi Croisset, dont
il n'a d'ailleurs que la jouissance, le domaine appartenant
en propre à Caroline ; une telle opération eût sans doute
tué, sinon l'homme, du moins l'écrivain. Il sort de l'affaire
très déprimé, et ses ressources sont fort diminuées.

Septembre-novembre. Pour se remettre, il va passer plusieurs semaines à Concarneau auprès de son ami le natu-
raliste Pouchet. Reprenant ses notes, il commence à écrire
La Légende de saint Julien l'Hospitalier. Des amis s'entre-
mettent pour lui procurer une « place » rétribuée ; mais
il ne veut rien aliéner de son indépendance, et ce n'est
qu'en 1879 qu'il se résignera à une telle solution.

1876. *Janvier-février.* Il termine *Saint Julien* et entreprend
Un Cœur simple.

Mars. Mort de Louise Colet.

Avril. Il commence à rêver d'*Hérodias* et, pour *Un Cœur
simple*, va revoir Pont-l'Évêque, Trouville, Honfleur.

Juin. Mort de George Sand, avec qui il était lié d'une
amitié très vive.

Août. Achèvement d'*Un Cœur simple.* Il se met aussitôt à
préparer *Hérodias*, qu'il commencera à écrire en novembre.

1877. *Février.* Achèvement d'*Hérodias*.

Avril. Les trois récits sont publiés dans des quotidiens, puis, sous le titre de *Trois Contes*, réunis en un volume mis en vente le 24 avril.

Juin. Il reprend *Bouvard et Pécuchet*, abandonné depuis la crise de 1875, et poursuit des songeries, pour plus tard, sur d'autres projets, sur la bataille des Thermopyles ou sur le Second Empire : toujours l'alternance des thèmes antiques et contemporains.

1879. Mauvaise santé. Une fracture du péroné le tient trois mois alité. Ennuis d'argent croissants : il s'occupe à contre-cœur d'obtenir une place, c'est-à-dire une sinécure qui lui tiendrait lieu de pension ; l'idée de se trouver sous l'autorité théorique d'un chef lui fait horreur. On lui trouve un emploi de trois mille francs par an à la Bibliothèque Mazarine.

1880. *8 mai.* Il meurt à Croisset d'une hémorragie cérébrale. On l'enterre le 11 à Rouen.

15 décembre. Début de la publication de *Bouvard et Pécuchet* dans la *Nouvelle Revue*.

1881. *Mars.* Publication en librairie de *Bouvard et Pécuchet*.

COMPLÉMENTS ET DOCUMENTS

I

FRAGMENTS DE LA CORRESPONDANCE
DE FLAUBERT

A Ernest Feydeau (fin juillet, début d'août 1857).

. . . .

« Je ne te montrerai rien de *Carthage* avant que la dernière
ligne n'en soit écrite, parce que j'ai bien assez de mes doutes
sans avoir par-dessus ceux que tu me donnerais. Tes observations me feraient perdre la boule. Quant à l'archéologie,
elle sera " probable ". Voilà tout. Pourvu que l'on ne puisse
pas me *prouver* que j'ai dit des absurdités, c'est tout ce que
je demande. Pour ce qui est de la botanique, je m'en moque
complètement. J'ai vu de mes propres yeux toutes les
plantes et tous les arbres dont j'ai besoin.

« Et puis, cela importe fort peu, c'est le côté secondaire.
Un livre peut être plein d'énormités et de bévues, et n'en
être pas moins fort beau. Une pareille doctrine, si elle
était admise, serait déplorable, je le sais, en France
surtout, où l'on a le pédantisme de l'ignorance. Mais je
vois dans la tendance contraire (qui est la mienne, hélas!)
un grand danger. L'étude de l'habit nous fait oublier

l'âme. Je donnerais la demi-rame de notes que j'ai écrites depuis cinq mois et les 98 volumes que j'ai lus, pour être, pendant trois secondes seulement, " réellement " émotionné par la passion de mes héros. »

. . . .

Au même. (Croisset, août 1857.)

. . . .

« Depuis six semaines, je recule comme un lâche devant *Carthage*. J'accumule notes sur notes, livres sur livres, car je ne me sens pas en train. Je ne vois pas nettement mon objectif. Pour qu'un livre *sue* la vérité, il faut être bourré de son sujet jusque par-dessus les oreilles. Alors la couleur vient tout naturellement, comme un résultat fatal et comme une floraison de l'idée même.

« Actuellement, je suis perdu dans Pline que je relis pour la seconde fois de ma vie d'un bout à l'autre. J'ai encore diverses recherches à faire dans Athénée et dans Xénophon, de plus cinq ou six mémoires dans l'Académie des Inscriptions. Et puis, ma foi, je crois que ce sera tout! Alors, je ruminerai mon plan qui est fait et je m'y mettrai! Et les *affres* de la phrase commenceront les supplices de l'assonance, les tortures de la période! Je suerai et me retournerai (comme Guatimozin) sur mes métaphores.

« Les métaphores m'inquiètent peu, à vrai dire (il n'y en aura que trop), mais ce qui me turlupine, c'est le côté psychologique de mon histoire. »

. . . .

A Jules Duplan. (Croisset, fin septembre 1857.)

. . . .

« J'ai écrit environ 15 pages de *Carthage*, c'est-à-dire à peu près la moitié du premier chapitre. J'ai peur que ce ne

soit *bien embêtant*, franchement ; il me semble que je
tourne à la tragédie et que j'écris dans un style académi-
que déplorable. »

. . . .

A Ernest Feydeau. (Croisset, seconde quinzaine
d'octobre 1858.)

. . . .

« J'ai à peu près écrit trois chapitres de *Carthage*, j'en
ai encore une dizaine, tu vois où j'en suis. Il est vrai que
le commencement était le plus rude. Mais il faut que j'en
aie encore fait deux pour que je voie la mine que ça aura.
Ça peut être bien beau, mais ça peut être aussi très bête.
Depuis que la littérature existe, on n'a pas entrepris quelque chose d'aussi insensé. C'est une œuvre hérissée de difficultés. Donner aux gens un langage *dans lequel ils n'ont pas
pensé !* On ne sait rien de Carthage. (Mes conjectures sont je
crois sensées, et j'en suis même sûr d'après deux ou trois
choses que j'ai *vues*.) N'importe, il faudra que ça réponde à
une *certaine idée* vague que l'on s'en fait. Il faut que je trouve
le milieu entre la boursouflure et le réel. Si je crève dessus,
ce sera au moins une mort. Et je suis convaincu que les bons
livres ne se font pas de cette façon. Celui-là ne sera pas un
bon livre. Qu'importe, s'il fait rêver à de grandes choses !
Nous valons plus par nos aspirations que par nos œuvres. »

. . . .

A Ernest Feydeau. (Nuit de mardi, Croisset,
29-30 novembre 1859.)

. . . .

« Il faut être absolument fou pour entreprendre de sem-
blables bouquins ! A chaque ligne, à chaque mot, je sur-
monte des difficultés dont personne ne me saura gré, et on

aura peut-être raison de ne pas m'en savoir gré. Car si mon système est faux, l'œuvre est ratée.

« Quelquefois, je me sens épuisé et las jusque dans la moelle des os, et je pense à la mort avec avidité comme un terme à toutes ces angoisses. Puis ça remonte tout doucement. Je me re-exalte et je retombe — toujours ainsi!

« Quand on lira *Salammbô*, on ne pensera pas, j'espère, à l'auteur! Peu de gens devineront combien il a fallu être triste pour entreprendre de ressusciter Carthage! C'est là une Thébaïde où le dégoût de la vie moderne m'a poussé. »

. . . .

A Maurice Schlésinger. (Décembre 1859.)

. . . .

« Ce ne sera pas encore pour cette année que j'aurai fini mon bouquin sur *Carthage*. J'écris fort lentement, parce qu'un livre est pour moi une manière spéciale de vivre. A propos d'un mot ou d'une idée, je fais des recherches, je me livre à des divagations, j'entre dans des rêveries infinies ; et puis, notre âge est si lamentable, que je me plonge avec délices dans l'antiquité. Cela me décrasse des temps modernes. »

. . . .

A Ernest Feydeau. (Croisset, lundi soir,
15 juillet 1861.)

. . . .

« Si tu n'es pas gai, je ne suis pas précisément bien joyeux. *Carthage* me fera crever de rage. Je suis maintenant plein de doutes, sur l'ensemble, sur le plan général ; je crois qu'il y a trop de troupiers. C'est l'Histoire, je le sais bien. Mais si un roman est aussi embêtant qu'un bouquin scientifique, bonsoir, il n'y a plus d'Art. Bref, je passe mon temps à me dire que je suis un idiot et j'ai le cœur plein de tristesse et d'amertume.

« Ma volonté ne faiblit point, cependant, et je continue. Je commence maintenant le siège de *Carthage*. Je suis perdu dans les machines de guerre, les balistes et les scorpions, et je n'y comprends rien, moi, ni personne. On a bavardé là-dessus, sans rien dire de net. Pour te donner une idée du petit travail préparatoire que certains passages me demandent, j'ai lu depuis hier 60 pages (in-folio et à deux colonnes) de la *Poliorcétique* de Juste Lipse. Voilà.

« Je commence maintenant le treizième chapitre. J'en ai encore deux après celui-là. Si mes défaillances ne sont pas trop nombreuses, je pense avoir fini au jour de l'an. Mais c'est rude et lourd. »

. . . .

A Edmond et Jules de Goncourt. (Croisset, début de juillet 1862.)

. . . .

« Je suis enfin débarrassé de *Salammbô*. La copie est à Paris depuis lundi dernier, mais je n'ai jusqu'à présent rien conclu quant à la vente de ce fort colis.

« Je me suis enfin résigné à considérer comme fini un travail interminable. A présent, le cordon ombilical est coupé. Ouf! n'y pensons plus! »

. . . .

II

SAINTE-BEUVE JUGE DE SALAMMBÔ

Les trois articles de Sainte-Beuve ont paru dans Le Constitutionnel *les 8, 15 et 22 décembre 1862. Ils ont été recueillis au tome IV des* Nouveaux Lundis *qui reproduit en appendice la lettre par laquelle Flaubert répondit au critique.*

L'idée qui a présidé à cette composition est, selon moi, une erreur. Le roman historique suppose nécessairement un ensemble d'informations, de traditions morales, de données de toutes sortes nous arrivant comme par l'air, à travers les générations successives. Walter Scott, le maître et le vrai fondateur du roman historique, vivait dans son Écosse, à peu de siècles, à peu de générations de distance des événements et des personnages qu'il nous a retracés avec tant de vie et de vraisemblance. La tradition ou la légende l'environnait ; il en était imbu, comme du brouillard matinal de ses lacs et de ses collines. Il a pu même, grâce à ce génie des vieux temps qu'il avait si bien écouté et deviné, remonter une ou deux fois avec succès jusqu'aux siècles reculés du Moyen Age. *Ivanhoë* est le roman historique confinant à l'épopée, et un roman qui est presque de plain-pied avec nous encore.

L'Antiquité, au contraire, ne comporte pas, de notre part, le roman historique proprement dit, qui suppose l'entière familiarité et l'affinité avec le sujet. Il y a, d'elle à nous, une solution de continuité, un abîme. L'érudition, qui peut y jeter un pont, nous refroidit en même temps et nous glace. On ne peut recomposer la civilisation antique de cet air d'aisance et la ressusciter tout entière ; on sent toujours l'effort ou le jeu, la marqueterie. On la restitue, l'Antiquité, on ne la ressuscite pas. Ce qui est possible avec elle, c'est une sorte de roman-poëme, qui la représente un peu idéalement, une œuvre plus ou moins dans le genre des *Martyrs ;* car je ne compte pas pour des œuvres d'art les ouvrages du genre du *Jeune Anacharsis,* qui ne sont que des enfilades d'éruditions juxtaposées, moyennant un fil conducteur des plus simples et trop apparent. Le seul genre de création possible à cette distance, le roman-poëme, est toujours lui-même douteux, un peu bâtard : il mène aisément au faux ; beaucoup de talent et le génie même de l'expression n'y sauvent pas de la raideur, du guindé, ou du pastiche, et, partant, d'un certain ennui. Mais enfin, si on le veut absolument, on peut

tenter l'entreprise, à la condition toutefois qu'il y ait matière,
et que les livres ou les monuments nous fournissent quelque
chose.

Ici, dans le sujet choisi par M. Flaubert, les monuments
non plus que les livres ne fournissaient presque rien. C'est
donc un tour de force complet qu'il a prétendu faire, et il
n'y a rien d'étonnant qu'il y ait, selon moi, échoué. Ce dont
il faudrait plutôt s'étonner, c'est de la force, de l'habileté,
des ressources qu'il a déployées dans l'exécution d'une
entreprise impossible et comme désespérée ; mais il a eu
beau faire appel de toutes parts à l'érudition et aux descrip-
tions, il a eu beau, en fait d'inventions personnelles, entasser
Ossa sur Pélion, Pélion sur Ossa, il n'a pu communiquer à
son œuvre l'intérêt réel et la vie.

Je sais que des amis d'un esprit très-distingué lui ont dit
le contraire et lui ont précisément reconnu, en tout ceci,
le don et le génie de l'intuition ; mais je ne comprends pas
bien à quoi ce mot s'applique, là où toute vérification et tout
contrôle sont à jamais impossibles, et je ne puis parler que
selon les vraisemblances et d'après mes impressions, d'après
celles également de bien des esprits ayant même mesure que
moi et même niveau.

Je dirai donc : son ouvrage est un poëme ou roman historique, comme il voudra l'appeler, qui sent trop l'huile et
la lampe. Toute la peine qu'il s'est donnée pour le faire, il
nous la rend. La suite des chapitres, auxquels il s'est successivement appliqué exprime et accuse le procédé d'exécution.
En maint et maint endroit on reconnaît l'ouvrier consommé ;
chaque partie de l'édifice est soignée, plutôt trop que pas
assez : je vois des portes, des parois, des serrures, des caves,
bien exécutées, bien construites, chacune séparément ; je
ne vois nulle part l'architecte. L'auteur ne se tient pas au-
dessus de son ouvrage : il s'y applique trop, il a le nez dessus :
il ne paraît pas l'avoir considéré avant et après dans son
ensemble, ni à aucun moment le dominer. Jamais il ne s'est
reculé de son œuvre assez pour se mettre au point de vue
de ses lecteurs.

Il y a de bons et beaux paragraphes, et j'en ai cité, mais peu d'heureuses pages. J'ai parlé des *Martyrs*, dont la comparaison revient sans cesse, et qui ne sont eux-mêmes qu'à demi *réussis*; mais dans Chateaubriand, il y a de temps en temps l'enchanteur qui passe avec sa baguette et son talisman : ici, l'enchanteur ne paraît nulle part. Le poëte n'a jamais d'ailes qui l'enlèvent et vous enlèvent avec lui.

L'effort, le travail, la combinaison se font sentir jusque dans les parties de talent les plus éminentes. Oh! que les inventions du génie sont plus faciles! J'appelle *génie* quelque chose d'heureux, d'aisé, de trouvé. Voilà l'imprévu qu'on aime. Tout cet imprévu-ci est forcé, cherché, travaillé, fouillé, pioché, beaucoup plus étrange et bizarre qu'original.

Mais il s'agit, me dira-t-on, de l'Afrique et non de la Grèce, d'un paysage austère et dur, d'un climat écrasant, d'une civilisation avare et cruelle, qui vous tient et vous broie comme ferait une meule ; il faut que le livre vous rende cet effet. Si c'est une des conditions indispensables du sujet, une de ses nécessités et de ses beautés caractéristiques, qu'on soit ainsi perpétuellement broyé, n'est-il pas permis de s'en plaindre? Souffrir et crier, haïr ce qu'on vient de lire, est-ce un résultat de l'art?

III

FLAUBERT A SAINTE-BEUVE

« Décembre 1862.

« Mon cher maître,

« Votre troisième article sur *Salammbô* m'a *radouci* (je n'ai jamais été bien furieux). Mes amis les plus intimes se sont un peu irrités des deux autres ; mais moi, à qui vous avez dit franchement ce que vous pensez de mon gros livre, je vous sais gré d'avoir mis tant de clémence dans votre critique. Donc, encore une fois, et bien sincèrement, je vous remercie des marques d'affection que vous me donnez, et, passant par-dessus les politesses, je commence mon *Apologie.*

« Êtes-vous bien sûr, d'abord, — dans votre jugement général, — de n'avoir pas obéi un peu trop à votre impression nerveuse ? L'objet de mon livre, tout ce monde barbare, oriental, molochiste, vous déplaît *en soi !* Vous commencez par douter de la réalité de ma reproduction, puis vous me dites : " Après tout, elle peut être vraie " ; et comme conclusion : " Tant pis si elle est vraie! " A chaque minute vous vous étonnez ; et vous m'en voulez d'être étonné. Je n'y peux rien, cependant! Fallait-il embellir, atténuer, fausser, *franciser !* Mais vous me reprochez vous-même d'avoir fait un poème, d'avoir été classique dans le mauvais sens du mot, et vous me battez avec *Les Martyrs !*

« Or, le système de Chateaubriand me semble diamétralement opposé au mien. Il partait d'un point de vue tout idéal ; il rêvait des martyrs *typiques.* Moi, j'ai voulu fixer un mirage en appliquant à l'Antiquité les procédés du roman moderne, et j'ai tâché d'être simple. Riez tant qu'il vous plaira! Oui, je dis *simple,* et non pas sobre. Rien de plus compliqué qu'un Barbare. Mais j'arrive à vos articles, et je me défends, je vous combats pied à pied.

« Dès le début, je vous arrête à propos du *Périple* d'Hannon, admiré par Montesquieu, et que je n'admire point. A qui peut-on faire croire aujourd'hui que ce soit là un document *original ?* C'est évidemment traduit, raccourci, échenillé et arrangé par un Grec. Jamais un Oriental, quel qu'il soit, n'a écrit de ce style. J'en prends à témoin l'inscription d'Eschmounazar, si emphatique et redondante! Des gens qui se font appeler fils de Dieu, œil de Dieu (voyez les inscriptions d'Hamaker) ne sont pas simples comme vous l'entendez. — Et puis vous m'accorderez que les Grecs ne comprenaient rien au monde barbare. S'ils y avaient compris quelque chose, ils n'eussent pas été des Grecs. L'Orient répugnait à l'hellé-

nisme. Quels travestissements n'ont-ils pas fait subir à tout
ce qui leur a passé par les mains, d'étranger! — J'en dirai
autant de Polybe. C'est pour moi une autorité incontestable,
quant aux faits ; mais tout ce qu'il n'a pas vu (ou ce qu'il a
omis intentionnellement car, lui aussi, il avait un cadre et
une école), je peux bien aller le chercher partout ailleurs.
Le *Périple* d'Hannon n'est donc pas " un monument carthaginois ", bien loin " d'être le seul " comme vous le dites.
Un vrai monument carthaginois c'est l'inscription de Marseille, écrite en vrai punique. Il est simple, celui-là, je l'avoue,
car c'est un tarif, et encore l'est-il moins que ce fameux
Périple où perce un petit coin de merveilleux à travers le
grec ; — ne fût-ce que ces peaux de gorilles prises pour des
peaux humaines et qui étaient appendues dans le temple
de Moloch (traduisez Saturne), et dont je vous ai épargné
la description ; — et d'une! remerciez-moi. Je vous dirai
même entre nous que le *Périple* d'Hannon m'est complètement
odieux pour l'avoir lu et relu avec les quatre dissertations
de Bougainville (dans les *Mémoires* de l'Académie des Inscriptions) sans compter mainte thèse de doctorat, — le
Périple d'Hannon étant un sujet de thèse.

« Quant à mon héroïne, je ne la défends pas. Elle ressemble
selon vous à " une Elvire sentimentale ", à Velléda, à
Mᵐᵉ Bovary. Mais non! Velléda est active, intelligente,
européenne. Mᵐᵉ Bovary est agitée par des passions mul-
tiples ; Salammbô au contraire demeure clouée par l'idée
fixe. C'est une maniaque, une espèce de sainte Thérèse.
N'importe! Je ne suis pas sûr de sa réalité ; car ni moi, ni
vous, ni personne, aucun ancien et aucun moderne, ne peut
connaître la femme orientale, par la raison qu'il est impossible de la fréquenter.

« Vous m'accusez de manquer de logique et vous me demandez : " *Pourquoi les Carthaginois ont-ils massacré les
Barbares ?* " La raison en est bien simple : ils haïssent les
Mercenaires ; ceux-là leur tombent sous la main ; ils sont les
plus forts et ils les tuent. Mais " la nouvelle, dites-vous, pouvait arriver d'un moment à l'autre au camp ". Par quel

moyen? — Et qui donc l'eût apportée? Les Carthaginois;
mais dans quel but? — Des barbares? mais il n'en restait
plus dans la ville! — Des étrangers? des indifférents? — mais
j'ai eu soin de montrer que les communications n'existaient
pas entre Carthage et l'armée!

« Pour ce qui est d'Hannon (*le lait de chienne*, soit dit en
passant, n'est point une *plaisanterie;* il était et est *encore*
un remède contre la lèpre; voyez le *Dictionnaire des sciences
médicales*, article *Lèpre*, mauvais article d'ailleurs et dont
j'ai rectifié les données d'après mes propres observations
faites à Damas et en Nubie) — Hannon, dis-je, s'échappe,
parce que les Mercenaires le laissent volontairement s'échapper. Ils ne sont pas encore *déchaînés* contre lui. L'indignation
leur vient ensuite avec la réflexion; car il leur faut beaucoup
de temps avant de comprendre toute la perfidie des Anciens
(voyez le commencement de mon chapitre IV). Mâtho *rôde
comme un fou* autour de Carthage. Fou est le mot juste.
L'amour tel que le concevaient les anciens n'était-il pas une
folie, une malédiction, une maladie envoyée par les dieux?
Polybe serait bien *étonné*, dites-vous, de voir ainsi son Mâtho.
Je ne le crois pas, et M. de Voltaire n'eût point partagé cet
étonnement. Rappelez-vous ce qu'il dit de la violence des
passions en Afrique, dans *Candide* (récit de la vieille):
" C'est du feu, du vitriol, etc. "

« A propos de l'aqueduc: " *Ici on est dans l'invraisem-
blance jusqu'au cou.* " Oui, cher maître, vous avez raison
et plus même que vous ne croyez, — mais pas comme vous
le croyez. Je vous dirai plus loin ce que je pense de cet épisode,
amené non pour décrire l'aqueduc, lequel m'a donné beaucoup
de mal, mais pour faire entrer convenablement dans Carthage mes deux héros. C'est d'ailleurs le ressouvenir d'une
anecdote, rapportée dans Polyen (*Ruses de guerre*), l'histoire
de Théodore, l'ami de Cléon, lors de la prise de Sestos par
les gens d'Abydos.

« *On regrette un lexique.* Voilà un reproche que je trouve
souverainement injuste. J'aurais pu assommer le lecteur
avec des mots techniques. Loin de là! J'ai pris soin de tra-

duire tout en français. Je n'ai pas employé un seul mot spécial sans le faire suivre de son explication, immédiatement. J'en excepte les noms de monnaie, de mesure et de mois que le sens de la phrase indique. Mais quand vous rencontrez dans une page *kreutzer*, *yard*, *piastre* ou *penny*, cela vous empêche-t-il de la comprendre ? Qu'auriez-vous dit si j'avais appelé Moloch *Melek*, Hannibal *Han-Baal*, Carthage *Kartadda*, et si, au lieu de dire que les esclaves au moulin portaient des muselières, j'avais écrit des *pausicapes* ! Quant aux noms de parfums et de pierreries, j'ai bien été obligé de prendre les noms qui sont dans Théophraste, Pline et Athénée. Pour les plantes, j'ai employé les noms latins, les *mots reçus*, au lieu des mots arabes ou phéniciens. Ainsi j'ai dit *Lauwsonia* au lieu de *Henneh*, et même j'ai eu la complaisance d'écrire *Lausonia* par un *u*, ce qui est une faute, et de ne pas ajouter *inermis*, qui eût été plus précis. De même pour *Kok'heul* que j'écris *antimoine*, en vous épargnant *sulfure*, ingrat ! Mais je ne peux pas, par respect pour le lecteur français, écrire Hannibal et Hamilcar sans *h*, puisqu'il y a un esprit rude sur l'*a*, et m'en tenir à Rollin ! un peu de douceur !

« Quant au *temple de Tanit*, je suis sûr de l'avoir reconstruit tel qu'il était, avec le traité de la Déesse de Syrie, avec les médailles du duc de Luynes, avec ce qu'on sait du temple de Jérusalem, avec un passage de saint Jérôme, cité par Selder (*de Diis Syriis*), avec le plan du temple de Gozzo qui est bien carthaginois, et mieux que tout cela, avec les ruines du temple de Thugga que j'ai vu moi-même, de mes yeux, et dont aucun voyageur ni antiquaire, que je sache, n'a parlé. N'importe, direz-vous, c'est drôle ! Soit ! — Quant à la description en elle-même, au point de vue littéraire, je la trouve, moi, très compréhensible, et le drame n'en est pas embarrassé, car Spendius et Mâtho restent au premier plan, on ne les perd pas de vue. Il n'y a point dans mon livre une description isolée, gratuite ; toutes *servent* à mes personnages et ont une influence lointaine ou immédiate sur l'action.

« Je n'accepte pas non plus le mot de *chinoiserie* appliqué à la chambre de Salammbô, malgré l'épithète d'exquise qui

le relève (comme *dévorants* fait à *chiens* dans le fameux
Songe), parce que je n'ai pas mis là un seul détail qui ne soit
dans la Bible ou que l'on ne rencontre encore en Orient.
Vous me répétez que la Bible n'est pas un guide pour Carthage (ce qui est un point à discuter) ; mais les Hébreux
étaient plus près des Carthaginois que les Chinois, convenez-
en! D'ailleurs il y a des choses de climat qui sont éternelles.
Pour ce mobilier et les costumes, je vous renvoie aux textes
réunis dans la 21e dissertation de l'abbé Mignot (*Mémoires*
de l'Académie des Inscriptions, tome XL ou XLI, je ne sais
plus).

« Quant à ce goût " d'opéra, de pompe et d'emphase ",
pourquoi donc voulez-vous que les choses n'aient pas été
ainsi, puisqu'elles sont telles maintenant! Les cérémonies
des visites, les prosternations, les invocations, les encense-
ments et tout le reste, n'ont pas été inventés par Mahomet,
je suppose.

« Il en est de même d'Hannibal. Pourquoi trouvez-vous
que j'ai fait son enfance *fabuleuse ?* est-ce parce qu'il tue
un aigle ? beau miracle dans un pays où les aigles abondent!
Si la scène eût été placée dans les Gaules, j'aurais mis un
hibou, un loup ou un renard. Mais, Français que vous êtes,
vous êtes habitué, *malgré vous*, à considérer l'aigle comme
un oiseau noble, et plutôt comme un symbole que comme
un être animé. Les aigles existent cependant.

« Vous me demandez où j'ai pris une *pareille idée du
Conseil de Carthage ?* Mais dans tous les milieux analogues
par les temps de révolution, depuis la Convention jusqu'au
Parlement d'Amérique, où naguère encore on échangeait
des coups de canne et des coups de revolver, lesquelles
cannes et lesquels revolvers étaient apportés (comme mes
poignards) dans la manche des paletots. Et même mes Carthaginois sont plus décents que les Américains, puisque le
public n'était pas là. Vous me citez, en opposition, une grosse
autorité, celle d'Aristote. Mais Aristote, antérieur à mon
époque de plus de quatre-vingts ans, n'est ici d'aucun poids.
D'ailleurs il se trompe grossièrement, le Stagyrique, quand

il affirme qu'*on n'a jamais vu à Carthage d'émeute ni de tyran*.
Voulez-vous des dates ? en voici : il y avait eu la conspiration de Carthalon, 530 avant Jésus-Christ ; les empiétements
des Magon, 460 ; la conspiration d'Hannon, 337 ; la conspiration de Bomilcar, 307. Mais je dépasse Aristote ! — A un
autre.

« Vous me reprochez les *escarboucles formées par l'urine
des lynx*. C'est du Théophraste, *Traité des Pierreries ;* tant
pis pour lui ! J'allais oublier Spendius. Eh bien, non, cher
maître, son stratagème n'est ni *bizarre* ni *étrange*. C'est presque
un poncif. Il m'a été fourni par Elien (*Histoire des Animaux*)
et par Polyen (*Stratagèmes*). Cela était même si connu depuis
le siège de Mégare par Antipater (ou Antigone), que l'on nourrissait exprès des porcs avec les éléphants pour que les grosses
bêtes ne fussent pas effrayées par les petites. C'était, en un
mot, une farce usuelle, et probablement fort usée au temps
de Spendius. Je n'ai pas été obligé de remonter jusqu'à
Samson ; car j'ai repoussé autant que possible tout détail
appartenant à des époques légendaires.

« J'arrive aux richesses d'Hamilcar. Cette description,
quoi que vous disiez, est au second plan. Hamilcar la domine,
et je la crois très motivée. La colère du suffète va en augmen-
tant à mesure qu'il aperçoit les déprédations commises dans
sa maison. Loin d'être *à tout moment hors de lui*, il n'éclate
qu'à la fin, quand il se heurte à une injure personnelle.
Qu'il ne gagne pas à cette visite, cela m'est bien égal, n'étant
point chargé de faire son panégyrique ; mais je ne pense pas
l'avoir *taillé en charge aux dépens du reste du caractère*.
L'homme qui tue le plus loin les Mercenaires de la façon que
j'ai montrée (ce qui est un joli trait de son fils Hannibal,
en Italie), est bien le même qui fait falsifier ses marchandises
et fouetter à outrance ses esclaves.

« Vous me chicanez sur les *onze mille trois cent quatre-
vingt-seize hommes* de son armée en me demandant *d'où le
savez-vous* (ce nombre) ? *qui vous l'a dit ?* Mais vous venez
de le voir vous-même, puisque j'ai dit le nombre d'hommes
qu'il y avait dans les différents corps de l'armée punique

C'est le total de l'addition tout bonnement, et non un chiffre
jeté au hasard pour produire un effet de précision.

« Il n'y a ni *vice malicieux* ni *bagatelle* dans mon serpent.
Ce chapitre est une espèce de précaution oratoire pour
atténuer celui de la tente qui n'a choqué personne et qui,
sans le serpent, eût fait pousser des cris. J'ai mieux aimé
un effet impudique (si impudeur il y a) avec un serpent
qu'avec un homme. Salammbô, avant de quitter sa maison,
s'enlace au génie de sa famille, à la religion même de sa patrie
en son symbole le plus antique. Voilà tout. Que cela soit
messéant dans une ILIADE *ou une* PHARSALE, c'est possible,
mais je n'ai pas eu la prétention de faire *l'Iliade* ni la *Pharsale*.

« Ce n'est pas ma faute non plus si les orages sont fré-
quents dans la Tunisie à la fin de l'été. Chateaubriand n'a
pas plus inventé les orages que les couchers de soleil, et les
uns et les autres, il me semble, appartiennent à tout le monde.
Notez d'ailleurs que l'âme de cette histoire est Moloch, le
Feu, la Foudre. Ici le Dieu lui-même, sous une de ses formes,
agit ; il dompte Salammbô. Le tonnerre était donc bien à sa
place : c'est la voix de Moloch resté en dehors. Vous avoue-
rez de plus que je vous ai épargné la *description classique de
l'orage*. Et puis mon pauvre orage ne tient pas en tout *trois
lignes*, et à des endroits différents! L'incendie qui suit m'a
été inspiré par un épisode de l'histoire de Massinissa, par un
autre de l'histoire d'Agathocle et par un passage d'Hirtius, —
tous les trois dans des circonstances analogues. Je ne sors
pas du milieu, du pays même de mon action, comme vous
voyez.

« A propos des parfums de Salammbô, vous m'attribuez
plus d'imagination que je n'en ai. Sentez donc, humez dans la
Bible Judith et Esther! On les pénétrait, on les empoison-
nait de parfums, littéralement. C'est ce que j'ai eu soin de
dire au commencement, dès qu'il a été question de la maladie
de Salammbô.

« Pourquoi ne voulez-vous pas non plus que *la disparition
du zaïmph* ait été pour *quelque chose* dans la perte de la bataille,

puisque l'armée des Mercenaires contenait des gens qui croyaient au zaïmph! J'indique les causes principales (trois mouvements militaires) de cette perte ; puis j'ajoute celle-là comme cause secondaire et dernière.

« Dire que j'ai *inventé des supplices* aux funérailles des Barbares n'est pas exact. Hendreich (*Carthago, seu Carth. respublica*, 1664) a réuni des textes pour prouver que les Carthaginois avaient coutume de mutiler les cadavres de leurs ennemis ; et vous vous étonnez que des barbares qui sont vaincus, désespérés, enragés, ne leur rendent pas la pareille, n'en fassent pas autant une fois et cette fois-là seulement ? Faut-il vous rappeler Madame de Lamballe, les *Mohiles* en 48, et ce qui se passe actuellement aux États-Unis ? J'ai été sobre et très doux, au contraire.

« Et puisque nous sommes en train de nous dire nos vérités, franchement je vous avouerai, cher maître, que *la pointe d'imagination sadique* m'a un peu blessé. Toutes vos paroles sont graves. Or, un tel mot de vous, lorsqu'il est imprimé, devient presque une flétrissure. Oubliez-vous que je me suis assis sur les bancs de la Correctionnelle comme prévenu d'outrage aux mœurs, et que les imbéciles et les méchants se font des armes de tout ? Ne soyez donc pas étonné si un de ces jours vous lisez dans quelque petit journal diffamateur, comme il en existe, quelque chose d'analogue à ceci : " M. G. Flaubert est un disciple de de Sade. Son ami, son parrain, un maître en fait de critique, l'a dit lui-même assez clairement, bien qu'avec cette finesse et cette bonhomie railleuse qui, etc. " Qu'aurais-je à répondre, — et à faire ?

« Je m'incline devant ce qui suit. Vous avez raison, cher maître, j'ai donné le coup de pouce, j'ai forcé l'histoire, et comme vous le dites très bien, *j'ai voulu faire un siège*. Mais dans un sujet militaire, où est le mal ? — Et puis je ne l'ai pas complètement inventé, ce siège, je l'ai seulement un peu chargé. Là est toute ma faute.

« Mais pour *le passage de Montesquieu* relatif aux immolations d'enfants, je m'insurge. Cette horreur ne fait pas dans mon esprit un *doute*. (Songez donc que les sacrifices humains n'étaient pas complètement abolis en Grèce à la bataille de Leuctres, 370 avant Jésus-Christ.) Malgré la condition imposée par Gélon (480), dans la guerre contre Agathocle (302), on brûla, selon Diodore, 200 enfants, et quant aux époques postérieures, je m'en rapporte à Silius Italicus, à Eusèbe, et surtout à saint Augustin, lequel affirme que la chose se passait encore quelquefois de son temps.

« Vous regrettez que je n'aie point introduit parmi les Grecs un philosophe, un raisonneur chargé de nous faire un cours de morale ou commettant de bonnes actions, un monsieur enfin *sentant comme nous.* Allons donc! était-ce possible? Aratus, que vous rappelez, est précisément celui d'après lequel j'ai rêvé Spendius ; c'était un homme d'escalades et de ruses qui tuait très bien la nuit des sentinelles et qui avait des éblouissements au grand jour. Je me suis refusé un contraste, c'est vrai ; mais un contraste facile, un contraste *voulu* et faux.

« J'ai fini l'analyse et j'arrive à votre jugement. Vous avez peut-être raison dans vos considérations sur le roman historique appliqué à l'antiquité, et il se peut très bien que j'aie échoué. Cependant, d'après toutes les vraisemblances et mes impressions à moi, je crois avoir fait quelque chose qui ressemble à Carthage. Mais là n'est pas la question. Je me moque de l'archéologie! Si la couleur n'est pas une, si les détails détonnent, si les mœurs ne dérivent pas de la religion et les faits des passions, si les caractères ne sont pas suivis, si les costumes ne sont pas appropriés aux usages et les architectures au climat, s'il n'y a pas, en un mot, harmonie, je suis dans le faux. Sinon, non. Tout se tient.

« Mais le milieu vous agace! Je le sais, ou plutôt je le sens. Au lieu de rester à votre point de vue personnel, votre point de vue de lettré, de moderne, de Parisien, pourquoi n'êtes-vous pas venu de mon côté? *L'âme humaine n'est point partout la même,* bien qu'en dise M. Levallois *. La moindre vue

* Dans un de ses articles de *l'Opinion nationale* sur *Salammbô.*

sur le monde est là pour prouver le contraire. Je crois même avoir été moins dur pour l'humanité dans *Salammbô* que dans *Madame Bovary*. La curiosité, l'amour qui m'a poussé vers des religions et des peuples disparus a quelque chose de moral en soi et de sympathique, il me semble.

« Quant au style, j'ai moins sacrifié dans ce livre-là que dans l'autre à la rondeur de la phrase et à la période. Les métaphores y sont rares et les épithètes positives. Si je mets *bleues* après *pierres*, c'est que *bleues* est le mot juste, croyez-moi, et soyez également persuadé que l'on distingue très bien la couleur des pierres à la clarté des étoiles. Interrogez là-dessus tous les voyageurs en Orient, ou allez-y voir.

« Et puisque vous me blâmez pour certains mots, *énorme* entre autres, que je ne défends pas (bien qu'un silence excessif fasse l'effet du vacarme), moi aussi, je vous reprocherai quelques expressions.

« Je n'ai pas compris la citation de Désaugiers, ni quel était son but. J'ai froncé les sourcils à *bibelots* carthaginois, — *diable de manteau*, — *ragoût* et *pimenté* pour Salammbô qui *batifole avec le serpent*, — et devant le *beau drôle de Libyen* qui n'est ni beau ni drôle, — et à l'imagination *libertine* de Schahabarim.

« Une dernière question, ô maître, une question inconvenante : pourquoi trouvez-vous Schahabarim presque comique et vos bonshommes de Port-Royal si sérieux? Pour moi, M. Singlin est funèbre à côté de mes éléphants. Je regarde des Barbares tatoués moins cocasses, moins rares que des gens vivant en commun et qui s'appellent jusqu'à la mort *Monsieur!* — Et c'est précisément parce qu'ils sont très loin de moi que j'admire votre talent à me les faire comprendre. — Car j'y crois, à Port-Royal, et je souhaite encore moins y vivre qu'à Carthage. Cela aussi était exclusif, hors nature, forcé, tout d'un morceau, et cependant vrai. Pourquoi ne voulez-vous pas que deux vrais existent, deux excès contraires, deux monstruosités différentes?

« Je vais finir. — Un peu de patience! Êtes-vous curieux

de connaître la faute *énorme* (*énorme* est ici à sa place) que je trouve dans mon livre. La voici :

« 1° Le piédestal est trop grand pour la statue. Or, comme on ne pèche jamais par *le trop*, mais par le *pas assez*, il aurait fallu cent pages de plus relatives à Salammbô seulement ;

« 2° Quelques transitions manquent. Elles existaient ; je les ai retranchées ou trop raccourcies, dans la peur d'être ennuyeux ;

« 3° Dans le chapitre vi, tout ce qui se rapporte à Giscon est *de même tonalité* que la deuxième partie du chapitre ii (Hannon). C'est la même situation, et il n'y a point progression d'effet ;

« 4° Tout ce qui s'étend depuis la bataille du Macar jusqu'au serpent, et tout le chapitre xiii jusqu'au dénombrement des Barbares, s'enfonce, disparaît dans le souvenir. Ce sont des endroits de second plan, ternes, transitoires, que je ne pouvais malheureusement éviter et qui alourdissent le livre, malgré les efforts de prestesse que j'ai pu faire. Ce sont ceux-là qui m'ont le plus coûté, que j'aime le moins et dont je me suis le plus reconnaissant ;

« 5° L'aqueduc.

« Aveu ! mon opinion *secrète* est qu'il n'y avait point d'aqueduc à Carthage, malgré les ruines actuelles de l'aqueduc. Aussi ai-je eu le soin de prévenir d'avance toutes les objections par une phrase hypocrite à l'adresse des archéologues. J'ai mis les pieds dans le plat, lourdement, en rappelant que c'était une invention romaine, alors nouvelle, et que l'aqueduc d'à présent a été refait sur l'ancien. Le souvenir de Bélisaire coupant l'aqueduc romain de Carthage m'a poursuivi, et puis c'était une belle entrée de Spendius et Mâtho. N'importe ! Mon aqueduc est une lâcheté ! *Confiteor.*

« Autre et dernière coquinerie : Hannon.

« Par amour de la clarté, j'ai faussé l'histoire quant à sa mort. Il fut bien, il est vrai, crucifié par les Mercenaires, mais en Sardaigne. Le général crucifié à Tunis en face de Spendius s'appelait Hannibal. Mais quelle confusion cela eût fait pour le lecteur.

« Tel est, cher maître, ce qu'il y a, selon moi, de pire dans
mon livre. Je ne vous dis pas ce que j'y trouve de bon. Mais
soyez sûr que je n'ai point fait une Carthage fantastique. Les
documents sur Carthage existent, et ils ne sont pas tous dans
Movers. Il faut aller les chercher un peu loin. Ainsi Ammien
Marcellin m'a fourni la forme *exacte* d'une porte, le poème
de Coripus (la *Johannide*), beaucoup de détails sur les peu-
plades africaines, etc., etc.

« Et puis mon exemple sera peu suivi. Où donc alors est
le danger? Les Leconte de Lisle et les Baudelaire sont moins
à craindre que les... et les... dans ce doux pays de France où
le superficiel est une qualité, et où le banal, le facile et le niais
sont toujours applaudis, adoptés, adorés. On ne risque de
corrompre personne quand on aspire à la grandeur. Ai-je
mon pardon?

« Je termine en vous disant encore une fois merci, mon
cher maître. En me donnant des égratignures, vous m'avez
très tendrement serré les mains, et bien que vous m'ayez
quelque peu ri au nez, vous ne m'en avez pas moins fait trois
grands saluts, trois grands articles très détaillés, très considérables et qui ont dû vous être plus pénibles qu'à moi. C'est
de cela surtout que je vous suis reconnaissant. Les conseils
de la fin ne seront pas perdus, et vous n'aurez eu affaire ni
à un sot ni à un ingrat.

« Tout à vous,

« Gustave Flaubert. »

Sainte-Beuve répondit à cette lettre par le billet suivant:

Ce 25 décembre 1862.

« Mon cher ami,

« J'attendais avec impatience cette lettre promise. Je
l'ai lue hier soir, et je la relis ce matin. Je ne regrette plus
d'avoir fait ces articles, puisque je vous ai amené à *sortir*
ainsi toutes vos raisons. Ce soleil d'Afrique a eu cela de singu-

lier que toutes nos humeurs à tous, même nos humeurs
secrètes, ont fait irruption. *Salammbô*, indépendamment de
la dame, est, dès à présent, le nom d'une bataille, de plusieurs batailles. Je compte faire ceci : mes articles restant
ce qu'ils sont, en les réimprimant je mettrai, à la fin du
volume, ce que vous appelez votre *Apologie*, et sans plus de
réplique de ma part. J'avais tout dit ; vous répondez : les
lecteurs attentifs jugeront. Ce que j'apprécie surtout, et ce
que chacun sentira, c'est cette élévation d'esprit et de caractère qui vous a fait supporter tout naturellement mes contradictions et qui oblige envers vous à plus d'estime. M. Lebrun
(de l'Académie), un homme juste, me disait l'autre jour à
propos de vous : " Après tout, il sort de là un plus gros monsieur qu'auparavant. " Ce sera l'impression générale et définitive... »

« C. A. Sainte-Beuve. »

IV

FLAUBERT A FRŒHNER

*Dans un article publié dans la Revue contemporaine,
M. Frœhner avait très vivement critiqué Salammbô, M. Gustave Flaubert, en réponse à son article, a dressé au directeur
de la Revue contemporaine la lettre suivante* * :

* Henri de Régnier a publié dans *Les Nouvelles littéraires*
du 5 octobre 1935 un curieux article sur *Frœhner et Salammbô*.

A. M. FRŒHNER

RÉDACTEUR DE LA REVUE CONTEMPORAINE.

« *Paris, 21 janvier 1863.*

'« Monsieur,

« Je viens de lire votre article sur *Salammbô* paru dans la *Revue contemporaine* le 31 décembre 1862. Malgré l'habitude où je suis de ne répondre à aucune critique, je ne puis accepter la vôtre. Elle est pleine de convenance et de choses extrêmement flatteuses pour moi ; mais, comme elle met en doute la sincérité de mes études, vous trouverez bon, s'il vous plaît, que je relève ici plusieurs de vos assertions.

« Je vous demanderai d'abord, monsieur, pourquoi vous me mêlez si obstinément à la collection Campana en affirmant qu'elle a été ma ressource, mon inspiration permanente ? Or, j'avais fini *Salammbô* au mois de mars, six semaines avant l'ouverture de ce musée. Voilà une erreur déjà. Nous en trouverons de plus graves.

« Je n'ai, monsieur, nulle prétention à l'archéologie. J'ai donné mon livre pour un roman, sans préface, sans notes, et je m'étonne qu'un homme illustre, comme vous, par des travaux si considérables, perde ses loisirs à une littérature si légère ! J'en sais cependant assez, monsieur, pour oser dire que vous errez complètement d'un bout à l'autre de votre travail, tout le long de vos dix-huit pages, à chaque paragraphe et à chaque ligne.

« Vous me blâmez " de n'avoir consulté ni Falbe ni Dureau de la Malle, dont j'aurais pu tirer profit ". Mille pardons! je les ai lus, plus souvent que vous peut-être, et sur les ruines mêmes de Carthage. Que vous ne sachiez " rien de satisfaisant sur la forme ni sur les principaux quartiers ", cela se peut, mais d'autres, mieux informés, ne partagent pas votre scepticisme. Si l'on ignore où était le faubourg Aclas, l'endroit appelé Fuscimus, la position exacte des portes principales dont on a les noms, etc., on connaît assez bien l'emplacement de la ville, l'appareil architectonique des murailles, le Taenia, le Môle et le Cothon. On sait que les maisons étaient enduites de bitume et les rues dallées ; on a une idée de l'Ancô décrit dans mon chapitre xv, on a entendu parler de Malquâ, de Byrsa, de Mégara, des Mappales et des Catacombes, et du temple d'Eschmoûn situé sur l'Acropole, et de celui de Tanit, un peu à droite en tournant le dos à la mer. Tout cela se trouve (sans parler d'Appien, de Pline et de Procope) dans ce même Dureau de la Malle, que vous m'accusez d'ignorer. Il est donc regrettable, monsieur, que vous ne soyez pas " entré dans des détails fastidieux pour montrer " que je n'ai eu aucune idée de l'emplacement et de la disposition de l'ancienne Carthage, " moins encore que Dureau de la Malle ", ajoutez-vous. Mais que faut-il croire ? à qui se fier, puisque vous n'avez pas eu jusqu'à présent l'obligeance de révéler votre système sur la topographie carthaginoise ?

« Je ne possède, il est vrai, aucun texte pour vous prouver qu'il existait une rue des Tanneurs, des Parfumeurs, des Teinturiers. C'est en tout cas une hypothèse vraisemblable, convenez-en ! Mais je n'ai point inventé Kinisdo et Cynasyn, " mots, dites-vous, dont la structure est étrangère à l'esprit des langues sémitiques ". Pas si étrangère cependant, puisqu'ils sont dans Gesenius — presque tous mes noms puniques, défigurés, selon vous, étant pris dans Gesenius (*Scripturæ linguæque phœniciæ*, etc.), ou dans Falbe, que j'ai consulté, je vous assure.

« Un orientaliste de votre érudition, monsieur, aurait dû avoir un peu plus d'indulgence pour le nom numide de Naravasse que j'écris Narr'Havas, de *Nar-el-haouah*, feu du souffle. Vous auriez pu deviner que les deux *m* de Salammbô sont mis exprès pour faire prononcer Salam et non Salan, et supposer charitablement que Égates, au lieu de Ægates, était une faute typographique, corrigée du reste dans la seconde édition de mon livre, antérieure de quinze jours à vos conseils. Il en est de même de *Scissites* pour *Syssites* et du mot Kabires, que l'on avait imprimé sans un k (horreur!)

jusque dans les ouvrages les plus sérieux tels que *les Religions de la Grèce antique*, par Maury. Quant à Schalischim, si je n'ai pas écrit (comme j'aurais dû le faire) Rosch-eisch-Scha-lischim, c'était pour raccourcir un nom déjà trop rébarbatif, ne supposant pas d'ailleurs que je serais examiné par des philologues. Mais, puisque vous êtes descendu jusqu'à ces chicanes de mots, j'en reprendrai chez vous deux autres : 1º *Compendieusement*, que vous employez tout au rebours de la signification pour dire abondamment, prolixement, et 2º *carthachinoiserie*, plaisanterie excellente, bien qu'elle ne soit pas de vous, et que vous avez ramassée, au commencement du mois dernier, dans un petit journal. Vous voyez, monsieur, que si vous ignorez parfois mes auteurs, je sais les vôtres. Mais il eût mieux valu, peut-être, négliger " ces minuties qui se refusent ", comme vous le dites fort bien, " à l'examen de la critique ".

« Encore une cependant! Pourquoi avez-vous souligné le *et* dans cette phrase (un peu tronquée) de ma page 156 : " Achète-moi des Cappadociens *et* des Asiatiques. " Est-ce pour briller en voulant faire accroire aux badauds que je ne distingue pas la Cappadoce de l'Asie Mineure? Mais je la connais, monsieur, je l'ai vue, je m'y suis promené!

« Vous m'avez lu si négligemment que presque toujours vous me *citez à faux*. Je n'ai dit nulle part que les prêtres aient formé une caste particulière ; ni, page 109, que les soldats libyens fussent " possédés de l'envie de boire du fer ", mais que les barbares menaçaient les Carthaginois de leur faire boire du fer ; ni, page 108, que les gardes de la légion " portaient au milieu du front une corne d'argent pour les faire ressembler à des rhinocéros ", mais, " leurs gros chevaux avaient, etc. " ; ni, page 29, que les paysans un jour s'amusèrent à crucifier deux cents lions. Même observation pour ces malheureuses Syssites, que j'ai employées, selon vous, " ne sachant pas, sans doute, que ce mot signifiait des corporations particulières. " *Sans doute* est aimable. Mais sans doute je savais ce qu'étaient ces corporations et l'étymologie du mot, puisque je le traduis en français la première fois qu'il apparaît dans mon livre, page 7 : " Syssites, compagnies (de commerçants) qui mangeaient en commun. " Vous avez de même faussé un passage de Plaute, car il n'est point démontré dans *Pœnulus* que " les Carthaginois savaient toutes les langues ", ce qui eût été un curieux privilège pour une nation entière ; il y a tout simplement dans le prologue, v. 112 : " *Is omnes linguas scit* " ; ce qu'il faut traduire : " Celui-là sait toutes les langues ", le Carthaginois en question et non tous les Carthaginois.

« Il n'est pas vrai de dire que " Hannon n'a pas été crucifié dans la guerre des Mercenaires, attendu qu'il commandait des armées longtemps encore après ", car vous trouverez dans Polybe, monsieur, que les rebelles se saisirent de sa personne, et l'attachèrent à une croix (en Sardaigne il est vrai, mais à la même époque), livre premier, chapitre XVII. Ce n'est donc pas " ce personnage " qui " aurait à se plaindre de M. Flaubert ", mais plutôt Polybe qui aurait à se plaindre de M. Frœhner.

« Pour les sacrifices d'enfants, il est si peu *impossible* qu'au siècle d'Hamilcar on les brûlait vifs, qu'on en brûlait encore au temps de Jules César et de Tibère, s'il faut s'en rapporter à Cicéron (*Pro Balbo*) et à Strabon (liv. III). Cependant, " la statue de Moloch ne ressemble pas à la machine infernale décrite dans *Salammbô*. Cette figure composée de sept cases étagées l'une sur l'autre pour y enfermer les victimes appartient à la religion gauloise. M. Flaubert n'a aucun prétexte d'analogie pour justifier son audacieuse transposition ".

« Non! je n'ai aucun prétexte, c'est vrai! mais j'ai un texte, à savoir le texte, la description même de Diodore, que vous rappelez et qui n'est autre que la mienne, comme vous pourrez vous en convaincre en daignant lire ou relire le livre XX de Diodore, chapitre IV, auquel vous joindrez la paraphrase chaldaïque de Paul Fage, dont vous ne parlez pas et qui est citée par Selten, *De diis syriis*, p. 164-170, avec Eusèbe, *Préparation évangélique*, livre premier.

« Comment se fait-il aussi que l'histoire ne dise rien du

manteau miraculeux, puisque vous dites vous-même " qu'on
le montrait dans le temple de Vénus, mais bien plus tard, et
seulement à l'époque des empereurs romains? " Or, je
trouve dans Athénée, XII, 50, la description très minutieuse
de ce manteau, *bien que l'histoire n'en dise rien*. Il fut acheté
à Denys l'Ancien 120 talents, porté à Rome par Scipion
Émilien, reporté à Carthage par Caïus Gracchus, revint à
Rome sous Héliogabale, puis fut vendu à Carthage. Tout cela
se trouve encore dans Dureau de la Malle, dont j'ai tiré
profit, décidément.

« Trois lignes plus bas, vous affirmez, avec la même
candeur, que " la plupart des autres dieux invoqués dans
Salammbô sont de pure invention ", et vous ajoutez : " Qui
a entendu parler d'un Aptouknos? " Qui? d'Avezac (*Cyrénaïque*) à propos d'un temple dans les environs de Cyrène.
" D'un Schaoûl? " mais c'est un nom que je donne à un
esclave (voyez ma page 91) ; " ou d'un Matisman? " Il est
mentionné comme Dieu par Corippus. (Voyez Johanneis et
Mém. de l'Académie des Inscript., tome XII, p. 181.) " Qui
ne sait que Micipsa n'était pas une divinité mais un homme? "
Or, c'est ce que je dis, monsieur, et très clairement, dans cette
même page 91, quand Salammbô appelle ses esclaves :
" A moi, Taanach, Kroûm, Ewa, Micipsa, Schaoûl! "

« Vous m'accusez de prendre pour deux divinités distinctes Astaroth et Astarté. Mais au commencement, page 48,
lorsque Salammbô invoque Tanit, elle l'invoque par tous
ses noms à la fois : " Anaïtis, Astarté, Derceto, Astaroth,
Tiratha " ; et même j'ai pris soin de dire, un peu plus bas,
page 52, qu'elle répétait " tous ces noms sans qu'ils eussent
pour elle de signification distincte ". Seriez-vous comme
Salammbô ? Je suis tenté de le croire, puisque vous faites de
Tanit la déesse de la guerre et non de l'amour, de l'élément
femelle, humide, fécond, en dépit de Tertullien, et de ce
nom même de Tiratha, dont vous rencontrez l'explication
peu décente, mais claire, dans *Movers, Phenic*, livre premier,
p. 574.

« Vous vous ébahissez ensuite des singes consacrés à la

lune et des chevaux consacrés au soleil. " Ces détails, vous
en êtes sûr, ne se trouvent dans aucun auteur ancien ni dans
aucun monument authentique ". Or, je me permettrai, pour
les singes, de vous rappeler, monsieur, que les cynocéphales
étaient, en Égypte, consacrés à la lune comme on le voit
encore sur les murailles des temples, et que les cultes égyptiens avaient pénétré en Libye et dans les oasis. Quant aux
chevaux, je ne dis pas qu'il y en avait de consacrés à Esculape, mais à Eschmoûn, assimilé à Esculape, Iolaüs, Apollon,
le Soleil. Or, je vois les chevaux consacrés au soleil dans
Pausanias (livre premier, chap. i), et dans la Bible (*Rois*,
livre II, chap. xxxii). Mais peut-être nierez-vous que les
temples d'Égypte soient des monuments authentiques, et
la Bible, et Pausanias des auteurs anciens.

« A propos de la Bible je prendrai encore, monsieur, la
liberté grande de vous indiquer le tome II de la traduction
de Cahen, page 186, où vous lirez ceci : " Ils portaient au
cou, suspendue à une chaîne d'or, une petite figure de pierre
précieuse qu'ils appelaient la Vérité. Les débats s'ouvraient
lorsque le président mettait devant soi l'image de la Vérité ".
C'est un texte de Diodore. En voici un autre d'Elien : " Le
plus âgé d'entre eux était leur chef et leur juge à tous ; il
portait autour du cou une image en saphir. On appelait cette
image la Vérité. " C'est ainsi, monsieur, que " cette Vérité-
là est une jolie invention de l'auteur ".

« Mais tout vous étonne : le molobathre, que l'on écrit
très bien (ne vous en déplaise) malobathre ou malabathre, la
poudre d'or que l'on ramasse aujourd'hui, comme autrefois,
sur le rivage de Carthage, les oreilles des éléphants peintes
en bleu, les hommes qui se barbouillent de vermillon et
mangent de la vermine et des singes, les Lydiens en robes de
femme, les escarboucles de lynx, les mandragores qui sont
dans Hippocrate, la chaînette des chevilles qui est dans le
Cantique des Cantiques (Cahen, t. XVI, 37) et les arrosages
de silphium, les barbes enveloppées, les lions en croix, etc.,
tout!

« Eh bien! non, monsieur, je n'ai point " emprunté tous

ces détails aux nègres de la Sénégambie ". Je vous renvoie, pour les éléphants, à l'ouvrage d'Armandi, p. 256, et aux autorités qu'il indique, telles que Florus, Diodore, Ammien Marcellin et autres nègres de la Sénégambie.

« Quant aux nomades qui mangent des singes, croquent des poux et se barbouillent de vermillon, comme on pourrait " vous demander à quelle source l'auteur a puisé ces précieux renseignements ", et que, " vous seriez ", d'après votre aveu, " *très embarrassé* de le dire ", je vais vous donner, humblement, quelques indications qui faciliteront vos recherches.

« " Les Maxies... se peignent le corps avec du vermillon. Les Gysantes se peignent tous avec du vermillon et mangent des singes. Leurs femmes (celles des Adrymachydes), si elles sont mordues par un pou, elles le prennent, le mordent, etc. " Vous verrez tout cela dans le IVᵉ livre d'Hérodote, aux chapitres cxcix, cxci, clxviii. Je ne suis pas embarrassé de le dire.

« Le même Hérodote m'a appris dans la description de l'armée de Xercès, que les Lydiens avaient des robes de femmes ; de plus, Athénée, dans le chapitre des Étrusques et de leur ressemblance avec les Lydiens, dit qu'ils portaient des robes de femmes ; enfin, le Bacchus lydien est toujours représenté en costume de femme. Est-ce assez pour les Lydiens et leur costume ?

« Les barbes enfermées en signe de deuil sont dans Cahen (Ezéchiel, chap. xxiv, 17) et au menton des colosses égyptiens, ceux d'Abou-Simbal, entre autres ; les escarboucles formées par l'urine de lynx, dans Théophraste, *Traité des pierreries*, et dans Pline, livre VIII, chap. lvii. Et pour ce qui regarde les lions crucifiés (dont vous portez le nombre à deux cents, afin de me gratifier, sans doute, d'un ridicule que je n'ai pas), je vous prie de lire dans le même livre de Pline le chapitre xviii, où vous apprendrez que Scipion Emilien et Polybe, se promenant ensemble dans la campagne carthaginoise, en virent de suppliciés dans cette position. " *Quia cæteri metu pœnæ similis absterrentur eadem noxia.* " Sont-ce là, monsieur, de ces passages pris sans discernement dans l'*Univers pittoresque,* " et que la haute critique a employés avec succès contre moi " ? De quelle haute critique parlez-vous ? Est-ce de la vôtre ?

« Vous vous égayez considérablement sur les grenadiers que l'on arrosait avec du silphium. Mais ce détail, monsieur, n'est pas de moi. Il est dans Pline, livre XVII, chap. xlvii. J'en suis bien fâché pour votre plaisanterie sur " l'ellébore que l'on devrait cultiver à Charenton " ; mais, comme vous le dites vous-même, " l'esprit le plus pénétrant ne saurait suppléer au défaut de connaissances acquises ".

« Vous en avez manqué complètement en affirmant que " parmi les pierres précieuses du trésor d'Hamilcar, plus d'une appartient aux légendes et aux superstitions chrétiennes ". Non! monsieur, elles sont *toutes* dans Pline et dans Théophraste.

« Les stèles d'émeraude, à l'entrée du temple, qui vous font rire, car vous êtes gai, sont mentionnées par Philostrate (*Vie d'Apollonius*) et par Théophraste (*Traité des pierreries*). Heeren (t. II) cite sa phrase : " La plus grosse émeraude bactrienne se trouve à Tyr dans le temple d'Hercule. C'est une colonne d'assez forte dimension ". Autre passage de Théophraste (traduction de Hill) : " Il y avait dans leur temple de Jupiter un obélisque composé de quatre émeraudes. "

« Malgré " vos connaissances acquises ", vous confondez le jade, qui est une néphrite d'un vert brun et qui vient de Chine, avec le jaspe, variété de quartz que l'on trouve en Europe et en Sicile. Si vous aviez ouvert, par hasard, le *Dictionnaire de l'Académie française,* au mot *jaspe,* vous eussiez appris, sans aller plus loin, qu'il y en avait de noir, de rouge et de blanc. Il fallait donc, monsieur, modérer les transports de votre indomptable verve et ne pas reprocher folâtrement à mon maître et ami Théophile Gautier d'avoir prêté à une femme (dans son *Roman de la Momie*) des pieds verts quand il lui a donné des pieds blancs. Ainsi, ce n'est point lui, mais vous, qui avez fait *une erreur ridicule.*

« Si vous dédaigniez un peu moins les voyages, vous auriez pu voir au musée de Turin le propre bras de sa momie, rapportée par M. Passalacqua, d'Égypte, et dans la pose que décrit Th. Gautier, *cette pose* qui, d'après vous, *n'est certainement pas égyptienne.* Sans être ingénieur non plus, vous auriez appris ce que sont les Sakiehs pour amener l'eau dans les maisons, et vous seriez convaincu que je n'ai point abusé des vêtements noirs en les mettant dans des pays où ils foisonnent et où les femmes de la haute classe ne sortent que vêtues de manteaux noirs. Mais comme vous préférez les témoignages écrits, je vous recommanderai, pour tout ce qui concerne la toilette des femmes, Isaïe, III, 3, la Mischna, tit. de Sabbatho ; Samuel, XIII, 18 ; saint Clément d'Alexandrie, Pæd. II, 13, et les dissertations de l'abbé Mignot, dans les *Mémoires de l'Académie des Inscriptions*, t. XLII. Et quant à cette abondance d'ornementation qui vous ébahit si fort, j'étais bien en droit d'en prodiguer à des peuples qui incrustaient dans le sol de leurs appartements des pierreries. (Voy. Cahen, Ezéchiel, 28, 14.) Mais vous n'êtes pas heureux, en fait de pierreries.

« Je termine, monsieur, en vous remerciant des formes aménes que vous avez employées, chose rare, maintenant. Je n'ai relevé parmi vos inexactitudes que les plus grossières, qui touchaient à des points spéciaux. Quant aux critiques vagues, aux appréciations personnelles et à l'examen litté-raire de mon livre, je n'y ai pas même fait allusion. Je me suis tenu tout le temps sur votre terrain, celui de la science, et je vous répète encore une fois que j'y suis médiocrement solide. Je ne sais ni l'hébreu, ni l'arabe, ni l'allemand, ni le grec, ni le latin, et je ne me vante pas de savoir le français. J'ai usé souvent des traductions, mais quelquefois aussi des originaux. J'ai consulté, dans mes incertitudes, les hommes qui passent en France pour les plus compétents, et si je n'ai pas été *mieux guidé*, c'est que je n'avais point l'honneur, l'avantage de vous connaître : Excusez-moi! si j'avais pris vos conseils, aurais-je " *mieux réussi* " ? J'en doute. En tout cas, j'eusse été privé des marques de bienveillance que vous

me donnez çà et là dans votre article et je vous aurais
épargné l'espèce de remords qui le termine. Mais rassurez-
vous, monsieur, bien que vous paraissiez effrayé vous-même
de votre force et que vous pensiez sérieusement " avoir
déchiqueté mon livre pièce à pièce ", n'ayez aucune *peur*,
tranquillisez-vous! car vous n'avez pas été *cruel*, mais léger.

« J'ai l'honneur d'être, etc.

« Gustave Flaubert. »

(L'*Opinion nationale*, 24 janvier 1863.)

*M. Frœhner répondit à la lettre que l'on vient de lire, par une
seconde critique en date du 27 janvier 1863 * ; M. Gustave Flaubert y répliqua par la lettre suivante, adressée au directeur de
l'*Opinion nationale :*

« *2 février 1863.*

« Mon cher monsieur Guéroult,

« Excusez-moi si je vous importune encore une fois. Mais
comme M. Frœhner doit reproduire dans l'*Opinion nationale* ce qu'il vient de publier dans la *Revue contemporaine*, je
me permets de lui dire que :

« J'ai commis effectivement une erreur *très* grave. Au
lieu de Diodore, livre XX, chap. IV, lisez chapitre XIX. Autre
erreur. J'ai oublié un texte à propos de la statue de Moloch,
dans la mythologie du docteur Jacobi, traduction de Ber-
nard, page 322, où il verra une fois de plus les sept compartiments qui l'indignent.

« Et, bien qu'il n'ait pas daigné me répondre un seul mot
touchant : 1º la topographie de Carthage ; 2º le manteau de
Tanit ; 3º les noms puniques que j'ai travestis, et 4º les dieux
que j'ai inventés, — et qu'il ait gardé le même silence :
5º sur les chevaux consacrés au Soleil ; 6º sur la statuette de

* Voir l'*Opinion nationale* du 4 février 1863.

la Vérité ; 7° sur les coutumes bizarres des nomades ; 8° sur les lions crucifiés, et 9° sur les arrosages de silphium, avec 10° les escarboucles de lynx et 11° les superstitions chrétiennes relatives aux pierreries ; en se taisant de même sur le jade 12° ; et sur le jaspe 13° ; sans en dire plus long quant à tout ce qui concerne : 14° Hannon ; 15° les costumes des femmes ; 16° les robes des Lydiens ; 17° la pose fantastique de la momie égyptienne ; 18° le musée Campana ; 19° les citations (peu exactes) qu'il fait de mon livre, et 20° mon latin, qu'il vous conjure de trouver faux, etc.

« Je suis prêt, néanmoins, sur cela, comme sur tout le reste, à reconnaître qu'il a raison et que l'antiquité est sa propriété particulière. Il peut donc s'amuser en paix *à détruire mon édifice*, à prouver que je ne sais rien du tout, comme il l'a fait victorieusement pour MM. Léon Heuzey et Léon Renier, car je ne lui répondrai pas. Je ne m'occuperai plus de ce monsieur.

« Je retire un mot qui me paraît l'avoir contrarié. Non, M. Frœhner n'est pas *léger*, il est tout le contraire. Et si je l'ai choisi pour victime parmi tant d'écrivains qui ont rabaissé " mon livre ", c'est qu'il m'avait semblé le plus sérieux. Je me suis bien trompé.

« Enfin, puisqu'il se mêle de ma biographie (comme si je m'inquiétais de la sienne !) en affirmant par deux fois (il le sait !) que j'ai été six ans à écrire *Salammbô*, je lui avouerai que je ne suis pas bien sûr, à présent, d'avoir jamais été à Carthage.

« Il nous reste, l'un et l'autre, à vous remercier, cher monsieur, moi pour m'avoir ouvert votre journal spontanément et d'une si large manière, et quant à lui, M. Frœhner, il doit vous savoir un gré infini. Vous lui avez donné l'occasion d'apprendre à beaucoup de monde son existence. Cet étranger tenait à être connu ; maintenant il l'est... avantageusement.

« Mille cordialités. »

« Gustave Flaubert. »

(*L'Opinion nationale*, 4 février 1863.)

Les lettres de Flaubert à Sainte-Beuve et à Frœhner invitent à s'interroger sur ses principales sources d'information, d'idées et d'images *.

Parmi ses amis personnels, les savants : Ernest Feydeau, Alfred Maury. Celui-ci l'a instruit sur les prêtres eunuques de Sicile, sur les prostitutions sacrées de Carthage ; celui-là, sur les usages funéraires. L'un et l'autre, apparemment, lui ont mis entre les mains les ouvrages où se trouvent les textes, les chiffres, la cartographie. La grande Somme où le xixe siècle a trouvé son inépuisable dossier d'histoire des religions est la *Symbolique* de Creuzer, que Guigniaut a traduite en huit volumes de 1825 à 1851. Le tome II traite de la religion carthaginoise : trois divinités règnent sur Carthage dont la deuxième est Tanit Astarté ; il donne ses noms divers et ses divers visages : *Anaïtis, Tanaïs, Tanaïtis et sa véritable origine, le caractère, les rapports et l'extension de son culte.* L'Anglais Selden (*Seldenus*) avait, en 1617, publié *De Dis syris syntagmata*, et Flaubert le connaît, il le cite dans sa lettre à Sainte-Beuve. Hendreich lui apporte surtout, avec le *Carthago sive Carthaginiensium monumenta quotquot supersunt* publié en 1664 à Amsterdam, un répertoire de textes et une introduction à la littérature relative à Carthage ; Heeren (*De la politique et du commerce des peuples de l'antiquité*, traduit par Suckau en 1832) est son guide principal pour les considérations politiques. Il connaît encore Mignot dont un

* Sur les sources, on ne peut que renvoyer au livre capital de Luigi Foscolo Benedetto, *Le Origini di Salammbô. Studi sul realismo storico di G. Flaubert*, Florence, 1920.

mémoire à l'Académie des Inscriptions dut être l'un de ses
principaux guides quand il eut choisi son sujet : Mignot qui
lui donne nombre de détails de costumes, d'usages. Il nomme
un de ses informateurs en matière religieuse, le savant géographe d'Avezac, dont les études portent particulièrement
sur l'Afrique ancienne. Sur la topographie, il a consulté des
ouvrages de 1830, les *Recherches* de Falbe *sur l'emplacement
de Carthage* et de 1835, les *Recherches* de Dureau de la Malle
sur la topographie de Carthage.

Mais ce ne sont encore là qu'introductions à l'Antiquité.
Cette Antiquité, il va la chercher en elle-même, il l'a toujours
cherchée, et dès les passions humanistes de son enfance. Il est
des lectures qui sont comme une part de lui-même : la
Bible, Homère, Virgile. La Bible l'a renseigné sur le culte de
Moloch, elle lui a offert un répertoire des divers noms de
mesures ; Virgile une image de Junon qui n'est pas étrangère
à l'imagination de Tanit ; la Carthage de Didon possède
déjà un temple construit selon une architecture dont *Salammbô* se souviendra. Mais une foule d'autres ombres se
presse ; et, autour du IIIe siècle d'Hamilcar, ceux qui sont
venus avant, les contemporains et la postérité jusqu'au
ve siècle après Jésus-Christ. Suite des temps dont la rencontre
ou la « contaminatio » autour des guerres puniques crée des
disparates chronologiques que le roman a su fondre sans
toujours les dissimuler.

Du plus loin vient Hérodote qui, au temps de la guerre du
Péloponnèse, regardait déjà vers la religion des Carthaginois,
parlait des chevaux du Soleil, et transportait l'imagination
des Hellènes au cœur de l'Afrique mystérieuse. Au siècle
même de Salammbô, Polybe faisait un récit de la guerre des
mercenaires, la guerre la plus cruelle et la plus inique, disait-il,
dont on conserve le souvenir. La guerre des mercenaires, chez
Flaubert, suit pas à pas celle de Polybe. C'est celui-ci qui lui
a fait connaître les mouvements militaires, qui lui a décrit
la tactique des hordes numides, qui lui a fait mesurer l'autorité des suffètes ; et ce sont des traits divers de son *Histoire*
que le romancier a concentrés sur la figure d'Hamilcar.

Cette *Histoire* de Polybe est l'écho direct d'événements de la veille. A mesure que passent les années, ce bruit d'armes barbares s'éloigne. On parle encore, comme Cicéron dans son *De lege agraria*, de la perfidie punique. Et Flaubert cite le *Pro Balbo* de l'orateur romain pour justifier son récit du meurtre rituel des enfants. Avec le géographe Strabon, comme plus tard avec le voyageur Pausanias, on s'attache aux lieux où se déroulèrent ces grandes scènes ou ces scènes atroces. Flaubert a suivi Pausanias et Strabon.

Les historiens du dernier siècle avant Jésus-Christ rencontrent inévitablement dans leurs annales et leurs décades Hamilcar et Hannibal. Tite-Live, on le sait bien. Sur les mercenaires gaulois, leur mollesse, la peine qu'ils ont à subir la chaleur africaine, sur les cavaliers numides et leurs tactiques, sur le lieu où est convoqué le peuple, sur le grand conseil, ses réunions dans le temple d'Eschmoûn, le droit de contrôle et de jugement qu'il exerce sur les chefs militaires de la République, sur la famille d'Hamilcar, sur ce qui concerne Giscon et le Gaulois Autharite, Tite-Live confirme ce que Flaubert sait d'autre part ou lui donne de nouveaux faits, de nouvelles idées, comme de transposer à Hamilcar, ce que l'historien dit d'Hannibal. A Cornelius Nepos il doit une *Vie d'Hannibal*. A Diodore de Sicile, sa vue générale de la civilisation punique, et des connaissances plus particulières sur l'armée. Viendront ensuite des historiens du premier siècle après Jésus-Christ, comme Appien que Chateaubriand avait pratiqué, auquel recourt à son tour Flaubert : il a décrit la topographie de Carthage, précisé l'emplacement du temple d'Eschmoûn et de Baal, les soixante degrés qui mènent à Eschmoûn, les superstitions de Carthage ; il l'a renseigné sur le procès qui fut intenté à Hamilcar ; et, lui aussi, a fourni les traits que le romancier transportera d'Hannibal à Hamilcar. Flaubert se renseigne dans l'*Histoire naturelle* de Pline, chez Tacite, chez Valère Maxime, et même chez un poète comme Silius Italicus, l'auteur des *Punica* sur la deuxième guerre punique, paraphrase de Tite-Live. Il a imaginé tel de ses hommes de guerre sur le modèle de certains portraits de Plutarque ; et par exemple, Spendius ressemble à l'Aratus des *Vies parallèles*.

L'obsession se prolonge, chez les Grecs et les Romains de la décadence. Elle devient tradition littéraire. Flaubert en écoute encore les échos qui vont s'affaiblissant en se répétant : chez Claude Elien, grand collectionneur de faits dans son *Histoire variée* ; chez Philostrate qui avait déjà enrichi *La Tentation de saint Antoine* ; chez Ammien Marcellin peut-être ; chez Justin, abréviateur des *Histoires philippiques* de Trogue Pompée. Aux dernières places de ce long cortège, les Pères de l'Église : Clément d'Alexandrie dont la *Protreptique* s'occupe avec prédilection des mystères du paganisme ; Eusèbe de Césarée que cite la correspondance de Flaubert ; Ambroise qui confirme une idée à laquelle tient Flaubert : l'identité absolue de la déesse Céleste et de Tanit, qui confère à celle-ci une signification cosmique ; Jérôme envers qui les temples et les dieux de Carthage, chez Flaubert, ont plus d'une dette. Et surtout, les grands Africains, Tertullien, saint Augustin : Tertullien, de Carthage ; Augustin, de Thagaste, qui fit ses études à Madaure, à Carthage, enseigna la rhétorique à Carthage et devint évêque d'Hippone ; Tertullien qui a dénoncé les sacrifices humains, qui a parlé des prêtres de Moloch, de la Cérès africaine. Chez l'évêque d'Hippone, on respire l'âme de feu de cette Afrique du Nord, brûlante de passions et de foi. Flaubert le cite pour justifier sa description des sacrifices humains. Il aurait pu le citer pour plus d'une autre justification.

Dans la famille à la fois chrétienne et païenne des mystiques africains, une étonnante figure se détache, celle d'Apulée, païen qui pressentit le christianisme. Il était né à Madaure et, lui aussi, fit des études à Carthage. Flaubert, qui l'admirait intensément, a puisé à pleines mains dans ses trésors mêlés, pour *La Tentation de saint Antoine*. Le frémissement de ses *Métamorphoses* se communique aux prières de Salammbô. Il y a dans les lettres de Flaubert une sorte d'hymne à ces *Métamorphoses* : « Il me donne à moi des vertiges et des éblouissements ; la nature pour elle-même, le paysage, le côté purement pittoresque des choses sont traités à la moderne et avec un souffle antique et chrétien tout ensemble qui passe au milieu. Ça sent l'encens et l'urine, la bestialité s'y marie au mysticisme. » Il n'est pas jusqu'au *zaïmph* sacré qui ne soit le péplos d'Isis tel que le décrivit Apulée ; et l'on s'est demandé s'il ne serait pas lui-même le grand prêtre Schahabarim. Singulière fortune d'une œuvre qui est inséparable, durant la même période, de la religion de Gérard de Nerval et des imaginations de Flaubert.

NOTES ET VARIANTES

L'examen des variantes montre un effort très conscient et attentif à alléger les phrases. Soit en supprimant des conjonctions (*et, puis, mais, donc*, etc.), soit en renonçant à des adverbes ou à des locutions adverbiales (*alors, maintenant, cependant, en effet, encore*, etc.) ; soit en se passant de certains adjectifs ou pronoms qui n'ajoutent guère à l'idée (*tous, ils*, etc.). Nous ne croyons pas devoir retenir ici ce genre de corrections. En revanche, nous attacherons une certaine importance aux suppressions de phrases ou de propositions, aux changements de constructions, ainsi qu'aux temps des verbes, le jeu stylistique sur les temps passés (imparfait, passé défini) ou sur les modes (indicatif, conditionnel) étant un des caractères les plus personnels et les plus subtils de l'art de Flaubert.

Le texte de la présente édition se conformant à celui de la deuxième, nous désignerons de la façon suivante les autres versions contemporaines de la vie de Flaubert :

A : Manuscrit ;

B : Première édition ;

C : Troisième édition.

I. — LE FESTIN

Page 44.

1. C supprime *avec*.

Page 45.

1. A : *s'étalaient.*
2. Voir la lettre à Frœhner, pour la composition d'un festin au temps des guerres puniques.
3. B : *s'alternaient.*

Page 47.

1. Les considérations sur la situation politique de Carthage sont surtout empruntées à Polybe.

Page 52.

1. A : *aux grands yeux bleus.*
2. C : supprime *en les voyant pâlir.*
3. B : *fallait.*
4. C : supprime *tout à coup.*

Page 53.

1. A : *comme un ouragan qui emporte des feuilles sèches.*

Page 54.

1. A : *qui palpitaient encore.*
2. Mythe qui paraît emprunté à l'Inde.

Page 56.

1. A : *et la regardaient passer.*
2. A : *sa démarche.*

Page 61.

1. A : *immobile.*
2. A : *le bras du Mercenaire.*

Page 62.

1. A : *Un rayon de lune qui glissait entre les nuages vint à frapper sur elle et Spendius y collant les yeux l'examina. Une plaie d'où suintait du sang bâillait dans les chairs au milieu du bras.*

Page 63.

1. A : *tout en haut de la dernière terrasse.*
2. C supprime *gigantesques.*

Page 65.

1. A : *immobile, les paupières à demi closes.*

II. — A SICCA

Page 68.

1. B et C intercalent la phrase suivante : *Les aigrettes de leurs casques comme des flammes rouges se tordaient au vent.*

Page 69.

1. C supprime *dont la peau brillait sous leurs bracelets de cuivre.*
2. C : *De loin il semblait vague...*

Page 70.

1. C supprime *Quelques-uns... d'hypocrisie.*

Page 72.

1. B : *l'un après l'autre.*

Page 74.

1. B intercale : *Le bruit de tous ces pieds sur l'herbe, sourd et cadencé, s'absorbait par sa monotonie dans le silence de la campagne.*

Page 75.

1. B : *sur la plaine.*
2. C supprime *aux stations des.*

Page 76.

1. A porte successivement : *une femme à demi couverte d'une toison bleue, d'une toison rouge, d'une toison noire.*

2. C'est à Pline l'Ancien que Flaubert doit ce détail.

Page 79.

1. C supprime *quand il sortait.*

Page 81.

1. C supprime *sur sa tête.*

Page 83.

1. C supprime *nue.*

Page 84.

1. L'attente des Mercenaires, leur désœuvrement et leurs querelles sont décrits par Polybe.

Page 90.

1. Polybe montre les Mercenaires se trompant sur le sens des paroles des chefs ou les dénaturant.

Page 93.

1. C supprime *de.*

Page 94.

1. A porte : *poinçons à antimoine.*

III. — SALAMMBÔ

Page 102.

1. C porte : *son blanc vêtement.*

Page 104.

1. C : *qui alternaient.*

Page 107.

1. C : *restait insensible. Il la regardait...*

IV. — SOUS LES MURS DE CARTHAGE

Page 108.

1. B : *pendant de longues heures.* C : *pendant des heures.*

Page 109.

1. L'isthme qui relie la presqu'île où se trouve Carthage au continent africain.

Page 122.

1. B : *pénétraient la nuit dans...*

Page 131.

1. B : *tombaient.*

V. — TANIT

Page 134.

1. B : *baissait.*
2. C : *pas.*

Page 137.

1. B : *accrochés du haut en bas contre leurs colonnes de cèdre.* C : *accrochés à leurs colonnes de cèdre.*

Page 141.

1. B : *Elle allait apparaître.*

Page 150.

1. *L'Autre* est Moloch.

VI. — HANNON

Page 155.

1. B : *trouvait.*

Page 156.

1. B : *de.*

Page 158.

1. « On les vit (les femmes) donner leurs bijoux, afin de subvenir à l'entretien des troupes. » (Polybe.)

Page 161.

1. C : *Seule, elle ouvrait.*

Page 163.

1. B : *voulait.*

Page 167.

1. A : *apparaissaient.*
2. C supprime *à la clarté des étoiles.*
3. C supprime *aux portes du camp, il.*

Page 172.

1. B : *par.*

Page 176.

1. B : *disait.*

Page 178.

1. C : *du côté de l'Occident arrivèrent.*

VII. — HAMILCAR BARCA

Page 181.

1. B : *ses.*

Page 184.

1. A intercale ici une phrase : *Des barres lumineuses passaient en haut, dans les toiles d'araignées suspendues comme des haillons aux poutres de cèdre.*

Page 185.

1. A porte non pas *extérieur*, mais *du dehors*.

Page 187.

1. A porte non pas *avec précaution* mais *délicatement*.

Page 189.

1. B : *et sans flambeaux.*

Page 201.

1. A : *D'abord il chancela, puis changé en marbre tout à coup il n'eût point semblé plus immobile...*

Page 206.

1. A : *Vues de loin, les têtes,* etc.

Page 207.

1. B porte non pas *crêpée* mais *crépue*.

VIII. — LA BATAILLE DU MACAR

Page 231.

1. Le récit de la bataille du Macar suit le récit de Polybe.

Page 235.

1. B : *tout à coup centuplé.*

Page 240.

1. A : *de.*
2. C remplace *largeur* par *longueur.*

Page 241.

1. C supprime *le soleil, plus haut maintenant, brillait plus fort.*

2. C : *du terrain.*

Page 243.

1. C supprime *trois fois plus nombreux.*

Page 248.

1. C : *jarrets, ou, se glissant.*

Page 251.

1. C supprime *au loin.*

2. C : *personne.*

Page 255.

1. B : *qui m'appartient.* C : *qui m'appartenait.*

IX. — EN CAMPAGNE

Page 259.

1. C supprime *énorme.*

Page 260.

1. C : *Fort de l'argent punique il avait soulevé.*

Page 268.

1. C : *Autharite devinant ses paroles à sa figure.*

Page 269.

1. C supprime *en tremblant.*

Page 273.

1. C supprime *même.*

X. — LE SERPENT

Page 278.

1. B porte non pas *continuellement* mais *complètement*.

Page 279.

1. A porte tour à tour *grande* et *haute*. B ne met aucun adjectif devant *roue*.

Page 281.

1. C supprime *sous une patère d'eau bouillante*.

Page 284.

1. C : *allongés sur.*
2. B : *importait.*

Page 287.

1. C : *sentait.*

Page 290.

1. B : *l'un après l'autre.*
2. B : *releva.*
3. Lapsus probable de Flaubert pour *s'enroula.*

Page 293.

1. *Galeries* paraît bien être une faute d'impression pour *galères.*

XI. — SOUS LA TENTE

Page 302.

1. C porte non pas *corbeilles* mais *cordages.*

Page 311.

    1. C porte non pas *table* mais *branche.*
    2. C porte *sa main.*

Page 312.

    1. C : *sonnèrent.*

Page 319.

    1. C supprime *et il remarqua que.*

XII. — L'AQUEDUC

Page 325.

    1. Ce verbe paraît être de la création de Flaubert qui ne s'interdit pas des néologismes tout personnels dont la sonorité est évocatrice (par exemple *assouvissance* dans *Madame Bovary*).

Page 331.

    1. B et C : *ils retournèrent.*

Page 333.

    1. C : *quand ils furent réconfortés.*

Page 336.

    1. B : *également.*

Page 339.

    1. C porte non pas *entrailles* mais *entraves.*
    2. C supprime *s'écartaient.*

Page 346.

    1. C supprime *Ils attendirent qu'il fût bien placé devant eux.*

XIII. — MOLOCH

Page 350.

1. B : *tandis que les catapultes,* etc.

Page 357.

1. B : *massacrèrent.*

Page 359.

1. C supprime *des bandes armées passaient* et *qui battaient le rempart.*
2. B : *s'établissaient.*

Page 360.

1. C supprime *Mais à présent.*

Page 361.

1. C supprime *en haletant.*

Page 365.

1. C supprime *malgré tous ces travaux.*

Page 366.

1. B : *on n'en conçut pas moins pour,* etc.
2. C supprime la phrase : *Sous les rayons... dans le golfe.*

Page 368.

1. C : *pas encore la hauteur,* etc.

Page 370.

1. C supprime *On s'écrasait.*

Page 372.

    1. C : *dans les mains.*

Page 373.

    1. C supprime *tout seul.*
    2. C supprime *et qui secoue son trident*

Page 374.

    1. C : *un immense bélier. Ses portes.*

Page 375.

    1. C supprime *devant elle.*

Page 378.

    1. C supprime *complètement.*

Page 379.

    1. C supprime *presque immédiatement.*
    2. C supprime *de.*

Page 383.

    1. C : *Cela lui parut même.*

Page 390.

    1. C porte non pas *couronnes* mais *bonnets.*
    2. C : *les bras.*

XIV. — LE DÉFILÉ DE LA HACHE

Page 403.

    1. C supprime *On se le criait.*

Page 404.

1. C supprime *en arrière.*

Page 406.

1. B : *plusieurs en crièrent.*

Page 413.

1. C porte non pas *sans* mais *dans.*

Page 414.

1. C supprime *tout de suite.*
2. B : *comme les immenses gradins d'un escalier.*

Page 419.

1. C : *de grosses masses noires. Elles se levèrent. C'étaient des lances,* etc.

Page 422.

1. B : *un Mercenaire.*

Page 427.

1. C supprime *qui aimait sa patrie.*

Page 443.

1. B : *se tuaient.*

Page 445.

1. C : *à revoir Mâtho.*

xv. — MÂTHO

Page 449.

1. Nous avons ici un exemple frappant de l'allégement graduel de la phrase de Flaubert, de B : *Mais un autre désir, bien plus âcre* à C : *un autre désir, plus âcre.*

Page 456.

   1. B : *tapant.*

Page 458.

   1. C supprime le texte de *elle ne voulait à tressaillement.*

Page 459.

   1. B : *sur.*

GLOSSAIRE

Dieux, hommes, choses et lieux

adiante : fougère à l'odeur aromatique.

Agathoclès : roi de Sicile.

Agazymba : lac éthiopien.

algumnin : bois asiatique de l'espèce du santal.

Ammon (temple d') : célèbre sanctuaire situé dans une oasis du désert libyen.

Annaba : la Bône de l'époque française.

Aphaka : lieu situé dans le Liban, à la source du fleuve Adonis.

Ariane : colline située à l'ouest de Carthage.

armilles : cercles de métal dont l'assemblage constituait un instrument astronomique.

Baal : nom donné à plusieurs dieux chez les Phéniciens.

baaras : plante du Liban.

baccaris : plante dont on extrayait un parfum.

Bambotus : fleuve de l'Afrique occidentale.

bdellium : gomme odorante extraite d'une variété de palmier.

béka : mot hébreu désignant le poids d'un demi-sicle, employé comme monnaie.

bématistes : arpenteurs officiels institués par Alexandre.

besoars ou bezoards : concrétions pierreuses auxquelles on attribuait des vertus antivenimeuses.

betza : mesure de superficie équivalente à cinq ares.

abires (ou Kabires, ou Kabyres) : dieux planétaires phéniciens.

calcédoines : silices translucides de diverses couleurs.

caneficier ou cassier : arbre dont le fruit fournit la casse.

Cantabres : peuple de Tarraconaise en Espagne.

cardamome : plante asiatique dont on extrayait une huile aromatique.

Cariens : peuple d'Asie Mineure.

carrobaliste : baliste montée sur roues et tirée par des chevaux.

Caunes : peuple de Mauritanie.

Chabar (planète de) : planète Vénus.

Chananéen : du pays de Chanaan en Palestine.

cinabre : sulfure naturel de mercure, de couleur rouge vermillon.

Cirta : ville de Numidie.

Clinabares : soldats assyriens.

Clypea, ou Clupeaea, ou Aspis : ville d'Afrique sur le promontoire Hermaeum (voir ce mot).

Cœpio, pour Caepio : consul romain qui prit part à la première guerre punique.

Commagène : région de Syrie.

cottabe : jeu athénien qui consistait à jeter les dernières gouttes d'une coupe de vin dans un bassin de métal en invoquant le nom d'une femme aimée : selon la qualité du son, la réponse était favorable ou défavorable.

Cyrène : ville située à l'est de Carthage.

Darné : point de la côte de Cyrénaïque.

Demonades : médecin grec de Hannon.

Denys : tyran de Syracuse.

dilochie : compagnie double.

Drépanum : ville de la côte occidentale de Sicile où les Carthaginois remportèrent une victoire sur Rome.

Eaux-Chaudes (montagnes des) : sans doute le Bou-Kournine, au sud de Carthage.

Égineuses, pour Éginuses : probablement les îles Lipari.

Élathia ou Élath : ville de l'Idumée, sur la mer Rouge.

electrum : métal composé d'or et d'argent.

ergastule : prison souterraine où l'on enfermait les esclaves punis.

Éridan : nom ancien du Pô.

Ersiphonie : nom hébreu des pays du Nord-Ouest.

Eschmoûn : divinité phénicienne, assimilée par les Grecs à Esculape.

Estiens : peuple de Bithynie.

euboïque (talent) : monnaie d'argent valant six mille drachmes.

Évergète (le Bienfaiteur) : surnom de Ptolémée III roi d'Égypte.

filipendule : plante de la famille des rosacées.

gagate : pierre noire (sans doute jais).

galbanum : gomme résineuse extraite d'arbres de Syrie.

galéole : mésange.

Garamantes : peuple africain du sud de la Numidie.

Garaphos : ville et lac de Mauritanie.

garum : sauce faite avec des intestins de poissons fermentés.

Gétulie-Darythienne : région du Nord-Ouest de l'Afrique.

gomor : mesure de capacité chez les Hébreux.

Gorza : ville des environs de Carthage.

gypaète : rapace diurne des hautes montagnes.

Gysantes : peuple africain.

Hache (défilé de la) : défilé qui paraît être situé dans les parages du mont Zaghoua qui domine les environs de Tunis.

Hadrumète, pour Adrumetum : ville située sur l'emplacement actuel de Sousse en Tunisie.

Harouch-Noir : chaîne de montagnes de l'Afrique du Nord.

Hécatompyle, la « ville aux cent portes » : en principe c'est à Thèbes en Haute-Égypte que s'applique ce terme.

hélépole, la preneuse-de-villes : surnom d'une machine de
 siège.
Hermaeum : promontoire situé au Nord-Est de Carthage.
hin : mot hébreu désignant une mesure de capacité.
Hippo-Zaryte : ville située sur l'emplacement actuel de
 Bizerte.

Ingriens : Hongrois.

jusquiame : plante dont le suc est un poison.

kedeschim : prêtres d'une divinité hermaphrodite.
kesitah : nom hébreu d'une monnaie valant quatre sicles.
 Flaubert écrit tantôt *kesitah*, tantôt *késitah*.
kikar : mine (monnaie d'argent correspondant à cent
 drachmes).
Khamon : dieu mâle de Tanit, personnification du soleil.
kinnor : sorte de guitare en usage chez les Juifs.
k'kommer : mesure de capacité.

lausonia : arbuste d'Arabie dont on tire le henné.
Leptis : nom de deux villes, l'une en Numidie, l'autre en
 Cyrénaïque.
Lautatius : consul romain vainqueur des Carthaginois aux
 îles Aegates.

Macares : tribu de Mauritanie.
Magdala : peut-être Magdolus, ville d'Égypte.
Malethut-Baal : montagne de Mauritanie.
malobathre : arbre syrien dont on tirait un parfum recherché.
Malqua ou Magdalia : un des principaux faubourgs de Carthage.
manipule : groupe de deux cents fantassins : division de la
 légion romaine comprenant deux centuries. Mot masculin
 que Flaubert, dans *Salammbô*, emploie au féminin.
Mappales (pointe des) : pointe sud du golfe de Carthage.
Marmarique : région habitée par une tribu libyenne.

Masisabal : enchanteur décapité par Melkarth.

massique : vin de Campanie.

Massyliens, pour Masyliens : tribu numide.

médine, pour médimne : mesure grecque de capacité.

Mégara : quartier de Carthage situé entre Malqua et la pointe nord du golfe.

Melkarth : dieu phénicien identifié par les Grecs à Héraclès.

metopion : onguent d'origine végétale.

mogbeds : mages persans adorateurs du feu.

moufle : système de poulies servant à soulever les grandes charges.

myrobalon : noix aromatique oléagineuse.

Nabathéens : peuple de l'Arabie pétrée.

narval : mammifère cétacé nommé parfois licorne de mer.

Nasamous : peuple du Sud-Ouest de la Cyrénaïque.

nébal : instrument de musique hébreu du genre de la harpe.

Œstrymon : cap de Celtibérie dans les environs du golfe de Gascogne.

orynges (chevaux) : chevaux à la robe rayée apparentés aux zèbres.

Ossements (île des) : surnom donné à la Sicile par les Carthaginois.

Pataeques (dieux) : génies que les Phéniciens se représentaient sous des traits effrayants et dont ils plaçaient les images aux proues de leurs vaisseaux.

Pessinunte : ville de Galatie célèbre par un sanctuaire de Cybèle.

phalarique : pique garnie d'étoupe enflammée.

Pharusiens : peuple d'Afrique voisin de la côte du Maroc.

Phazzana : ville de Cyrénaïque.

phénicoptère : flamant.

Physcus : point de la côte de Cyrénaïque.

polémarques : mot grec désignant des commandants militaires.

psaga : essence d'origine persane.

Psylles : peuple de Libye qui passait pour charmer les serpents.

Pyrrhus : roi d'Épire.

rhombe : losange.

Rusicada : port de Cyrénaïque voisin de Cirta.

salsalim : sorte de cymbale.

sandaraque : résine parfumée.

sandastrum : pierre de couleur verte originaire de l'Inde.

sarisses : longues lances macédoniennes.

schabar, ou schebat, ou schebaz : février.

schesbar : peut-être Saba, en Éthiopie.

scombres : maquereaux.

shekel : nom phénicien du sicle d'argent, monnaie qui avait cours à Carthage et en Orient.

Sicca : ville de Numidie, au sud-ouest de Tunis.

sicle : nom grec de la monnaie dont le nom phénicien est shekel.

Sidoniens : habitants de Sidon en Phénicie (Saïda).

strobus : arbre odoriférant.

styrax ou storax : résine odorante aux propriétés thérapeutiques, extraite d'arbres de Syrie.

suffète : magistrat suprême de Carthage (deux suffètes étaient élus chaque année).

syntagme : compagnie de seize hommes de front sur seize de profondeur.

Syrtes : deux golfes d'Afrique du Nord entre Carthage et Cyrène.

syssites : pour syssities, emprunté au grec où il désignait le repas pris en commun par les citoyens de Lacédémone.

Taenia : presqu'île qui ferme au nord le lac de Tunis.

Taggir : probablement pour Thagura, région de l'intérieur de l'Afrique.

Tamrapanni : peut-être pour Tampraparni (Ceylan).

Tanit : divinité carthaginoise, personnification de la lune.

Taprobane : Ceylan.

Tartessus : ancienne ville d'Espagne.

Ténébreuse (mer) : golfe du Morbihan.

térébinthe : sorte de pistachier.

tétrarque : chef de quatre escadrons de cavaleries (dans l'armée grecque).

Teveste ou Thebeste : ville de Numidie.

tibby : janvier.

Tillabares : tribu libyenne.

turme : groupe de trente cavaliers (dans l'armée romaine)

vélite : soldat armé à la légère (dans l'armée romaine).

Xantippe : général lacédémonien qui commanda les Carthaginois et vainquit Régulus.

zaïmph : manteau sacré dont Flaubert a trouvé la description chez Athénée.

Zuaèces : peuplade libyenne.

NOTE BIBLIOGRAPHIQUE

M. Pezard : « Salammbô et l'archéologie punique », *Mercure de France*, 16 février 1908.

L. Bertrand : *Gustave Flaubert : Flaubert et l'Afrique*, 1912.

R. Descharmes et R. Dumesnil : *Autour de Flaubert*, t. I, 1912.

P. de Trévières : « Les Erreurs de Salammbô », *La Grande Revue*, 25 avril 1912.

F. A. Blossom : *La Composition de Salammbô d'après la correspondance de Flaubert (1857-1862)*, 1914.

B. Fay et A. Coleman : *Sources and structure of Flaubert's Salammbô*, 1914.

Luigi Foscolo Benedetto : *Le Origini di Salammbô*, 1920.

R. Dumesnil et Demorest : « Bibliographie de Gustave Flaubert : Salammbô », *Bulletin du Bibliophile*, 20 octobre 1924.

E. Zapulla : « Salammbô : the Biography of a Novel », *Dissertation Abstracts*, novembre 1969, Columbia University.

G. Giorgi : « Salammbô tra esotismo e storia contemporanea », in *Belfagor*, 31 juillet 1970.

NOTE BIBLIOGRAPHIQUE

SALAMMBÔ

DOSSIER

DU MÊME AUTEUR

COLLECTION FOLIO

Dernières parutions

Impression Bussière à Saint-Amand (Cher),
le 4 mars 1983.
Dépôt légal : mars 1983.
1er dépôt légal dans la collection : septembre 1974.
Numéro d'imprimeur : 544.
ISBN 2-07-036608-1./Imprimé en France.

31698